UKRYTA

fabryka słów®
WYDAWNICTWO
MMXXIV

PETER V.
BRETT

UKRYTA KRÓLOWA

KSIĘGA PIERWSZA

PRZEŁOŻYŁA
DOMINIKA SCHIMSCHEINER

ILUSTROWAŁ
DOMINIK BRONIEK

fabryka słów®

WARSZAWA

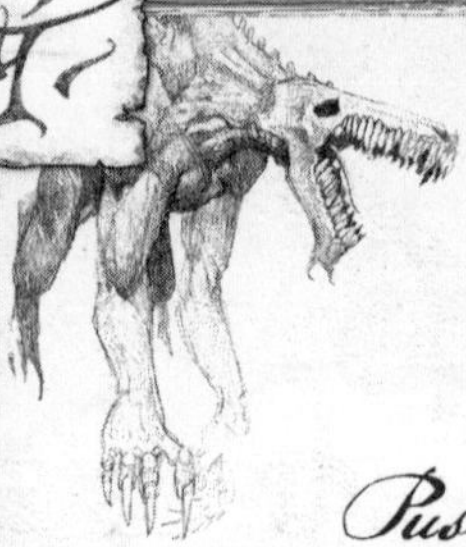

Cykl zmroku

Pustynny książę (księgi I i 2)

Ukryta królowa (księgi I i 2)

Kolejne tomy w przygotowaniu

Wcześniej w tym samym świecie

Wielki Bazar / Złoto Brayana

Dziedzictwo Posłańca

Cykl demoniczny

Malowany człowiek

Pustynna Włócznia (księgi I i 2)

Wojna w Blasku Dnia (księgi I i 2)

Tron z Czaszek (księgi I i 2)

Otchłań (księgi I i 2)

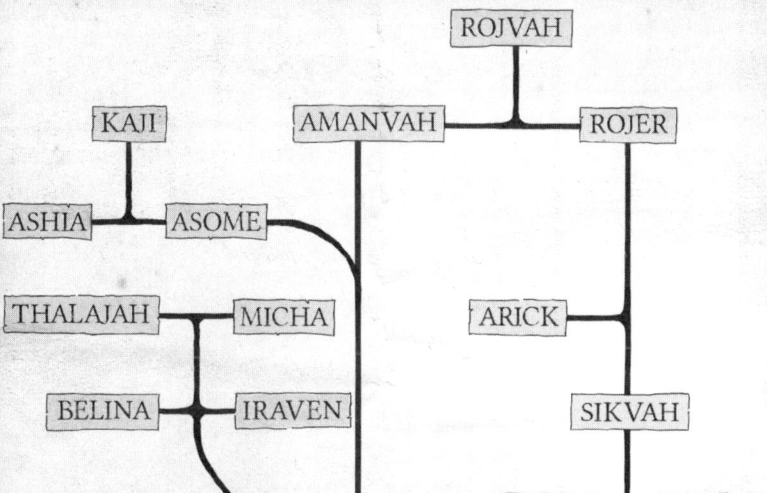

DRZEWO GENEALOGICZNE

Feniksowi i Syrenie

I

Flakoniki łez

349 ROK PLAGI

Mama dała mi na imię Darin.

Mama, Renna Bales, przywódczyni Potoku i najbliższa mi osoba, zapadła się pod ziemię, a ja zamierzałem zrobić wszystko, co w mojej mocy, by ją odzyskać.

Ojca nigdy nie poznałem. Zginął, zanim się urodziłem. Ratował świat. Możecie mi wierzyć, tak właśnie było. Każdy to potwierdzi, jeśli spytać go o Arlena Balesa. Wszyscy wiedzieli, że zszedł do Otchłani i poświęcił życie, żeby ocalić świat. Przejaw jego ostatniego czynu dał się ujrzeć na niebie w postaci wielkich płomiennych runów, o które rozbiła się fala demonicznej wojny, obracając otchłańce w proch. Mogą potwierdzić to również ci, którzy wtedy z nim byli. Mój ojciec-we-krwi. I moja mama.

Ja również przy tym byłem, w pewnym sensie. W brzuchu mamy. Mama twierdziła, że zaraz potem wypadłem na kamienną posadzkę wśród demoniego roju.

Przyszedłem na świat o kilka minut za późno, by poznać tatę. Minut czy lat, to i tak bez różnicy.

Zaczynałem jednak podejrzewać, że nie do końca było tak, jak opowiadali ludzie. Przecież świat nadal potrzebował ocalenia. A skoro mylili się co do tego, może również co do innych rzeczy? Moja ciocia Leesha, która potrafi przepowiadać przyszłość, rzuciła demonicznymi kośćmi umazanymi moją krwią, a dla pewności użyła magii. Jej proroctwo tylekroć odtwarzałem w myślach, że stało się częścią mnie.

„Ojciec czeka w ciemnych głębinach na powrót potomstwa".

To mogło oznaczać niejedno. Nie byłem na tyle głupi, by wierzyć w dosłowność przepowiedni. Ale to nie tak całkiem szalona myśl, że jakaś część taty nadal tam tkwiła, że utknęła w Otchłani niczym korek w butelce.

Prawda?

Ale jeśli tata być może jeszcze żył, to mama żyła z całą pewnością. Wiedziałem i to, że istota, która ją przetrzymuje, usiłuje utuczyć ją jak świniaka na ucztę weselną.

Dorastałem bez ojca. Obserwowałem innych chłopców i ich ojców i rozumiałem, że czegoś mi brak, jednak trudno odczuwać stratę kogoś, kogo nigdy się nie znało.

Za to mama zawsze była przy mnie. Karmiła mnie, uczyła, zapewniała bezpieczeństwo. Mama silna jak słońce.

Ale niedawno zaginęła. Zabrano mi ją. Nagle musiałem się sam o siebie zatroszczyć. Dobrze, że miałem pomoc, bo tak zupełnie sam mógłbym sobie nie dać rady. Od kiedy się urodziłem, ludzie usiłowali dopatrzyć się we mnie czegoś z mamy i taty, ale spotkawszy mnie, odchodzili rozczarowani.

A przecież zadbać musiałem nie tylko o siebie. Mama zajmowała się mną przez tyle lat, więc jakim byłbym synem, gdybym nie próbował jej odzyskać? Nawet gdyby to oznaczało zapuszczenie się do jaskini istoty, na którą Minstrele mają kilkanaście określeń, a każde straszniejsze od poprzedniego. Król demonów. Ojciec Zła.

Alagai Ka. Ten potwór zamierzał powołać do życia nową królową roju, a gdyby jego plan się powiódł...

Jeśli pozwoliłbym Alagai Ka przywrócić to, co było wcześniej, jeśli pozwoliłbym mu upaść mamę, żeby wyhodować królową, i zasiedlić rój nowym pokoleniem demonów, poświęcenie taty poszłoby na marne. I to wszystko po tym, jak ludzie posmakowali życia bez nich.

Oczywiście miałem świadomość, że zginę, próbując go powstrzymać. Ja z moimi piętnastoma zimami naprzeciwko króla demonów starszego niż góra. Posiadałem tylko odrobinę magii – w dodatku częściej wyzwalała się ona pod wpływem strachu niż w wyniku świadomej kontroli – Ojciec Zła zaś posługiwał się swoją mocą z taką łatwością, z jaką ja grałem na swojej fletni. Alagai Ka nie musiał się obawiać niczego, za to ja ciągle się czegoś bałem.

Gdybym udał się do niego sam, pewnie zginąłbym, jeszcze zanim w ogóle spróbowałbym popsuć mu szyki.

Na szczęście nie byłem sam. Miałem przyjaciół, prawdziwych, a każdy był w czymś lepszy ode mnie.

Olive również posiadała magię – tkwiła w jej mięśniach i kościach. Pewnie mogłaby rzucić krową i przebić nią ścianę stodoły. Jej matkę również przetrzymywały demony, więc Olive była wkurzona.

Selen, choć nie tak silna jak Olive, na pewno była silniejsza ode mnie. I mądrzejsza. Bez niej chyba nie porwałbym się na wyprawę przez całą pustynię, żeby szukać Olive.

Z Arickiem i Rojvah nie łączyły mnie więzy krwi, ale byli dla mnie jak rodzina. Bliźnięta były rezolutne i pewne siebie – w przeciwieństwie do mnie. Arick, zbudowany niczym wystawowy buhaj, był według mnie najlepszym wojownikiem na świecie – poza Olive. Natomiast jeśli chodzi o Rojvah, talentem muzycznym nie dorastałem jej nawet do pięt. Potrafiła swoją grą przywabić demony – i ludzi – i rzucić na nich urok.

W pojedynkę nie zdołałbym ocalić naszych rodziców, ale wszyscy razem mieliśmy szansę.

Nie mogłem się doczekać, kiedy wyruszymy. Chciałbym mieć już za sobą ten pierwszy krok i gnać w stronę tego, co napawało mnie lękiem. Liczyłem, że siła rozpędu utrzyma mnie w ruchu, nawet gdy zdejmie mnie trwoga, i dzięki temu nie sprawię przyjaciołom zawodu.

Jednak przed wyruszeniem na poszukiwania musieliśmy załatwić parę spraw.

Pogrzeb nie różnił się wiele od nabożeństwa Siedmiodnia odprawianego w Potoku przez Opiekuna Harrala. Długie, głośne i monotonne modlitwy przetykane śpiewnymi recytacjami, a wszystko wciśnięte pomiędzy nudne kazania. Z tą różnicą, że w Pustynnej Włóczni ceremonia odbywała się w języku krasjańskim, a zamiast w małej kapliczce na Pagórku Bogginów przebywaliśmy w legendarnej Sharik Hora.

Bywałem już w wielkich świątyniach. W katedrze Wybawiciela w Zakątku. W Wielkiej Bibliotece i katedrze w Miln. Jednakże nawet nowa Sharik Hora w Lennie Everama – której widok zaparł mi dech w piersiach – bledła w porównaniu z oryginalną Sharik Hora, świątynią Kości Bohaterów w Forcie Krasja, czy jak zwali go miejscowi, Pustynnej Włóczni.

Świątynię przepełniała magia. Prastara i… uśpiona. Ale ja jako jedyny mogłem ją wyczuć.

Była inna niż ta, do której przywykłem. Niepodobna do magii kości demonów, którą posługiwała się ciocia Leesha, ani do surowej magii Otchłani, z której czerpała mama. Różniła się też od mojej, zrodzonej w mroku, i od tej przesycającej demony, która pochodziła z ciemnych głębin.

O tej porze, wczesnym rankiem, blask słońca wsączający się przez witraże wypełniał wnętrze kolorowym światłem. Słońce zazwyczaj wypalało magię, ale nie tutaj.

Niestety, ja nie byłem nań odporny, dlatego okutałem się materią na tyle, na ile pozwalał tutejszy zwyczaj, pozostawiając jedynie odkryte ręce oraz twarz. Mimo to promienie sprawiały mi ból, paliły, i to nie tylko w oczy. Oślepiały i przyprawiały o świąd oraz pieczenie. Magia zrodzona z nocy przylegała do mnie jak fetor, dopóki słońce nie zdzierało jej ze mnie, jakby szorowało mi skórę ostrą szczotką i polewało wrzątkiem.

Nocą Świątynia Bohaterów ożywała, jakby miała świadomość. Możliwe, że ją posiadała – ukształtowaną wygasającymi emocjami wojowników, którzy oddali życie w obronie ludzkości przed otchłańcami.

Ta... wola... emanowała z wybielonych, lśniących kości, którymi wyłożona była każda powierzchnia świątyni. Przypominała złoty blask widoczny jedynie dla tych, którzy sami posiadali magię.

Spod sufitu pustymi oczodołami spoglądały na nas setki czaszek, z których zrobiono olbrzymi kandelabr. Mogłem wyczuć każdą kość, nawet jeśli nie znałem jej nazwy. Ołtarz zbudowano z różnych kawałków, przypominał gigantyczną mozaikę wznoszącą się od podłogi do sufitu. Również misy i puchary z błogosławioną wodą wykonano z ludzkich czaszek.

Umieszczone w niszach murów szkielety wielkich *kai*, dowódców bitew z demonami, jak za życia dzierżyły tarcze i włócznie. Ławki uformowano z powiązanych, posklejanych długich kości nóg. Mimo trzech warstw tkaniny pomiędzy moimi pośladkami i siedziskiem czułem ich chropawą powierzchnię i uwierały mnie nierówności w miejscach stawów.

To wszystko budziło mój niepokój. A nawet trochę strach. Ale mimo to czułem się tu bezpiecznie. To było jedyne miejsce, którego demony nie mogły tknąć.

Ciężka woń kadzideł i substancji do preparowania ciał wyjątkowo mnie nie drażniła, ponieważ tłumiła odór ciał tysięcy wyznawców, mieszaninę woni perfum, potu i gliniastego pyłu wniesionego na sandałach.

Podobnie jak na mszach Siedmiodnia w Potoku, i tutaj mężczyźni i kobiety stali osobno, odpowiednio po prawej i po lewej stronie. To trochę staroświecki zwyczaj, który Wolne Miasta zarzuciły już lata temu, a zarazem jedna z wielu przyczyn, dla których unikałem nabożeństw, gdy tylko się dało. Czyli często.

Zgodnie z tym zwyczajem w Sharik Hora usadzono mnie z Olive, Arickiem i kilkoma setkami wojowników *Sharum*, Selen i Rojvah zaś gniotły się w tłumie kobiet po drugiej stronie głównej nawy.

Nie rozumiałem tego. Po co tak rozdzielać rodziny? No a Olive przecież mogłaby siedzieć po tej i po tamtej stronie? A może nie pasowałaby do żadnej?

Nie żeby odstawała. Nie to, co ja. Wszyscy w mojej ławce byli przynajmniej o dłoń wyżsi i o pięćdziesiąt funtów ciężsi ode mnie, i to nie biorąc pod uwagę zbrojnych szat, w których wyglądali na jeszcze większych. Do tego jako jedyny nie miałem na sobie ani czarnych szat, ani stroju krasjańskiego. Wyróżniałem się niczym owca w wilczej jamie.

Ale Selen też nie dało się nie zauważyć. Wyższa od większości mężczyzn, pośród kobiet górowała zdecydowanie. Silnie umięśnionej sylwetce masywności dodawał jeszcze pancerz. Podobnie jak ja odmówiła założenia krasjańskich szat, co w sumie miało swoje słabe strony. Rojvah w stroju kapłanki, którego nie znosiła, wtapiała się w otoczenie znacznie lepiej.

Ktoś zakaszlał, a ja drgnąłem tak gwałtownie, że Olive aż na mnie spojrzała.

– Wszystko w porządku, Darin? – zapytała tak cicho, że inni nie mogli jej słyszeć.

Moje zmysły działały inaczej niż u zwykłych ludzi. Mama zawsze mawiała, że mam nos ogara i uszy nietoperza. Słowa szeptane do Stwórcy były dla mnie tak głośne jak wrzaski w szynku.

To jeszcze nic. Słyszałem bijące serca wszystkich mężczyzn z mojego rzędu i czułem wibracje kości, z których zbudowane były ławki. Czułem również smaki herbaty i przyprawionego mięsa obecne w oddechach *Sharum* i wiedziałem, który z nich pokrzepił się przed ceremonią łyczkiem couzi. Brzęczenie muchy pod sufitem słyszałem tak wyraźnie, jakby siedziała mi w uchu. A gdybym zadarł głowę, mógłbym policzyć fasetki w jej oczach.

– Tak, tak – wymamrotałem i uspokojona Olive z powrotem pogrążyła się w zadumie. Ta strata złamała serca wszystkim, lecz Olive dotknęła szczególnie.

Czasami tak wyczulone zmysły się przydawały, ale częściej bywały kłopotliwe. Nienawidziłem tłumów, takich jak na tym nabożeństwie, jednak cóż, tak jak w Potoku, czasem nie dało się uniknąć wizyty w świątyni. Pozostawało mi zacisnąć zęby i jakoś przetrwać do końca.

Skoncentrowałem się na najgłośniejszym dźwięku. Z ambony przemawiał *Damaji* Aleveran, a jego głos dzięki przemyślnemu ustawieniu pulpitu niósł się zwielokrotniony po same krańce świątyni. Dzięki temu skupieniu uwagi udało mi się odciąć resztę przytłaczających mnie bodźców, obrazów, zapachów i dźwięków.

Nie przywiązywałem wielkiej wagi do sensu słów kapłana – ględził coś tam o tym, że wszystko dzieje się z woli Stwórcy – ale skierowałem na niego swoje wyczulone zmysły. Dowiedziałem się dzięki temu, jakim sposobem uzyskano tak nieskazitelną biel jego szat. Wychwyciłem nutę woni papieru i tuszu na palcach. Policzyłem zmarszczki na jego twarzy i wyczułem, ile ma lat, choć trzymał się lepiej niż większość mężczyzn w tym wieku. Wrażliwy węch powiedział mi, że Aleveran stosuje skromną dietę, a na dłoniach dojrzałem odciski. Pod warstwami szat kapłana falowały, ocierając się ze szmerem o tkaninę, wydatne mięśnie.

Serce Aleverana biło mocno i równo. To oraz jego zapach przekonały mnie, że wierzy w to, co mówi. Wierzył, że w Niebie mieszka Stwórca, że patrzy na nas z góry i że obchodzi go to, co robimy.

A nie każdy kapłan w to wierzył. Niektórzy nawet całkiem dobrze udawali, jednak mnie trudno było zwieść. Wybaczałem tym, którzy mieli wątpliwości, ale dobre intencje, lecz nie znosiłem tych, którzy celowo kłamali. Tym, którzy posiadali dar prawdziwej wiary, zazdrościłem. Chciałbym wierzyć, że nic nie dzieje się bez przyczyny. I że wszystko ostatecznie skończy się dobrze.

Ech, żeby to było takie proste.

Kiedy modlitwy i kazania dobiegły końca, uwaga obecnych przeniosła się na ciała leżące na marach przed ołtarzem. Dwóch książąt i księżniczki. Zgromadzeni w pierwszych rzędach duchowni wyszli z ławek i ustawili się po obu stronach ołtarza – mężczyźni z rady *dama* po prawej, *dama'ting* po lewej – i zaczęli odmawiać modły za zmarłych. Ciała innych poległych podczas Nowiu przekazano już kapłanom specjalizującym się w preparowaniu zwłok, aby wybielone kości bohaterów mogły zasilić moc tego miejsca. Selen uważała, że to barbarzyństwo, jednak moim zdaniem to piękne.

Nie codziennie świątynia miała okazję wzbogacić się o kości członka rodu królewskiego, a co dopiero trzech. Tym razem swoje kości oddali książę Chadan, wnuk *Damaji* Aleverana, książę Iraven, przyrodni brat Olive, i księżniczka Micha, jej przyrodnia siostra.

Tytuł księżniczki nie pasował mi do Michy – piastunki Olive, a jeszcze trudniej przychodziło mi myślenie o niej jako o wojowniczce. A jednak była jednym i drugim. Pamiętałem ją z dzieciństwa jako surowy, lecz kochający cień nieodstępujący Olive na krok, kiedy wraz z nią i z Selen ganialiśmy się po korytarzach zamku cioci Leeshy, niepomni niebezpieczeństw czyhających za runami. Micha zawsze była bardziej przyboczną strażniczką niż niańką, choć żadne z nas nie wiedziało, jaką naprawdę rolę pełni u boku Olive.

Mimo to ustawienie jej mar w jednym rzędzie wraz z książętami miało posmak skandalu. Od tysięcy lat w Sharik Hora nie umieszczono kości żadnej kobiety, jednak w obecnych czasach kości bohaterów były na wagę złota. Pustynna Włócznia stała się cieniem miasta z przeszłości, przedmieścia zostały zniszczone, a piaskowe demony nieustannie wzbijały burze na wydmach. Majah potrzebowali każdej ochrony, jaką mogli zdobyć.

Krasjanie często dopuszczali, by duma miała przemożny wpływ na ich decyzje, liczyłem jednak, że tym razem nie okażą się na tyle głupi, aby zrezygnować z kości potężnego bohatera tylko dlatego, że był kobietą. Wyczuwałem, że Olive się tym niepokoi, lecz nie mogłem nic na to poradzić.

Podobnie jak Micha, Olive była teraz zupełnie inna od tej rozpieszczonej księżniczki, z którą dorastałem w Zakątku. W Pustynnej Włóczni znano ją jako księcia Olive, sławetnego *kai'Sharum*, który uczynił takie spustoszenie w szeregach wroga, że liczby zabitych demonów mógłby mu pozazdrościć każdy starszy i bardziej doświadczony weteran.

Olive nie pachniała już też tak jak kiedyś. Przed przybyciem do Pustynnej Włóczni nie przeżyłaby jednego dnia bez kąpieli, prędzej wzięłaby dwie, niż którąś pominęła. Do każdej używała mydeł pachnących niczym mdlący opar kwitnącego ogrodu. Poza tym, kiedy tylko się osuszyła, nakładała na siebie całą masę mazideł, pudrów i perfum. Teraz pachniała jak mężczyzna nawet bardziej ode mnie – potem, kurzem i przyprawą *hava*. Było to tak różne od tego, co zapamiętałem, że w pierwszej chwili omal jej nie poznałem.

Omal, bo jednak pod tymi wszystkimi woniami nadal pachniała jak Olive, pierwsza przyjaciółka, jaką miałem w życiu. Magia przyspieszyła jej rozwój już w łonie matki, podobnie jak stało się to w moim przypadku. Oboje goniliśmy się już po pokojach na rok przed tym, jak Selen zaczęła stawiać pierwsze kroki. Nauczyłem się wyczuwać nastroje Olive, jeszcze zanim zacząłem mówić. Wiedziałem teraz, że przepełnia ją na równi żal i gniew. I trudno się dziwić. Straciła nieomal wszystko, a wcale nie musiało do tego dojść.

Ktoś, kto pachniał w ten sposób, powinien łkać rzewnie albo szaleć ze złości, lecz Olive panowała nad sobą przez wzgląd na szacunek należny zmarłym. W Krasji nie wypadało, by *Sharum* płakał lub kwestionował wolę Everama, gdy ten postanowił powołać jego braci do Nieba. Jeśli wierzyć w Niebo. Olive nie wierzyła, ale wiele się ostatnio zmieniło i sam już nie byłem pewien, czy jeszcze ją znam.

Siedzący po prawej Arick pachniał podobnie. Micha była nie tylko jego ciotką, ale też siostrą włóczni jego matki i prawdopodobnie pierwszą uznaną wojowniczką, która zaakceptowała Aricka takim, jakim był. Podobnie jak Olive, Arick obwiniał się za to, co stało się w demonich tunelach, choć żadne z nich nie przyczyniło się do tej tragedii.

W drugiej części świątyni emocji nie tylko się nie ukrywało, ale wręcz były mile widziane. Rojvah płakała otwarcie, choć raczej na pokaz niż z głębi serca. Jej łkania były odmierzone i odpowiednio głośne, aby okazać żal, nie zakłócając przy tym nabożeństwa i nie zostając w tyle z litaniami. No cóż, przecież prawie nie znała żadnego z poległych.

Jednak jej łzy były autentyczne. Nie miałem pojęcia, jak ta dziewczyna umiała płakać na zawołanie – i nie rozumiałem, po co w ogóle to robić – ale zapach jej łez był dla mnie wyraźny mimo warstwy malowideł i perfum, którą miała na sobie. Każdą kroplę, zanim ta spłynęła po policzku, rozmazując jej czernidło do oczu, łapała do flakonika na łzy.

Stojąca obok Rojvah Selen nie przepadała za makijażem ani nie była skłonna do płaczu, ale kochała Michę bardziej niż własną matkę. Mimo dzielącego nas tłumu wyczuwałem jej zapach. Znałem go jak swój własny. Cierpienie Selen było szczere, a ciche łzy zostawiały na jej policzkach lśniące ślady. Żałowałem, że nie mogę być blisko niej, żeby ją pocieszyć, choć może to i lepiej? Nie byłem w tym szczególnie dobry.

Mnie również było smutno, ale nigdy nie rozumiałem u ludzi tego całego opowiadania o uczuciach, które kryły się w ich zapachach. Mogło to wyglądać tak, że brak mi serca. Oczywiście mógłbym udawać, jak Rojvah, jednak to za bardzo przypominało mi kłamstwo.

Krasjanie nie mieli mi za złe tego, że nie okazuję uczuć. Traktowali mnie jak mężczyznę i wojownika, mimo że na wojownika nie wyglądałem. *Sharum* powinni akceptować zarówno smutek, jak i radość oraz umieć jedno i drugie odłożyć na bok.

Było to odrobinę pocieszające, skoro wszyscy w tej kościanej świątyni się na mnie gapili.

I nie, to nie żadne przechwałki, naprawdę tak było. Pewnie uważali, że robią to dyskretnie, ale co rusz zerkali na nasz rząd, udając, że wcale tego nie robią. Słyszałem ich poszeptywania. Plotkowali oczywiście o Olive i o reszcie, lecz głównie o mnie. Że jestem synem Par'china i tak dalej.

Mój ojciec, Arlen Bales, był słynny pośród Krasjan. Nawet w Nowej Krasji, postępowej, gdzie od piętnastu lat panował pokój, opinie na temat jego przydomku były podzielone. Tylko Stwórca wiedział, co oznaczał on dla Majah.

No cóż, mogło być gorzej. Przynajmniej nie plotkowali o tym, że urodziłem się w czeluściach, a w moich żyłach płynie krew demona, tak jak robili to Krasjanie z Północy. Tak czy owak, nie lubiłem być w centrum zainteresowania.

Przyszedłem do świątyni dla Olive, musiałem więc odgrywać swoją rolę. Nie byłem religijny, podobnie jak tata. Pisał o tym w swoich pamiętnikach. Podobno mamrotał pod nosem, powtarzając w kółko słowo „marmolada", żeby ludzie dostrzegli jego poruszające się usta i myśleli, że się modli. Mnie oczywiście by nie oszukał, ale inni nie słyszeli tak dobrze i nie widzieli tak wyraźnie jak ja, szczególnie jeśli jednocześnie pilnie udawali, że wcale nie patrzą.

– Chadan asu Maroch am'Majah – zagrzmiał Aleveran, a ja spojrzałem znów w stronę ołtarza. – Iraven asu Ahmann am'Jardir am'Majah. Micha vah Ahmann am'Jardir am'Kaji – recytował, przesuwając dłonią nad ciałami zmarłych. – Kto da świadectwo ich chwały?

W ławach zapanowało poruszenie, rozległy się szmery, a przecież wszystko zostało ustalone wcześniej. Wojownicy, którzy widzieli to, co działo się w tunelach, byli zgodni co do tego, kto powinien ich reprezentować.

Z rytmu serca czytałem jak z twarzy. Znałem dobrze echo równych uderzeń w piersi Olive, gdy odpoczywała, a także głośny łomot, gdy krew wrzała jej w żyłach. Tym razem jednak usłyszałem coś, co zdarzało się nieczęsto – szybki trzepot, jak u zająca ściganego przez ogara.

Ojciec Olive, podobnie jak mój, cieszył się w Pustynnej Włóczni sławą, choć niekoniecznie dobrą. Dawniej Majah wierzyli, że Ahmann Jardir jest głosem Everama. Wielu nadal w to wierzyło wbrew temu, co mówili ich przywódcy. Dlatego właśnie *Damaji* Aleveran oraz członkowie rady woleliby już nigdy nie usłyszeć jego imienia.

Jednak w przeciwieństwie do mnie Olive nigdy nie uciekała przed konfrontacją.

2

Przemowy

Zbliżała się chwila, kiedy to ja, Olive asu Ahmann vah Leesha, miałam stanąć przed zebranym w świątyni tłumem. Siedziałam na kościanej ławce, sparaliżowana strachem.

Odetchnęłam głęboko, akceptując lęk. Zbroja Chadana leżała na mnie jak szyta na miarę szata i prawie nie wydała dźwięku, kiedy wstawałam.

Zbroję tazhańską robiło się techniką lamelkową – masa malutkich płytek *alagai* zachodzących na siebie tworzyła pancerz z czarnej stali o elastyczności koszuli i odporności tarczy. Pokryte runami tafelki chroniły przed demonami, a impet ciosu rozchodził się kręgiem, niczym fale na wodzie po wrzuceniu kamienia, rozprowadzając energię i niwelując siłę uderzenia.

Godło Chadana, włócznia, zostało zastąpione naszym wspólnym. Żaden dar nie mógłby spłacić długów Majah wobec mnie, ale zrobiło mi się cieplej na sercu, że mogę nosić zbroję mojego księcia i nasz nowy herb na piersi, oliwkę przebitą włócznią.

Na ramiona narzuciłam prostą czarną szatę bez zapięcia z przodu, przypominającą pelerynę. Łagodziła nieco kanciastość pancerza i chroniła kościane ławy przed ostrymi krawędziami lamelek. Hełm owinęłam turbanem, a białą jedwabną zasłonę opuściłam luźno na szyję.

Krasjański strój chronił mnie przed spojrzeniami tak dobrze jak pancerz przed ciosami, dając mi pewne poczucie przynależności do wspólnoty zgromadzonej w tym świętym miejscu, a przecież byłam tu obca. Dzięki tradycyjnemu krojowi szat oraz nakryciu głowy i woalce noszonym na sposób Majah nie wyróżniałam się, pomimo że znajdowałam się setki mil od domu, pośród plemienia wrogów moich przodków.

Upodobniłam się wyglądem do swoich porywaczy.

Zaledwie parę miesięcy wcześniej w innym pomieszczeniu w tej świątyni przeżyłam najbardziej upokarzające chwile w życiu. Przemocą uprowadzona z domu, zostałam tu przetransportowana jak pakunek, a następnie rzucona na podłogę niczym łup wojenny. A potem *Damaji* kazał mnie wychłostać za bezczelność. Cięgi trwały tak długo, aż mogłam tylko leżeć na posadzce, łkając.

Teraz musiałam podejść do mojego oprawcy, który stał przed ołtarzem.

Na samym początku okrzyknięto mnie *push'ting*, „synem", którego matka wychowywała jak córkę.

Uznali, że księżna zrobiła to z tchórzostwa – lub przebiegłości. Ale bez względu na powody, które kierowały matką – chęć ukrycia mnie przed zabójcami, czy też zapobieżenia podstępnym knowaniom mającym na celu przejęcie tronu mego ojca – Majah nieufnie patrzyli i na jej działania, i na mnie samą. Zrobili, co w ich mocy, by uczynić ze mnie mężczyznę, nie bacząc na to, kim byłam i czego pragnęłam.

I udało im się. Osiągnęli efekt lepszy niż ktokolwiek – łącznie ze mną – mógłby się spodziewać. Majah nie zaakceptowaliby mnie jako kobiety, dlatego wykorzystałam swoją męską część, a potem zmusiłam ich, by mnie szanowali. Dlatego stałam teraz przed ołtarzem odziana w tazhańską zbroję jako książę Olive, wojownik zasłużony nie mniej niż ci, których kości zbudowały tę świątynię.

I choć nie byłam już tamtą rozpieszczoną księżniczką, która przybyła do Pustynnej Włóczni, nie byłam również księciem wojownikiem. W każdym razie nie całkiem. Nadal tylko odgrywałam jego rolę, jednak robiłam to już tak długo, że sama nie miałam pewności, kim będę, gdy przestanę w końcu udawać. Z całą pewnością nie księżniczką Olive, dziewczyną plotkującą i paplającą o dworskiej modzie oraz zabiegającą rozpaczliwie o aprobatę matki.

Pustynia zahartowała księcia Olive. Jednak ani walcząc w Labiryncie z demonami, ani w koszarach z agresywnymi Majah nie czułam się w Pustynnej Włóczni bezpiecznie z wyjątkiem chwil, gdy spałam u boku księcia Chadana. Ale mój książę odszedł i bałam się, że już nigdy ani przez moment nie zaznam tu spokoju. Postanowiłam wrócić do domu i tam sprawdzić, co kryje się pod twardym pancerzem księcia Olive.

Nie mogłam się już doczekać, żeby zostawić za sobą Pustynną Włócznię z jej duchami, demonami i politycznymi intrygami. Przelewałam tu krew wraz z wojownikami Majah, połączyły mnie z nimi braterskie więzi, ale ich przywódcy zawsze traktowali mnie źle.

Zanim jednak miałam zacząć swoje nowe życie, musiałam zrobić jeszcze jedno – odprowadzić siostrę i mojego księcia w zaświaty.

Nie byłam religijna, nie wierzyłam, że śmierć odkrywa sekrety, nie wierzyłam w Everama czy Stwórcę, o którym mówili Opiekunowie na Północy. Matka wychowała mnie w duchu zdrowego sceptycyzmu wobec kapłanów i „świętych" tekstów. Szanuj wiarę innych, mawiała, ale nie ufaj komuś, kto przypisuje boskiej interwencji rzeczy możliwe do wyjaśnienia lub jest tak ślepo oddany swoim ideom, że odrzuca przeczące im dowody.

Według mnie żadne Niebo nie istniało, czeluść zaś była po prostu przesyconą magią krainą, która znajdowała się pod powierzchnią Ala. Widziałam ją na własne oczy i wiedziałam, że to przerażające miejsce, ale też że nie ma tam nic, co sugerowałoby obecność mocy nadprzyrodzonej.

Jednak świadoma, że z powodu mniejszych bluźnierstw niż te ludzie wszczynali bijatyki, zachowywałam swoje przemyślenia dla siebie.

Mój książę oraz siostra wierzyli w Everama, a modlitwy i rytuały miały dla nich znaczenie, oni z kolei znaczyli dla mnie tak wiele. Jakżebym mogła uhonorować ich śmierć, nie okazując szacunku ich religii?

Choć nie wierzyłam w Stwórcę, wierzyłam w magię. To coś, co dawało się potwierdzić, zmierzyć. Wiedziałam, że istnieje magia Otchłani, która wysącza się z czeluści świata, oraz magia kości bohaterów. Mogłam zobaczyć moc Sharik Hora dzięki runicznemu widzeniu.

Spędziłam wiele godzin w Komnacie Cieni, studiując sztukę magicznych znaków, choć nigdy nie miałam talentu matki, która była wiedźmą runów.

Micha i Chadan przez całe życie marzyli o chwalebnej śmierci, a dla Sharik Hora posiadanie ich kości miało być zaszczytem. Ich ofiarne czyny bez cienia wątpliwości w ostatnich godzinach życia nasyciły ich *hora* siłą i czystością. Jaką siostrą, jaką... przyjaciółką bym była, gdybym nie dopilnowała, aby zostali uhonorowani tak, jak na to zasłużyli.

Już przy ołtarzu ukłoniłam się *Damaji* Aleveranowi, niezbyt jednak głęboko. Ukłon wyrażał szacunek – nikły – i z pewnością nie dorównywał czołobitnością tym, które składali swym *Damaji* nawet najpotężniejsi członkowie plemienia Majah.

– Ja, Olive asu Ahmann am'Jardir am'Zakątek, przemówię w imieniu zmarłych.

Wśród zebranych zapanowało poruszenie w reakcji na moją butę, ale również z powodu nazwiska mojego ojca. Majah wierzyli niegdyś, a niektórzy nawet do tej pory, że Ahmann Jardir jest Wybawicielem.

Aleveran mógł zażądać, żebym uklękła, tyle że wolał nie próbować. Nigdy z własnej woli nie ugięłabym karku przed tym człowiekiem, a jeśli kazałby *Sharum* mnie do tego przymusić, straciłby twarz i poparcie.

Aleveran pragnął pozbyć się mnie tak bardzo, jak ja pragnęłam stąd odejść. To był nasz ostatni taniec, potem nasze drogi miały się rozejść, możliwe, że już na zawsze. W odpowiedzi na mój ukłon skinął prawie niedostrzegalnie, ale wciąż było to publiczne okazanie uznania, zwłaszcza po moim wcześniejszym przejawie lekceważenia.

– Witaj, synu Ahmanna. – *Damaji* wyciągnął do mnie jedną rękę, drugą zaś ku Mównicy Świadka. – W obliczu Everama i wszystkich jego dzieci wyznaj prawdę.

Stanęłam przy uświęconej Mównicy Świadka wyprostowana, z wysoko uniesioną głową. Mównicę zbudowano z łopatek, żeber i kręgosłupów wojowników poległych bohaterską śmiercią, a wieść niosła, że kości te sparzą dłonie temu, kto skłamie, zeznając w tym miejscu. Przelotnie zastanowiłam się, czy to prawda, czy tylko mit, ale nie zamierzałam tego sprawdzać. Tego dnia miałam mówić tylko prawdę bez względu na konsekwencje.

– Przed tobą leży mój wnuk, Chadan asu Maroch am'Majah – zaintonował Aleveran, wkładając w to tyle emocji, co marmurowy posąg. – Jaką chwałą okrył się książę Chadan, by zasłużyć na miejsce w świątyni Kości Bohaterów? – Wskazał na pierwsze z trzech ciał na marach przed ołtarzem.

Zmiażdżoną czaszkę Chadana ukryto pod turbanem, dzięki czemu wydawał się cały. Upudrowana twarz wyrażała spokój, jakby spał, jakby w każdej chwili mógł się obudzić. Jego zbroja, która otulała mnie niczym suknia ze święta przesilenia, nadal nim pachniała. Czułam, jakby stał obok mnie.

Fala nagłego bólu omal nie ścięła mnie z nóg, lecz w mojej głowie odezwało się echo uspokajającej mantry dawnej nauczycielki, *Dama'ting* Favah. „Lęk i ból są jak wiatr. Ugnij się jak palma i pozwól, by pomknął dalej".

Przymknęłam oczy. Kiedy pierwszy raz usłyszałam te słowa, jeszcze nie widziałam palmy. Miesiąc później *Dama'ting* Favah podczas wielkiej burzy zaciągnęła mnie do okna i pokazała małą wierzbę na wzgórzu smaganą deszczem i wichrem. Drzewko kołysało się i uginało, ale przetrwało burzę, nie tracąc nawet gałązki.

Teraz wyobraziłam sobie tę wierzbę i pozwoliłam duszy ugiąć się pod naporem fali smutku. Napomniałam się, że występuję na ceremonii jako adwokatka, nie żałobniczka. Jako mężczyzna opiewający czyny wojownika, nie kobieta opłakująca jego śmierć.

A jednak byłam przecież kobietą. Przynajmniej po części. Czemu miałabym nie opłakiwać utraty Chadana? Czy to ma znaczenie, czy kochałam go jako mężczyzna, czy jako kobieta? Czy kiedykolwiek jeszcze pokocham kogoś tak, jak kochałam mojego księcia?

Z trudem przełknęłam gulę w gardle, zaniepokojona, że żal zwiąże mi język. Okazało się jednak, że nie jest trudno mówić o tym, dlaczego kochałam Chadana.

– Chadan asu Maroch am'Majah był najdzielniejszym człowiekiem na świecie. – Chwyciłam krawędź mównicy, nie obawiając się legendarnego działania kości. – Razem przelewaliśmy krew w *alagai'sharak*, nie w Labiryncie, ale na ulicach dzielnicy *chin*, gdzie książę nie chciał zostawić na pastwę *alagai* nawet najpośledniejszego żebraka. Czasami *alagai* przybywały po tych, którzy znajdowali się pod jego opieką. Kobiety, dzieci, *khaffit*, nie wspominając o braciach we włóczni. Za każdym razem demony rozbijały się o tarczę, nadziewały na włócznię syna Marocha! – Zacisnęłam dłonie w pięści i uniosłam je. – Gdyby nie on, zginąłbym i ja. Zginęlibyśmy wszyscy. – Wskazałam pięścią pierwszy rząd wojowników. – Widziałem to! – *Sharum* jak jeden mąż tupnęli, a łomot setek stóp poniósł się echem po świątyni.

– Widziałem to! – zagrzmieli.

Okrzyk ten dodał mi otuchy i wiary, że Chadan ma zapewnione miejsce w zaświatach.

– Podczas Nowiu, gdy Alagai Ka wyszedł na powierzchnię Ala, nawet odważny człowiek miał prawo się bać. Lecz syn Marocha nie cofnął się, nie stchórzył, kiedy Ojciec Zła wysłał swoje sługi, żeby zburzyły nasze mury. Nie zawahał się, żeby zejść w czeluść wiecznej nocy, gdzie Alagai Ka skalał i opanował Podmiasto. Widziałem to.

– Widziałem to! – I znów moi bracia we włóczni zakrzyknęli chóralnie i tupnęli. Tym razem przyłączyli się do nich Arick i Selen, choć głos rozlegający się po lewej, kobiecej stronie Sharik Hora z pewnością zasiał zgorszenie wśród wiernych.

– Śmiertelnie raniony przez króla demonów Chadan mógł spokojnie umrzeć w chwale, z duszą jaśniejącą glorią, ale nie zrobił tego, nie chciał bowiem zostawić mnie bezbronnego w obliczu wroga. – Znów gardło ścisnęło mi się z żalu.

Nie wspomniałam, że Chadana ranił nie demon, lecz mój opętany przyrodni brat, Iraven, ani że mnie również by zabił, gdyby mój książę, ignorując przebite ostrzem płuco, nie rzucił się z powrotem w wir walki. Ani również o tym, że to jeden z jego towarzyszy, nad którym, podobnie jak nad Iravenem, Alagai Ka przejął władzę, pochwycił Chadana i zawlókł przed oblicze demoniego króla. Przysięgłam mówić tylko prawdę, ale to nie oznaczało, że muszę wyjawić ją całą.

– Syn Marocha zginął z rąk samego Alagai Ka. *Sharum* śnią o chwalebnej śmierci, a jaka śmierć może być bardziej chwalebna od tej zadanej przez Pierwszego Demona, prawą rękę Nie na Ala. Widziałem to.

– Widziałem to! – zakrzyknęli bracia, uderzając stopami o posadzkę, choć w zasadzie tego nie widzieli. Gdy Alagai Ka pożerał umysł Chadana, wszyscy byli marionetkami pod władzą demona. Jednak gdy przełamaliśmy jego panowanie nad ich umysłami, ujrzeli straszliwe dzieło zniszczenia, mogli więc zaświadczyć, że moje słowa są prawdą.

Aleveran odwrócił się do swojej rady kapłańskiej, ale żaden z jej członków nie był na tyle głupi, by zaprzeczyć czy podważyć moje zeznanie. *Damaji* dał im dosłownie mgnienie na to, by potaknęli skinieniami, a potem uniósł ręce, dając sygnał pełniącemu posługę przy ołtarzu *nie'dama*, aby zadzwonił dzwonkiem, którego dźwięk potwierdzał przyjęcie mojego świadectwa.

– Everamie, który dajesz światło i życie, przyjmij kości Chadana asu Marocha, żeby pobłogosławiły tę wielką świątynię na twoją wieczną chwałę.

Muskularni kapłani ukłonili się przed ołtarzem, a następnie ujęli uchwyty mar i wynieśli ciało Chadana do podświątyni w celu poczynienia przygotowań.

W trakcie chwili ciszy upamiętniającej Chadana przymknęłam oczy i w myślach życzyłam duszy mojego księcia wszystkiego, co najlepsze, choć sama nie wiedziałam, co by to miało być. Głos Aleverana zbyt szybko wyrwał mnie z zadumy.

– Przed tobą spoczywa Iraven asu Ahmann am'Jardir am'Majah. – Kapłan równie bezbarwnym jak wcześniej tonem tym razem przedstawił mojego przyrodniego brata, człowieka, który był mu cierniem w boku i zagrożeniem dla jego władzy. – Jaką chwałą okrył się książę Iraven, żeby zasłużyć na miejsce w świątyni Kości Bohaterów?

Nie mogąc patrzeć na Iravena, uciekłam wzrokiem w bok, ku radzie *dama'ting*, a moje spojrzenie padło prosto na matkę Iravena, Belinę, od której aż biła nienawiść do mnie. Opowieści Minstreli pełne są nienawistnych macoch, ale niewiele z nich dorównuje wrogością mojej macosze. Belina nie wahała się ani chwili zrujnować mi życia, aby tylko zapewnić chwałę swemu jedynemu pozostałemu przy życiu synowi. Teraz i on umarł. Pozostało jej jeszcze tylko jedno dziecko, Linavah, córka, którą ponoć przetrzymywał na Północy mój ojciec.

Zdawałam sobie sprawę, że Belina obawia się tego, co powiem – bała się, że odmówię jej synowi chwały. W głębi duszy tego pragnęłam. *Sharum* wybrali mnie na swojego przedstawiciela i Belina nie mogła zapobiec wyjawieniu przeze mnie prawdy.

Jednak macocha nie znała mnie tak dobrze, jak się jej wydawało.

– Iraven miał serce *Sharum* – zaczęłam. – Trzy księżyce temu stałem z nim na murach, gdy *alagai* wyważyły wielką bramę. Mógł zapieczętować wejście do Labiryntu, poświęcając uwięzionych w nim ludzi, lecz odmówił pozostawienia swoich wojowników na pastwę losu. Mógł wydać rozkaz ze szczytu murów, aby odzyskano bramę, ale nie chciał zmuszać ludzi do walki, która przejmowała ich strachem. Syn Ahmanna zszedł na dziedziniec i osobiście poprowadził szarżę, odbił wrota i wszedł do Labiryntu, by poszukać ludzi. Setki *Sharum* zawdzięczają mu życie. Widziałem to.

– Widziałem to! – Wojownicy podkreślili zawołanie tupotem.

– A gdy demony wydrążyły tunele pod dzielnicą *chin* i wyskoczyły na ulice, Iraven mógł poświęcić jej mieszkańców, aby oszczędzić wojowników – ciągnęłam. – Ale tej nocy wszyscy ludzie byli braćmi i syn Ahmanna z plemienia Majah nie pozwolił im zginąć.

Gdy Mistrz Ćwiczeń Chikga zasugerował pozostawienie mieszkańców własnemu losowi, Iraven powalił go za to. Widziałem to!

– Widziałem to! – potwierdził chór.

Liczyłam, że to świadectwo wystarczy, jednak po minach rady poznałam, że nie będzie tak łatwo. Postulat w sprawie Chadana był jedynie formalnością, natomiast w wypadku Iravena miało odbyć się postępowanie. Wielu potężnych Majah uważało Iravena – podobnie jak jego matkę – za intruza i chętnie odmówiłoby mu zaszczytu. Kiedy umilkłam, nienawiść widoczna w oczach Beliny przybrała na sile.

Gdy tym razem Aleveran spojrzał na swoją radę, z szeregu wystąpił jego syn, *dama* Maroch, ojciec Chadana.

– Wedle twoich własnych słów, synu Ahmanna, większość tragedii, które wydarzyły się podczas minionego Nowiu, można złożyć na karb działań księcia Iravena. Zdradził nas, nie zabezpieczył wyłomu, wprowadził naszych najlepszych wojowników w pułapkę pod miastem. Czy naprawdę uważasz, że jest on godnym kandydatem, aby dołączyć do Sharik Hora?

Od strony ławek rozległy się westchnienia zaskoczenia, choć niektórzy *dama* kiwali głowami. Rada słyszała już zeznania moje i innych, ale dla wiernych słowa Marocha były nowością. Wątpliwości można było podnieść za zamkniętymi drzwiami, tyle że Aleveran pragnął publicznego pohańbienia Iravena, żeby osłabić poparcie części Majah dla mojego ojca jako prawowitego władcy całej Krasji.

Nawet w tym świętym miejscu rządziła polityka. Zacisnęłam zęby zniesmaczona.

Nie zamierzałam jednak brać udziału w politycznych gierkach. Ani tutaj, ani w domu. Chciałam zachować własną moc.

Podniosłam wzrok na Aleverana, spojrzałam na Marocha i resztę *dama*, a potem omiotłam wzrokiem żałobników.

– To prawda – przyznałam, wywołując kolejną falę cichych okrzyków. – Alagai Ka przejął umysł Iravena i zmusił go do popełnienia zdrady. Jednak nie przytrafiło się to tylko mojemu bratu. Wielu *Sharum* obróciło się przeciwko swoim, gdy ich runy ochronne zawiodły w ogniu bitwy. Opętanie to broń demonów umysłu i jest tak samo skuteczne jak szpony piaskowych demonów czy płomienie ognistych.

W końcu popatrzyłam na Iravena. On również leżał spokojnie, lecz widok jego twarzy wywołał we mnie ból, którego brat mi przysporzył. I przysięgłam mówić tylko prawdę.

– Nie żywię miłości do mojego brata. To Iraven uczynił najwięcej, aby mnie zniszczyć, i nie tylko wtedy, gdy kierowała nim wola demona. Wysłał wojowników, żeby nocą uprowadzili mnie z domu, traktując to jak kradzież zwykłego przedmiotu. Posłał Mistrza Ćwiczeń Chikgę na śmierć. Zabił moją siostrę.

Poczułam, że zaciśnięte na krawędzi mównicy ręce spotniały mi, i zaczęłam się zastanawiać, czy jej magia wyczuwa też pomijanie prawdy, bo znów nie wspomniałam o tym, że choć pod wpływem demona, to właśnie Iraven zatopił ostrze w piersi Chadana. Była to prawda, lecz taka, która rozdarłaby do reszty to miasto i całe plemię Majah.

Dlatego kontynuowałam, choć mówienie prawdy sprawiało mi ból.

– Ale równocześnie to pod jego włócznią padły zastępy demonów. A gdy Alagai Ka umknął z pola bitwy, wyzwalając umysł Iravena, mój brat wolał zginąć w chwale, niż ryzykować, że wracając do miasta, zabierze ze sobą jakąś cząstkę demona ukrytą w zakątku umysłu. W ostatnim akcie bohaterstwa poświęcił się, aby chronić Pustynną Włócznię i jej mieszkańców, a takiej mocy bez wątpienia Święte Miasto potrzebuje. – Celowo uniosłam ręce, by wszyscy ujrzeli, jak kładę dłonie na mównicy, jakbym pragnęła, by święty artefakt dał świadectwo mojej prawdomówności. – Widziałem to!

Włóczniom Pustyni, gwardii przybocznej Iravena, samo tupanie nie wystarczyło na potwierdzenie moich słów, bo Mistrz Ćwiczeń Zim uniósł dłoń, zwinął ją w pięść i trzy razy uderzył nią w opancerzoną pierś.

– Widziałem to! – Wojownicy powtórzyli jego gest.

Maroch zacisnął usta. Zaplanował wcześniej wniesienie protestu, ale nie spodziewał się, że *Sharum* zaplanują swoją nań odpowiedź.

Nie znałam się na polityce, ale nie byłam głupia.

Odczekałam moment, czy pojawią się inne obiekcje, lecz pośród kapłanów również nie było głupców. Żaden z nich nie chciał zniechęcać do siebie wojowników, wspierając osobistą animozję Alleverana. Po dłuższej chwili *Damaji* uniósł ręce i znów zabrzmiały dzwonki.

– Everamie, który dajesz światło i życie, przyjmij kości *Sharum Ka* Iravena asu Ahmann am'Jardir am'Majah, żeby pobłogosławiły tę wielką świątynię na twoją wieczną chwałę.

Iravena zabrano, a przed ołtarzem pozostała już tylko moja siostra. Jeśli postulat w sprawie Iravena był procesem, teraz poczułam się, jakbym miała zejść w czeluść. Dotychczas kości żadnej kobiety nie wzmocniły potęgi Sharik Hora, a starcy mało czego bali się tak jak zmian.

Tyle że raz już zstąpiłam w czeluść w imię miłości, a starców już się nie bałam. Postanowiłam, że jeśli nie uznają Michy godną zaszczytu, zabiorę jej ciało do domu i dopilnuję, by spoczęła w katedrze Wybawiciela w Zakątku. Choć w głębi serca tego chciałam najbardziej, wiedziałam, że ona pragnęłaby spocząć tutaj.

– Przed tobą leży moja wnuczka, Micha vah Ahmann am'Jardir am'Kaji. – W końcu w tonie Aleverana, w którym nie przejawiły się żadne emocje, gdy przedstawiał własnego wnuka i swojego największego rywala, zabrzmiały nuty odrazy. – Jaką chwałą okryła się córka Ahmanna, żeby zasłużyć na miejsce w świątyni Kości Bohaterów?

W rzędzie *dama* rozległy się pomruki dezaprobaty. Wywyższenie kobiety stanowiło bezpośrednie zagrożenie dla ich władzy i z pewnością nie zamierzali poddać się tak łatwo jak w wypadku Iravena, wojownicy zaś nie znali Michy tak dobrze jak ja. Nie liczyłam na to, że narażą się dla zaszczytu kobiety, i nawet nie przyszłoby mi do głowy o to prosić. To nie była ich walka.

Spojrzałam na siostrę leżącą tak spokojnie i poczułam, jak serce mi krwawi. Micha była tak dużą częścią mojego świata, że nie wiedziałam, jak będę żyła bez jej rad, miłości i wsparcia.

Micha była moją siostrą, choć dotąd nie pojmowałam prawdziwie idei siostrzeństwa, a teraz było już za późno. Micha przez całe moje życie ukrywała prawdę o sobie i miałam jej to za złe, choć to było z mojej strony niesprawiedliwe. Poświęciła całą siebie, wielkie zaszczyty, status królewski, by odgrywać moją niańkę i chronić mnie przed skrytobójczymi ostrzami. Bez niej mogłam zginąć wiele razy, a mimo to miałam czelność ją osądzać.

Micha mogła mnie jeszcze tyle nauczyć, tyle pragnęłam z nią odkryć, a teraz mogłam jedynie brać z niej przykład. Micha była niezrównaną wojowniczką, lecz jako kobieta poświęciła swoje ambicje dla młodszej siostry. Jeśli na tym polegało bycie kobietą – na stawianiu potrzeb innych na pierwszym miejscu – to czyn równie chwalebny jak każde zwycięstwo zbrojne.

– Moja siostra urodziła się tutaj, w Pustynnej Włóczni – zaczęłam, nie wiedząc jeszcze, jakich słów użyć, żeby przekonać radę. Postanowiłam jednak zrobić wszystko, co w mojej mocy, by tego dopiąć. – Jako córce jednej z pośledniejszych żon Shar'Dama Ka, przysługiwał jej status zbyt niski, aby mogła przywdziać biel *dama'ting*, a zbyt wysoki na czerń *dal'ting*, dlatego została wysłana tutaj, do tej świątyni, by Mistrz Ćwiczeń Enkido sprawdził, czy można nauczyć kobietę posługiwania się włócznią.

Na wspomnienie nazwiska starego mistrza oraz sugestię, że kobieta może walczyć włócznią, po sali przebiegł szmer. Zasługi Michy musiały być ukrywane na dworze mojej matki, jednak sława Enkido niosła się szerokim echem. Był znany nawet tutaj, w plemieniu swych wrogów.

– Enkido nie był łagodnym nauczycielem, nie obchodził się lekko ze swoimi uczniami. Przeszedłem przez *sharaj* jako *nie'Sharum*, ale próby, o których mówiła moja siostra, były o wiele bardziej wymagające, ponieważ Enkido wiedział, że kobieta musi być dwa razy bardziej utalentowana, aby zasłużyć sobie na połowę szacunku mężczyzny na jej miejscu. Było ich pięć: Ashia, Shanvah, Sikvah, Micha i Jarvah, pięć sióstr włóczni Everama. Krew *Sharum* Shar'Dama Ka. I każda rozsławiła swoje imię. Ashia przywdziała biały turban Sharum'ting Ka i zabiła demona umysłu zniewalającego wojowników *Sharum* i kierującego atakiem na Lenno Everama. Shanvah podążyła za Shar'Dama Ka w otchłań Nie i poległa bohaterską śmiercią podczas niszczenia roju *alagai*. Sikvah – skinęłam w stronę Aricka, jej syna – również zginęła w *Sharak Ka*, broniąc murów Lenna Everama przed hordą demonów. Jarvah jest strażniczką przyboczną samej Damajah. A Micha – wskazałam na siostrę – zabiła demona umysłu w Angiers.

– To pogłoski – warknął Aleveran. – Słowa niegodne Mównicy Świadka.

– Wybacz, *Damaji*, ale śmiem twierdzić inaczej – sprzeciwiłam się głośno. – To udokumentowane fakty historyczne.

Nie zrobiło to wrażenia na Aleveranie.

– Możesz okazać owe dokumenty i dowieść ich prawdziwości?

Oczywiście, że nie mogłam. Ukłoniłam się uprzejmie.

– Wybacz, *Damaji*. Obawiam się, że nie zdążyłem zajrzeć do archiwów, zanim twoi Wypatrywacze uprowadzili nas nocą z domu.

Twarz Aleverana pociemniała. Zdawałam sobie sprawę, że podjęłam niebezpieczną grę, jednak nie zamierzałam porzucić siostry w imię dumy starca.

Machnęłam ręką jak babcia, gdy odganiała jakąś myśl niczym nieprzyjemny zapach, a potem wsparłam obie dłonie na mównicy tak, aby wszyscy wyraźnie to zobaczyli.

– To nieistotne, gdyż na własne oczy widziałem, jak moja siostra zatapia grot swojej włóczni w trzewiach demona drzewnego, zanim ten zdołał odebrać mi życie. Jego posoka zbryzgała mi twarz. A kiedy reszta gromady rzuciła się na naszą grupę, to właśnie *Sharum'ting* nas ocaliła. Widziałem to.

Nie spodziewałam się odpowiedzi, więc zaskoczył mnie głos, który rozległ się od strony ławek.

– Widziałam to! – Okrzyk Selen odbił się echem po świątyni, a zgorszone spojrzenia zebranych zwróciły się na kobietę, która ośmieliła się przemówić jako świadek. Jeśli Selen poczuła ciężar tych spojrzeń, nie dała tego po sobie poznać. Stała wyprostowana i patrzyła na mnie, dając mi wsparcie, którego potrzebowałam, by mówić dalej.

Aleveran machnął ręką, naśladując mój gest.

– Kobieta świadczy o czynach innej kobiety, których ta dokonała daleko, w zielonych krainach – prychnął. – To nie wystarczy, aby potwierdzić prawo do miejsca w Sharik Hora.

Zapłonął we mnie gniew. Najwyraźniej Aleveran pragnął konfrontacji. Ostatniego pokazu swojej siły.

– Masz rację, *Damaji*. – Ukłoniłam się ponownie. – Niechże więc przemówią te czyny, których dokonała tutaj, w Pustynnej Włóczni, gdy przyłączyła się do *Sharum* na ścieżce prowadzącej do czeluści pod tym tutaj miastem, w tym samym czasie, gdy ty skryłeś się w Świętym Mieście.

Dama wyraźnie nie w smak była sugestia, że są mniej honorowi niż *Sharum*, jednak żaden nie odważył się zaprotestować. To ja stałam przy mównicy i musiałam przekonać nie tylko radę, ale też żałobników.

– Alagai Ka pozbawił *dal'Sharum* hełmów, a bez runów umysłu stali się jego marionetkami. Jednak zanim demon zdołał skalać ich serca, zostali wyzwoleni spod jego wpływu dzięki zaklętej pieśni mojej siostry. A podczas gdy dochodzili do siebie, Micha wraz ze mną walczyła przeciw Ojcu Zła. Widziałem to.

Spojrzałam na braci we włóczni. Wojownicy nie znali mojej siostry i z pewnością nie zachwyciło ich wspominanie, że znajdowali się we władzy demona, honor jednak wymagał, by poparli świadka. Ich tupot nie był tak jednoczesny jak wcześniej, ale się rozległ, a w chóralnym okrzyku potwierdzenia wybijały się głosy Darina, Selen i Rojvah.

– Widziałem to!

I znów Aleveran postanowił podważyć moje świadectwo.

– Sharik Hora jest dla wojowników, nie śpiewaczek. Sam zaświadczyłeś, że twoja siostra zginęła z rąk Iravena, nie od szponów demona.

– Iravena, który był wtedy pod wpływem Alagai Ka. Którego król demonów wysłał do walki z nią, bojąc się jej włóczni.

– To spekulacje – syknął Aleveran. – Nie zabił jej *alagai*.

Miałam ochotę wykrzyczeć prawdę. Że jego ukochany wnuk Chadan również padł od ostrza Iravena. Śmiertelną ranę zadano mu przed tym, jak król demonów rozłupał mu czaszkę. Nie mogłam jednak ograbić nikogo z zaszczytu tylko po to, by usadzić *Damaji*.

– A więc kto jest odpowiedzialny, gdy wojownik zabija na rozkaz?

Damaji nie miał na to szybkiej riposty, a ja nie dałam mu czasu, by jakąś wymyślił.

– Wojownicy każdej nocy giną w Labiryncie, wielu z nich, nawet zanim zobaczą demona na własne oczy. Zostają zmiażdżeni przez spadające głazy, spaleni, zepchnięci z murów. Wykrwawiają się od ran. Ci wszyscy bohaterowie giną przez *alagai'sharak*, a ich kości spoczywają tutaj.

– To niuanse – ustąpił Aleveran. – A ty żądasz, żebyśmy zmienili trzy tysiące lat tradycji i na podstawie niuansów przystali na złożenie w Sharik Hora kości kobiety, co nie zdarzyło się jeszcze nigdy dotąd.

Całą siłą woli powstrzymałam się, żeby nie zazgrzytać zębami. Majah uznawali mnie za mężczyznę, ale gdy spojrzałam na złożoną wyłącznie z mężczyzn radę *dama,* poczułam odrazę. Pogłoski. Zielone krainy. Śpiewaczka, nie wojownik. Ostrze, nie szpony. Wymówka za wymówką, byle tylko odmówić kobiecie zaszczytu, którego przyznanie mężczyźnie jest jedynie formalnością.

– *Sharum'ting* nie istniały przed opuszczeniem Pustynnej Włóczni – przypomniałam. – Ich oddział został stworzony, ponieważ Shar'Dama Ka potrzebował każdej dostępnej włóczni. Siostry włóczni Everama zostały, żeby walczyć w *Sharak Ka* nawet wtedy, gdy inni odeszli.

Jeśli wcześniej kroczyłam niebezpieczną ścieżką, teraz balansowałam na linie nad czeluścią. To pod przywództwem Aleverana Majah opuścili armię mego ojca w kulminacyjnym punkcie *Sharak Ka* i ku wiecznej hańbie wielu powrócili do Pustynnej Włóczni. Majah nie lubili, by wypominano im ten niehonor.

Myliłabym się, myśląc, że przełamię tym opór Aleverana. Wyraz jego oczu świadczył, że jeszcze mocniej się w nim zaciął.

– Kości *Sharum'ting* obdarzają mocą świątynie w Nowej Krasji i w Zakątku.

– Nie nam oceniać naszych braci z Północy, jeśli chcą kalać swoje święte miejsca, wprowadzając nowomodne zwyczaje – wywarczał Aleveran. – Już samo przyzwolenie, żeby kobieta walczyła włócznią, było jednym ze stopni, po których Ahmann Jardir stoczył się w herezję. Nasze miasto oczyściliśmy z takich błędów i Sharik Hora pozostanie nieskalana.

– Demonie bździny! – syknęła Selen, a mnie serce w piersi aż podskoczyło. Oczywiście miała rację. Bez włóczniczek demony przejęłyby miasto. Zaniepokoiłam się jednak, bo za ten wybuch Selen mogła zapłacić głową. Zerknęłam w jej stronę. Rojvah starała się uspokoić Selen, ale nie zdążyła.

– Ciii! – syknęła *Damaji'ting* Chavis strofująco. Byłam tak skupiona na Aleveranie i jego radzie *dama*, że całkiem zapomniałam o wrednej starusze stojącej również przy ołtarzu.

Chavis postąpiła krok w stronę Aleverana i złożyła mu ukłon, ale nie klęknęła. Jej władza nie dorównywała *Damaji*, lecz bez jej wsparcia trudno by mu było utrzymać się na szczycie.

Aleveran doskonale zdawał sobie z tego sprawę i choć to niesłychane, aby kobieta, nawet *Damaji'ting*, przemawiała w Sharik Hora, pojął, że nie zrobiła tego bez ważkiego powodu.

– Przemów, *Damaji'ting*, niechaj wszyscy usłyszą twoją mądrość.

– *Damaji* myli się, twierdząc, że w Sharik Hora nie spoczywają kości żadnej kobiety – oznajmiła Chavis.

Aleveran zamrugał oniemiały. Nie wiedziałam, co spodziewał się usłyszeć, ale z całą pewnością nie to.

– *Dama'ting* od wieków mają swoje krypty pod świątynią – ciągnęła Chavis. – Chowa się tu również *dama*, chociaż niewielu walczyło w *alagai'sharak*.

Twarz *Damaji* ściągnęła się w napięciu. Słowa wypowiedziane przez Chavis były wyzwaniem, jednak Aleveran nie mógł im zaprzeczyć, dlatego nawet nie próbował.

– Wobec tego niech wezmą ją *dama'ting*.

– Micha nie była *dama'ting* – zaprotestowała Chavis. – Była *Sharum*. Na własne oczy widziałam pierwsza walkę *Sharum'ting*. Obserwowałam, jak ich zastęp, w tym córka Ahmanna, rozprawiają się z bandą polnych *alagai*. Zbryzgała ją posoka demonów. Widziałam to.

Rzucone przez nią wyzwanie nabrało mocy i nagle rada *dama'ting*, która jeszcze przed chwilą była niedostrzegalnym tłem, zdała się rosnąć, wypełniać miejsce przed ołtarzem.

Jak mawiała matka, raz dane prawa niełatwo jest odebrać i najwyraźniej miała co do tego rację. Jak w wielu kwestiach. *Sharum'ting* przysporzyły honoru kobietom w plemieniu i wyglądało na to, że nie poddadzą się w tej sprawie bez walki.

Tupot stóp tym razem rozległ się od strony ław zajmowanych przez kobiety i wzniósł się gromkim hukiem aż pod kopulaste sklepienie świątyni. Poczułam gulę w gardle. Tym razem to nie była Selen, ale *dama'ting* i ich strażniczki, *dal'ting*, kobiety, które odpowiedziały na wezwanie mojego ojca i sięgnęły po włócznie – broń, której po powrocie do starej Krasji pozbawił je Aleveran.

– *Dama'ting* przyjmują Michę vah Ahmann do Sharik Hora – ogłosiła Chavis, patrząc Aleveranowi prosto w oczy i wyzywając go do podważenia jej słów. – I nie będzie ostatnią, która tu spocznie.

Jej słowa złowieszczo zawisły w powietrzu, zwiastując wyraźny zamiar *dama'ting*, by wznowić szkolenie kobiet w posługiwaniu się włócznią.

Z moją siostrą wszystko było możliwe. Gdy Aleveran uniósł w końcu ręce i zabrzmiał dzwonek potwierdzający przyjęcie postulatu, zdołałam powstrzymać łkanie, lecz gorące łzy spłynęły mi po policzkach, a ja nie próbowałam ich ukryć.

– Everamie, który dajesz światło i życie, przyjmij kości Michy vah Ahmann am'Jardir am'Kaji, żeby pobłogosławiły tę wielką świątynię na twoją wieczną chwałę.

Aleveran wypowiedział te słowa drewnianym głosem, choć podejrzewałam, że w środku gotuje się z gniewu. Był to człowiek nienawykły do porażek, a to czyniło moje zwycięstwo jeszcze słodszym.

3

Chyłkiem, boczkiem

Gdy Olive zaginęła, razem z Selen uciekliśmy z Zakątka, żeby jej szukać. Nasza pełna trudów wędrówka trwała miesiącami. Przez większość podróży byliśmy przygnębieni, niespokojni, mokrzy, zmęczeni i głodni. Ale cały ten czas spędziliśmy tylko we dwoje i wiedzieliśmy, kiedy się przytulić i porozmawiać, a kiedy dać sobie przestrzeń.

Nawet po tym, jak przyłączyli się do nas Arick i Rojvah, było całkiem znośnie. Każde z nas miało własne problemy, którymi zamartwiało się w cichości ducha, a sławetne na cały pałac przekomarzania bliźniąt na pustkowiach odeszły w niepamięć.

Teraz jednak mieliśmy wracać do domu karawaną z mnóstwem strażników *Sharum*, robotników *dal'ting*, zwierząt pociągowych i wozów kupieckich. Plac, na którym zbierały się karawany, stał się istną kakofonią dźwięków i zapachów, od której myślałem, że oszaleję. Beczki z przyprawami, zbożem i suszonym mięsem, pasza dla zwierząt i smród ich sików oraz odchodów, kupcy poganiający krzykami pracowników, oliwa, skóra i ryczące wielbłądy, ludzie biegający tam i z powrotem, puszczający wiatry i wydychający ostatnich kilka posiłków.

Jeszcze nie wyruszyliśmy, a już głowa pękała mi od tego wszystkiego. Nie miałem pojęcia, jak zdołam przetrwać całe tygodnie na szlaku w tym smrodzie i zgiełku. Doszedłem do wniosku, że będę musiał wędrować z dala od nich, co najmniej milę przed lub za karawaną. Takiego cyrku nie dało się zgubić nawet na pustyni.

Zniósłbym jednak choćby tygodnie w hałaśliwej kompanii, żeby tylko wydostać się z tego miejsca. Ojciec pisał o Pustynnej Włóczni w pamiętnikach i zawsze marzyłem, żeby odwiedzić to miejsce, ale skoro już mi się to udało, nie mogłem doczekać się powrotu do Potoku. Odkąd go opuściłem, moje życie stało się pasmem dyskomfortu i bólu głowy.

Olive krążyła pomiędzy strażnikami i kupcami, kierując do nich niby prośby, które wcale nimi nie były. Tak samo przemawiała do ludzi Mówczyni Selia z Potoku, kiedy domagała się posłuszeństwa, i podobnie jak ona Olive szybko osiągała swój cel.

Selen nie odstępowała jej na krok, jakby się bała, że Olive zniknie, gdy tylko spuści ją z oka. To było do niej niepodobne. Olive i Selen zawsze narzucały szybkie tempo, ale jakimś cudem, mimo że byłem od nich szybszy, i tak zwykle zostawałem w tyle.

Chociaż i tak czułem się dziwnie. Przez ostatnie parę miesięcy byliśmy z Selen nieodłącznymi towarzyszami, a teraz miałem wrażenie, że mnie unika, i sprawiało mi to prawie fizyczny ból.

Rojvah dostała płócienny namiot do swojej dyspozycji, żeby mogła w cieniu przeczekać najgorszy upał. Zaproponowała, że jeśli chcę, też mogę się w nim schować. Kiedy to powiedziała, w zapachu Selen wyczułem irytację, jednak nie potrafiłem odmówić sobie tej odrobiny wytchnienia.

Za nic w świecie nie chciałem popsuć tego, co było pomiędzy mną a Selen. Wiedziałem, że nie czuje do mnie tego, co ja do niej, ale nie umiałem wybić sobie jej z głowy. A gdybym miał wybierać pomiędzy przyjaźnią a niczym, wolałem przyjaźń. Dlatego podszedłem do namiotu Rojvah trochę z boku, tak żeby Selen nie zauważyła.

Ludzie uważali, że jestem podstępny. Nie mówili mi tego prosto w twarz – zazwyczaj – ale kiedy słyszało się westchnienie mrówki, to tym bardziej szepty ludzi, nawet gdy myśleli, że mogą mówić swobodnie. Podejrzewali, że coś ukrywam albo że podglądam ich przy kąpielisku. Wystarczyło, że w nocy królik zaszeleścił w krzakach przy czyimś domu, a już następnego dnia zaczynali snuć kuflowe opowieści, jak to widzieli Darina Balesa włóczącego się po podwórku niczym demon.

A tak naprawdę to ja zawsze bardziej bałem się ich niż oni mnie. Nie podkradałem się, żeby kogoś zaskoczyć, po prostu poruszałem się ostrożnie, żeby się zbytnio do nikogo nie zbliżyć i uniknąć tych wszystkich dotyków, smaków, widoków, zapachów i dźwięków, których źródłem byli ludzie.

Wiedziałem, kiedy są chorzy, czasami nawet zanim się zorientowali, że coś im dolega. Wyczuwałem, kiedy kłamią albo coś ukrywają. Widziałem zaróżowienie skóry, kiedy ich zdenerwowałem. Czułem drgania mięśni i smak lęku, kiedy zostawali ze mną sam na sam. Rozróżniałem w ich głosach nuty rozczarowania tym, że nie jestem taki jak ojciec, ale byli nazbyt uprzejmi, żeby powiedzieć to otwarcie.

To wszystko było takie... Im więcej ludzi, tym więcej hałasu, aż w końcu było go tak dużo, że nie wytrzymywałem. Marzyłem o tym, żeby przejść się po rynku Siedmiodnia, ale ręce mi się pociły na samą myśl o tłumie, który kotłował się tam w dzień targowy. Już wolałbym, żeby ścigał mnie otchłaniec.

To dlatego chodziłem chyłkiem, boczkiem, trzymałem się w cieniu, z dala od ludzi. Bo pragnąłem ciszy. Spokoju. Przestrzeni, gdzie mógłbym usłyszeć własne myśli, zwykle zagłuszone ludzkim zgiełkiem.

Przed wejściem do namiotu Rojvah pełniło wartę dwóch strażników. Byli czujni i uważnie obserwowali okolicę. Nie uradował mnie ich widok, ale nie żebym był zaskoczony. Rojvah była w końcu nie tylko księżniczką Kaji, ale też *nie'dama'ting*, kapłanką nowicjuszką, Oblubienicą Everama.

Oblubienicy Everama nie wolno tknąć, nie wolno skrzywdzić. To zbrodnia. Rojvah myślała, że status prawie kapłanki będzie ją chronił w Pustynnej Włóczni, ale się przeliczyła. Aleveran potrzebował ją osłabić, żeby móc poczuć się silniejszym. Odmówił uznania półkrwi Oblubienicy z innego plemienia i pozbawił dziewczynę bieli. Jednak tuż przed powrotem Rojvah do źródła mocy Kaji Majah postanowili zatrzeć złe wrażenie i naprawić błędy.

Wiedziałem, że podejście do namiotu od frontu oznaczałoby konieczność rozmowy ze strażnikami i odpowiadanie na liczne pytania. Nieważne, że wiedzieli dobrze, kim jestem. A potem jeden zebrałby się w końcu, żeby mnie zapowiedzieć, Rojvah kazałaby mu czekać, zanim go wpuści, i wszystko trwałoby pół wieczności.

Łatwiej było wkraść się do środka niepostrzeżenie. Tył namiotu opierał się o piaskową skałę. Wartownicy popatrywali czasem w tamtą stronę, ale głównie skupiali się na tym, co przed nimi. Dlatego wyczekałem odpowiedniej chwili i okrążyłem płócienny domek.

Nieprzenikniona, zdawałoby się, tkanina dla mnie, przy moim wzroku, i w pełnym słońcu stawała się całkiem przejrzysta. Arick był z siostrą, krążył nerwowo po małej przestrzeni. A ponieważ nikt nie biegał w środku na golasa, odszukałem szew w płótnie, gdzie mocowano je do tyczki.

Dzięki cieniowi rzucanemu za namiotem przez skałę wąska szczelina pomiędzy płachtami wystarczyła. Rozciągnąłem i ścisnąłem kości, prześliznąłem się przez szew i po chwili znalazłem się w środku.

Korzystając z prywatności, jaką zapewniał namiot, Rojvah opuściła zasłonę z twarzy. Siedziała tyłem do mnie i rozczesywała długie pasma jedwabistych, cynamonowych włosów.

– Mógłbyś się zapowiedzieć przed wejściem, Darinie Bales.

Drgnąłem zaskoczony. Nawet nie spojrzała za siebie.

– Skąd wiedziałaś, że to ja?

Arick aż się potknął na mój widok. Wyczułem w jego zapachu zakłopotanie, gdy rozejrzał się ukradkiem, czy nikt nie widział niezręczności, lecz zmieszanie szybko przerodziło się w gniew. Nie potrafiłem tylko stwierdzić, czy był zły na mnie, na siostrę, czy na siebie.

Moje możliwości na nic się tu nie zdały.

– Na czarne serce Nie! – zaklął. – Gdybyś się do mnie tak podkradł, mógłbyś zarobić włócznię w serce.

– Za każdym razem bierzesz zamach, żeby mnie grzmotnąć, ale jak na razie ci się to nie udało. – Wzruszyłem ramionami.

– Jeszcze się doigrasz, kuzynie – prychnął.

– Może i nie mam twojego nosa, Darinie, synu Arlena, ale i bez niego trudno nie wyczuć twojego zapachu.

– Pachnę jak normalny człowiek. – Wciągnąłem powietrze nosem. – Niewyszorowany żadnymi kwiatowymi mydłami, nienatarty pachnącymi olejami, niewykąpany w perfumach i nieokadzony wonnościami.

Rojvah roześmiała się, ale nie odwróciła się do nas ani nie przestała liczyć pod nosem pociągnięć szczotki.

– Czy *nie'dama'ting* nie powinny przypadkiem golić głów? – zapytałem niewinnie.

– Ha! – parsknął Arick. – Shar'Dama Ka nie ma tylu wojów, żeby zmusić moją siostrę do obcięcia włosów. Inne Oblubienice nienawidzą jej za to.

– Nie obchodzi mnie, co o mnie myślą. – Rojvah odłożyła w końcu szczotkę i odwróciła się do nas. – Tym bardziej jeśli myślą, że chcę nosić biel. I że miałam coś do powiedzenia w tym względzie. Tu przynajmniej byłam wolna.

– Jasne, jeśli zamknięcie w haremie to dla ciebie wolność... – mruknąłem.

– Wolę jedwabne poduszki w haremie od białego bido w pałacu *dama'ting*.

– A ja to niby mam lepiej? – Arick podjął swoją niespokojną wędrówkę po namiocie. – W domu nie wolno mi nosić czerni, tutaj nie wolno mi nosić czerni. Tyle dobrze, że udało mi się chwycić włócznię i walczyć tamtej nocy. I nie oddam jej teraz łatwo.

– I co, będziesz o nią walczył ze swoimi ludźmi? – zapytałem.

Arick zaszurał nerwowo nogami. Dobrze wiedziałem dlaczego. Moje pytanie musiało mu przypomnieć wydarzenia z Podmiasta.

Umysły prawie wszystkich, którzy weszli do tuneli otchłańców, zniewolił Alagai Ka. Nawet Olive. Ale czymś innym jest, kiedy demon na krótko przejmuje kontrolę nad niezabezpieczonym umysłem i sprawia, że ciało staje się niewiele więcej niż marionetką. Matka mówiła, że mając czas, może zaszczepić sugestię, która tkwi tam uśpiona, niewrażliwa na runy czy dzienne światło, dopóki coś jej nie uruchomi.

Iraven błagał Olive o śmierć, ponieważ był szpiegiem króla demonów za dnia i nie mógł już ufać własnemu umysłowi.

Gdy znaleźliśmy w tunelach Aricka, wydawało się, że jego runy są nienaruszone, a on sam jest sobą.

A potem kopnął mnie, zrzucając z urwiska.

Wybaczyłem mu, bo to nie była jego wina, lecz wiedziałem, że go to dręczy. Obawiał się, że został skalany jak Iraven, i gnębiło go poczucie winy, że jest zbyt wielkim tchórzem, żeby się zabić.

Rozpaczliwie potrzebował poczucia odkupienia. Świetnie go rozumiałem i mu współczułem.

Wiedziałem, jak to jest zastanawiać się, czy tkwi w tobie mrok. Ludzie plotkowali, że mam w sobie krew demona, i bali się, jakbym mógł w każdej chwili zmienić się w otchłańca i się na nich rzucić. Czasami, gdy czułem zew magii, budził się we mnie niepokój, że może mają rację.

Współczułem Arickowi, ale nie miałem na zbyciu odpuszczenia. Sam go potrzebowałem.

Arick coś tam wymamrotał w odpowiedzi, tyle że już go nie słuchałem, bo wyłowiłem w zgiełku na zewnątrz odgłos maszerujących nóg – przynajmniej dwunastu wojowników. Sądząc po rytmie, zastęp zwany Ramionami Everama, elitarny oddział gwardii Świętego Miasta. Zatrzymali się przed Olive.

– *Damaji* życzy sobie widzieć cię przed twoim wyjazdem – oznajmił jeden z wojowników. – Samego.

– A było tak blisko – jęknęła Olive.

– O co cho... – rzuciła do mnie Rojvah, ale w pół jej słowa wypadłem z namiotu. Wszyscy patrzyli na Olive i wojowników, więc nikt mnie nie zauważył.

– No żeby to Otchłań! – obruszyła się Selen, a potem weszła pomiędzy Olive i dowódcę. – Nie ma mowy, nie pójdzie tam sama. Nie dzisiaj.

Wojownika wyraźnie zaskoczyła jej stanowcza postawa. Członkowie Ramion Everama nie przywykli, żeby ktoś stawiał im opór. Jednak szybko się otrząsnął, a w jego oczach błysnęła determinacja.

– Słowo *Damaji* to nie prośba – oświadczył, postępując krok naprzód.

– Zaiste? – Selen zrobiła krok w jego stronę. Wojownik miał sześć stóp wzrostu, a i tak patrzyła na niego z góry, a na jej nagich ramionach zagrały wydatne mięśnie. Dwóch innych wojowników natychmiast oflankowało swego dowódcę.

– Dość tego. – Olive pociągnęła Selen do tyłu i sama stanęła przed dowódcą. Potoczyła po zastępie groźnym spojrzeniem. – Zaczekajcie tu – rzuciła, a wojownicy stanęli na baczność.

Tymczasem Olive odprowadziła Selen na bok, a ja chyłkiem podążyłem za nimi, wytężając słuch, by nie uronić ani słowa z ich rozmowy.

– Spokojnie, Sel – uciszała przyjaciółkę Olive. – Teraz nic nie zyskają, zabijając mnie. Poza tym pewnie nie otworzą nam bram, dopóki do niego nie pójdę.

– Dobrze, ale idę z tobą – upierała się Selen.

– Wykluczone – ucięła Olive tym samym tonem, jakim wydała polecenie wojownikom. – Przy tobie będą powściągliwi. Muszę iść sama.

– Nie ma nic złego w powściągliwości. Lepsze to, niż żeby byli nazbyt bezpośredni. Zresztą nie tylko nimi się martwię. Ty też masz charakterek.

– Dzięki, ciociu Sel. – Olive przewróciła oczami. Selen naprawdę była ciotką Olive, ale Olive używała wobec niej tego tytułu tylko z przekąsem.

– Zgoda. – Selen splotła ramiona na piersi. – Darin, pójdziesz za nią, dobrze?

I znów aż drgnąłem na dźwięk własnego imienia. Myślałem, że jestem taki ostrożny i podstępny, i znów dostałem prztyczka w nos. Przecież, podobnie jak Rojvah, Selen zawsze wiedziała, kiedy czaiłem się gdzieś w pobliżu. Pewnie dlatego, że gdy byliśmy dziećmi, ciągle chodziłem za nią i Olive.

Pewne rzeczy nigdy się nie zmieniały.

– I tak bym to zrobił – powiedziałem, wyłażąc zza wozu.

– Darinie Bales – Olive spiorunowała mnie wzrokiem – nawet się nie waż! Jeśli cię złapią...

Olive od zawsze rozstawiała mnie po kątach. Zwykle łatwiej było robić to, co chciała, ale w końcu zaczynało jej się przez to wydawać, że może się rządzić. Zabawne.

– Nie jestem twoim poddanym, Olive – przypomniałem jej. – Nie będziesz mi mówiła, co mam robić.

– Okazuje się, że Darin jest księciem Nowej Krasji – wtrąciła się Selen. – Jest prawie tak blisko w kolejce do tronu jak ty. Zabawne, że nigdy o tym nie wspominał, kiedy przezywał nas „królewienkami”.

– Jak to? – Olive okręciła się do mnie gwałtownie, wyraźnie zaskoczona, a ja znów poczułem się, jakbym miał osiem lat.

– A ty czyją stronę trzymasz? – burknąłem do Selen, ale zbyła moją pretensję śmiechem.

Olive nadal patrzyła na mnie wilkiem. Nie bałem się jej, no, nie tak bardzo, ale kiedy wbijała we mnie wzrok, to aż wszystko zaczynało mnie swędzieć.

– Wiesz, że twój ojciec jest moim ojcem-we-krwi, prawda?

Oczy Olive zaokrągliły się jak spodki, a jej zapach zabarwiła nuta zdumienia, jednak pojawiła się też inna, ta charakterystyczna dla ludzi, którzy potrzebują chwili, aby dotarło do nich coś oczywistego. Prawdopodobnie przez całe nasze dzieciństwo określenie „ojciec-we-krwi" było dla niej tylko słowami, ale teraz, po tym, jak spędziła miesiące, żyjąc wśród *Sharum*, pojęła ich sens.

– To by oznaczało, że po rodzonych synach ojca jesteś... – Olive zapachniała przypominaniem sobie czegoś, a potem spojrzała na mnie spod ściągniętych brwi. – Czterdziestym trzecim następcą tronu – orzekła.

Zatkało mnie na chwilę. Miała rację, ale...

– Rany! Skąd wiesz? – Selen mnie ubiegła.

– Matka kazała mi uczyć się na pamięć wszystkich członków każdego królewskiego rodu w Wolnych Miastach. – Olive wzruszyła ramionami.

– No, teraz byłbym czterdziesty czwarty – sprostowałem. – Skoro Krasjanie uznają cię za księcia.

Brwi Olive podskoczyły do góry, a ja puściłem do niej oko.

– No to już rozumiesz, czemu muszę pilnować, żebyś przeżyła.

Olive skrzywiła się lekko, jakby zastanawiała się, czy ciągnąć spór, w końcu wzruszyła ramionami.

– Niech będzie. W sumie nie można całkiem wykluczyć, że *Damaji* będzie chciał mnie zabić. To raczej... mało prawdopodobne.

– No to mamy ustalone – podsumowała Selen ucieszona, a ja poczułem, jak żołądek skręca mi się w węzeł. Co, na Otchłań, miałbym zrobić, gdyby chcieli zabić Olive? W razie walki najlepiej sobie radzę, uciekając.

W Potoku, gdy nie było nabożeństw, Święty Dom na Pagórku Bogginów stawał się cichym, spokojnym miejscem. Ludzie przychodzili, by zapalić świece, klękali w ławkach i cicho się modlili lub dumali. Czasami chodziłem tam, żeby uciec od gwaru miasta.

Zdarzało się, że słyszałem, co ludzie szepcą do Opiekuna albo Stwórcy, jednak rzadko było to coś, o czym wcześniej bym nie wiedział. Przy moim słuchu i tak znałem sekrety innych, czy chciałem je poznać, czy nie.

Jednak przeważnie Święty Dom stał pusty i to mi odpowiadało. Lubiłem przesypiać na chórze najjaśniejsze godziny dnia.

Sharik Hora była zupełnie inna. Rzadko bywało tam cicho, przez większość czasu mniejsze i większe grupki ludzi szurały nogami, łażąc wte i wewte, zatopieni we własnych myślach albo skupieni na towarzyszach.

Nikt nie zwracał na nikogo uwagi, nawet straże.

Bo i po co? Wielkie witrażowe okna wpuszczały tyle światła, że każdy korytarz i sala były w nim skąpane. Słońce wypalało magię, a przecież nikt nie śmigałby po pogrążonym w cieniu suficie, prawda?

Światło dzienne skierowane było jednak na dół, na posadzki ludnych korytarzy, na pulpity w czytelniach i na ogrody. Sklepienia świątyń są zwykle wysokie, mają symbolizować wznoszenie się ku Niebu czy jakoś tak. Sharik Hora nie była wyjątkiem. Łukowate sufity, kolumny, wiszące kandelabry i statuy zapewniały wiele plam cienia, a mnie tyle wystarczyło, żeby moje palce u rąk i stóp zrobiły się lepkie, dzięki czemu mogłem wspinać się po ścianach jak owad.

Gorzej, że każdą płaszczyznę we wnętrzu budynku pokrywały wysuszone, polakierowane kości poległych wojowników, którzy mogliby się zżymać, że ktoś po nich chodzi. Ale cóż, przecież nie będą się awanturować.

Podążałem za Olive i obserwowałem ludzi, których mijała. Uciekali spojrzeniami w bok, ale gdy przeszła, oglądali się za nią. Otaczał ich zapach strachu, uległości, zazdrości, nienawiści... Tyle było tych emocji, że nie dało się ich przypisać konkretnym osobom, tym bardziej że tonęły w ogólnym smrodzie. Za Olive również ciągnął się welon uczuć, jednak innych. Nie podobały mi się. Selen miała podstawy, żeby się martwić.

Tyle że niewiele mogłem na to poradzić. Wartownicy przed salą tronową wykazywali się większą czujnością niż pozostali, a na drzwiach znajdowały się zabezpieczenia, które wibrowały magią nawet w świetle.

Choć słońce wypalało magię, istniały sposoby, żeby to obejść. Krasjańskie kapłanki brały *alagai hora* – kość demona – i pokrywały ją warstwą metalu, zwykle złota i srebra, stanowiącą osłonę przed światłem. W ten sposób magia mogła przetrwać, choć w części, nawet wystawiona na promienie słońca.

Strażnicy otworzyli drzwi przed Olive, lecz niestety, stali zbyt blisko, żeby udało mi się przemknąć niepostrzeżenie. A potem drzwi się zamknęły i szansa minęła.

Skoncentrowałem się, żeby coś usłyszeć, okazało się jednak, że drzwi zaopatrzono w runy ciszy. Biorąc pod uwagę, jak bardzo nie znosiłem hałasu, runy ciszy powinny być moimi ulubionymi, ale nie, tylko mnie denerwowały. Czułem się przy nich, jakbym nagle ogłuchł. Poza tym znajdowały się tylko tam, gdzie komuś zależało na prywatności.

Naraz jednak wyłowiłem cichy świst. Tak cichy, że pewnie niesłyszalny dla innych. Micha, siostra Olive, która jako strażniczka Damajah bywała w sali tronowej, opowiadała, że znajduje się tam tajne przejście dla *Sharum'ting*, które posiadały magiczną biżuterię z kości, pozwalającą im się wspinać.

Kierując się dźwiękiem, szybko odnalazłem szczelinę, przez którą przedostawało się powietrze. Znajdowała się pod sklepieniem, w zacienionym kącie korytarza. Musiałem wsadzić palce w oczodoły jednej z czaszek i pociągnąć. Drzwiczki, które się otworzyły, prowadziły do tunelu o średnicy stopy. Wciśnięcie się tam musiało być wyzwaniem dla wojowniczek, ale mnie wystarczyła ta odrobina cienia, żebym mógł stać się śliski, więc z łatwością wpełzłem do środka.

Przejście kończyło się otworem umieszczonym w ciemnym kącie sali tronowej, skąd sprawny łucznik bez trudu mógłby zastrzelić każdego, kto zbliżyłby się do tronu w złych zamiarach. Cóż, nie miałem łuku i raczej nie mogłem pomóc Olive, gdyby została zaatakowana, ale mogłem swobodnie słuchać rozmowy i ostrzec ją w razie czego.

Miałem nadzieję, że to wystarczy.

4

Zerwane więzy

Aleveran nie wydawał się zadowolony na mój widok, a ja w pełni podzielałam to uczucie, wchodząc do sali. Darina nie było nigdzie w zasięgu wzroku, ale byłam pewna, że jest gdzieś na tyle blisko, by podsłuchać każde słowo z czekającej mnie rozmowy. Podeszłam do podium. Do Tronu z Czaszek prowadziło siedem stopni. *Damaji* towarzyszyli jedynie jego syn *dama* Maroch oraz *Damaji'ting* Chavis. Oboje stali na szóstym stopniu.

Tutaj, na osobności, nie złożyłam nawet tego niedbałego ukłonu, na który zdobyłam się podczas pogrzebu. Ale *Damaji* nawet nie drgnął.

Wyglądało na to, że się rozumiemy.

Znów przemknęło mi przez myśl, czy nie zechce mnie zabić. Strażnicy odebrali mi broń przed wejściem. Na pierwszy rzut oka zdawałoby się, że mogę się czuć bezpieczna w towarzystwie trójki starych duchownych, lecz zbyt dobrze znałam tajniki sztuki bojowej *dama*, żeby ich lekceważyć.

Aleveran, choć wiekowy, był arcymistrzem *sharusahk*. Jego ród słynął z wypracowanej przez siebie szkoły walki i miałam okazję widzieć ją z bliska. Chadan był jednym z najświetniejszych wojowników, jakich znałam, posiadał dużo większe umiejętności niż ja, a twierdził, że nie został jeszcze uznany za mistrza. Z drugiej strony *Damaji* był ode mnie o sześć dekad starszy. Miałam po swojej stronie młodość, siłę i szybkość, które mogły zniwelować różnicę w umiejętnościach.

Natomiast jego syn, *dama* Maroch, pierwszy następca tronu, to co innego. Arcymistrz, który szkolił Chadana, znajdował się prawie na samym szczycie, tuż za tym właśnie najświetniejszym kapłanem-wojownikiem. Wiedziałam, jak kąsa żądło *alagai*, którego ogon służył Marochowi za pas. Przy nim wisiały dwa pokryte runami srebrne kastety, zmieniające pięść w metalowy młot. Nosił również laskę *dama* z biczem, broń, którą tylko raz miałam okazję zobaczyć podczas walki. Poruszała się zbyt szybko, jak na mój gust. A ojciec Chadana nadal obwiniał mnie za śmierć swojego syna i łypał na mnie jak ogar, który tylko czeka, by spuścić go ze smyczy.

Rozejrzałam się, lecz w niemal pustej komnacie nie było niczego, co mogłoby mi posłużyć za broń. Poza kośćmi bohaterów, jednak wolałabym zginąć, niż dopuścić się takiego świętokradztwa. Na posadzce leżał chodnik, który rozciągał się aż do samego tronu. Pomyślałam, że gdyby Maroch ruszył ku mnie, mogłabym wyszarpnąć mu dywan spod stóp.

Jednak żaden dywan nie ocaliłby mnie przed *Damaji'ting* Chavis. Słońce wypalało magię, ale tak wczesnym rankiem jego promienie nie wpadały prosto przez wysokie okna. Wiedziałam, że w półcieniu magia działa w ograniczonym zakresie, jednak niektóre z metod, zastosowane przez doświadczoną kapłankę, były nie mniej skuteczne. A umiejętności i talent Chavis nie tylko szanowano, ale wręcz budziły lęk.

Spoglądała na mnie twardo. To, co zrobiła przy ołtarzu, popierając postulat w sprawie mojej siostry, uczyniła we własnym interesie. Realizowała politykę *dama'ting*.

– Witaj, książę Olive, mam nadzieję, że witam cię po raz ostatni – rzekł Aleveran.

Nie zamierzałam mu się kłaniać, lecz skinęłam głową.

– Również na to liczę, *Damaji*.

– Jak zareaguje Zakątek na twój powrót? – zapytał obojętnym tonem, jednak samo pytanie zdradziło jego obawy. Gdyby Zakątek postanowił zemścić się za moje uprowadzenie, Pustynna Włócznia, przy zniszczonych murach i zrujnowanej części miasta, nie miałaby wystarczających możliwości obrony.

Nawet nie musiałam uciekać się do spekulacji. Podczas nieobecności matki to ja dzierżyłam stery rządów. Ale *Damaji* nie wiedział o jej zaginięciu, a ja nie zamierzałam zdradzać tej informacji.

– Matka na pewno będzie wściekła – zaczęłam. – Ale jeśli wrócę cały i zdrów, raczej nie zechce narażać życia wojowników Zakątka, posyłając ich na pustynię, żeby zadośćuczynić swojej żądzy zemsty. Z czasem może zdołam ją przekonać, żeby puściła w niepamięć ten akt agresji i pozwoliła wam przyłączyć się do Paktu Wolnych Miast.

– Byłbyś gotowy wstawić się za nami? – Aleveran nie krył powątpiewania. – Namawiałbyś ją do wybaczenia?

Poczułam, jak krtań mi się zaciska. Nienawidziłam Aleverana. Podobnie jak Marocha. Musiałam powstrzymywać się, by nie wbiec po schodkach i nie chwycić go za gardło.

Ale tak jak przy Mównicy Świadka i w tym wypadku nie zamierzałam kłamać. Podniosłam wzrok i spojrzałam Aleveranowi prosto w oczy.

– Tak, *Damaji* Aleveranie, wybaczam ci krzywdy, które mi wyrządziłeś. Wszyscy zdani jesteśmy na pastwę wichrów przepowiedni *dama'ting*, a każdy czyn przywódcy ma swoją cenę. Tym razem wszyscy zapłaciliśmy ją w pełni. – Przeniosłam spojrzenie na Marocha. – Aby chronić naszych ludzi, podejmujemy najlepsze decyzje, jakie możemy, kierując się tym, co wiemy w danym momencie. Łatwo jest patrzeć wstecz i oceniać, trudniej patrzeć w przyszłość. – Objęłam wzrokiem całą trójkę. – Dług krwi Majah uznaję za spłacony. Jeśli wystąpicie z wnioskiem o przyłączenie się do Paktu Wolnych Miast, poprę go, choćby po to, żeby zapewnić bezpieczeństwo waszym ludziom.

– Czego zażądałby Pakt w zamian za udzielenie pomocy? – zapytał Aleveran po chwili namysłu.

– Negocjacje pozostawmy ambasadorom. Jednak możesz się spodziewać warunku, żeby zniewoleni z Północy mogli powrócić do swoich domów, jeśli tego zechcą. Wielu z nich prawdopodobnie zdecyduje się tu pozostać po tak długim czasie, jednak nie przybyli tutaj z własnej woli, podobnie jak ja.

Aleveran rzucił mi kwaśne spojrzenie. Nie wiedziałam, czy było przejawem rezygnacji, czy sprzeciwu, ale gdy uniósł palec, Maroch uderzył laską o kamienny stopień, a po komnacie rozeszło się echo huku.

– Wybrałem ambasadora, który będzie wam towarzyszył w podróży przez pustynię – rzekł Aleveran i w tej samej chwili drzwi się otworzyły.

– *Damaji* jest mądry, skoro... – zaczęłam, ale urwałam na widok wchodzącej Beliny.

Beliny, która porwała mnie z domu i przywiozła tutaj. Której synowi wbiłam ostrze w serce. Która zabiłaby mnie wzrokiem, gdyby mogła.

– To wykluczone – warknęłam.

– A gdzie twoja chęć wybaczenia? – zapytała Belina zaczepnie.

– Wielkoduszność nie odbiera rozumu – wycedziłam. – Nie życzę sobie, żebyś dołączyła do mojej karawany.

– Nie masz wyboru – stwierdził Aleveran. – Tradycja daje mi prawo, żebym to ja wybrał emisariusza, a twojej matki nie wiąże twoje wybaczenie. Jeśli zażąda zapłaty za zbrodnie przeciw swojemu dziecku, kto lepiej ją spłaci?

Ty, pomyślałam, jednak ugryzłam się w język. Łatwo mu, siedzącemu bezpiecznie na tronie, wydawać w karzące ręce kobietę, która działała w jego imieniu. Przez mgnienie pożałowałam, że nie wiedzą, iż to ja obecnie zasiadam na tronie w Zakątku, ale wiedziałam, że lepiej zachować to w sekrecie, dopóki nie znajdę się daleko stąd.

Belina zresztą nie wyglądała na bardziej zachwyconą tym wszystkim ode mnie. Wiedziała, że jej wysłannictwo to raczej banicja i że w ten sposób Aleveran pozbywał się jej jak uciążliwego problemu. Belina, straciwszy obu synów Majah oraz czarny szal na rzecz Chavis, nie miała już żadnej władzy w Pustynnej Włóczni.

– Dobrze, ale odda mi swoją sakiewkę *hora* – powiedziałam stanowczo. – A zanim wejdzie na plac karawan, rozbierze się przy Rojvah, która przeprowadzi jej osobiste przeszukanie. Podczas podróży nie będzie posługiwała się magią ani nie może posiadać *hora*.

Twarz Beliny ściągnęła się w gniewie, lecz Chavis była przygotowana na moje żądanie. Wyjęła z kieszeni szat czarną aksamitną sakiewkę.

– To jej kości, kamienie *hora* i biżuteria. Jeśli coś jeszcze znajdziecie, macie prawo jej to zabrać.

Belina nie odrywała wzroku od lecącej w powietrzu saszetki, którą rzuciła mi starsza kobieta. I aż drgnęła, gdy jej własność znalazła się w moich rękach. Pewnie na wspomnienie tego, jak torturowała mnie przy użyciu tych przedmiotów, by zmusić do uległości. Ciekawe, czy bała się, że użyję ich w ten sam sposób przeciwko niej.

– Jeśli chcesz się jej wcześniej pozbyć, to pamiętaj, że Damajah z pewnością będzie miała wiele do omówienia ze swoją niewierną *Jiwah Sen* – rzekł Aleveran. – W interesie Beliny leży wynegocjowanie warunków pokoju korzystnych dla nas wszystkich. Tylko wtedy zachowa głowę.

To miało sens. Prawo zabraniało mężczyznom krzywdzenia *dama'ting*. Ponieważ Aleveran nie mógł zabić Beliny, usuwał ją ze swojego otoczenia, zrzucając kłopot na głowę komuś innemu.

Czyli mnie.

Sięgnęłam do czarnej sakiewki i namacałam znajomy kształt obręczy. Chwilę później wyjęłam wierną, lecz pomniejszoną kopię naramiennej bransolety z zamkiem krwi, która służyła za moje kajdany, gdy przybyłam do Pustynnej Włóczni. Dzięki niej Belina mogła zawsze mnie znaleźć, a ściskając kopię w palcach, mogła mi zmiażdżyć ramię tak mocno, że trzeba by je było amputować.

Włożyłam kontrolującą obręcz do własnej sakiewki *hora*, gdzie schowałam naszyjnik i ślubny kolczyk Michy, a potem wyjęłam z niej bransoletę.

– I założy to – oświadczyłam.

Belina zbladła jak płótno.

Marzyłam o odrobinie samotności, kiedy w końcu opuszczę Sharik Hora, lecz przed wejściem do świątyni czekała na mnie grupa wojowników. Tworzyli ją moi bracia we włóczni z Oddziału Książąt, których nieobecność podczas ceremonii pogrzebowej rzucała się w oczy. Faseek, Gorvan, Parkot, Montidahr i Menin stali na czele innych, którzy dzielili ze mną niewygody *sharaj*, broczyli krwią na ulicach i walczyli u mego boku w Labiryncie.

– Książę Olive! – Wszyscy jak jeden mąż uklękli, skłonili głowy i przytknęli pięści do zbrojnych szat z godłem włóczni i oliwki. – *Ajin'pel*.

– Dajcie spokój – udało mi się warknąć, zanim wzruszenie ścisnęło mi gardło. Chwyciłam Gorvana za przegub, podciągnęłam w górę i zamknęłam w uścisku. Potem obejmowałam każdego z osobna, wiedząc, że łamię w ten sposób zasady. Wiedziałam jednak, że prawdopodobnie nie zobaczę już tych chłopców, i miałam dość trzymania ich na dystans. – Zaczynałem już podejrzewać, że kazano wam pozostawać z dala ode mnie.

– To prawda – przyznał Faseek. Był mały, jak na wojownika, ale szybki i zaciekły. Raz wyświadczyłam mu przysługę, czego nigdy nie zapomniał, choć odwdzięczył się po tysiąckroć. – Tyle że żaden Mistrz Ćwiczeń nie zatrzyma nas, żebyśmy do ciebie przyszli i wysłuchali twoich ostatnich rozkazów.

– Nie jestem już waszym *kai*, Faseeku.

– Przywódcy w bieli mogą kazać nam słuchać rozkazów nowego *kai*, ale *ajin'pel* mamy tylko jednego – oświadczył Gorvan. – Będziesz potrzebował straży podczas wędrówki przez pustynię. Powiedz słowo, a zastąpimy tych, których ci przydzielono, nawet jeśli mielibyśmy ich związać i zamknąć w piwnicy na owoce.

– *Damaji* nie pochwaliłby was po powrocie – ostrzegłam.

– Jeślibyśmy wrócili – odparł Faseek.

Pokręciłam głową.

– Pustynna Włócznia potrzebuje każdego wojownika bardziej niż zwykle.

Faseek chciał coś powiedzieć, ale Gorvan, kolejny w łańcuchu dowodzenia po mnie, uciszył go gestem ręki.

– Nasze włócznie odpowiedzą na wezwanie Rogu Sharak, ale nie wcześniej, niż przeprowadzimy cię bezpiecznie przez pustynię. Nie pozwolimy ci stawiać czoła demonom piaskowym, nie bez tarcz i włóczni twoich braci.

Mogłam ich powstrzymać. I powinnam. Jednak w głębi serca czułam, że mają rację. Wróg nadal knuł, a wydmy roiły się od demonów. Jeśli miałam z nimi walczyć, wolałam robić to z Oddziałem Książąt u boku.

– To dla mnie zaszczyt – powiedziałam. – Wyruszamy za godzinę i nie będziemy czekać na maruderów.

Nie zbiło ich to z tropu. Każdy był w pełnym rynsztunku *Sharum*, gotów do drogi. Wiedzieli, że się zgodzę.

– Zgodnie z twoją wolą, książę Olive. – Gorvan uderzył pięścią w pierś, a potem poprowadził oddział w stronę karawany.

– Nie idziesz, bracie? – zapytałam Faseeka, który został w tyle.

Faseek znów przyklęknął, wsparł dłonie na piasku i pochylił się, dotykając czołem ziemi na znak całkowitego poddania.

– Pójdę wszędzie, dokąd zechcesz, książę. Do Zakątka i dalej, gdziekolwiek powiedzie cię ścieżka przeznaczenia.

– Wstań, bracie, bo obu nas wprawiasz w zakłopotanie tym pokazem. Nie jestem jakimś niepewnym siebie *dama*, żebyś musiał zginać przede mną swój obnażony kark. Wstań i patrz na mnie, kiedy mówisz.

Faseek wstał i podniósł na mnie zwilgotniałe oczy.

– Pragniesz opuścić swój dom? – zapytałam łagodniej.

Faseek rozejrzał się ukradkiem, jakby się bał, że ktoś może podsłuchiwać. Nie zamierzałam wspominać o Darinie, który z pewnością czaił się gdzieś w pobliżu. Położyłam Faseekowi rękę na ramieniu.

– Jesteś moim bratem. Twoje brzemię jest moim.

– Moja matka skłamała, kiedy zgłosiła mnie do *sharaj* czystej krwi – wyznał Faseek. – Mój ojciec pochodził z zielonych krain, matka poślubiła go w sekrecie, zanim Majah odeszli.

Wtedy zrozumiałam jego niepokój. Fałszowanie pochodzenia stanowiło poważne przestępstwo, a kara za nie spadała nie tylko na Faseeka, zasłużonego wojownika, ale na całą jego rodzinę.

– Czy twój ojciec żyje?

Faseek pokręcił głową.

– Rodziców rozdzielono, gdy Majah opuścili zielone ziemie. Ojciec z własnej woli poszedł w niewolę, bo chciał być ze swoją żoną i nienarodzonym dzieckiem. Na początku udawało im się przesyłać sobie wiadomości w zamieszaniu, ale pewnej nocy ojciec próbował wymknąć się z dzielnicy *chin*, żeby spotkać się z matką, i został zabity przez strażnika *dal'Sharum*.

Aż ręce mnie zaświerzbiły i nagle zorientowałam się, że zaciskam je w pięści. Z wysiłkiem rozluźniłam palce.

– Przykro mi z powodu twojej straty, bracie.

– Jeszcze nie było mnie wtedy na świecie. – Faseek wzruszył ramionami, choć twarz miał ściągniętą bólem.

Pomyślałam o Darinie, który przysłuchiwał się naszej rozmowie z ukrycia.

– Ja też nie znałem swojego ojca, Faseeku. To nie znaczy, że nie opłakuję tego pustego miejsca w moim życiu, które powinien wypełniać.

– Tak jest też ze mną, mój książę – przytaknął Faseek.

– Co stanie się z twoją matką, jeśli znikniesz? – zapytałam.

Znów wzruszył ramionami, ale tym razem jego obojętność zdawała się szczera.

– Matka ponownie wyszła za mąż, tym razem za *dal'Sharum*. Ma inne dzieci, które kocha, a ja nigdy nie byłem dla niej niczym więcej niż słabeuszem, wspomnieniem błędu przeszłości. Była szczęśliwa, gdy wyprowadziłem się do *sharaj*, i pewnie liczyła, że nigdy stamtąd nie wrócę.

– Okryłeś się chwałą, jakiej może pozazdrościć każdy wojownik.

– To dzięki tobie. Przetrwałem *sharaj* dzięki tobie. Posiadłem bojowego ducha, bo ty go we mnie zaszczepiłeś. Okryłem się chwałą, bo poszedłem za tobą. Czemu miałbym zanosić to wszystko do domu, gdzie rodzina traktowała mnie jak... – Strzepnął ręką, jakby chciał pozbyć się z niej brudu.

– Mimo wszystko to twoja rodzina. Moja nie jest wiele lepsza, ale nauczyłem się ją akceptować z jej całym dobrem i złem. Ja dałem ci miskę owsianki. Nic ponadto. Przetrwałeś *sharaj*, bo sam o siebie zawalczyłeś. Nie zaszczepiłem w tobie ducha walki, sam go w sobie odnalazłeś. Twoja chwała to tylko twoja zasługa, bracie.

– Miskę owsianki! – zaśmiał się Faseek. – Może ty tak to widzisz, ale nie ja. Tego dnia prawie się poddałem. Mój duch został złamany. W kuchni leżał nóż, którym *tikka* siekała warzywa. Tej nocy miałem go ukraść i zrobić to, co trzeba, by nie stać się wyrzutkiem, którego w hańbie odeślą do domu.

– Nigdy mi o tym nie mówiłeś – powiedziałam ciepło, jak do przyjaciela, nie podkomendnego.

– To nie było twoje brzemię. – Faseek uciekł spojrzeniem w bok. – Tylko moje. Teraz mówię ci to tylko dlatego, żebyś zrozumiał. Wyciągnąłeś do mnie rękę w najmroczniejszej chwili mojego życia, i to pomimo że skopałem cię wcześniej, żeby zaimponować towarzyszom. Od tamtej pory każdy świt, który oglądam, należy do ciebie.

– Możliwe. Ale powiedz, czym to się różni od długu, który masz wobec współbraci stojących w walce u twego boku i chroniących ci plecy? Kto cię ocalił i kto został ocalony przez ciebie tamtej nocy? Jesteś związany z nimi i z Pustynną Włócznią tak samo jak ze mną.

– Twoje słowa są prawdą, książę, ale sądzę, że każdy z naszych braci zostanie z tobą, wystarczy, że powiesz słowo.

– Jeśli muszę mówić, nie mam prawa o to prosić.

Faseek energicznie pokiwał głową.

– Ale i tak, jeśli któraś z moich więzi ma zostać zerwana, to ja, a nie ty, powinienem wybrać która. Moja dusza pragnie walczyć za ciebie, mój książę, a przed śmiercią chcę ujrzeć zieloną ziemię, krainę mojego ojca.

Uścisnęłam ramię Faseeka i pochyliłam się, by dotknąć swoim jego czoła. To był intymny gest, kobiecy, bardziej matczyny niż ojcowski, lecz Faseek go nie zakwestionował.

– A więc niechaj tak będzie, bracie.

5

Całowanki przechwalanki

Żeby nadążyć za Olive, musiałem mocno przyspieszyć i jak najsprawniej opuścić tunel. Przy wyjściu wyczułem czekających na nią braci. Na zewnątrz było za jasno, żebym mógł pomykać po murach, dlatego poczekałem, aż zajmą się sobą, i dopiero wtedy śmignąłem za pobliski posąg tryumfującego wojownika. Wspiąłem się na postument i ukryłem w cieniu skrzydeł marmurowego demona wiatru.

Dziwnie było patrzeć, jak Olive w zbroi poklepuje po ramionach uzbrojonych wojowników. W dodatku mówiła do nich głosem głębokim jak dźwięk wiolonczeli Rozkołysanego Hary'ego. Wolałbym, żeby żadni *Sharum* nie towarzyszyli nam w drodze do domu, ale jeśli nie dało się tego uniknąć, lepiej, żeby byli to bracia włóczni Olive niż jacyś obcy. Wiedziałbym, gdyby coś knuli, ale nie, wprost przeciwnie. Każdy z tych stojących na placu mężczyzn oddałby życie za Olive, podobnie jak ona za nich. Czułem to wyraźnie w ich zapachu.

Faseek nie odszedł z innymi, rozejrzał się, przesunął wzrokiem po mojej kryjówce, nie zauważając mnie. Trochę się poczułem głupio, bo nie odmawiam nikomu prawa do prywatności, ale co poradzę, że słyszę, nawet jak mysz puszcza bąka? Nieważne, co zrobię, sekrety ludzi i tak do mnie docierają.

Nie spodziewałam się, że jego historia tak mnie poruszy. Wiedziałem, jak to jest dorastać bez ojca, a on nie mógł nawet liczyć na matkę. Ja też byłem wyrodkiem w mojej rodzinie, ale mama zawsze mnie wspierała.

– Leć, dołącz do braci – Olive odprawiła w końcu Faseeka. – Potrzebuję pobyć sam, zanim wrócę do karawany.

To był sygnał dla mnie. Zeskoczyłem z pomnika i dogoniłem Olive, choć trzymałem się krok za nią. To była taka nasza gra w dzieciństwie, ja próbowałem podkraść się do Selen i Olive, a one starały się nie dać zaskoczyć. Liczyłem, że podskoczy na dźwięk mojego głosu.

– Przepraszam.

Olive nawet nie zgubiła rytmu kroków.

– Za co?

– Za to, że myślałem, że mam gorzej niż ty. Bo mój tata nie żyje, a twój jest po prostu daleko. Zimą, kiedy w Potoku robiło się za chłodno, mama prześlizgiwała nas na południe, do pałacu twojego ojca w Nowej Krasji. Przez to zapominam, że nie miałaś okazji poznać go tak dobrze jak ja.

Wiedziałem, że moje słowa poruszyły Olive, ale wyczułem też, że nie chce o tym rozmawiać.

– Mówisz, jakby to wszystko należało do przeszłości – zauważyła, a mnie aż krew ścięła się w żyłach. – Myślisz, że nie żyją?

Nie musiałem pytać, o kim mówi. Chodziło jej o nasze matki i człowieka, który był nam bliski niemal jak ojciec. Nie wspominając o innych, którzy zniknęli.

Olive nie widziała następstw ataku demonów, ale ja owszem. Widziałem, czułem zapach, słyszałem trzask pękających w ogniu kości, skwierczenie palącego się tłuszczu. W powietrzu unosił się smród krwi, demoniej juchy i gówna, które wsiąkając w ziemię, utworzyły coś w rodzaju bagna, a nad nim bzyczały roje much i komarów. Na samo wspomnienie wszystko podeszło mi do gardła.

Niewiele ciał dało się zidentyfikować, lecz było ich za mało, jak na siły złożone z niemal tysiąca Rębaczy i Naznaczonych Dzieci. A jeśli uciekli, to czemu nie mieliśmy od nich żadnych wieści? Demony nie biorą jeńców.

To nie był przypadkowy atak. Teraz mieliśmy co do tego pewność. Stał za nim Alagai Ka, Ojciec Demonów. Możliwe, że nawet osobiście brał w nim udział. Musiał, jeśli horda demonów zdołała pokonać moją mamę, ciocię Leeshę czy mojego przybranego ojca.

– Byłaś przez chwilę w głowie demona. Powinnaś wiedzieć.

Do moich nozdrzy dotarła fala zapachu odrazy, a oczy Olive nabrały nieobecnego wyrazu.

– To trwało tylko mgnienie, choć miałam wrażenie, że dłużej. Przypominało przebłysk wspomnienia, jak błyskawica rozdzierająca ciemność nocy. Widziałam tylko, jak karmią nimi królową roju, ale nie wiem, czy to moja wyobraźnia, czy może prorocza wizja. Na pewno wiem tylko tyle, że królowa jeszcze się nie wykluła.

– Ile mamy czasu?

– Parę miesięcy? – Olive wzruszyła ramionami. – Może rok? Mam nadzieję, że wystarczająco, żebyśmy zdążyli się choć trochę przygotować. Ale to nie jest odpowiedź na moje pytanie, Darin. Myślisz, że oni nie żyją?

Bałem się odpowiedzieć szczerze. Potwierdzenie byłoby zdradą, a zaprzeczenie dawaniem złudnej nadziei. Chyba właśnie dlatego nie poruszaliśmy z Selen tego tematu. Bo i po co? Dopóki nie musieliśmy dokonywać wyboru, mogliśmy zachować obie odpowiedzi w duszy. Żadna nie zmieniała przecież tego, co musieliśmy zrobić. Nie zamierzałem się poddawać, ale nie byłem przecież głupcem.

Jednak Olive wyraźnie czekała na to, co powiem, a ja nie chciałem jej okłamywać.

– No, nie wygląda to najlepiej, to pewne. Ale...

– Ale...? – Olive ponagliła mnie, kiedy zamilkłem.

– Ludzie uważają Aleverana za potężnego przywódcę i może jest potężny tutaj, pomiędzy Majah. Mówi ludziom, co mają robić, i oni go słuchają, ale tak naprawdę nie może ich zmusić. Tyle że z naszymi mamami i ojcem-we-krwi było inaczej. Magia promieniowała z nich tak jak ciepło z rozżarzonych węgli i płonęła jak słońce, kiedy byli pobudzeni. W noc, gdy demony zaatakowały mnie po raz pierwszy, podczas przesilenia letniego, mama przybiegła, gdy tylko to usłyszała. Była wściekła. A runy na jej skórze jaśniały tak, że nie mogłem nawet na nią patrzeć. Przeorała demony, jakby były kurami do uboju, a potem straciła cierpliwość i zaczęła kreślić runy w powietrzu, a demony wybuchały niczym fajerwerki na festynie. Wiesz, Olive, niejedno widziałem dzięki wzmocnionemu runami wzrokowi i uwierz, że nigdy nie spotkałem nikogo potężniejszego od tej trójki.

– A twój ojciec? – zapytała Olive miękko.

Poczułem ukłucie w sercu, ale wiedziałem, o co jej chodzi, więc wzruszyłem ramionami, tak jak niedawno zrobił to w podobnej sytuacji Faseek.

– Nigdy go nie poznałem.

– Skoro są tak potężni, czemu zniknęli? – powątpiewała Olive. – Czemu nie wrócili?

Zimny dreszcz spłynął mi po plecach.

– Żadna moja odpowiedź nie będzie lepsza od tego, co widziałaś w głowie Alagai Ka.

– A co, jeżeli właśnie o to chodzi demonom? Żebyśmy wierzyli, że żyją, żebyśmy ruszyli im na pomoc, wykraczając poza granice wielkiego runu? Może próbują wciągnąć nas w pułapkę?

– Co, myślisz, że mam odpowiedzi w kapeluszu? – fuknąłem.

– Żebyś jeszcze go miał. – Olive zatrzymała się i spojrzała na mnie. – To powiedz, jak uważasz.

Nie znoszę, kiedy ktoś patrzy mi prosto w oczy. Zawsze tak było. Tylko mamie i czasem Selen uchodziło to na sucho. A kiedy Olive patrzyła na mnie tak jak teraz, to jakbym spoglądał w oko cyklonu, który lada moment może spaść na mnie z całą siłą.

Strzepnąłem grzywkę, żeby opadła mi na oczy, i zahaczyłem wzrokiem o przytroczony do pasa nóż mamy. Sięgnąłem po niego, a ciężkie ostrze wysunęło się z naoliwionej pochwy z cichym szelestem. Przeciętnemu człowiekowi rękojeść mogła się wydawać gładka, ale ja czułem pod palcami tysiące wgłębień oraz przetarcia na metalu i kości wyrobione rękami mamy. Pokazałem nóż Olive.

– Ten nóż był częścią mojej mamy. Używała go do wszystkiego, od czyszczenia paznokci po szlachtowanie demonów skalnych. Miała go w ręku czy u pasa w najważniejszych momentach swojego życia.

Olive skinęła, słuchając pilnie. Wiedziała, że chcę jej powiedzieć coś ważnego, ale mnie nie ponaglała.

– W takich przedmiotach pozostają emocje właściciela. Nawet teraz w pełnym słońcu czuję ich drgania. Mama nauczyła mnie, jak przepchnąć magię przez taki ślad, żeby go Odczytać. Odczyt przypomina te twoje przebłyski, kiedy byłaś w głowie demona.

I znów poczułem odrazę, lecz Olive pokiwała głową na znak, że rozumie, co staram się jej przekazać.

– I czego się dowiedziałeś z noża?

Pokręciłem głową zadowolony, że grzywka zasłania mi oczy.

– Jeszcze nie próbowałem go Odczytać.

– Dlaczego? – zdziwiła się Olive, przekrzywiając głowę na bok.

– Miałem wrażenie, że to byłoby jak czytanie jej pamiętnika. – Zakłopotany przestąpiłem z nogi na nogę. – Może są tam jakieś prywatne rzeczy, o których wolałaby, żeby nikt nie wiedział? I potem zrobiłaby mi Otchłań, że Odczytywałem ślad bez jej pozwolenia.

– Darinie Bales – zaczęła Olive surowo, krzyżując ręce na piersiach – przecież bez przerwy podsłuchujesz i podglądasz. I jakie to ma znaczenie, jeśli zginęła?

– No nie ma – przyznałem. – Ale może powie mi coś, czego nie chcę wiedzieć? Wiem tyle, że dopóki nie zdobędę dowodu, że mama nie żyje, będę zachowywał się tak, jakby żyła.

Olive spojrzała na mnie przeciągle, a w jej zapachu pojawiła się miłość.

– Tęskniłam za tobą, Darin.

– Um... – Zmieszałem się. – Kości twojej mamy powiedziały, że we wschodnich górach jest miasto. To tam powędrował ojciec-we-krwi, żeby je odnaleźć, zanim sam zniknął. Jeśli więc żyją, pewnie tam musimy ich szukać.

– „W dolinie pod miastem czai się zmiennokształtny demon". – W zapachu Olive wykwitł gniew, a ja przypomniałem sobie, jak ciocia Leesha przesłuchiwała ją, niczym nauczycielka, dopóki Olive nie potrafiła sama odczytać rzutu kości. – Wtedy nie miało to sensu, ale potem ujrzałam go w umyśle Alagai Ka. Zmiennokształtni potrafią przybierać różne formy. Gdy zginęła ich królowa, Alagai Ka kazał temu demonowi przemienić się w coś w rodzaju... pseudokrólowej. Nie jest prawdziwa, ale złożyła jajo, z którego ma powstać królowa. A jeśli to jajo się wykluje, to...

– To będzie oznaczało, że mój ojciec zginął na próżno – dokończyłem. – A resztę też czeka wkrótce śmierć.

– A więc organizujemy wyprawę ratunkową – podsumowała Olive. – Gnamy prosto za granicę wielkiego runu.

– Tak.

– Do letniego przesilenia zostało sześć tygodni – ciągnęła Olive. – Zamierzam dotrzeć do Zakątka i przed festynem zebrać armię.

Na placu karawaniarskim panował jeszcze większy hałas niż przedtem. Grupa odsuniętych od zadań *Sharum* stała z boku, a jej miejsce zajęli wojownicy Oddziału Książąt.

– Kupcy nie są zadowoleni, że jadą z nami twoi ludzie – zauważyłem. – Achman narzeka, że poprzedni konwój był stworzony z wybranych, lojalnych ludzi, i marudzi coś jeszcze o kontraktach.

Olive niezbyt się tym przejęła. Kupcy należeli do kasty *khaffit*, a w Pustynnej Włóczni *khaffit*, który sprzeciwił się *Sharum*, zwykle nie miał szansy uczynić tego ponownie.

– To i tak wszystko szpiedzy. Achman pracował dla Beliny, gdy porwano mnie z Zakątka. Nie ufam im, a tym bardziej ich najemnym włóczniom.

– A co, jeśli Aleveran się dowie?

– Myślę, że utratę dwudziestu lojalnych wobec mnie ludzi uzna za okazyjną cenę za pozbycie się samej mnie.

Selen i Arick odpoczywali w cieniu wraz z grupą braci Olive, czekając na rozkaz wymarszu. Rozluźnieni, śmiali się niczym starzy przyjaciele, słuchając opowieści, którą Selen snuła ze swadą mistrza Minstreli.

– Więc rozmawiam z tym dryblasem odzianym w zbroję ojca – mówiła do rozbawionej publiczności – a tymczasem Olive wymknął się, żeby całować się z dziewczyną, w której się bujał.

– Książę Olive?! – wykrzyknął Gorvan z niedowierzaniem. Reszta *Sharum* też zrobiła wielkie oczy. Porwani opowieścią, wydawali okrzyki zachwytu i trącali jeden drugiego. Wzdrygałem się na widok takiego prymitywnego zachowania, ale Arick i Selen śmiali się i poklepywali razem z innymi.

– No więc zdejmuję hełm – podjęła Selen, gdy fala rozbawienia opadła – a ten nagle przestał się przejmować tym, co knuje jego kochana córeczka zbieracza.

Wojownicy wydawali się zgorszeni, jak każdy słuchacz historyjek Selen, ale znów wyryczeli swoje emocje.

– I nagle, kiedy zaczęło się robić gorąco, na stoku pojawił się Największy na Świecie Skalny Demon. Był tak wielki, że przesłaniał gwiazdy! Podniósł głaz wielkości wychodka i cisnął nim prosto w kamień runiczny! Osłona rozpadła się i demony wpadły do obozu. Nagle całowanko się skończyło i trzeba było chwycić za włócznie.

Odetchnąłem głęboko, bo nagle serce ścisnęło mi się z żalu. Selen Rębacz była jak dotąd jedyną dziewczyną, z którą się całowałem. Jedyną, z którą chciałem się całować. Ale to było dawno temu. Teraz wiedziałem już, jacy mężczyźni się jej podobali.

Trudno się dziwić. Selen miała więcej wspólnego z wojownikami niż ze mną. Olive miała sześć stóp wzrostu, a Selen przewyższała ją o pół głowy. Była głośna. Pewna siebie. Piękna. Przyciągała mężczyzn jak kwiat pszczoły i pławiła się w ich uwielbieniu niczym w promieniach słońca. Smród feromonów bijący spod płóciennego zadaszenia aż zatykał.

Nie dziwiło mnie więc, że Selen jaśniała zbyt intensywnym blaskiem, by zauważyć mnie, przemykającego się w cieniach. A nawet gdyby kiedyś mnie dostrzegła, wątpiłem, bym zdołał jej czymś zaimponować.

– Książę Olive! – zawołał Parkot na nasz widok. – To prawda, że całowałeś się z córką zbieracza owoców?

– Na ciemność, Sel – warknęła Olive. – Naprawdę nawet na kwadrans nie mogę cię zostawić z moimi ludźmi.

– Wybacz. – Selen udała skruchę, ale pachniała zadowoleniem. Olive i Selen uwielbiały wprawiać się wzajemnie w zakłopotanie.

– No dobra, leniwe kłody! – huknęła Olive do swoich ludzi, lecz w jej tonie nie było złości. – Dość tych całuśnych historyjek, jak na jeden dzień. Wstawać! Wyruszamy! – Czuła się tak samo swobodnie pośród tej hałaśliwej zgrai jak Selen i Arick.

– Jak jej było na imię? – rzucił Menin, kiedy wojownicy zaczęli podnosić się i zbierać ekwipunek.

– Lanna. – Olive stanęła, krzyżując ramiona, a mięśnie na jej twarzy drgały, jakby powstrzymywała uśmiech. – Była śliczna jak poranek. Ty o takiej mógłbyś sobie tylko pomarzyć, Menin! A teraz ruchy! Wieczorem może wam opowiem, jak Selen ukrywała się w kupie gnoju, żeby ojciec nie przyłapał jej na całowaniu się po kątach ze stajennym!

Wojownicy znów zaczęli porykiwać i walić się po plecach, a Selen śmiała się najgłośniej z nich. Nie mogłem tego znieść, więc korzystając z zamieszania, odszedłem ukradkiem w poszukiwaniu cienia i ciszy. Wiedziałem, że kiedy karawana ruszy, zwierzęta i wozy narobią masę hałasu oraz wzbiją tumany kurzu. Wolałem to przeczekać i dogonić ich później, kiedy już wejdą w rytm.

Słońce prażyło tak, że czułem, jakby promienie przytłaczały mnie wielkim ciężarem. To cena, jaką płaciłem za moją magię. Mimo naciągniętego głęboko kaptura i wielu warstw szat światło słoneczne wykańczało mnie, przyprawiało o zawroty głowy i poty, a każdy kawałek odsłoniętej skóry piekł niczym smażony na patelni.

Na myśl o ukryciu się pierwszy przyszedł mi do głowy namiot Rojvah. Niestety, skoro Arick przebywał na zewnątrz, Rojvah siedziała sama w swoim płóciennym domku. A prawdę mówiąc, Rojvah trochę mnie przerażała. Czasami trudno mi było wyczytać coś z jej zapachu, a poza tym dziwnie na mnie patrzyła. Jak na owada, który jednocześnie fascynuje, ale i budzi obrzydzenie, i jakby czasem miała ochotę mnie zgnieść.

Uznałem jednak, że to lepsze od całego tego żaru, zgiełku i smrodu placu. Podszedłem chyłkiem do namiotu od strony, gdzie padające światło pozwalało mi zobaczyć wnętrze i upewnić się, że Rojvah jest sama i nie śpi.

I aż mnie zatchnęło. Przypomniałem sobie żądanie Olive, żeby Rojvah przeszukała *dama'ting* Belinę – właśnie były w trakcie. Zobaczyłem więcej, niż wypadało.

Czmychnąłem pospiesznie, żeby nikt mnie nie zobaczył. Nie miałem jednak dużych szans na znalezienie schronienia, ponieważ kupcy pakowali już namioty i płócienne osłony, pod którymi kryli się przed słońcem. W końcu odszukałem mojego konia, Zmierzcha. Młody, silny rumak tak jak i ja nie lubił tłoku. Wdrapałem się na siodło i rozwinąłem baldachim. Mało to było męskie, ale nie dbałem o to. Opuściłem kaptur, uniosłem fletnię do ust i stworzyłem mur, który odciął od nas hałas. Ruszyłem naprzód, żeby wysforować się przed czoło gwarnej karawany.

Strażnicy przy bramach nawet mnie nie zatrzymali. Bo i po co? Święte Miasto, zniszczone kilka nocy wcześniej przez otchłańce, nie było przyjaznym miejscem.

Mnóstwo ulic i konstrukcje wielu budynków zostały naruszone, lecz mieszkańcy zdecydowali się na odbudowę i zorganizowali drużyny odzyskujące zdatne do użycia materiały budowlane. Całe rodziny opłakiwały utratę domów, szukając w zgliszczach sprzętów, które dały się ocalić, szabrownicy rozgrabiali resztę, jedni i drudzy gromadzili wszystko, co umożliwiłoby im odbudowanie życia.

Przygrywając sobie, podążałem świeżo oczyszczonym traktem Posłańców w stronę rozbitej bramy, a moja muzyka nabrała żałobnych nut.

Karawana wlokła się powoli. Miałem sporo czasu, żeby znaleźć sobie gdzieś ustronie na popołudniową drzemkę. Na popas zatrzymali się wcześnie, ale zdążyłem do nich dołączyć na czas, by oddać Zmierzcha pod opiekę stajennemu i pokazać się tu i tam, żeby Olive i reszta się o mnie nie martwili.

Podwędzenie chleba z wozu z zapasami to nie do końca kradzież, choć wziąłem go, zanim zaczęli rozdawać kolację. Z łupem pod pachą powędrowałem po piasku, oddalając się od szlaku. Zatrzymałem się w pewnej odległości od karawany, na tyle blisko, by usłyszeć wzmożony ruch w obozowisku, i na tyle daleko, żeby ominęły mnie kolejne całuśne historyjki opowiadane przy ognisku.

Naciągnąłem kaptur na oczy i zapadłem w drzemkę, oblany czerwonym blaskiem zachodzącego słońca. Nie potrzebowałem koguta, żeby się ocknąć. Gdy tylko słońce ukryło się za horyzontem, poczułem całym ciałem, jak magia wydobywająca się z otchłani dryfuje nad pustynią i w końcu osiada na mnie niczym pszczoła na plastrze. Obudziło się moje runiczne widzenie, a reszta zmysłów wzmocniła się wraz z nim.

W dzień łatwo było zapomnieć, że była zima, jednak po zachodzie temperatura spadała bardzo szybko. Słyszałem, jak woda w manierce zamarza w kryształki, ale zimno mi nie przeszkadzało, ogrzewała mnie bowiem magia.

Pustynia była piękna nocą.

Mawia się, że pustynie są martwe, ale to nieprawda. Wystarczy umieć patrzeć i słuchać. Po piasku śmigają gryzonie, a za nimi pełzają gady. W piasku leżą uśpione nasiona i zwierzęta, czekające, aż ożywi je deszcz. Jest również woda, choć nie każdy potrafi ją znaleźć. Oraz uparte rośliny wczepione tam, gdzie mogą znaleźć jakąkolwiek wilgoć.

Wraz z przypływem magii obudziły się demony. Widziałem je w ciemnościach, ich aury jaśniały niczym latarnie, choć ciemne łuski pozwalały im stapiać się z mrokiem. Żaden nie podchodził niepokojąco blisko, a runiczny płaszcz matki, którym się otuliłem, nie pozwalał im mnie dostrzec.

Aż w pewnej chwili wyłowiłem dobiegający z oddali odgłos. Nie był to ani okrzyk demona, ani szybkie szuranie łap jakiegoś zwierzęcia na piasku. Nie był to też wiatr ani dźwięki obozu.

Odgłos miał źródło przed nami, daleko od Pustynnej Włóczni, ale miałem co do niego złe przeczucie. Przecież Aleveran mógł wcześniej wysłać ludzi i zastawić na nas pułapkę.

Wstałem i wypuściłem powietrze z płuc, zmieniając swój stan materialny. Dzięki magii potrafiłem rozluźnić substancję ciała, mogłem stać się śliski, a przy okazji lżejszy, bardziej giętki, a moje kości stawiały mniejszy opór.

Dzięki temu sypki piasek pod moimi stopami zrobił się zwarty jak glina i pomknąłem ślizgiem w stronę, skąd dochodził dźwięk. Olive i Selen na pewno by tego nie pochwaliły, ale gdyby poszły ze mną, narobiłyby tylko hałasu i zniweczyły szansę na zaskoczenie.

Szum stawał się głośniejszy i powoli się klarował, rozdzielając się na głosy, potem akcenty i w końcu na słowa. Mieszanina krasjańskiego i thesańskiego, dialekt, jakim mówiło się w Pustynnej Włóczni. Czyli mogły to być siły Majah czyhające, by zaatakować nas na szlaku.

Jednak chwilę później rozpoznałem jeden z głosów. Wspiąłem się na pagórek i wreszcie ich ujrzałem.

– No nie może być!

6

Eskorta

Jesteś pewien, że to mój ojciec? – dopytywała Selen, wytężając wzrok w kierunku nadjeżdżających. Znajdowali się jeszcze daleko i tylko Darin widział ich wyraźnie.

Zauważyli nas rankiem. Przez pustynię wiódł tylko jeden szlak, a my zmierzaliśmy w przeciwne strony. Od głównej grupy oddzieliła się mniejsza i ruszyła nam naprzeciw. Ale mniejsza grupa była prawie tak liczna jak nasza karawana, a przecież nieopodal mieli posiłki.

Darin wskazał na postać górującą nad innymi.

– A znasz jeszcze kogoś, kto ma takiego wielkiego konia?

Angieriański mustang wuja Gareda, Lawina, słynął z gabarytów. Miał w kłębie dwadzieścia jeden długości dłoni i był największym koniem w Zakątku, zbyt wielkim dla wszystkich jeźdźców poza generałem.

Angieriańskie dzikie mustangi były niezwykle cenione zarówno jako rumaki bojowe, jak i zwierzęta pociągowe. Ewoluowały, by przetrwać nocne niebezpieczeństwa na wolności, były większe, silniejsze i szybsze od koni hodowlanych. Wielka masa i moc mięśni pozwalały im uciekać, walczyć albo tratować polujące demony polne. Matka podejrzewała, że niektóre musiały zjeść mięso albo zlizać posokę zabitych demonów, dzięki czemu urosły i stały się silniejsze, a potem przekazały te cechy potomstwu.

– Rzeczywiście, wygląda jak stary Lawinus. – Selen przez chwilę wpatrywała się w sylwetkę na horyzoncie. – Ale tata ma inną... – uczyniła rękami nieokreślony gest w okolicach brzucha – figurę.

Śmiech przyniósł nam trochę odprężenia. Pomimo że obozu pilnowali moi zaufani ludzie, a Belinie założyłam okowy z zamkiem krwi, i tak nie mogłam spać. Czułam, jakbym w posłaniu miała żmiję. A teraz jeszcze to.

– To prawda – przyznałam. – Ale pewnie wyruszył na poszukiwania zaraz po moim porwaniu, więc od czterech miesięcy jest daleko od słodkich ciastek, które kucharz tak lubi dla niego piec.

Na samo wspomnienie tych ciastek ślinka napłynęła mi do ust. Już prawie nie pamiętałam smaku lukru. Po tych wszystkich miesiącach na krasjańskiej diecie nagle zatęskniłam za delikatesami kuchni Zakątka.

Selen nie wyglądała na przekonaną.

– Nawet cztery miesiące w siodle nie zmieni beczki w tyczkę – stwierdziła.

– Może nie w siodle – wtrącił Arick. – Ale jeśli wędrował poza wielkim runem i walczył w *alagai'sharak*...

Przytaknęłam chrząknięciem. Widziałam, co robi magia z ciałem człowieka, który walczy z demonami. Moi bracia włóczni – i ja też – nie byliśmy całkiem dojrzali fizycznie, kiedy przyszło nam walczyć z *alagai*. W kilka tygodni po tym urośliśmy wszyscy i przybraliśmy na wadze, jakby minęło kilka lat.

Moi bracia szczycili się swoimi dorosłymi ciałami, rozmiarami i siłą, ale moje nastręczało mi również problemów. Musiałam krępować bandażami piersi pod zbroją, żeby nikt nie zauważył ich, gdy zdejmę pancerz. Nie byłam jeszcze gotowa na pytania, jakie z pewnością wzbudziłby ich widok.

Był też inny magiczny efekt starć z demonami, zdecydowanie bardziej pożądany przez wojowników. Podobnie jak ciała młodzieńców dojrzewały, ciała starszych młodniały.

– Jeśli podążając przez pustynię, zabijał demony...

– Wczoraj podeszły pod ich obóz – odezwał się Darin. – Wojownicy nie siedzieli z założonymi rękami w granicach osłony runicznej. Rębacze chwycili za topory i sam widziałem, jak wuj Gared dusi jakiegoś piaskowego demona.

Serce zabiło mi mocniej. Sama chętnie bym to zobaczyła. Generała – najsłynniejszego woja w Zakątku – w akcji. Bardzo chciałam walczyć u jego boku. Wyobraziłam sobie, jak by to było zaciskać palce na demonim gardle. Czuć moc bijącą od runów na rękawicach. Tę... dominację. Moje dłonie same zacisnęły się w pięści, a krew zatętniła w żyłach.

Kiedy jednak popatrzyłam na Darina, mój zapał ostygł. Darin wydawał się bardziej wystraszony tym, co zobaczył, niż podekscytowany. Poszarzał na twarzy. Był na to wszystko za miękki. Nie po raz pierwszy pożałowałam, że wyruszył mnie szukać, choć kochałam go jak brata i byłam mu za to wdzięczna.

– Ilu mają wojowników? – zapytałam.

– Czterystu włóczników i toporników. Żadnych markietanów. Dwie setki Rębaczy i dwie *Sharum'ting*.

– Czyli dwustu wojowników i dla każdego kucharka, która może grzać mu łoże – zaśmiał się Gorvan.

Selen odwróciła się błyskawicznie i tak mocno go popchnęła, że wojownik stracił równowagę i rymsnął na tyłek w piach.

– Spróbuj to powtórzyć – warknęła, kiedy zaskoczony i rozeźlony Gorvan wstawał.

Tego rodzaju tarcia były czymś powszechnym w *sharaj*, ale Gorvana zwykle omijały – był największy i najsilniejszy z naszego rocznika. Jedynie Chadan dzięki umiejętnościom i ja ze swoją magiczną siłą mogliśmy się z nim równać.

Ale Selen najwyraźniej nie zamierzała się wycofywać. Była wyższa od Gorvana, ale on był cięższy, miał masywniejsze kości i większą masę mięśniową. Nie wątpiłam w lojalność Gorvana, wiedziałam jednak, że jest brutalny i czerpie przyjemność z udowadniania swojej dominacji. Zastanawiałam się nawet, czy nie zrobić z niego Mistrza Ćwiczeń.

Na Północy uderzenie kobiety to zbrodnia, w Krasji prawo to nie obowiązywało. Gorvan miał ochotę oddać cios, ale nie był głupcem. Selen była siostrą mojej matki i księżniczką. Kiedy zerknął na mnie, chcąc przyzwolenia, wiedziałam, że odmowa zawstydzi Selen.

– Jesteś pewna, Selen? – zapytałam, starannie ukrywając zdenerwowanie.

– Nie wtrącaj się – odwarknęła, nie spuszczając oczu z przeciwnika.

Wzruszyłam ramionami, a Gorvanowi skinęłam głową na zgodę. Selen nie posiadała magicznie wzmocnionej siły jak ja, ale była tak silna, jak to możliwe bez magii. Poza tym doskonale wiedziałam, jak potrafi walczyć.

Sharum z mojego oddziału szybko utworzyli wokół nich krąg, a kupcy, wykorzystując nadarzającą się okazję, zaczęli robić zakłady.

Kiedy Gorvan odwrócił się i zaatakował, Selen nie zawracała sobie głowy *sharusahk*. Zrobiła unik przed ciosem, uchyliła się przed kopniakiem i rzuciła się na Gorvana. Mocno chwyciła go za udo i po raz drugi przewróciła na piasek.

Selen miała trzech młodszych braci. Byli potężni jak złotodrzewa i ćwiczyli zapasy, odkąd nauczyli się chodzić. Selen od zawsze dawała im łupnia, miała więc wprawę. Przewaga masy na leżąco na nic się Gorvanowi nie zdała, a Selen potrafiła błyskawicznie założyć skuteczny chwyt. Wykręciła mu ramię, omal nie wyłamując z barku, aż Gorvan zawył z bólu. W dodatku zrobiła to tak, że ramieniem naciskała na tętnicę szyjną przeciwnika, odcinając mu dopływ krwi do mózgu.

Na szczęście dla Gorvana, nie korzystał z mózgu podczas walki. Zamachnął się niezdarnie, lecz potężnie i grzmotnął Selen, rozkwaszając jej nos, a przy okazji wyszarpując się z jej uścisku. Ale Selen nie odpuszczała.

Zgromadzeni mężczyźni aż się wzdrygnęli, kiedy łupnęła go kolanem w krocze, a kupcy zaczęli zmieniać zakłady.

W końcu Gorvanowi udało się wyzwolić i wstać, ale zachwiał się oszołomiony bólem i ten moment zawahania wystarczył Selen. Silny kopniak w biodro złożył go wpół i po chwili znów leżał w piachu. Selen skoczyła na niego zaciekle, kolanami przyszpiliła barki do ziemi i zaczęła walić pięścią po twarzy.

– Może byście tak już skończyli? – odezwał się Darin. – Mamy gości.

Rzeczywiście, jeźdźcy przeszli do galopu i zbliżali się do nas szybko. Wkrótce i ja byłam w stanie rozpoznać ich twarze. Darin miał rację.

Generał Gared zmienił się nie do poznania. Obciął rzednące, długie włosy i ta nowa fryzura odjęła mu dekady. Końcówki króciutkiej czupryny nadal były siwe, ale pod spodem połyskiwał złoty blond, który w pełni pysznił się na czubku głowy.

Złociutki jak słoneczko, jak mawiała babcia. Po raz pierwszy zrozumiałam, dlaczego wtedy w jej tonie pobrzmiewały nuty zazdrości.

Garedowi nie ubyło wzrostu, za to zniknęło piwne brzuszysko. Tak bardzo przypominał teraz swój pomnik stojący na Cmentarzysku Otchłańców, że ze zdumienia aż przetarłam oczy. Nadmiarowa masa z talii powędrowała na tors, tak że drewniany napierśnik omal nie pękał na łączeniach. Zwiotczałe wiekiem ramiona naprężyły się, wypełniły węzłami mięśni od naramienników po jego słynne rękawice runiczne.

Zmiana zaszła nie tylko w wyglądzie. W oczach generała pojawił się twardy błysk. Drapieżny. Bardziej jak u wilka niż u ogara. Widać było, że przybył na pustynię, szukając zaczepki.

Obok niego galopowała *Sharum'ting* w białym turbanie, a za nimi ciągnęło tuzin wojowników. Reszta została w tyle, ale ich dystans do nas wyraźnie się skracał.

Trudno byłoby podbić Majah w cztery setki ludzi, lecz bramy Pustynnej Włóczni zostały zniszczone, wojownicy zdziesiątkowani, a mury zburzone. Czterystu wojowników mogłoby wyrządzić sporo szkód, zanim Aleveranowi udałoby się ich odeprzeć.

Gared wjechał pełnym galopem, jakby chciał nas stratować kopytami swego gigantycznego rumaka, w ostatniej chwili ściągnął mocno wodze, zatrzymując wierzchowca, i z zaskakującą gracją zeskoczył z siodła. Wielki topór, zwykle przytroczony u pasa, mignął w rękach olbrzyma, kiedy ten wskazał nim Selen.

– Każdego, kto natychmiast nie odstąpi od mojej córki i Darina Balesa, rozpłatam wpół – zagroził.

Moim braciom włóczni nie spodobał się jego ton, podobnie zresztą jak mnie. Matka by sobie na taki nie pozwoliła i ja też nie mogłam, inaczej nie zdołałabym zaskarbić sobie jego szacunku ani zdobyć lojalności. Odwróciłam się twarzą do Gareda, a moi wojownicy stanęli za mną z bronią w gotowości.

– Witaj, wuju. – Gared zawsze był miły, choć trochę niezdarny. Miał tendencję do niedoszacowania własnej siły i przypadkowego niszczenia rzeczy, podobnie jak ja, i nie dbał o swój wygląd, w przeciwieństwie do mnie.

Matka kochała Gareda jak brata, miała o nim jednak mniej pochlebną opinię niż ja. Kiedyś powiedziała mi, że Gared jest typem człowieka, którego pragnie się mieć u boku, kiedy sprawy przybierają kiepski obrót. Za każdym razem, gdy jakiś demon próbował zabić kogoś w Zakątku, musiał przejść przez Gareda Rębacza. Ludzie uważali go za bohatera i w pełni sobie na to zasłużył. Ale nie bohaterowie garnki lepią. Kiedy wojna się skończyła, Gared nie bardzo wiedział, co ze sobą zrobić.

Ja byłam świadkiem tylko ułamka tych tarć pomiędzy generałem i jego żoną, baronową Emelią, które widziała Selen, choć i to wydawało mi się za wiele. Emelia była cięta jak osa i nigdy nie przestałam jej nienawidzić za to, jak traktowała Selen, ale i Gared nie był bez winy, jeśli chodzi o małżeńskie niesnaski.

Selen twierdziła, że jej ojciec nie lenił się i naprawdę starał się być dobrym człowiekiem, ale był tylko robotnikiem, a nie żadnym baronem. Niemal nie umiał czytać, nie miał głowy do liczb, a po latach robienia głupstw jego jedynym obowiązkiem pozostawało siedzenie każdego ranka przez godzinę w gabinecie i podpisywanie podsuwanych mu przez żonę dokumentów. Nawet ich nie czytał, zajęty wyczekiwaniem na moment, aż zostanie „wypuszczony". Czasami wyjeżdżaliśmy na „polowanie", a wtedy znikał z dworu na parę tygodni.

Generał spoglądał na mnie, wyraźnie tracąc cierpliwość. Dobył wielkiej maczety, przewieszonej dotąd przez plecy, i zaczął znacząco podzwaniać ostrzem o topór.

– Mówisz ty w ogóle po thesańsku?! – warknął rozeźlony. – Powiedziałem: natychmiast!

Wcześniej zachwycałam się zmianą w wyglądzie generała, ale po tym mimowolnie zaczęłam oceniać go jako ewentualnego przeciwnika, wypatrywać mocnych stron, aby wiedzieć, czego unikać, oraz słabych, które mogłabym wykorzystać. Tych pierwszych zdawało się być znacznie więcej niż tych drugich. Między innymi dlatego lepiej było uniknąć eskalacji konfliktu.

Nic dziwnego, że generał mnie nie rozpoznał. Ostatnio widział mnie odzianą w jedwabie, obwieszoną biżuterią, z twarzą pokrytą makijażem i z długimi, puszczonymi swobodnie włosami. Teraz byłam brudna, miałam krótko ostrzyżone włosy, okrywała mnie zbroja z łusek *alagai*, miałam męskie bicepsy i mówiłam dużo niższym głosem niż kiedyś.

– Jeśli chcesz mi grozić, zielonoziemcu, trzeba było zostać w siodle i trzymać się swoich ludzi.

Generał prychnął, a jego obstawa uniosła łuki z nałożonymi strzałami. *Sharum'ting* ustawiły włócznie w gotowości.

– Nie potrzebuję pomocy, żeby przeżuć i wypluć takiego knypka jak ty. Jeśli masz choć kroplę oleju w głowie, każ swoim krasnalom opuścić włócznie i oddaj moją córkę i panicza Balesa.

Darin parsknął śmiechem.

– Coś cię śmieszy, chłopcze? – Generał łypnął na niego groźnie. – Poczekaj, niech tylko dowiozę cię do domu, a zobaczysz, jaką Otchłań zrobię tobie i Selen.

Z uśmiechem zdjęłam turban, hełm i opuściłam zasłonę przeciwpyłową.

– Nie poznajesz mnie, generale?

Och, ależ miałam ubaw, patrząc, jak Garedowi omal oczy nie wyskoczyły z orbit.

– Olive?!

Skinęłam tak władczo, że nawet mama byłaby ze mnie dumna.

– Na Otchłań, co ty tu robisz, odziana jak piaskowy... – Generał zerknął na swoją krasjańską obstawę i moich wojowników i rozsądnie przełknął ostatnie słowo. – Yyy, no więc tak. Nie czas na przebieranki. Wskakuj na siodło i jedziemy do domu.

– Chyba się zapominasz, generale Rębacz. A więc pozwól, że ci przypomnę. Podczas nieobecności matki to ja tu rozkazuję. Wyślij swoich ludzi z powrotem i niech przekażą oddziałom, żeby zawracały. A mnie możesz tymczasem powitać, jak należy. Na kolanach.

I znów poczułam satysfakcję na widok jego miny. Nie spodobały mu się moje słowa. Nic a nic. Poczerwieniał z oburzenia.

– Nie obraź się, Olive, ale jestem od ciebie dużo starszy. Nie jesteś jeszcze...

– Gotowa, żeby przewodzić ludowi?

– To twoje słowa, nie moje – wykręcił się, licząc, że złagodzi tym sens swojej wypowiedzi.

Złudna nadzieja.

– Myślisz, że poszłabym za generałem, który opuszcza swój posterunek? Który zostawił tron, mój tron, bez ochrony i pognał szukać wiatru w polu?

– Nie wiatru! – ryknął generał, ale widziałam, że udało mi się zepchnąć go do obrony. – Szukałem ciebie, Selen i Darina! I oto jesteście!

– Ano jesteśmy – przytaknęłam. – Na czele uzbrojonej eskorty wracamy do domu, aby wziąć na barki obowiązki, przed którymi uciekłeś. Powtórz, proszę, czemu posłużyła twoja wyprawa?

– Hem! Um – obruszył się Gared, lecz nie znalazł szybkiej odpowiedzi.

– Może zacznijmy od tego, że ty i twoja eskorta odłożycie broń – zaproponowałam łagodnie. – Zanim ja i moi towarzysze stracimy cierpliwość.

Generał popatrzył na swoje ręce, jakby zdziwiony, że nadal trzyma w nich topór i maczetę, a potem płynnym, wyćwiczonym ruchem umieścił jedno i drugie na miejscu w trokach. Obstawa poszła za przykładem dowódcy.

– A teraz wyślij jeźdźców, niech przekażą wiadomość. – Powiedziałam to na tyle głośno, żeby wszyscy usłyszeli. Było to spokojne, pełne godności polecenie. I znów poczułam, że naśladuję matkę, tyle że celowo pominęłam „proszę”, które ona by dodała. Łagodne podejście sprawdzało się w przypadku księżnej Leeshy, lecz *Sharum* poczytaliby ją za słabość.

– Tomm! – zawołał generał przez ramię do Wedge'a, jednego ze swoich najstarszych przyjaciół, który również odmłodniał, odkąd go widziałam. – Pchnij tam swoich chłopców, niech każą Rębaczom rozpocząć zawracanie.

– Słyszeliście dowódcę – zwrócił się Tomm do swoich synów, trzech mężczyzn, którzy obecnie wyglądali jak jego bracia.

Wedge'owie łupnęli pięściami w drewniane napierśniki, zawrócili i odjechali.

Podeszłam do generała tak blisko, że znalazłam się w zasięgu jego długich ramion. Mistrz Ćwiczeń Chikga podczas treningu *sharusahk* nazywał taką odległość „strefą śmierci”.

– Nie będę przepraszał, że zacząłem was szukać – zastrzegł Gared. – Zaginęła Selen. I ty. I Darin Bales. Nie interesuje mnie żaden posterunek, który jest przeszkodą w chronieniu was.

– Oczywiście, wuju. – Tym razem oddałam mu honory. – Przybyłeś mi na ratunek, tak samo jak zrobili to Selen i Darin. Każdy z nas zrobiłby to samo dla ukochanych.

– Nie zostawiłem Zakątka bez ochrony – tłumaczył się generał. – Arther dba o sprawy państwowe, a Gamon stanął na czele wojska. W jednym i drugim są lepsi ode mnie. Zabrałem tylko Rębaczy. Weteranów, jak ja. Jesteśmy starzy, ale jeszcze drzemie w nas ogień.

To prawda. Rębacze byli najsłynniejszymi wojownikami w Zakątku, wielu z nich pochodziło z Zakątka Rębaczy, małego miasteczka, zamieszkiwanego przez kilkuset mieszkańców, które rozrosło się w największe księstwo w Thesie. Znałam ich, spotykałam w twierdzy matki, byli sąsiadami i przyjaciółmi z mojego dzieciństwa. Teraz jednak wyglądali inaczej. Dug i Merrem Rzeźnicy ostatnio byli siwiuteńcy, podobnie jak Samm Piła i Brianne Rębacz. Teraz nie dałabym im więcej niż trzydzieści lat.

Otworzyłam lekko ramiona, a Gared zamknął mnie w miażdżącym uścisku, podrywając z ziemi. Słyszałam, że moi ludzie poruszyli się niespokojnie, ale generał nagle zaszlochał.

– Już myślałem, że cię straciłem. Was wszystkich.

Odwiódł jedno ramię i Selen szybko do mnie dołączyła, choć Darin, który nie lubił być dotykany, nadal trzymał się z tyłu.

– Już nigdy nie spuszczę was z oka – obiecał Gared, drżąc i łkając. Rosił mi głowę rzewnymi łzami, a ja miałam wrażenie, że wylewa mi na włosy cały kubek wody. – Jestem z was taki dumny. Poszedłbym za tobą w Otchłań i z powrotem, Olive.

I ja, bezpieczna w jego objęciach, z twarzą ukrytą na szerokiej piersi, pozwoliłam sobie zapłakać.

Mając tak silną eskortę, zaproponowałam braciom włóczni, że mogą wracać do domu, ale żaden z nich nie chciał tego uczynić.

– Obiecaliśmy odprowadzić cię bezpiecznie do Nowej Krasji, a i to najmniej – powiedział Gorvan. – I dotrzymamy obietnicy. Nie wątpię, że wojowniczki twojej matki są świetne – strzelił oczami w stronę *Sharum'ting* – ale będzie ci towarzyszyło tyle samo Kaji, a im nie można ufać.

– Kaji mówią to samo o Majah – zauważyłam. – I odkąd to obawiasz się *Sharum'ting*?

Gorvan uśmiechnął się, rozciągając rozbitą przez Selen wargę i odsłaniając zakrwawione zęby.

– Każda walka to nowa lekcja, jak mawiał Mistrz Ćwiczeń Chikga.

Obawiałam się przez chwilę, że Gorvan będzie żywił urazę z powodu przegranej bitki, ale wyglądało na to, że zadurzył się w Selen jak uczniak.

Tym razem pod wieczór musieliśmy rozbić znacznie większy obóz niż poprzedniego dnia. Generał zrobił aferę, gdy zauważył, że nie ma Darina, ale taki właśnie był Darin. Usiadłam przy ogniu z Selen, Rojvah i Arickiem, chłonąc ciepło płomieni pośród chłodu nocy. Faseek pełnił straż nieopodal, pilnując, by nikt nie przeszkadzał nam bez uprzedzenia.

– Książę Olive! – zawołał, a kiedy spojrzałam w jego stronę, zobaczyłam, jak tuż przy nim wyłania się z cienia Sharum'ting Ka. Elitarni wojownicy Damajah nosili biżuterię *hora*, która wygłuszała ich ruchy i pozwalała zaginać cienie wokół nich, okrywając ich ciemnością niczym płaszczem. Sharum'ting Ka mogłaby prześliznąć się obok Faseeka niezauważona, ale pokazała mu się z uprzejmości.

Moi bracia włóczni, zdecydowanie mniej ufni, wysypali się z ciemności i ustawili wokół mnie z włóczniami w gotowości.

– Sharum'ting Ka. – Ukłoniłam się z szacunkiem. Nie spotkałam wcześniej Ashii vah Ashan, ale była moją kuzynką w pierwszej linii i wojowniczką, która dokonała legendarnych czynów, a także siostrą włóczni Michy. Królewski status Ashii niewiele ustępował mojemu, a biały turban stawiał ją wyżej w hierarchii niż mój biały welon.

Ashia była wierna Damajah i nie mogłam jej ufać tak, jak ufałam Michy. Matka nie dopuszczała do mnie ludzi ojca z obawy, że mnie zabiją. Stanowiłam zagrożenie dla ich władzy.

– Książę Olive. – Ukłon Ashii trwał dłużej i był głębszy od mojego na znak, że dostrzega różnicę w naszym statusie. Z pewnością wiedziała o zniknięciu mojej matki, a ja bezpośrednio po niej dziedziczyłam władzę w Zakątku. – Czy mogę liczyć na chwilę rozmowy?

– Oczywiście. – Gestem odwołałam ludzi. Wycofali się, lecz w pewnej odległości utworzyli wokół nas krąg.

– Cieszę się, że jesteś cały i zdrowy. – Ashia nie wydawała się w najmniejszym stopniu zaniepokojona otaczającymi ją włócznikami Majah. – I wolny. – Ashia spojrzała na drogę, w stronę odległej już Pustynnej Włóczni. – Czy mógłbyś mi powiedzieć, co z Michą? Słyszałam, że została uprowadzona tej samej nocy, co ty.

Zaschło mi w gardle. Bałam się tej chwili i liczyłam, że nadejdzie, dopiero gdy będę bezpieczna w pałacu, i że taka rozmowa odbędzie się na osobności. Moi ludzie zerkali na Ashię nieufnie, ale to miłość ją tutaj przywiodła.

– Tak było – przytaknęłam. – Walczyliśmy razem z Wypatrywaczami Nanji, których na nas nasłano, ale było ich zbyt wielu, a ja... nie byłem wtedy tym, kim jestem teraz. Zostaliśmy porwani, lecz w trakcie podróży do Pustynnej Włóczni Micha dwa razy uwolniła się, uciekła i próbowała uwolnić mnie. Majah odarli ją z czerni, ale Micha nie zostawiła ich w potrzebie ani nie zostawiła mnie, gdy na miasto napadł Alagai Ka.

– Ciszej! – upomniała mnie Ashia, kreśląc w powietrzu run umysłu i spoglądając przez ramię. Nie wypowiadamy nocą imienia Ojca Kłamstw, książę.

Opuściłam zasłonę i splunęłam na piasek.

– Lęk przed imieniem to lęk przed tym, kto je nosi. Alagai Ka uciekł przed naszymi włóczniami, a jeśli będzie na tyle głupi, żeby zbliżyć się do nas teraz, dokończymy to, co zaczął mój ojciec, i położymy kres jego życiu raz na zawsze.

Łatwo powiedzieć.

Prawda była taka, że przeżyliśmy w równym stopniu dzięki sile zbrojnej i woli, co szczęściu i elementowi zaskoczenia. Dobrze pamiętałam, jak demon wdarł się do mojego umysłu, trudno zapomnieć ten ogrom mocy. Do tej pory wspomnienia napawały mnie grozą, ale akceptowałam to uczucie z pokorą.

– Przypominasz go – pokiwała głową Ashia. – Jesteś krwią z krwi *Sharum* Wybawiciela. Mam nadzieję, że będę przy tobie, gdy nadejdzie ten dzień.

– Micha była przy mnie, kiedy przyszedł. Chciałam zostawić ją w Świętym Mieście, ale moja siostra nie zamierzała siedzieć w bezpiecznym miejscu, podczas gdy ja narażałem się na niebezpieczeństwo.

– Oczywiście – rzekła smutno Ashia. – Honor Michy vah Ahmann nie miał granic.

– Nie miał – potwierdziłam.

– Rozumiem, że nie przeżyła bitwy – powiedziała Ashia chłodno.

– Została zabita, gdy Ojciec Kłamstw przejął kontrolę nad moim bratem Iravenem i wykorzystał go jako swoje narzędzie.

– Znałam księcia Iravena – westchnęła Ashia z żalem. – Był... wspaniałym wojownikiem. Czy on również...?

– Nie żyje. Kości obojga zostały wybielone i powiększyły moc Sharik Hora.

Ashia była tak zaskoczona, że na moment straciła fasadę spokoju.

– To niemożliwe! – powiedziała, otwierając szeroko oczy. – Nigdy kości żadnej *Sharum'ting* nie spoczęły w tym świętym miejscu.

– Micha jest pierwsza – potwierdziłam.

– I Aleveran się na to zgodził? – Ashia nadal nie mogła wyjść ze zdziwienia.

– *Dama'ting* nie pozostawiły mu wyboru. Chavis powiedziała, że Micha jest pierwszą, lecz nie ostatnią.

Ashia przez chwilę wpatrywała się we mnie oniemiała, a potem uczyniła coś, czego nie spodziewałabym się po wojowniczce, szczególnie w obecności wrażych włóczni. Oczy jej zwilgotniały, osunęła się na kolana i zapłakała.

Rojvah zerwała się na równe nogi i wyszarpnęła spod szaty flakonik na łzy. Moi bracia omal nie powpadali na siebie, schodząc jej z drogi.

Pomyślałam o tym, ile mnie kosztuje ukrywanie emocji przy moich ludziach. To nie do pomyślenia, żeby w tak zdominowanym przez mężczyzn miejscu dawać taki pokaz uczuć, bez względu na to, jak bardzo usłyszane wieści rozdarłyby serca. Wojownicy w ogóle nie powinni płakać.

Rojvah już miała zbliżyć się do Ashii, ale powstrzymałam ją gestem, a potem wyciągnęłam ku niej dłoń.

Zrozumiała. Włożyła mi buteleczkę do ręki.

Przyklęknęłam przy kuzynce, uniosłam delikatnie jej brodę i złapałam do flakonika łzę, która już miała skapnąć. Przesunęłam krawędzią flaszeczki w górę jej policzka, chwytając resztę łez, a potem zrobiłam to samo po drugiej stronie. Potok łez nie ustawał, przeciwnie, nasilał się, a twarz Ashii wykrzywiła się z boleści.

A potem podniosła na mnie wzrok i błyskawicznym ruchem sięgnęła w fałdy swoich szat. W pierwszej chwili myślałam, że zaraz wyciągnie broń, lecz w jej dłoni błysnął flakonik, taki jak wzięłam od Rojvah.

Dopiero wtedy uświadomiłam sobie, że ja również płaczę.

Po wszystkim Ashia objęła mnie i przez chwilę trwałyśmy tak wtulone w siebie.

Nagle Darin, który pojawił się znikąd, odchrząknął.

– Demony nadciągają – powiedział i gwałtownie wciągnął powietrze nosem, a za moment jego oddech zawisł obłoczkiem pary bielejącym w nocnym chłodzie. – Cała banda.

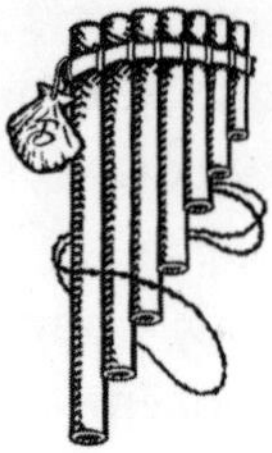

7

Pustynna zawierucha

Moment czułości prysnął. Po moim słowach Olive i Ashia drgnęły niczym koty na głośniejszy dźwięk i zerwały się na równe nogi, obie czujnie przeczesując ciemność wzrokiem.

– Ile? – Wyczuwałem frustrację Olive. Ufała moim zmysłom, bo nawet runy na hełmie zapewniające magiczne wzmocnienie wzroku nie pomogły jej ujrzeć wroga. Ashia też patrzyła w złą stronę, ale od Sharum'ting Ka biła woń spokoju, skupienia i cierpliwości. Była gotowa wydać rozkazy, lecz chciała zobaczyć, jak postąpi Olive.

– Nie potrafię dokładnie zliczyć, jest ich pełno w całym obozie. Zauważyłbym je wcześniej, tyle że zostałem... rozproszony.

– To nie twoja wina, Darin – pocieszyła mnie Olive. – Wszyscy się zdekoncentrowaliśmy. A co wiesz na pewno?

– Czekały zakopane, a piasek ukrył ich aury. Przemykają cichaczem jak wierni spóźnieni na nabożeństwo Dnia Siódmego.

– Pędź do wuja, ostrzeż go. Niech poderwie Rębaczy, ale po cichu. Tak, żeby demony myślały, że nas zaskoczą.

Zrobiło mi się niedobrze. Oczywiście zamierzałem stanąć do walki z każdym, gdy zajdzie taka potrzeba. Nie raz to robiłem podczas tej otchłańczej wyprawy. Pomyślałem jednak, że może nie musimy za każdym razem się z nimi ścierać?

– W sumie... – zacząłem, muskając palcami wiszącą u pasa fletnię i zerkając na Rojvah. Tylko że Olive już się odwróciła i wydawała rozkazy swoim braciom Majah. – Ale może...

Olive rzuciła mi spojrzenie, tym razem bardziej stanowcze.

– Pospiesz się, Darin!

Wyprostowałem się jak podcięty biczem. To prawda, że Olive była następna w kolejce do tronu Zakątka, lecz Zakątek był daleko stąd i daleko od miejsca, gdzie się urodziłem. Podparłem się rękami pod boki, a Olive odwróciła się do mnie z rosnącą irytacją. Zawsze była apodyktyczna, a tym razem dodatkowo nie chciała wyjść na słabą na oczach swoich braci. A ja chwilowo nie miałem na to cierpliwości.

– Myślę – wtrąciła głośno Rojvah, przełamując napięcie i ściągając na siebie spojrzenia obecnych – że syn Arlena chce powiedzieć, że jego umiejętności i moje można wykorzystać lepiej, niż dając zadanie dla posłańca. – Dotknęła obroży na szyi, biżuterii *hora*, która wzmacniała jej śpiew podobnie jak runiczna moneta na mojej fletni. – Może w ogóle nie musimy walczyć? Może niech *alagai* podejdą w swoim czasie, nie uprzedzajmy ich.

Olive spojrzała na nią z góry.

– Zbyt wiele demonów uszło czystce Wybawiciela, a ja nie zamierzam tolerować ich na moich ziemiach. Zamierzam je wybić do nogi, a nie grać im kołysanki.

– Idiotka – mruknęła Selen pod nosem. Nie sprzeciwiła się Olive otwarcie, choć miała na to wielką ochotę.

Rojvah ubodła odpowiedź Olive, a dla mnie była ostatnią kroplą, która przelała puchar. Chwyciłem swój instrument i potrząsnąłem nim przed oczami Olive.

– Tym jest to dla ciebie? Kołysanką? Matka kazała ci czytać wszystkie historie wojenne, a ty niczego się z nich nie nauczyłaś?!

O, to się Olive nie spodobało. Wspomnienie księżnej zawsze było ostatecznym argumentem, po który sięgało się w dyskusji z nią. To broń obosieczna – mogła albo powstrzymać Olive przed zrobieniem głupoty, albo wpędzić ją w szał.

Nie mogłem jednak postąpić inaczej. Ojciec Rojvah i Aricka był w pewnym sensie moim bohaterem. Rojer Bezpalcy, skrzypek-czarodziej, ożywił magię, którą ludzie uważali za straconą. Bezpalcy odkrył, jak oczarować demony swoją muzyką, i napisał pieśni z zaklęciami mające moc odpędzania demonów. Muzyki tej mogli nauczyć się inni i dzięki niej przywabiać i odpędzać demony bądź się przed nimi ukrywać.

Ostateczna bitwa wojny demonów rozegrała się na wielu frontach, ale świadkowie w jednym byli zgodni – bez zaklętej muzyki Bezpalcego ludzie ponieśliby dużo większe straty.

– Nie mówię, że mamy ich nie zabijać – zastrzegłem, nie potwierdzając jednocześnie, że powinniśmy je zaatakować. – Tyle że razem z Rojvah możemy skierować je i utrzymać tam, gdzie chcemy, a to łatwiejsze niż wymaganie od Rębaczy, żeby udawali ciche myszki.

Olive miała ochotę się ze mną sprzeczać, jednak nie powiedziałem niczego, czego sama by nie wiedziała. Po prostu nigdy wcześniej nie planowała bitwy z wykorzystaniem mojej fletni. Ostatecznie spojrzała na Ashię.

W zapachu Sharum'ting Ka pojawiła się duma, jakby Olive zdała jakiś ważny test.

– Rzeczywiście, tak postępowano podczas wojny – potwierdziła Ashia. – I tak możemy zrobić i dzisiaj.

Olive popatrzyła mi prosto w oczy.

– Sel? – rzuciła przez ramię. – Mogłabyś skoczyć do ojca i powiedzieć, żeby przygotował Rębaczy, ale cichcem?

Selen parsknęła śmiechem, a w jej zapachu również wyczułem rozbawienie.

– Jasne. Będzie zachwycony, przyjmując rozkazy od swojej nastoletniej córki.

– Wiem, jak to jest – uśmiechnęła się Olive. – Ale każdemu przyda się czasem lekcja pokory.

Sięgnąłem spotniałymi dłońmi po instrument, rozrzedziłem nieco ciało i strzepnąłem piszczałki, żeby pozbyć się z nich wilgoci. A potem przyłożyłem je do ust.

Serce waliło mi jak młot i z trudem oddychałem. Moment odwagi, która pozwoliła mi sprzeciwić się Olive, minął, a ja w głębi duszy wiedziałem, że nie jestem na to gotowy.

Zawahałem się, uspokoiłem oddech, usiłując rozluźnić żelazną obręcz, która zaciskała mi się na piersi.

Słyszałem, jak za moimi plecami Rojvah kręci się niespokojnie. Na szali leżała nie tylko moja reputacja, ale również jej. Im dłużej zwlekałem, tym gorzej to wyglądało. Jednak Rojvah nie pachniała zniecierpliwieniem.

Za to Arick owszem. Emocje w nim buzowały. Aż się wyrywał, by ruszyć z wojownikami do ataku, popisać się przed Majah, *Sharum'ting* i Rębaczami, lecz z drugiej strony nie chciał zostawiać siostry samej.

– Lęk jest jak wiatr, Darinie – powiedziała Rojvah cicho, tak żeby inni nie usłyszeli. – Pozwól, żeby cię opłynął.

Wizja była kojąca.

Pewnie uchwyciłem instrument w dłonie, wyobraziłem sobie strach jako coś materialnego i rozrzedziłem ciało, by nie mógł mnie chwycić.

A potem zagrałem.

Początkowo powoli, jakbym testował piszczałki, pozwalając, by muzyka z wolna nabierała mocy. Nocą na pustyni panuje głusza, dźwięk poniósł się daleko, jeszcze zanim wzbudziłem runy i ożywiłem kości, żeby go wzmóc.

Wypełniłem noc melodią, rozprzestrzeniając ją wokół, otaczając nią demony kryjące się w piaskach. Potem Rojvah dodała do mojej gry swój głos, początkowo cichy, a potem wplotła go w dźwięki fletni, aż w końcu, dotykając naszyjnika, obudziła własne runy wzmacniające.

Nasza muzyka wybiła się ponad inne odgłosy, przykryła je, a ja wyobraziłem sobie, jak odszukuję demony, każdego z osobna. Pozostańcie w ukryciu, przekazywałem im mocą fletni. Wasza ofiara umknie, jeśli się poruszycie.

Rojvah wzmocniła moje zaklęcia swoją tonacją, przydając mocy i złożoności melodii. Nasza muzyka splotła się ze sobą jak kochankowie w objęciach.

Zauważyłem, że Olive kiwnęła do mnie głową, a potem zwróciła się do Gareda:

– Wyprowadź swoich Rębaczy, generale. Odnajdźcie wroga i bądźcie gotowi na rozkaz do ataku.

Rębacze na sygnał dowódcy zabrali swoje zaklęte, pokryte runami narzędzia drwalskie i rozeszli się w ciemną noc.

– Rębacze wiedzą, co robić – stwierdził generał. – Ale ja się stąd nie ruszam.

– Myślałam, że już to omówiliśmy? – Olive uniosła brew w odpowiedzi.

– Możesz komenderować Rębaczami, posłuchają cię i wykonają twoje polecenia, ale niech mnie Otchłań pochłonie, jeśli uda ci się zmusić mnie do spuszczenia ciebie, Selen i Darina z oka, gdy wokół czają się demony.

– Mama mówi, że tata w takich sprawach jest uparty jak skalny demon – prychnęła Selen.

Generał skrzyżował ramiona na piersi.

– Nawet twoja matka czasami miewa rację – oświadczył.

Olive zacisnęła usta, ale nie pachniała gniewem. Wprost przeciwnie.

– Niech będzie – ustąpiła. Zsunęła tarczę z ramienia i uniosła włócznię. – Ruszamy.

Rozkaz nie wzbudził w wuju zachwytu, lecz olbrzym sięgnął po broń i ruszył za Olive i Selen, górując nad obiema wzrostem.

– Demony zareagują, jak rozgorzeje walka, ale i tak będą potrzebowały chwili, żeby otrząsnąć się z zaklęcia. Nie zmarnujmy tego czasu.

Wojowniczki Ashii zdjęły z pleców krótkie, ostre włócznie z runicznego szkła. Każda z pary miała trzy stopy długości i gwint na końcu, który umożliwiał skręcenie ich w jedną długą. Ujęły po jednej w każdą rękę, pozostawiając tarcze na plecach, a potem zrobiły coś nieoczekiwanego.

Zaczęły śpiewać.

Ashia rozpoczęła, wplatając swoją pieśń w naszą muzykę, tak samo jak Micha w tunelach. I zaraz dwieście wojowniczek podjęło pieśń. Runy rezonansowe na ich zbrojach rozjarzyły się, a głosy harmonizowały, podtrzymując melodię, nawet gdy siostry włóczni rozdzieliły się w poszukiwaniu celów.

Nie było to takie proste. Moje zmysły przepełniała muzyka i nawet ja miałem kłopot ze zlokalizowaniem poszczególnych demonów. Byłem jednak pewien, że tam są, i wiedziałem, że jeśli ktoś nieopatrznie nastąpi na jakiegoś, zrobi się zamieszanie, które zniweczy zaklęcie.

Mimo to nadal kierowałem nuty wprost w ich zwierzęce instynkty. Spokojnie. Cicho. Czekać. W końcu dodałem dźwięk o rosnącej tonacji, który nakręcał mięśnie otchłańców niczym sprężynę. Rojvah i *Sharum'ting*, zauważywszy zmianę, poszły za moim przykładem i wkrótce w chłód nocy wkradło się napięcie.

– Nie widzę ani jednego – zniecierpliwił się Gared. – Będziemy musieli na nie naskoczyć.

Rzeczywiście demonów nie było widać, ale czułem je dzięki zmysłom wyćwiczonym na Olive, Selen i Garedzie.

– Dobrze. Teraz, Darin – rzuciła do mnie Olive.

Przełamałem napięcie w melodii wybuchem żywiołowych nut, które wzmocniły natychmiast Rojvah i chór *Sharum'ting*. Zaskoczone otchłańce zaczęły wypryskiwać spod piasku. Pięknie by było, gdyby tak naprawdę się na nas nie czaiły.

Wojownicy uderzali błyskawicznie, zanim demony zdążyły ochłonąć. Niektórym udawało się zabić otchłańce szybko, ale nie wszyscy mieli tyle szczęścia, żeby znaleźć się w odpowiedniej pozycji. Niektórzy zadawali tylko powierzchowne rany, które zasklepiały się szybko dzięki demoniej magii. Wszystko poza zadaniem śmierci albo odcięciem kończyny jedynie spowalniało demony i dawało dosłownie mgnienie na dokończenie roboty.

Okazało się, że większość wrogów czaiła się w zasięgu toporów i włóczni. Zewsząd dobiegały mnie głuche uderzenia strzał wbijających się w ciała otchłańców. Zaklęte pociski syczały w zetknięciu z tkankami, przeżerając je zabójczą magią.

Zdawało się, że cały piasek w okolicy zafalował, gdy pierwszy atak wyzwolił *alagai* spod zaklęcia. Roiły się niczym mrówki, walcząc z taką zaciekłością, że zacząłem się obawiać, czy im podołamy.

Mimo to nawet w ferworze bitwy udawało mi się je powstrzymać, a walczący byli wyraźnie pod wrażeniem mojej magii. Jednak mocny czuję się, tylko grając na flecie. Ponieważ inni nie mają mojego widzenia runicznego, uważają, że zaklinam demony, ale to nie do końca tak. Ściślej rzecz biorąc, zaklinałem magię w powietrzu wokół otchłańców, manipulowałem nią za pomocą mojej woli tak samo, jak dzieje się to w przypadku kreślenia runów.

Prostym ciągiem dźwięków, wzmocnionym przez chóralny śpiew, mogłem powstrzymać demony i zmusić je do ucieczki.

Tyle że Olive pragnęła konfrontacji.

W zasadzie wiedziałem, że ma rację. Posiadaliśmy moc i obowiązek wykorzystania jej w obronie innych, tak jak robili to nasi rodzice podczas wojny. Ale kiedy zmieniłem melodię i zacząłem przyzywać wroga, w głębi tchórzliwej duszy cieszyłem się z bezpieczeństwa, jakie zapewniały mi runy wokół obozowiska. *Alagai* rzuciły się na nas na oślep, przebijając się przez szeregi ostrych grotów.

Nasze zastępy zaczęły się z wolna cofać, a potem stanęły i utrzymywały pozycję przed osłonami. W ostatniej chwili Olive dała sygnał i wszyscy zrobili krok w tył, pozwalając fali demonów wpaść na barierę, której sieć magicznych linii rozjaśniła noc. Otchłańce zderzyły się z osłoną, a zanim otrząsnęły się z oszołomienia, wojownicy znów przypuścili atak, dziesiątkując je.

Piasek jednak nadal burzył się od *alagai*, które zdawały się wyskakiwać z każdej możliwej strony. Nie wyglądało to na przypadkowy napad, raczej na przemyślaną zasadzkę.

Znów zmieniłem melodię, odpychając demony.

– Widzę to, Darin, widzę – warknęła Olive. – Trzymaj się planu.

Przestałem grać i gwałtownie wyzwolone spod zaklęcia demony straciły równowagę. Chwiejąc się i zataczając, dochodziły do siebie.

– Teraz! – Olive wykorzystała moment zamieszania. Jej rozkaz poniósł się nad polem bitwy, wzmocniony dzięki runicznemu naszyjnikowi Michy.

Brzęk zwolnionych cięciw łuków z Zakątka zawisł w powietrzu niczym smród, a ja poczułem się, jakby ktoś mną potrzasnął.

Ale to jeszcze nic, bo gdy Olive poprowadziła do szarży setki wyjących wojowników, którzy zderzyli się zaraz z hordą demonów, każdy wrzask, każdy skrzek świdrował mi w uszach, każdy trzask łamanej kości i rozdzieranych narządów ogłuszał.

Gdybym rzucił kilka z tych słów, jakie wykrzykiwali wojownicy, matka wyszorowałaby mi usta mydłem. Robiło mi się niedobrze od zalewu hałasem, z którego mój mózg usiłował wyplątać pojedyncze słowa. A zrobiło się jeszcze gorzej, gdy demony opadła magia.

Nasza przewaga nie trwała długo. Ranne otchłańce leczyły się i wstawały – choć chwiejnie, to gotowe do walki – a z ciemności nadbiegały następne.

Znów uniosłem fletnię do ust, chcąc, zanim przytłoczy mnie chaos, odnaleźć w dźwiękach ukojenie. W melodii potrafiłem stworzyć dla siebie miejsce, oazę, do której nie docierał szalejący huragan bodźców.

Zacząłem grać „Bitwę o Zakątek Rębaczy", słynne muzyczne zaklęcie Bezpalcego, stworzone z myślą o walce bezpośredniej. Ukryłem się w jej rytmie, narzucając walce dzikie tempo. Mój żołądek wyciszył się wraz z otaczającym mnie hałasem.

Sharum'ting nie podjęły melodii, nie znały bowiem pieśni Północy. Ale Rębacze przestali miotać przekleństwa i włączyły się głębokie basy, tworząc tło dla świstu toporów, uderzeń młotów i czekanów.

„Bitwa o Zakątek Rębaczy" nie powstrzymywała demonów od walki, ale odbierała im zacięcie i animusz, jakby otchłańce walczyły z bólem głowy, który powoduje zawroty. Potężni Rębacze wykorzystali przewagę i kładli *alagai* jak młode drzewka.

Arick stanął przed nami, wpatrując się zachłannie w błyski zasilenia wydobywające się z broni walczących. Dzięki magii zasilenia wojownicy stawali się silniejsi, szybsi i wytrzymalsi. Leczyła obrażenia i napełniała walczącego tą samą dziką energią, która napędzała otchłańce. Niewielka jej ilość dawała poczucie niezwyciężoności. Zbyt wiele sprawiało, że człowiek zachowywał się jak demon.

Nie tak dawno oszołomiony tym rodzajem magii Arick usiłował mnie zabić. Zamierzenie to nie płynęło z serca, ale fakt pozostawał faktem. I wszyscy wiedzieliśmy, że może się wydarzyć znowu.

Może dlatego właśnie trzymał się z tyłu, za nami? Arick zazwyczaj był pierwszy do bitki. Ukrywanie się wewnątrz osłon było tchórzostwem, sam tak mówił.

Zwykle mogłem wyczuć emocje ludzi, lecz w przypadku Aricka przypominało to odgadywanie przepisu na zupę po oblizaniu łyżki. Kiedy zerknął przez ramię i jego spojrzenie padło na instrument w moich rękach, wychwyciłem tęsknotę.

Chyba rozumiałem, skąd to uczucie. Arick nigdy nie kochał muzyki, lecz jego ojcem był sam Rojer Bezpalcy, legendarny Minstrel. Wedle krasjańskiej tradycji syn przejmuje spuściznę ojca, więc Arick od dziecka ćwiczył na kamanju, krasjańskiej wersji sławetnych skrzypiec Rojera.

Jednak w dniu, gdy Arick po raz pierwszy ujął w dłoń broń i posmakował magii, rozbił swój instrument i upuścił go w piasek. Poświęcił się włóczni i zaraz potem stał się marionetką Alagai Ka podczas bitwy w tunelach. Może chciał powrócić do tego, co porzucił?

Zapach tęsknoty zniknął zaraz, przytłoczony wonią cierpienia i nienawiści do siebie. Minstrelskie szkolenie pozwalało Arickowi nakładać dogodne w danej chwili maski, lecz mnie nie mógł oszukać. Wiedziałem, że Arick się pogrąża. Potrzebował pomocy. Tylko jak ja mogłem mu pomóc?

Szeregi walczących zderzyły się i bitwa zmieniła oblicze. Przeciwnicy walczyli w zwarciu, co oznaczało, że demony zyskały przewagę – były szybsze i zwinniejsze, a nade wszystko miały przewagę liczebną. Głosy Rębaczy zaczęły słabnąć, zdyszani przerywali pieśń, a w chórze słychać było coraz częściej krzyki rannych i umierających.

Cały ten czas siedziałem ze skrzyżowanymi nogami, zatracony w muzyce. Wreszcie wstałem i otuliłem się płaszczem niewidzialności. Arick zauważył ten ruch i spojrzał na mnie uważnie.

Założyłem własną maskę, pokrywając strach uśmiechem. Naciągnąłem kaptur i przekroczyłem barierę ochronną.

Arick i Rojvah posiadali własne płaszcze. Ich subtelna magia sprawiała, że wzrok demonów ześlizgiwał się z nas jak woda po kaczce. Wystarczyło unikać gwałtownych ruchów, a mogliśmy wejść pomiędzy otchłańce, nieświadome naszej bliskości.

Wędrowaliśmy przez pole bitwy, wyszukując miejsca, gdzie trwały najzagorzalsze walki. Nasza muzyka nie mogła objąć całego terenu, ale wpływając na demony w tych mniejszych ogniskach, mogliśmy zmienić losy bitwy.

Arick trzymał się blisko nas, opierając się pragnieniu, by rzucić się w wir bitwy, jednak za każdym razem, gdy jakiś demon podszedł zbyt blisko, zabijał go błyskawicznym pchnięciem włóczni. Jego serce biło szybciej, pobudzane magią, lecz Arick nucił wraz z siostrą, kontrolując w ten sposób swój oddech.

Fala demonów zaczynała rzednąć i już myślałem, że zdobywamy przewagę, gdy poprzez stopy dotarły do mnie chrzęszczące drgania od strony obozu.

Obejrzałem się i przeczesałem wzrokiem teren wewnątrz osłony. Naraz nieopodal miejsca, gdzie stały zwierzęta, w powietrze wzbiła się fontanna piasku, a spośród kurzawy wyłonił się pancerny łeb demona gliny. Zaraz potem ze zrobionego przezeń otworu zaczęły wysypywać się inne. Na moich oczach jeden z otchłańców rzucił się na Zmierzcha.

– Olive! – wrzasnąłem. – Obóz! – Rzuciłem się pędem w tamtą stronę.

Nie potrafiłem przebić się przez drzwi ze złotodrzewa ani obrócić demona w popiół, kreśląc w powietrzu run, ale byłem szybki. Przy tym chłopaku zając wychodzi na żółwia, jak mawiał dziadek.

Skompresowałem materię swojego ciała, dzięki czemu stałem się bardziej zbity, masywny i cięższy. Odepchnąłem demona w chwili, gdy zatapiał szpony w boku Zmierzcha. Zwierzę kwiczało przeraźliwie, ale wyczułem jego mocny puls i wiedziałem, że rany nie są poważne.

Pociągnąłem otchłańca ze sobą na ziemię, starając się uzyskać taką pozycję, by znaleźć się z dala od szponów bestii. Te były długie i twarde, doskonałe do rycia w ziemi. Do tego demony gliny posiadały twarde, opancerzone czoła z wyrostkiem, które rozłupywały i miażdżyły skałę.

Może i byłem szybki, lecz nie na tyle, żeby cofnąć rękę, zanim demon zawarł na niej szczęki. Zaczął je zaciskać, mimo że przez cały czas usiłował się wykręcić, żeby użyć również szponów. Rzeczywiście potrafiłem utwardzić ciało, nie zamierzałem jednak sprawdzać, czy na tyle, by nie przebiły go kły *alagai*. Rozluźniłem substancję tkanek, po czym wyśliznąłem się z jego paszczy jak węgorz. A potem rzuciłem się do ucieczki.

Z tunelu wylewało się coraz więcej demonów, które rozbiegały się po obozie w poszukiwaniu ofiar. Ich uwagę przyciągnęły nie tylko zwierzęta gospodarskie. Dostrzegły Achmana i innych kupców oraz kobiety. Nieuzbrojeni *khaffit* popędzili w stronę oddziałów ratunkowych rozmieszczonych wokół obozu. Jeden z synów Achmana, młodszy ode mnie, potknął się, co któryś z demonów natychmiast wykorzystał.

– Hej! – wrzasnąłem do potwora, odbijając w bok tak, żeby znaleźć się pomiędzy chłopcem i napastnikiem. Kiedy udało mi się przyciągnąć jego uwagę, znów zmieniłem kierunek i po chwili gnałem przed siebie z dwiema bestiami depczącymi mi po piętach.

Kluczyłem pomiędzy wozami i stertami zapasów, wbiegałem do namiotów, żeby zniknąwszy im z pola widzenia, umknąć w bok. Wszystko na nic. Demony gliny złapały mój trop i nie potrafiłem zwieść ich

unikami. Jeśli nie mogły prześliznąć się pod czymś albo wspiąć przez przeszkodę, pokonywały ją, przebijając się przez drewno i rozdzierając płótno.

Po chwili ścigała mnie już cała banda. Ulżyło mi, kiedy dostrzegłem, że większość cywilów zdołała dotrzeć do kręgów ochronnych, ale zacząłem się martwić o siebie. Usiłujących mnie dopaść demonów było coraz więcej, a jedyne, co mogłem zrobić, to uciekać tak, by mnie nie otoczyły. Dopóki byłem w ruchu, chronił mnie płaszcz, wiedziałem jednak, że jeśli tylko zatrzymam się, by użyć fletni, bestie rozedrą mnie na strzępy, nim uniosę instrument do ust.

– Hej! Darin!

Coś łupnęło, huknęło, a kiedy spojrzałem przez ramię, zobaczyłem wuja Gareda wywijającego swoją bronią.

– Tędy! – wrzasnął. Stał ramię w ramię z Olive i Selen, na tle ściany włóczni i toporów. Dobiegł mnie też śpiew Rojvah. Tkała melodyjne zaklęcie podobne do płaszcza niewidzialności, którym okrywała naszych.

Rozrzedzony byłem lekki jak piórko i z łatwością przeskakiwałem z wozu na wóz. W końcu dałem susa, potoczyłem się po piasku i zerwałem na nogi. Pognałem ku szeregom wojowników i skoczyłem szczupakiem pod nogami Gareda, który jednym ciosem wielkiego topora rozłupał czaszkę mojego gliniastego prześladowcy.

Potem wszystko zlało się w ogłuszający hałas. Wrzaski, wycie, przekleństwa i uderzenia tworzyły kakofonię, od której robiło mi się niedobrze. Bolało, jakby ktoś mnie okładał tymi okropnymi dźwiękami.

– Zrobiłeś swoje, Darin, to nie miejsce dla ciebie! – krzyknął Gared. – Wracaj za osłonę!

Miałem ochotę się postawić, lecz w głębi duszy wiedziałem, że ma rację. Te wszystkie odgłosy bitwy, smród ludzkiej krwi, demoniej juchy, wyprutych flaków, koszmarne obrazy i śliska ziemia wokół – tego było dla mnie zbyt wiele.

Olive stanęła na wysokości zadania. Jednak gdyby nie oddziały generała, nasza mała karawana zostałaby zmieciona przez demony, które zaczęły skrzeczeć i wrzeszczeć niespokojnie. Słyszałem w ich krzykach, że szeregi wroga lada moment się załamią, a bestie wezmą nogi za pas.

I w końcu nasi wojownicy, dumni i zjednoczeni, odparli je ostatecznie. Pośród walczących zobaczyłem Aricka, pozbawionego wcześniejszej niepewności. Nawet Rojvah została pośród oddziałów, podczas gdy ja tchórzliwie prześliznąłem się na tyły, aby ukryć się i odciąć od tego wszystkiego.

8

Linavah

Po raz kolejny nie doceniłam Darina.

Zawsze kochałam muzykę, jednak nie pragnęłam jej tworzyć ani też nie miałam niezbędnego do tego talentu. Bakałarze wpajali mi do głowy historię pieśni zaklęć, podobnie jak tysiące innych rzeczy, ale do tej pory nie widziałam jej działania w praktyce, na polu bitwy. Majah nie posługują się przy walce muzyką, wolą bić się w tradycyjny sposób. W Labiryncie nauczyłam się prowadzić bitwę za pomocą włóczni i tarczy, runów i sprytu, nigdy nie sięgając po subtelności pieśni.

Lecz gdy ujrzałam efekty, wnioski nasuwały mi się jeden za drugim szybciej, niż mogłam je rozważać w ferworze bitwy. Uznałam, że to potężna broń przeciw demonom, a przecież bardziej niż kiedyś potrzebowaliśmy każdej przewagi, jaką uda nam się zdobyć.

Jednak choć zaczęłam doceniać wielkie możliwości Darina, ulżyło mi, kiedy w końcu ukrył się za osłoną. Wiedziałam, że Darin posiadał odwagę, o jaką siebie nawet nie podejrzewał, ale był zbyt wrażliwy, żeby brać udział w starciach. Już przebywanie w tłumie stawało się dla niego trudne do zniesienia, a co dopiero pośrodku bitewnego chaosu. Kiedy byliśmy dziećmi, musiałyśmy z Selen odganiać ludzi, gdy miał jeden z tych swoich... epizodów. Tutaj coś takiego mogło go zabić.

Za to Rojvah i Arick stanowili fantastyczny zespół. Choć Rojvah nie była wojowniczką, w jej ruchach widoczny był trening *sharusahk*. Tyle że wcale nie musiała stawać do walki na polu, bo jej pieśni okazały się silniejszą bronią. Otumaniała nimi i wytrącała z równowagi demony, które jej brat i inni wojownicy mogli łatwiej pokonać.

Selen ostrzegała mnie, że Arick może stracić kontrolę pod wpływem magii, ale nie zauważyłam u niego oznak utraty panowania, gdy skupiony skutecznie bronił Rojvah. Widywałam już wojowników pragnących ponad wszystko inne natężenia magii i widywałam, jak nieopisane rzeczy robili pod jego wpływem. Arick rzeczywiście walczył zawzięcie, choć nie szaleńczo. Jego włócznia i tarcza poruszały się precyzyjnie i harmonijnie, gdy odpierał demony, które podeszły zbyt blisko. A Rojvah bezpiecznie kroczyła przez pole bitwy, wspierając wojowników tam, gdzie ogień walki płonął najżywiej.

Ja również wypatrywałam tych miejsc, pilnując, by nie zmieniły się w ogniska słabości tam, gdzie mogłam pomóc. Obok mnie walczyli Gared i Selen, a po drugiej stronie Faseek i Gorvan wspierali mnie włóczniami i chronili tarczami, jednocześnie przekazując moje rozkazy naszym braciom.

Mój oddział, Oddział Książąt, wpasował się doskonale w szeregi najlepszych wojowników Zakątka. Tak długo szukałam swojego miejsca na tym świecie i chyba w końcu je znalazłam. Mogłam być mostem pomiędzy ludźmi i przywrócić nam siłę, jeśli zdążę.

Dzięki Darinowi demony gliny, które przedostały się pod ziemią do obozu, nie zdołały zniszczyć zabezpieczeń ani wyrządzić większych szkód.

Alagai wreszcie wyczuły, na czyją stronę przechyla się szala zwycięstwa, i uciekły, zanim całkiem je wybiliśmy. Ale poniosły ogromne straty. Wszędzie wokół Rębacze i *Sharum* dobijali ranne bestie, nim zdołały się uleczyć.

Odnieśliśmy zwycięstwo, lecz chwałę okupiliśmy własnymi stratami. Wielu wojowników leżało, rannych i powalonych, a kiedy fala demonów odpłynęła, obóz wypełniły odgłosy zduszonych stęknięć i głośnych oddechów ludzi zbyt dumnych, by krzyczeć z bólu.

– Zbierzcie rannych – poleciłam moim przybocznym, a sama sięgnęłam po sakiewkę z przedmiotami leczniczymi. Stanęłam i rozejrzałam się po pobojowisku, sama nie wiedząc, od czego zacząć. Gdy pył bitewny opadł całkiem, zdałam sobie sprawę, że nawet przy pomocy Rojvah niewiele mogłam zdziałać. Mogłam zamknąć rozciętą tętnicę czy oczyścić i zamknąć ranę, ale to...

Z zamyślenia wyrwała mnie Belina. Wyszła z namiotu i skierowała się do mnie. Do tej pory unikała mnie jak ognia, ale teraz popatrzyła na mnie pewnie, spokojnie i wyciągnęła rękę.

– Będę potrzebowała mojego hanzharu – oznajmiła. – A także sakiewki z ziołami i *hora*.

Zmroziło mnie na te słowa. Nawet bez *hora* hanzhar, ostry, zakrzywiony sztylet, którego *dama'ting* używają do walki i do leczenia, był śmiercionośnym narzędziem. A w połączeniu z kośćmi demona, dzięki którym można odprawiać magię, Belina mogła uciec. Albo i gorzej.

– Wykluczone – odparłam krótko.

– Nie bądź głupcem, synu Ahmanna. Wiem, że posiadasz umiejętności uzdrawiania, ale to wykracza poza twoje możliwości. Naprawdę chcesz poświęcać kończyny i życie własnych ludzi, żeby podtrzymać iluzję, że nad wszystkim panujesz?

Zrobiłam powolny, głęboki wdech, przyjmując i akceptując lęki, a potem pozbyłam się ich wraz z wydechem.

Miała rację. Wiedziałam o tym w chwili, gdy odmawiałam. I ja, i Rojvah umiałyśmy leczyć, ale to nic w porównaniu z wiedzą i doświadczeniem tych, które nosiły biały welon.

Zresztą gdyby Belina uciekła, to gdzie miałaby iść? W Pustynnej Włóczni nie przyjęliby jej z otwartymi ramionami, nawet jeśli zdołałaby dotrzeć tam żywa, samotnie przemierzając dniem i nocą pustynię. Poza tym nie zaszłaby daleko z bransoletą na ramieniu. A gdyby próbowała mnie zabić i odebrać cacko, które kontrolowało okowy, i gdyby jej się to udało, to co dalej?

Po namyśle zwróciłam jej przedmioty, choć obawa, że robię błąd, mnie nie opuściła.

Przez resztę podróży przez pustynię demony nie przypuściły kolejnego zmasowanego ataku. Moc Alagai Ka była ograniczona pomiędzy nowiami, a nasze zwycięstwo na pewno zasiało zwątpienie w sercach wroga. Mogliśmy dotrzeć do bezpiecznych ziem Nowej Krasji, zanim król demonów się podniesie i znów będzie mógł kontrolować bestie.

Pewnego ranka, kiedy wędrowaliśmy przez bezkresne, wydawałoby się, połacie gliniastych pustkowi na krańcach pustyni, usłyszałam jakiś dźwięk.

Darin wskazał wzgórze majaczące w oddali.

– Dojrzeli nas wartownicy na Wzgórzu Strażniczym. Popuśćmy wodzy, a przed nocą dotrzemy do Strażnicy Everama.

Nawet patrząc przez lunetę, nie widziałam wzgórza, lecz ufałam zmysłom Darina. Rzeczywiście po południu, jadąc już po rzadko porośniętej równinie, ujrzeliśmy wzniesienie i miasteczko. Gdy dotarliśmy do zielonych terenów i samej osady na skraju pustyni, na drodze czekała na nas oficjalna eskorta. Oddział złożony z samych mężczyzn przewyższał liczebnością nasze połączone siły, włączając w to *Sharum'ting* Ashii.

– Bądźcie gotowi na wszystko – zwróciłam się do moich przybocznych. Oddział Książąt zbliżył się i otoczył mnie, a Gared wystawił na czoło karawany awangardę Rębaczy.

– Zbędna ostrożność – powiedziała Ashia, wskazując na biały turban jednego z wojowników, który na nasz widok ruszył przodem. – Ten Sharum Ka to twój brat Hoshkamin.

– Nie przekonuje mnie to – odparłam, przypominając sobie, jak potraktował mnie inny brat, Iraven.

– Przezorność to cecha mądrości – rzekła Ashia. – Nie każdemu z rodzeństwa możesz ufać. Jednak Hoshkamina znam dobrze. Skoro osobiście jedzie nam na spotkanie, Damajah musiała przewidzieć twój powrót i wysłała go, aby bezpiecznie odeskortował nas do Lenna Everama.

Nieco uspokojona, zdławiłam chęć poluzowania troków włóczni. Gdy podjechaliśmy bliżej, ujrzałam pomiędzy wojownikami *dama'ting*. W białych szatach na tle czarno odzianych *Sharum* wyglądała jak widmo. Mężczyźni jechali w pewnym oddaleniu. Dotknięcie Oblubienicy Everama bądź uwłoczenie jej godności w inny sposób uznawano za zbrodnię.

– Czy jest pomiędzy wami księżniczka Olive? – zapytał Hoshkamin, gdy zatrzymaliśmy się przed zagradzającym trakt szeregiem.

Zdjęłam turban ze spoconej głowy i zawiesiłam go na łęku.

– Jestem, bracie.

Hoshkamin aż zamrugał niedowierzająco, a potem zerknął na Ashię, która skinęła lekko.

– Oczywiście. – Pokrył zmieszanie, zsiadając z konia i zdejmując swój turban. Mimo szklanej zbroi nałożonej na czarne szaty *Sharum* zrobił to z gracją akrobaty. – Radujemy się, że powróciłaś bezpiecznie na ziemię swojego ojca, księżniczko. – Ukłonił mi się nisko.

– Książę – poprawiłam Hoshkamina i złożyłam mu taki sam ukłon, dając do zrozumienia, że traktuję go jak równego sobie. Określenie nie pasowało do mnie bardziej niż użyte przez niego, ale wiedziałam, jak traktuje się kobiety, nawet w Nowej Krasji. Choć był to kraj bardziej postępowy, to i w nim panował patriarchat, a ja nie zamierzałam cedować władzy, o którą tak ciężko walczyłam pomiędzy krewniakami z Południa.

Dama'ting zbliżyła się do mnie i złożyła mi ukłon, choć nie tak głęboki jak Hoshkamin, lecz wciąż pełen szacunku.

– Witaj... dziecię Ahmanna. Czy to prawda, że podróżuje z tobą *dama'ting* Belina?

Zerknęłam przez ramię na powóz, który służył w trakcie podróży za prowizoryczne więzienie Beliny. Nie wolno jej było wychodzić z niego bez eskorty, ale okno zostawiłam niezabezpieczone, żeby mogła przez nie wyglądać. Godność *dama'ting* nie pozwoliła jej wymknąć się przez okienko, nawet gdyby pozwalały na to jej krągłości.

Linavah podążyła wzrokiem za moim spojrzeniem.

– Dzień dobry, matko. Choć Damajah przewidziała, że powrócisz tu razem z księciem Olive, nie mogłam w to uwierzyć.

Belina rzadko zapominała języka w ustach, ale teraz widziałam, że pobladła, słysząc nieskrywaną odrazę w głosie córki.

Linavah skinęła głową i od oddziału wojowników oderwała się grupa eunuchów, odróżniających się od pozostałych mężczyzn złotymi obręczami na przegubach i kostkach.

Mówiło się, że choć cena była wysoka, mężczyźni sami zgłaszali się, by założyć im okowy strażników *dama'ting*.

Eunuchowie zaczęli przepychać się do wozu Beliny i wojownicy z mojego oddziału, których przydzieliłam do pilnowania zdradzieckiej *dama'ting*, popatrzyli na mnie pytająco.

Nie wiedziałam, jaka gra toczy się pomiędzy matką i córką, lecz potrafiłam zorientować się, gdy ktoś usiłował odebrać mi władzę. I nie zamierzałam na to pozwolić. Na mój znak *Sharum* unieśli tarcze, stając murem wokół wozu. Eunuchowie w odpowiedzi unieśli broń, ale nic poza tym. Jedni i drudzy, doskonale wyszkoleni, czekali na dalsze rozkazy. Odetchnęłam z ulgą.

– Belina jest moim więźniem – zwróciłam się do Linavah. – Przekazał mi ją *Damaji* Aleveran, żeby mogła spłacić dług krwi wobec mnie.

Linavah nie odpowiedziała, poznałam jednak, że jej spokój to fasada. *Dama'ting* były mistrzyniami panowania nad sobą. Favah próbowała mnie tego nauczyć, ale nie potrafiłam aż tak dobrze ukrywać uczuć.

– Moja matka to *ginjaz*. – Linavah użyła krasjańskiego słowa oznaczającego zdrajcę. – Ona oraz wszyscy tchórze Majah, którzy uciekli przed ostateczną bitwą *Sharak Ka*.

Moi wojownicy byli niezwykle zdyscyplinowani, ale byli również mężczyznami, których ubodło nazwanie tchórzami i *ginjaz*. Czułam ich napięcie i słyszałam gniewne pomruki. Gorvan splunął na złotą obręcz na kostce stojącego przed nim eunucha. Wiedziałam, że jeśli tego nie zakończymy, to bez względu na zdyscyplinowanie wojowników obu stron może dojść do rozlewu krwi.

Odwróciłam się do Linavah.

– Widzisz, siostro... – kontynuowała protekcjonalnym tonem. – Dług krwi wobec mnie zaciągnęła wcześniej.

Rozsądek podpowiadał, żeby odpuścić. Wcale nie chciałam mieć Beliny na głowie. Jak dla mnie, Damajah mogła sobie ją wziąć.

Tyle że Linavah zburzyła mi krew.

Splunęłam jej pod stopy, wywołując jęki zgrozy. Nawet Ashia syknęła zgorszona. Chciałam jednak, żeby wszyscy potraktowali tę sytuację jak najpoważniej.

– Belina jest moim więźniem, siostro. To nie koniec *Sharak Ka*. Widziałam to i mówię, że twój dług pozostanie niezaspokojony. Majah nie są zdrajcami.

Nareszcie udało mi się zburzyć osławiony spokój *dama'ting*. Linavah aż się zatrzęsła ze złości.

– Połowę życia spędziłam pośród Majah, siostro. To fanatycy, a ich umysły utknęły głęboko w piachu i tkwią tam nadal, nawet po tym, jak nasz ojciec, Shar'Dama Ka, powiódł ich do zielonych krain. Dlatego właśnie Aleveran wrócił do Pustynnej Włóczni. Aby odrzeć kobiety i *khaffit* z praw, które nadał im ojciec. Ściągnął naszych ludzi w przeszłość, bo bali się stawić czoła przyszłości.

Moi ludzie zaczęli kręcić się niespokojnie. To wszystko nie zmierzało w dobrym kierunku.

Postąpiłam krok ku Linavah. Ręce trzymałam opuszczone wzdłuż ciała, dłońmi zwrócone w jej stronę. Ale podobnie jak matka, Linavah była drobna i niska, przewyższałam ją o ponad głowę. Patrzyłam na nią z góry i wyczuwałam, ile wysiłku kosztuje ją zachowanie spokoju.

– Nie mylisz się co do Aleverana – przyznałam. – Jest człowiekiem, którym rządzą urazy i żale, i karze za to swój naród.

– Tak jak Everam zostawił demony na piaskach, żeby ukarać tchórzy i *ginjaz*.

– Everam nie wykonuje swojej woli poprzez *alagai*! – Mój krzyk był obliczony na efekt. Sama nie wierzyłam w Everama, lecz większość, może nawet wszyscy wojownicy byli głęboko wierzący. Znów podeszłam do kapłanki. Linavah trzymała się z całej siły swego kurczącego się pola, a zgromadzeni stężeli w wyczekiwaniu. Gdybym w tamtej chwili jej dotknęła, polałaby się krew. – Przelewałem krew z Majah w *alagai'sharak*. Noc za nocą w Labiryncie. I zaręczam ci, że nie są tchórzami. – Pochyliłam się ku niej i ściszyłam głos. – I jeśli jeszcze raz nazwiesz moich braci włóczni *ginjaz*, to możesz sobie być *dama'ting*, a i tak złoję ci skórę.

Oczy Linavah zaokrągliły się z niedowierzania, a potem wypełnił je gniew. Chyba nikt nigdy nie ośmielił się mówić do niej w ten sposób. Musiała być oszołomiona i nie wiedziała, jak zareagować. Żadnemu mężczyźnie nie wolno tknąć *dama'ting*, ale aż do tego spotkania świat znał mnie jako księżniczkę Olive, córkę księżnej Leeshy.

Zauważyłam poruszenie welonu, gdy nabierała powietrza, by odpowiedzieć.

– Chcesz się przekonać, czy to zrobię?

Napięcie rozładował Hoshkamin, uprzedzając odpowiedź Linavah.

– Możemy otoczyć ich siły, siostro. Twoja matka nie umknie, zanim przyjmie ją Damajah.

Linavah odetchnęła, cofnęła się i wykonała kilka szybkich gestów palcami w stronę eunuchów, rozkazując im odstąpić.

– Damajah się o tym dowie.

Parsknęłam głośno.

– Sam opowiem jej o nieuprzejmości, jaka spotkała mnie podczas pierwszej wizyty na ziemiach mojego ojca.

Linavah odwróciła się i odpłynęła, a ja zastanawiałam się, czy nie popełniłam błędu, robiąc sobie wroga z kogoś, kto byłby lepszym przyjacielem. Nie miałam żadnych sojuszników w Nowej Krasji, a nie wiedziałam, co powie Damajah, gdy stanę przed Tronem z Czaszek. Ale nie tak dawno wstąpiłam na ziemię Majah jako więzień, odarto mnie z władzy i statusu i nie zamierzałam dopuścić, by taka sytuacja się powtórzyła.

Reszta wędrówki przebiegła sprawnie i we względnej wygodzie. Zwiadowcy na lekkich koniach galopowali przodem i wracali do nas, a przydrożne wioski otwierały przed nami podwoje najlepszych karczem i zajazdów, gdzie oficerowie i dostojnicy mogli przenocować. Nawet niżsi rangą wojownicy zakładali wygodne obozowiska na obrzeżach i szli spać z pełnymi brzuchami i świeżymi racjami na drogę.

Nadchodząca zima uderzyła w Nową Krasję z mniejszą siłą i choć noce nie były tak mroźne jak na pustyni i nie spodziewaliśmy się śniegu jak na Północy, po zapadnięciu zmroku robiło się chłodno. Wioski chroniły masywne obeliski z wyrytymi runami, ustawione w centrach i na obrzeżach zabudowań. Wieść niosła, że w Nowej Krasji już od ponad dziesięciu lat nie widziano demona, ale i tak i ja, i moi ludzie trzymaliśmy broń pod ręką.

Podróż trwała jeszcze tydzień, zanim dotarliśmy do Lenna Everama, siedziby mojego ojca. Jednak ani jego, ani matki, ani pani Bales tutaj nie było. Ostatnio, gdy tak się zdarzyło, mój brat Asome usiłował przejąć władzę i rozdarł nasz lud. Ashia zapewniała mnie, że nie dojdzie już do czegoś takiego, lecz po tym, co przeżyłam, stałam się mniej ufna.

Przed pałacem powitała nas inna kapłanka, w białych szatach i czarnym zawoju *Damaji'ting*. Ze zdziwieniem ujrzałam u jej boku znajomą twarz. Względy polityczne nie pozwalały ojcu przyjeżdżać do Zakątka, lecz *khaffit* Abban bywał na naszym dworze jako jego emisariusz.

– Olive! – Abban ruszył naprzód, stukając o marmurowe stopnie jedną ze swoich lasek zwieńczonych głowami wielbłądów. – Tak się cieszę, że widzę cię w zdrowiu! – Nawet nie zająknął się na temat przemiany, jaką przeszłam, odkąd widzieliśmy się po raz ostatni. – Pozwól, że ci przedstawię *Damaji'ting* Amanvah, która...

Uciszyłam go, kładąc mu delikatnie dłoń na ramieniu. Był dla mnie jak wujek, lecz chwilowo bardziej interesowała mnie Amanvah. Moja starsza siostra wycięła mnie z łona, gdy byłam zbyt oporna, by matka mogła urodzić mnie siłami natury. Tym prawdopodobnie uratowała życie nam obu.

Amanvah nie spięła się, gdy się do niej zbliżyłam. Przeciwnie, zrobiła coś, czego się nie spodziewałam. Otworzyła ramiona, nie bacząc na moją zakurzoną zbroję i brudne ubrania. Reszta patrzyła na nasz powitalny uścisk ze zdumieniem.

– Tak dobrze widzieć cię w domu – wyszeptała mi do ucha. – Jestem z ciebie taka dumna.

Odsunęłam się i spojrzałam na nią zaskoczona. To oczywiste, że Amanvah znała mój sekret, skoro była przy moich narodzinach, jednak to za sprawą jej rzutu kości wychowywano mnie przez większość życia jako księżniczkę.

– Nie można sprzeciwić się woli Everama – odpowiedziała na moje niezadane pytanie. – Jesteś tym, kim przeznaczono ci być.

Kapłanka zwróciła się do Rojvah i Aricka.

– Z reszty moich dzieci jestem mniej dumna – stwierdziła. – Porozmawiamy sobie później.

Bliźnięta, które bez lęku stawiały czoła demoniej zawierusze, spuściły oczy.

– Tak, matko.

– Okryli się chwałą, która przyniosłaby dumę każdemu rodzicowi – ośmieliłam się stanąć w ich obronie.

– Możliwe, ale to nie usprawiedliwia ucieczki z domu nocą, bez słowa.

Zacisnęłam szczęki. Miałam ochotę się z nią kłócić, tak jak z Linavah. Moja matka zachowała się podobnie, gdy wymknęłam się spod opieki, ale nic takiego by się nie stało, gdyby zaakceptowała mnie w pełni, a nie czyniła ze mnie kogoś podług swojej woli. I gdyby lepiej przygotowała mnie na rzeczywistość, która nas otaczała.

Jednak w tamtym przypadku chodziło o Belinę, za którą byłam odpowiedzialna, a do tej walki nie zamierzałam się mieszać. Rojvah i Arick musieli sami załatwiać swoje sprawy.

Amanvah ukłoniła mi się lekko.

– Damajah akceptuje twoje prawo do długu krwi, jaki ma wobec ciebie *dama'ting* Belina, ale pragnie porozmawiać na osobności ze swoją zbłąkaną siostrą. Dlatego proszę, żebyś na czas spotkania puściła ją spod swojej pieczy. Zapewniam, że Belina pozostanie pod nadzorem i wróci pod twoją władzę, gdy tylko tego zapragniesz.

Oddałam ukłon. Poczułam raczej ulgę niż frustrację.

– Dziękuję ci za okazany szacunek, siostro. Gdyby Linavah przemówiła do mnie w ten sposób, być może dałoby się uniknąć pewnych... niedogodności.

– Wybacz jej, proszę. Linavah, księżniczce Majah, nie jest łatwo żyć w jasyrze w Lennie Everama, w otoczeniu wrogów własnego ludu.

Słowa Amanvah poruszyły mnie bardziej, niż się spodziewałam. Przecież na własnej skórze przekonałam się, jak traktowane są księżniczki z nieprzyjacielskiego plemienia. Zastanowiłam się, czy to próba usprawiedliwienia Linavah, czy może pouczenie dla mnie.

– Linavah na wygnaniu musiała stać się twarda – ciągnęła Amanvah. – Musiała się nie tylko zasymilować. Żeby przetrwać, musiała ciągle udowadniać swoją lojalność, wiedząc, że nigdy jej się to nie uda do końca.

Już wiedziałam, że Amanvah kierowała te słowa do mnie.

– Już rozumiem, dlaczego tak dobrze dogadywałyście się z matką.

– Tak to przedstawiła? – roześmiała się Amanvah. – Ja powiedziałabym, że... z czasem znalazłyśmy wspólny rytm. Walka ramię w ramię wykuwa inne więzi niż przyjaźń, lecz są one nie mniej silne.

Skinęłam potakująco głową. W tym się z nią zgadzałam.

– Nie jestem Majah, ale nie będę tolerował podważania honoru i waleczności moich braci włóczni Majah – oświadczyłam. – Czy wyraziłem się jasno?

Amanvah przytaknęła.

– A co, jeśli na spotkaniu Beliny z Damajah coś pójdzie nie tak? – zapytałam.

– Masz moje słowo, że nikt nie zabije Beliny – obiecała Amanvah. – Damajah uważa, że będzie przydatna.

Może te słowa miały mnie uspokoić, ale przyniosły wręcz odwrotny skutek. Stłumiłam współczucie, które zaczęło we mnie kiełkować. Belina zasługiwała na wszystko, co ją czekało. Wskazałam ręką na *dama'ting* stojącą nieopodal pod strażą.

– Zabierzcie ją – powiedziałam.

Od oddziału pałacowej gwardii odłączyła się grupka zbrojnych, których rękawy szat były oznaczone ciemnym szkarłatem. Straż przyboczna Damajah. To oznaczało, że Damajah nie zamierzała ryzykować. Poczułam ulgę, że ktoś zdejmie mi z głowy problem w postaci Beliny.

Odprowadziłam wzrokiem eskortę, która wiodła Belinę jak na skazanie. Kiedy Linavah pojawiła się, by przejąć dowodzenie nad strażą, przypomniałam sobie słowa Amanvah i zrobiło mi się żal ich obu.

9

Książę krwi

Amanvah była wściekła.

Nie zdradzała tego ani jej swobodna postawa, ani spokojna twarz. Serce biło równym rytmem i oddychała miarowo. Ja jednak wiedziałem, że to fałszywa maska, jak maska Minstrela. *Dama'ting* mogła ukryć grymas, lecz nie zapach. Była tak wściekła, że woń jej emocji kręciła mnie w nosie. Przewidywałem, że bliźnięta słono zapłacą za ucieczkę.

Wiedziałem, jak bardzo matka wkurzyła się na nie za niebezpieczną wyprawę przez pustynię, ale uważałem za niesprawiedliwy fakt, że będą musieli zapłacić za to, że postąpili właściwie, za to, że byli gotowi pomóc Olive w potrzebie.

– Abban zaprowadzi was do komnat – rzekła Amanvah. – Damajah przyjmie was, gdy się odświeżycie po podróży. – Okręciła się na pięcie i odeszła, ciągnąc za sobą tren smrodliwego gniewu.

Nie podobało mi się to.

Wcale mi się to nie podobało. W Krasji czas na „odświeżenie się" to mogła być zarówno godzina, jak i rok. Nazywali to jedwabnym więzieniem. Kazali czekać delikwentowi, dopóki jakiś ważniak nie postanowił, że nadeszła właściwa chwila na spotkanie. Podczas jednej z ostatnich naszych wizyt tutaj mnie i Selen tygodniami trzymano w zawieszeniu.

Ale cóż było robić? Pozostawało liczyć, że Inevera siedzi jak na szpilkach, żeby o wydarzeniach w Pustynnej Włóczni usłyszeć z pierwszej ręki, a biorąc pod uwagę zaginięcie mamy i cioci Leeshy, żadne z nas nie miało cierpliwości na polityczne gierki. Im szybciej pozwolą nam wyruszyć w drogę, tym lepiej, a jeśli będą przedłużać, Selen i Olive wywołają zamieszki.

Abban ukłonił się Olive na tyle głęboko, na ile pozwalały mu kule.

– W tych czarnych szatach *Sharum* przypominasz swojego ojca w młodości – powiedział. – Ahmann niósł mnie na plecach przez cały *sharaj*.

Zapach wskazywał, że Abban martwi się o przyjaciela, a to zły znak. Liczyłem, że mój ojciec-we-krwi do tej pory już wróci i wszystko naprawi.

– A więc książę Olive również postępuje jak własny ojciec – wtrącił Faseek. – Bo tylko dzięki niemu tak wielu z nas przeżyło *sharaj*.

– Nonsens – zaprzeczyła Olive. – Sami dawaliście sobie radę.

Zaprzeczyły jej pomruki wojowników z Oddziału Książąt. Młodzieńcy zgadzali się z Faseekiem.

Abban spojrzał na przybocznego, a potem na resztę oddziału Olive, jakby dopiero teraz ich zauważył. Spojrzenie to było chłodne, ale pachniał jak mama, kiedy wpuściłem do domu ubłoconego psa.

Abban był *khaffit*, należał do najniższej kasty krasjańskiego społeczeństwa, lecz miał nieprzebrane bogactwa, a to, że władca słuchał jego rad, czyniło go jednym z najpotężniejszych ludzi w Nowej Krasji. Kiedy przechodził, słudzy pachnieli lękiem, a nawet w *Sharum* budził trwożliwą obawę.

Tyle że Faseek i reszta o tym nie wiedzieli. Poza tym Majah byli bardziej konserwatywni i na dworze w Pustynnej Włóczni nie widziałem *khaffit*.

Abban pstryknął palcami i podszedł do nas wojownik w czerwonej woalce – Mistrz Ćwiczeń.

– Jeśli pozwolisz, książę, Mistrz Ćwiczeń zaprowadzi twoich ludzi do kwater na czas twojego pobytu w pałacu.

O, to się braciom Olive nie spodobało, i to bardzo.

– Jesteśmy przybocznymi księcia Olive. – Faseek uprzedził odpowiedź Olive. – Pozostaniemy przy nim dla jego bezpieczeństwa.

– Wasza wierność jest godna pochwały. – Abban zaczynał tracić cierpliwość. – Ale to nie jest konieczne. W pałacu ojca księciu nic nie grozi.

Olive patrzyła to na jednego, to na drugiego.

– Czy przed moją komnatą będą stały straże? – zapytała.

– Oczywiście, Wasza Wysokość – skłonił się Abban.

– Wobec tego nie widzę powodu, aby straży nie mogli pełnić moi ludzie. Zakwaterujcie resztę, mogą pełnić wartę na zmiany.

Zapach Abbana stał się... skomplikowany, ale *khaffit* się nie wahał.

– Jak sobie życzysz, książę.

Mimo że Abban budził powszechny strach, wobec mnie zawsze był miły. Odwrócił się teraz do mnie z szerokim uśmiechem i zmienił niewygodny temat.

– Miło cię widzieć, synu Arlena! Ufam, że wierzchowiec, którego ci dostarczyłem, spełnia twoje wymagania?

– Tak. – Przypomniałem sobie, co poczułem, gdy otchłaniec rzucił się na Zmierzcha. Może nie jestem wcieleniem odwagi, ale nie wahałem się, żeby stanąć w obronie mojego konia przed demonem gliny. – Zmierzch jest dla mnie jak członek rodziny.

– Świetnie, świetnie – skwitował Abban, prowadząc nas do mieszkalnego skrzydła pałacu. – Niech nikt nie mówi, że Abban syn Hamana nie spłaca długów!

– No, niechbym usłyszał – trąciłem się w ucho – takie słowa z czyichś ust, już on by mnie popamiętał.

Abban skwitował mój żart śmiechem.

– Wasza Wysokość! – szeptali słudzy i kłaniali się, gdy szliśmy korytarzami. Czułem się przez to bardzo niezręcznie.

– Na noc, to prawda! – zdumiała się Olive, patrząc na mnie. – Naprawdę jesteś księciem!

– Oczywiście – przytaknął energicznie Abban. – Arlen asu Jeph am'Bales am'Potok był *ajin'pal* twojego szacownego ojca, Shar'Dama Ka. Gdy syn Jepha poległ honorową śmiercią, twój ojciec uczynił z Darina swojego syna-we-krwi.

Rzadki uśmiech opromienił twarz Olive, a w jej zapachu pojawiła się nuta rozbawienia.

– Powiedz, Abban, proszę, że ubieracie go w oficjalne szaty, gdy tu przebywa...

– Próbujemy, Wasza Wysokość – zaśmiał się Abban. – Próbujemy. Ale syn Arlena jest... uparty.

– Szczera prawda! – zarechotała Selen.

Dla nich to wszystko było zabawne, bo nie słyszeli tego, co służba szeptała za moimi plecami. „Krew *alagai*". Może i byłem księciem w Krasji, lecz dla tutejszych byłem przede wszystkim dzieckiem zrodzonym w czeluściach Nie. Nieczystym. Pokalanym. Moje moce, wyostrzone zmysły, tylko potwierdzały to, czego się obawiali – że z Nie przywlekło się za mną zło.

Że miałem je w sobie.

Olive i Selen dostały apartament, a u ich drzwi stanął Faseek. Naprzeciwko niego wartę pełniło dwóch naburmuszonych Kaji. Kaji i Majah nienawidzili się, choć nigdy nie dowiedziałem się, dla jakiego konkretnie powodu. Pytani, zawsze zaczynali snuć jakieś mgliste opowieści o ludziach żyjących razem trzy tysiące lat wcześniej, którzy postąpili wobec siebie nie po sąsiedzku. Moim zdaniem nienawidzili się już od tak dawna, że po prostu weszło im to w nawyk.

Nie minęło wiele czasu, a w korytarzu zawisł zapach agresji, którego wcześniej nie było. Zacząłem się nawet zastanawiać, czy Olive nie byłaby bezpieczniejsza bez kręcących się w pobliżu braci włóczni.

Ja jak zwykle zostałem zakwaterowany z Arickiem, chociaż w niczym nie przypominało to dzielenia pryczy w Potoku. Dostałem własną sypialnię, która kipiała od poduszek, a wspólny mieliśmy pokój dzienny.

Nienawidziłem tego, kiedy byliśmy dziećmi. Arick był zabijaką i raczej za mną nie przepadał. Rojvah chyba też nie. Prawdę mówiąc, podejrzewałem, że do tej pory to się nie zmieniło. Ale nie miałem cienia wątpliwości, że oddaliby za mnie życie, podobnie jak ja za nich.

Czy jest coś, co liczy się bardziej?

Wziąłem pierwszą od miesięcy kąpiel. Pozwoliłem, by gorąca woda otuliła mnie, wsączyła ciepło w kości, wymywając to nieustające wrażenie zimna, jakie towarzyszyło mi nocami na pustyni. Dobrze znosiłem zimno, ale go nie lubiłem.

Obok stała druga wanna dla Aricka, lecz on siedział tyłem do niej, nie wykazując zainteresowania zanurzeniem się w wodzie. Nie mogłem się doczekać, żeby pozbyć się śmierdzącego ubrania podróżnego, a Arick nie zdjął z siebie szaty, w której przewędrował pustynię. Cuchnęła nawet dla zwykłych ludzi, a co dopiero dla mnie. Arick też zresztą śmierdział potężnie, co do niego niepodobne. Miał ze sobą włócznię i tarczę, jakby oczekiwał, że będzie musiał stoczyć bitwę na łaziebnych płytkach.

– Wszystko gra? – zagadnąłem go.

– Z mojego bagażu zniknął czarny strój wojownika – stwierdził.

– Może zabrali go do uprania?

Arick prychnął.

– Nigdy już go nie zobaczę.

– No, możliwe. – Też mi się zdarzyło, że pałacowa służba świsnęła mi ubrania, bo były nieodpowiednie jak na pałac.

– To sprawka matki. Jedyne czarne szaty, jakie mi zostały, to te, które mam na sobie. Wiem dobrze, że jeśli je zdejmę, natychmiast znikną, podobnie jak tarcza i włócznia, a ja będę musiał założyć tę ohydną pstrokaciznę i znów wziąć do ręki kamanj.

– A kto ci zabroni wejść do wanny w ubraniach? – zauważyłem. – Przy okazji je upierzesz.

Arick ożywił się, odłożył rynsztunek tak, żeby leżał w zasięgu ręki, i opróżnił kieszenie z płytek pancerza. W końcu z westchnieniem ulgi zanurzył się w wodzie.

– Oooch, dziękuję ci, kuzynie.

– Przyjemność po mojej stronie. – Dotknąłem się znacząco w nos, a Arick roześmiał się szczerze, chyba po raz pierwszy od czasu, kiedy dotarliśmy do Pustynnej Włóczni.

– Pewnie cały pałac był zgorszony, kiedy wróciłem w czerni. Bo wątpię, żeby matka była osamotniona w swoich uczuciach.

– Pewnie nie jest – przytaknąłem.

Arick, który już przymykał z błogością oczy, gwałtownie je otworzył.

– Co słyszałeś?

Wzruszyłem ramionami. Najchętniej bym się w to nie wdawał, ale Arick zasłużył, żeby wiedzieć.

– Głównie plotki służących, w stylu tych, które powtarzają o mnie, że niby mam w sobie krew *alagai*. W twoim wypadku to jakieś bzdety, że czarne szaty to obraza dla honoru twojego ojca. Nie wiem niby jaka...

– Ojciec z pewnością był wielkim człowiekiem, ale ja nie jestem nim. I nie mogę już dłużej tego udawać.

– Szczere słowa. – Pokiwałem głową, zanurzając się głębiej w wodę. – Ale i tak Rojvah ma gorzej od ciebie.

Arick usiadł prosto i spojrzał na mnie pytająco. Powstrzymałem go gestem ręki.

– Właśnie wrzeszczą na siebie z Amanvah. Ale nic nie możemy na to poradzić.

Arick przytaknął smętnie i znów pogrążył się w wodzie.

– Amanvah poczuwa się do odpowiedzialności za mnie, ale nie kocha mnie tak jak Rojvah. Nasze życia splotły się jeszcze przed narodzinami, ale Rojvah może postawić się matce otwarcie, a na mnie matka nasyła służących, żeby kradli mi ubrania.

– Wszyscy dzielimy ten sam los. Olive, Selen, ty, ja, twoja siostra. Nie dorastamy do oczekiwań innych.

– O czym mówią? – zapytał Arick.

Przymknąłem oczy, skupiając się na kłótni, która toczyła się dwieście stóp i przynajmniej pół tuzina ścian od nas.

– Jak śmiesz narażać się na takie ryzyko? – Udało mi się zgrabnie naśladować krzyk Amanvah. – Twoim przeznaczeniem jest zostać *Damaji'ting* wszystkich Kaji! Nikt nie może cię zastąpić!

– Kto wyznaczył mi mój los? Ty czy kości? – Głos Rojvah w moim wykonaniu był łagodniejszy, lecz nie mniej emocjonalny. Nie rozumiałem głębi uczuć, ale potrafiłem je nieźle imitować.

– Na brodę Everama – szepnął Arick. – Trzymaj się, siostrzyczko.

Miał rację, kierując w stronę Rojvah słowa pokrzepienia. Amanvah odpowiedziała córce jeszcze głośniej i jeszcze bardziej przenikliwie.

– Kości nie kazały ci się ubierać jak *heasah* ani popisywać się świętymi obowiązkami.

Rojvah splunęła, a mnie aż przeraził ogrom gniewu w jej odpowiedzi.

– Odarłaś Aricka z honoru i czerni *Sharum*, na które zasłużył, żeby odziać go w kostium ojca, ale kiedy ja chcę uhonorować ojca, nazywasz mnie *heasah* tylko dlatego, że nie chcę marnować życia w bieli!

Miałem dość, nie chciałem słyszeć więcej. Zanurzyłem głowę pod wodę i rozkoszowałem się momentem błogiej ciszy.

10

Wyzwanie

Czarne szaty Aricka ledwie zdążyły wyschnąć, kiedy dostaliśmy wezwanie od Inevery.

– Pewnie zżera ją ciekawość, żeby usłyszeć, co się stało – powiedziałem.

– Damajah już wie, co się wydarzyło. – Arick pokręcił głową. – Pewnie wiedziała, zanim to się stało.

Ja nie byłem tego taki pewien. Miałem większe doświadczenie z przepowiedniami niż inni i z tego, co wiedziałem, kości mogły przewidzieć jakieś wielkie wydarzenie, ale jak do tego dojdzie, można było jedynie zgadywać.

– Zostaliśmy wezwani przed tron, nie do sali posłuchań – kontynuował Arick. – To będzie przedstawienie, dzięki któremu wielu, wielu synów Ahmanna Jardira będzie mogło ocenić księcia Olive.

– Niedobrze to zabrzmiało – stwierdziłem.

– Bo nie ma w tym nic dobrego – przyznał Arick. – Pewnie wszyscy oni woleliby, żeby Olive pozostała księżniczką. Wieść, że księżna Zakątka ukrywała księcia, wstrząsnęła całym imperium.

– To znaczy? – zapytałem ostro.

Arick uniósł brwi, jakby to było coś oczywistego.

– Książę Olive stanowi zagrożenie dla korony.

– Przecież jest najmłodsza z nich. Prawie tak daleko w kolejce jak my. Musiałoby umrzeć ze czterdziestu ludzi, zanim prawa do tronu Olive można byłoby brać pod uwagę.

– Z tą różnicą, że Olive już teraz stoi na czele krainy prawie tak dużej jak Nowa Krasja. A prawa do dwóch tronów to niebezpieczna rzecz.

Zamarłem. To rzeczywiście mogło wstrząsnąć posadami świata.

– Bracia Olive mogą uznać, że łatwiej będzie ją zabić i mieć problem z głowy – dokończył Arick.

Przeszły mnie ciarki, kiedy wyszliśmy na korytarz i podążyliśmy za Olive, u której boku szły Selen i Rojvah, dając jej jeszcze po drodze ostatnie rady.

– Musisz sama wypowiedzieć te słowa – mówiła Selen.

– Wiem. – Czułem narastającą irytację Olive, ale nie tylko. Olive była napięta niczym struna skrzypiec.

– Tak jak ćwiczyłyśmy – ciągnęła Selen.

– Wiem! – Olive pachniała, jakby zaraz miała zacząć walkę, i niewykluczone, że będzie musiała. A Selen nie koiła jej nerwów.

– Słuchaj jej – wtrąciła się Rojvah. – Jedynie osobiście wypowiedziana prośba...

Poczułem, że w gardle Olive rodzi się niebezpieczny pomruk, i uznałem, że jeśli się nie wtrącę, zrobi się nieprzyjemnie.

– Na Noc! Przecież wie! – warknąłem.

Selen i Rojvah spiorunowały mnie wzrokiem, odwzajemniłem im się, łypiąc na nie bykiem. Olive podziękowała mi uśmiechem.

– Dzięki, Dar.

O zachodzie wzmagała się wrażliwość moich zmysłów. Pewnie dlatego Damajah wezwała nas do siebie w porze, gdy jej magia była najsilniejsza. To mogło źle wróżyć, ale też dawało mi możliwość przejścia w razie czego w stan półmaterialny.

Arick miał rację. W sali tronowej tłoczył się cały dwór. Księżniczek i książąt było tak wiele, że nie dla każdego wystarczyło honorowych miejsc. Ścisnęli się w gromadce na skraju miękkiego chodnika rozwiniętego aż do krańców siedmiostopniowego podestu, na którym stały bliźniacze trony Nowej Krasji. Zacząłem się trząść na sam widok tej bandy. Niepokoiłem się, czy zdołam wytrzymać w sali tyle, ile to konieczne. Od razu zacząłem się nerwowo rozglądać w poszukiwaniu otworów i szczelin, przez które w razie ostateczności mógłbym uciec.

Osławiony Tron z Czaszek został zbudowany z ludzkich czerepów, wybielonych i polakierowanych głów generałów, którzy zginęli na polu chwały podczas wojny z demonami. Dzięki temu tron przesycała potężna magia wiary, podobna do tej, która chroni Sharik Hora.

Jednak w przeciwieństwie do tronu Aleverana Tron z Czaszek Nowej Krasji był pokryty chronionym elektrum grawerowanym w runy i osadzona w nim została również czaszka demona umysłu. Kość demona była bogata w magię Otchłani, ujarzmianą przez runy i chronioną przed słońcem warstwą elektrum.

Każda żywa istota jarzyła się odrobiną magii, niczym woda mieni się refleksami słońca, ale Tron z Czaszek był tak jasny, że nie mogłem na niego patrzeć. Połączenie wiary i magii *hora* dawało piękny efekt świetlistych iskier, które skrzyły się kolorami, roztaczając pole ochronne na wiele mil w każdą stronę, podobnie jak wielki run.

Potoczyłem wzrokiem po obecnych, ale tylko nieliczni dostojnicy mieli naniesione wokół oczu runy widzenia. Większość ludzi żyje, nie widząc magii, a już na pewno nie w takiej krasie. Zrobiło mi się ich żal.

Tron z poduszek przypominał ogromne łoże z zasłonami, zamiast materaca wymoszczone masą poduszek, jednak za barwnymi zwojami jedwabiu wypatrzyłem migotliwe elektrum, a i ten tron emanował potężną magią, z tą różnicą, że podczas gdy Tron z Czaszek nią promieniował, ten drugi zatrzymywał magię w sobie, gotów wypuścić jej ładunek niczym napięty łuk strzałę.

Matka mawiała, że Ahmann Jardir, mój ojciec-we-krwi, miał o czternaście żon za dużo. I to nie licząc cioci Leeshy. Po jednej z każdego plemienia plus kilka zapasowych. Wszystkie rodziły mu synów, najstarszy z nich stał po prawej stronie tronu, odziany w czerń *Sharum* i biały welon. Drugi w kolejności starszeństwa zajmował miejsce po lewej i miał na sobie białe szaty kapłanów.

Tuż przy tronie Inevery przycupnęła grupka *Damaji'ting* w czarnych woalach, a pośród nich Amanvah. Za nimi wspinały się na palce i podskakiwały księżniczki, próbując zobaczyć lepiej swojego nowego brata.

Cały ten przeklęty ród królewski, przywódcy każdego plemienia, wojownicy i duchowni, zabijał Olive wzrokiem.

Olive była najmłodsza spośród rodzeństwa. Reszta była dorosła, większość w kwiecie wieku. Sporo z nich mogło złożyć obietnicę do małżeństwa jeszcze przed naszym urodzeniem.

Otaczał ich zapach nieufności i wobec Olive, i wobec siebie nawzajem.

Wejście Olive wzbudziło falę szeptów.

– Książę *push'ting* przyszedł ubrany jak *kai* Majah – zauważył jeden z książąt z pogardą, odnosząc się do czarnej zbroi i jedwabnych szat Olive.

Mnie przypięli łatkę „krew *alagai*", a Olive „książę *push'ting*". *Push'ting* to pojemne słowo, które mogło oznaczać wiele rzeczy. Można było wypowiedzieć je z sympatią, ale i zgorszeniem. Dosłownie znaczyło „udawana kobieta" i dokładnie to mieli na myśli ludzie, którzy używali tego określenia. Książę, którego księżna Leesha ukrywała, wychowując w sukienkach.

Prawda była bardziej skomplikowana, ale nie do mnie należało jej ujawnianie. Krasjanie postrzegali

Olive jako mężczyznę. I czemu by nie? Miała sześć stóp wzrostu i była upakowana mięśniami.

– To zbroja Tazhan z łusek *alagai*, głupcze – zbeształ go brat. – Jest bezcenna. Rynsztunek godny każdego księcia.

– Patrzcie, co ma u pasa – wyszemrał inny.

– To hanzhar?

– I sakiewka *hora dama'ting*!

– Babski płaszcz!

Za długo zwlekałem i opadła mnie reszta komentarzy. Było ich za dużo, nie mogłem ich odfiltrować i zaczęły mnie przytłaczać.

Nie chciałem dostać ataku na oczach dworu, odwróciłem więc uwagę od mężczyzn, przenosząc ją na kobiety.

Z tej strony dochodziły westchnienia i komentarze dotyczące wzrostu oraz królewskiej postawy Olive, która rzucała imponujący cień w komnacie.

– Podobno został uprowadzony w kolorowych fatałaszkach – szepnęła któraś z księżniczek. – Ale patrzcie, jak sobie podporządkował swoich porywaczy! Wrócił na czele wojowników Majah!

Ponieważ kolejne uwagi wywołały na moich policzkach rumieniec, zacząłem przysłuchiwać się kapłanom.

– Podporządkował ich sobie? A może raczej stał się jednym z nich?

– Majah to zdradzieckie plemię.

– Musimy być bardzo ostrożni.

– Mężczyzna nie powinien nosić hanzharu.

Znów zaczęło mnie to przytłaczać, musiałem więc skupić się na czymś innym. W takim tłumie to jedyny sposób, w jaki mogłem sobie pomóc. Jeśli utrzymywałem uwagę zbyt długo w konkretnym miejscu, odgłosy zaczynały mnie zalewać, łączyć się w chaos i tak drażnić, że kończyłem na podłodze zwinięty, z zaciśniętymi powiekami, zasłaniając rozpaczliwie uszy.

Skoncentrowałem się na Olive, która prowadziła naszą świtę na środek sali, przed podwyższenie. Podczas nieobecności mojego ojca-we-krwi na Tronie z Czaszek zasiadał książę Kaji. Tkwił w nim wyprostowany i nieruchomy jak statua, lecz sądząc z zapachu, czuł się tam nieswojo. Półprzejrzyste zasłony tronu z poduszek były opuszczone, ale i tak widziałem przez nie Ineverę. Podobnie jak reszta, nie spuszczała oczu z Olive.

Wytężałem słuch na próżno. Wokół tronu z poduszek wzniesiono osłony ciszy, chroniące prywatność Damajah. Żałowałem, że nie mam czegoś podobnego.

Kaji przywołał Olive gestem.

– Witaj.

Coś było nie tak. Nie raz bywałem na dworze i wiedziałem, że zwykle herold anonsuje każdego, kto zbliża się do tronu, a przecież Olive była następcą tronu Zakątka.

– Chcą, żeby sama się przedstawiła – wyszemrała Selen. Wyczuwałem atmosferę napięcia. Wszyscy wstrzymali oddechy, wyczekując następnych słów Olive.

Myślałem, że Olive się zawaha. Ja bez wątpienia czułbym się niepewnie. Ba, prawdopodobnie stałbym się półmaterialny i zwiał. Jednak dla Olive bycie w centrum uwagi to nie pierwszyzna.

– Zaczekajcie – rzuciła do nas i pewnym krokiem zbliżyła się do tronów już sama. – Jestem Olive vah Leesha asu Ahmann Jardir! – Mocny głos, którego używała podczas bitew, dotarł do każdego krańca sali. – Księżniczka korony Zakątka!

Zaległa cisza, ale ta z rodzaju tych pełnych napięcia, po których zwykle wybuchają krzyki.

Olive nie dała zebranym czasu na reakcję. Zwróciła się do kobiet.

– Jestem Olive, córka Leeshy. Następczyni tronu Zakątka! Uczona w hanzharze, zdobywałam wiedzę w Komnacie Cieni na Uniwersytecie Zielarskim pod okiem *dama'ting* Favah.

Dama'ting Favah zawsze mnie trochę przerażała, sądząc jednak po tym, jak kobiety w bieli zaczęły szeptać jej imię, moje obawy to betka.

– Siostry – Olive rozłożyła swój błękitny płaszcz i dygnęła przed nimi – to zaszczyt dla mnie być jedną z was.

Potem powiodła spojrzeniem po mężczyznach, od tych na zydlach bliżej drzwi do tych przy samym tronie.

– Jestem Olive, syn Ahmanna Jardira. Podobnie jak mój ojciec, *alagai'sharak* nauczyłem się w tradycyjny sposób, brocząc krwią w Labiryncie Pustynnej Włóczni. Jestem *kai'Sharum* Olive, *ajin'pel* Oddziału Książąt Majah. Setkom *alagai* pomogłem ujrzeć słońce. To zaszczyt być jednym z was, bracia.

Na samym początku tej przemowy książęta zaczęli się rozluźniać, ale znów się zjeżyli na wspomnienie zasług wojennych Olive. Raczej żadne z dorastających w Lennie Everama dzieci władcy nie mogło poszczycić się takim doświadczeniem.

– Nie pragnę Tronu z Czaszek – podjęła Olive, przyglądając się braciom drapieżnie. – Ale też nie wyrzekam się swojego rodu!

To nikomu się nie spodobało. Słyszałem szmer szat na napinanych mięśniach i zgrzyt zębów. Zbyt długo skupiałem się na Olive i zmieszane odgłosy sali zaczęły wkradać się we mnie jak nadchodzący grzmot. Wiedziałem, że jeśli nie zmienię obiektu zainteresowania, zaraz wpadnę w drgawki, ale nie potrafiłem oderwać się od Olive.

– Bracia – Olive przyłożyła pięść do opancerzonej piersi w salucie wojownika – to zaszczyt być jednym z was – powtórzyła. – Jestem pewien, że możemy się wiele od siebie nauczyć w przyjaźni i braterstwie. Na dwór mojego ojca przybyłem w pokoju. – Pokazała puste dłonie, ale nie pachniała spokojem. – Jeśli jednak któryś z was chce zakwestionować moje roszczenia, niechaj rzuci mi wyzwanie, a jego śmierć nie będzie wstydem.

Zamrugałem oszołomiony.

– Oooch! Olive! Coś ty zrobiła? – jęknęła pod nosem Selen.

Rojvah z sykiem wciągnęła powietrze.

Najwyraźniej Olive ich również nie uprzedziła o swoich zamysłach.

Nie tylko nas zaskoczyła. Chyba nigdy nie słyszałem takiej ciszy w pomieszczeniu, w którym znajdowało się tak wiele osób. Niektórzy z braci Olive już łagodnieli, lecz ta propozycja ich otrzeźwiła. Trudno było odróżnić, który co czuje, bo stali zbyt blisko siebie, ale unosiła się nad nimi chmura gniewu, oburzenia i głębokiej urazy.

Pod tym wszystkim kładł się wyraźny odór lęku. To nie poprawiło mi nastroju. Strach to ostatni zapach, który pojawia się, a zaraz potem robi się naprawdę kiepsko.

Jednak największą troską napawała mnie woń Olive. Ona wręcz chciała, żeby ktoś rzucił jej wyzwanie tutaj, teraz, na oczach całego dworu. Żeby móc uczynić przykład z durnia, który ośmieli się wystąpić.

Oczywiście, zakładając, że udałoby się jej go pokonać. Dookoła w całej komnacie widziałem *hora*. Nawet najmarniejsi książęta mieli kość demona wszytą w szatę albo oprawioną w formie biżuterii. Jeśli doszłoby do walki, nie tylko Olive dysponowałaby nadnaturalną szybkością i siłą.

Olive pewnie zdawała sobie z tego sprawę. I może właśnie o to chodziło. Żeby pokazać im, że się nie boi.

Tyle że ja się bałem. W ciszę wdarły się gniewne szepty, które z wolna narastały, jak drgania gruntu przed trzęsieniem ziemi. Przenikały mnie falami, wywołując swędzenie, a wiedziałem, że będzie jeszcze gorzej.

Oczy obecnych zwróciły się na Kajiego, zasiadającego na Tronie z Czaszek. Kaji był tylko o rok starszy od Olive. Oboje w porównaniu do reszty dziedziców byli bardzo młodzi, ale jeśli ktoś miałby rzucić wyzwanie, powinien uczynić to on.

Kaji z doskonałym pozornym spokojem popatrzył na Olive, a potem na książąt, wiedziałem jednak, że jest tak samo ogłuszony jak reszta. Owa reszta zaś, nie mogąc liczyć na swego przywódcę, zaczęła pomrukiwać groźnie i prężyć muskuły, zbierając się na odwagę, jednocześnie licząc, że ktoś inny wystąpi i zmierzy się z Olive.

To było nie do zniesienia. Bałem się, że lada moment wyjdę ze skóry. Już samo przebywanie tutaj było dla mnie trudne, a teraz jeszcze Olive miała walczyć.

Poczułem, jak dłoń Selen zamknęła się wokół mojej dłoni, i dopiero uświadomiłem sobie, że trzęsą mi się ręce.

– Spokojnie, Dar. – Zacisnęła palce, a ja dziękowałem w duchu Stwórcy, że mogłem się na czymś skupić. Chwyciłem się jej ręki jak tonący brzytwy, a Selen nie puszczała.

Rojvah na widok naszych splecionych dłoni prychnęła cicho, a ja poczułem w jej zapachu politowanie, które przebiło się przez gęstą chmurę perfum.

Chciałbym, żeby to po mnie spłynęło, ale niestety, zabolało. Rojvah nie widziała we mnie mężczyzny, podobnie zresztą jak Selen. Tylko małego braciszka, który ciągle płacze podczas nabożeństw Dnia Siódmego.

Arick nic nie zauważył, bez reszty skupiony na Olive. W jego zapachu pojawiły się nuty opiekuńczości, jak wtedy, gdy bronił siostry podczas *alagai'sharak*. Był gotów rzucić się naprzód i wesprzeć Olive, jeśli doszłoby do walki.

W chwili gdy zdawało się, że napięcie sięga zenitu i zaraz coś się stanie, zasłony tronu z poduszek rozsunęły się i osłona ciszy została przerwana. Zebrani na moment zamarli, a potem opadli na kolana. Stało się jasne, kto na podeście tronowym tak naprawdę dzierży władzę.

Staliśmy tylko ja i Selen. Pociągnąłem ją w dół, siadając na posadzce ze skrzyżowanymi nogami.

– Tak zrób – szepnąłem do niej. – Mama nigdy przed nikim nie klękała, a nie jesteśmy Krasjanami.

Selen jeszcze raz uścisnęła mi rękę, za co byłem jej wdzięczny.

– Dobrze powiedziane, Olive vah Leesha asu Ahmann – rzekła Inevera. – Słowa godne twojego ojca. Ale w tej komnacie, przed tronami, przemoc jest wykluczona.

Podkreśliła „przed tronami". A co, jeśliby Olive się od nich oddaliła?

– Cieszy mnie, że powróciłeś cały i zdrowy do swojego ludu – ciągnęła Inevera. – Możesz podejść bliżej.

– To zaszczyt, Damajah. – Olive złożyła ukłon. – Jednak przede wszystkim chcę się odwołać do Paktu Wolnych Miast. – Rojvah i Selen nareszcie odetchnęły z ulgą. – I prosić o udzielenie pozwolenia na bezpieczne przejście przez Nową Krasję aż do granicy Zakątka.

– Masz oczywiście do tego prawo – odrzekła z uśmiechem Inevera. – Pokój między Nową Krasją a zielonymi krainami był dobry dla obu naszych ludów. *Sharak Suun* się skończyła i, *inevera*, nie powróci już za naszych czasów.

Zdenerwowało mnie to, jak wymawiała swoje imię. To było powszechne słowo oznaczające „wolę Everama" albo „los", ale skoro mój ojciec zaginął, to nie wola Everama, ale jej liczyła się najbardziej.

– Przygotowanie eskorty i zapasów zajmie trochę czasu – zaznaczyła.

– Mam własną eskortę – powiedziała Olive. – Generał Gared i Rębacze będą gotowi do drogi po krótkim wypoczynku.

– Oczywiście, jednak przeprawa przez pustynię jest męcząca, a tutaj wiele osób chciałoby cię poznać. Zachęcam, żebyś przyjął nasze zaproszenie i pozwolił sobie wypocząć przed dalszą drogą. Natychmiast wyślemy do Zakątka umyślnego z wieściami o twoim miejscu pobytu i stanie zdrowia.

– Dobrze, zostanę na tydzień, co do dnia – zgodziła się Olive.

– Tydzień, co do dnia – powtórzyła Inevera i zacisnęła usta.

Wstępującą po stopniach Olive odprowadzały zawistne spojrzenia. Zasłony tronu z poduszek znów opadły, a wraz z nimi urosła bariera wyciszenia, która uniemożliwiła słuchanie dalszej rozmowy.

Natychmiast podniosły się głosy. Dwór najwyraźniej przywykł do takiego zachowania Damajah. Ludzie rozmawiali cicho, siedząc na ziemi, słyszałem tony gniewne, groźne, zbyt intensywne.

Selen znów ścisnęła mnie za rękę, ale to już nie wystarczyło. Czułem, że tracę gęstość. Wtedy Rojvah chwyciła mnie za drugą rękę. Jej palce były delikatniejsze niż Selen, lecz uścisk równie mocny.

Mimo to drżałem pomiędzy nimi i wątpiłem, by udało mi się wytrwać.

Rojvah podchwyciła spojrzenie Aricka i wskazała mnie bratu ruchem głowy, a ten w końcu dostrzegł, co się ze mną dzieje. Spodziewałem się z jego strony politowania albo wręcz pogardy, poczułem jednak ten sam zapach opiekuńczości jak wtedy, gdy chciał bronić siostry czy Olive.

A potem Arick zrobił coś niesamowitego.

Zaczął wybijać rytm palcem o udo. Był to dosłownie szelest skóry trącej o jedwab, zbyt cichy, by ktokolwiek poza mną mógł go usłyszeć. Przypominał bicie serca. I stanowił coś, na czym mogłem się skupić.

Potem Arick dodał drugi palec, a potem kolejny, budując warstwy skomplikowanego, ale doskonale równomiernego taktu. Jego umiejętności i sprawność były niewiarygodne i wkrótce poruszał już dziesięcioma palcami jednocześnie. Mało kto byłby w stanie zrobić coś takiego, lecz Arick ćwiczył grę na instrumencie, odkąd nauczył się trzymać w dłoni grzechotkę, i robił to z taką łatwością, jakby pisał list.

Odzyskałem dech i pozwoliłem wsączyć się we mnie temu rytmowi, przywrócić normalną gęstość ciała i wypchnąć z siebie gniewne drgania głosów dworu.

II

Damajah

Wstępując po schodach, denerwowałam się bardziej niż podczas konfrontacji z braćmi. Wiem, jak radzić sobie z mężczyznami. Tylko że Damajah to całkiem co innego. Inevera była wiedźmą, tak jak moja matka, i posiadała magię, dzięki której mogłaby mnie zmieść z powierzchni ziemi jednym ruchem różdżki *hora*. Matka mówiła o niej z szacunkiem, lecz jej nie ufała. W Zakątku konflikt pomiędzy nią a matką stanowił publiczną tajemnicę. Przez to właśnie ojciec nie mógł odwiedzać matki i przez to matka nie wypuszczała mnie poza granicę wielkiego runu, o podróży do Krasji nie wspominając.

Teraz znalazłam się na dworze Damajah bez matki czy ojca, którzy mogliby mnie chronić, a na dodatek, żeby ukryć lęk, rzucałam groźby na prawo i lewo.

Większość Minstreli przesadzała w swoich opowieściach, lecz Inevera była tak piękna, jak ją opisywali. Mimo pięćdziesiątki na karku skórę miała gładką jak u trzydziestolatki, a ciało gibkie, spowite w czerwony jedwab, który zasłaniał wszystko, ale nic nie ukrywał.

Największym niepokojem napawały mnie jej przenikliwe oczy, błyszczące spod woalu z monetami z wyrytymi runami. Wiedziałam, że podobnie jak matka za pomocą swych okularów Inevera mogła zajrzeć w głąb mnie, poprzez aurę, i wyczytać rzeczy, których nawet ja sama nie byłam świadoma.

We wspomnieniach słyszałam echo słów Favah, nauczycielki, którą przysłała do mnie sama Inevera. Podczas rozmowy z osobą obdarzoną Widzeniem bądź skupiona. Mów tylko prawdę, lecz nie wyjawiaj więcej, niż to niezbędne.

Skupianie uwagi nigdy nie przychodziło mi łatwo, choć wcześnie się nauczyłam, że nawet matkę da się oszukać – wystarczyło kłamać na tyle sprytnie, by nie dać się przyłapać.

Inevera chłodno przypatrywała się mojemu męskiemu ukłonowi. Pilnie odliczałam, ile trwał. Damajah wiedziała, że czeka na mnie tron matki, ale wiedziała również, że jeszcze poń nie sięgnęłam. Nie byłyśmy równe statusem.

Jeszcze nie.

Kiedy Inevera dotknęła kamienia runicznego, odgłosy dworu ucichły. Zostałyśmy same.

– Książe Olive? – zaczęła. – A może księżniczko? Uważasz się za jedno i drugie?

– A czemu nie? – Wzruszyłam ramionami. – Czy tego chcę, czy nie, spoczywa na mnie brzemię odpowiedzialności przynależne jednemu i drugiemu, więc mam chyba prawo do obu tytułów? Olive, książę i księżniczka Zakątka.

Inevera zaśmiała się niespodziewanie serdecznie.

– Zaiste, wydaje się, że to trafniejsze.

Wzrok Inevery zbłądził w dolne partie mojego ciała, jednak nie mogła nic zobaczyć. Co prawda ubranie nie stanowiło przeszkody dla wzroku runicznego, ale już zbroja tazhańska zapewniała ochronę nawet przed wścibskim spojrzeniem Widzącej Damajah. Mimo to Inevera wydawała się dobrze do mnie nastawiona, cieplej, niż oczekiwałam. Zachowywała się jak matka, kiedy zdałam jakiś ważny test. Spięłam się na to wspomnienie, uświadomiłam sobie bowiem, że czekają mnie kolejne sprawdziany.

– Czuj się tu jak w domu, Olive – podjęła Inevera. – Ze swojej strony gwarantuję ci bezpieczeństwo. Aczkolwiek nie mogę obiecać, że moi synowie będą cię traktowali równie gościnnie. Szczególnie po twoim wyzwaniu.

– Z mojego doświadczenia wynika, że wyzwanie to jedyna rzecz, którą szanują krasjańscy mężczyźni.

– To mądre słowa – rzekła Inevera, odchylając się na oparcie – książę i księżniczko Olive.

Favah ostrzegała, żeby nie wyjawiać więcej, niż to konieczne. Tyle że ja potrzebowałam odpowiedzi.

– Księżniczka i książę, mówiła o nich przepowiednia Chavis.

– Chavis podzieliła się z tobą wynikiem rzutu kośćmi? – Damajah spoważniała i aż pochyliła się do przodu, a jej głos zabrzmiał chrapliwie.

Zrobiła to Belina, ale nie zamierzałam tego zdradzać. Powściągnęłam emocje, utrzymując kamienną twarz i obojętną aurę. Proroctwa to dla *dama'ting* rzecz święta i nie dopuszczają do niej innych ot tak.

– Nie... – Damajah świdrowała mnie spojrzeniem. – To Belina ci o niej powiedziała.

Zaklęłam w duchu. Musiałam się lepiej postarać. Nie mogłam pozwolić, by jakiś Widzący zaglądał w moje sekrety.

– Pożałuje tego – zaznaczyła Inevera.

– Nie miała wiele do zaoferowania – zauważyłam. – Iraven nie żyje, a Majah odarli ją z tytułu.

Damajah oparła się na poduszkach.

– Być może. Ale posiada dar Widzenia, posiada moc.

– Czyżby? – ośmieliłam się zadrwić. – Rzucamy kośćmi, a jednak rzadko potrafimy odczytać przepowiednię na czas, żeby coś zmienić. Ale zamartwiamy się nimi, próbujemy je rozwikłać i w żaden sposób nie pomaga nam to ocalić ukochanych.

Wspomniałam Michę, Chadana, moich braci włóczni, wszystkich, którzy zginęli w walce z królem demonów. Myślałam o matce i pani Bales, które wyruszyły uzbrojone w przepowiednie i zaginęły. Nawet mój ojciec, który czerpał wiedzę od największych profetów naszych czasów, ostatecznie zaginął.

Jednak *dama'ting* nie lubiły, by kwestionowano wartość wróżb *alagai hora*. Favah dałaby mi za te słowa po łapach i dodatkowo wlepiła jakąś karę. A Inevera zmierzyła mnie tylko zimnym wzrokiem. Gdy przemówiła, jej głos był opanowany.

– Jestem córką tkacza, a mój ojciec był tchórzem – zaczęła. – Ale kości wezwały mnie do służby w bieli, a runy przepowiedni do mnie przemówiły. Poprowadziły mnie. Wyszłam za mąż za *Sharum* pochodzącego z biednej rodziny, ani znanej, ani zasłużonej. Teraz on jest Shar'Dama Ka, a ja Damajah Krasji. Może twojemu ojcu i rodzicom Darina uda się nawet zgładzić królową demonów, ale bez armii, którą szkoliłam przez całe lata, powrócą nie do domu, tylko do płonącego grobowca. O ile przeżyli na tyle długo, żeby w ogóle stawić czoła Alagai'ting Ka. – Pochyliła się ku mnie. – Przyszłość nie jest ustalona, Olive. Żyje, zmienia się, zupełnie jak ty. Jest pełna potencjału i możliwości. Kości odnajdują w niej nasze najlepsze szanse i prowadzą nas ku nim. Przykro mi, jeśli nie powiedziały ci tego, co chciałeś usłyszeć, rozpaliły w tobie troskę czy obarczyły zmartwieniem, ale tego brzemienia nie może odłożyć na bok ktoś, kto pragnie zasiąść na tronie.

– Nie prosiłem się, żeby przyjść na świat jako dziedzic czy dziedziczka tronu, a już na pewno nie dwóch tronów. – Nie zdołałam powstrzymać dziecinnej złości.

– Nikt z nas nie prosił się o los, który przypadł nam w udziale – zripostowała Inevera. – Jednak objęcie tronu to kwestia wyboru. Decyzji, czy przyjąć na siebie odpowiedzialność za lud. Czy wziąć na barki ich ciężary. Nie dlatego, że pragnie się władzy, ale dlatego, że jest się jedyną osobą na tyle silną, żeby ją udźwignąć.

– Mówisz jak moja matka. – Sama nie wiedziałam, jakiej reakcji na to porównanie spodziewałam się po Damajah, ale cień uśmiechu za welonem z pewnością mnie zaskoczył.

– Księżna Leesha jest moją *zahven*. Znasz to słowo?

– Rywalką – przełożyłam na thesański.

– Między innymi. – Wzruszyła ramionami. – Słowo to samo w sobie oznacza „równowagę". Siły, które się znoszą. Twoja matka nie zaszłaby tam, gdzie jest, gdyby nie była... potężna.

W istocie, matka była potężna.

– A teraz? Bez tej siły?

– Liczę, że ty będziesz tą siłą, Olive vah Leesha. Nie mam w sobie męskich zapędów do wojny. Silny, dostatni Zakątek to dobro dla silnej, dostatniej Krasji. Nasze włócznie powinny upuszczać posokę demonów, a nie czerwoną krew.

Chciałam jej wierzyć, sama jednak przyznała, że planuje z wyprzedzeniem na następne dziesięciolecia, posługując się swymi przepowiedniami. Możliwe, że nawet teraz mną manipulowała.

– W jaki sposób Chavis zdobyła twoją krew do rzutu kośćmi?

Mogłabym zataić tę informację, ale dowód prawdziwości proroctwa czynił go jeszcze cenniejszym.

– Wypatrywacz Nanji, którego Micha zabiła w mojej komnacie, gdy miałem cztery lata... – uważnie obserwowałam Ineverę, lecz nie zauważyłam żadnych oznak zdziwienia – miał wspólnika, który uciekł z opatrunkiem z mojego rozbitego kolana.

Inevera syknęła na wspomnienie o zabitym Wypatrywaczu, a więc wiedziała o nim. Obojętne, czy szpiegiem Inevery w Zakątku była Favah, Micha, czy sama matka, Damajah zdawała się znać wszystkie moje sekrety, nawet te, których nie ujawniały kości.

– A nie została ci upuszczona przemocą – zauważyła. – Nie została skalana, choć nie oddałaś jej dobrowolnie. Plemiona wszczynały wojny ze znacznie błahszych powodów.

– Nie zamierzam walczyć z Majah. Jeśli mieli wobec mnie dług krwi, został spłacony juchą *alagai*. Po powrocie do Zakątka zamierzam stworzyć szlak handlowy z Pustynną Włócznią, a także zaoferować pomoc militarną, choć wątpię, żeby Aleveran chciał moich wojowników na swoich ziemiach.

– To pewne, że się nie zgodzi – potwierdziła Inevera. – Jak brzmiała przepowiednia Chavis?

Zaskoczyła mnie jej bezpośredniość. Pytanie o przepowiednię innej przepowiadającej nie było zabronione, ale z pewnością przekraczało normy etykiety. Z drugiej strony proroctwo już się ziściło, mogłam więc przekazać je Damajah, skoro miało to dla niej jakąś wartość. W Pustynnej Włóczni nauczyłam się, że każdy dar Tronu z Czaszek ma swoją cenę. I nie zamierzałam oddawać niczego za darmo.

– Dobrze, za to w zamian zdradzisz mi inną.

Urażone syknięcie Inevery potwierdzało, że pytanie o proroctwo uznawane było za nieuprzejmość.

– Mogę je wydusić z Beliny, nie muszę za nie płacić.

Zaplotłam ramiona na piersi i uśmiechnęłam się krzywo.

– Znam Belinę. Nie udzieli ci żadnej informacji bez sowitej zapłaty. Lepiej zapłacić mnie za przepowiednie Beliny, przy okazji pozbawiając ją karty przetargowej.

Uśmiech Inevery świadczył, że zauważyła nacisk, jaki położyłam na liczbę mnogą przepowiedni. Wydawało się, że zaliczyłam kolejny test.

– O które proroctwo ci chodzi?

– O to, które twoja córka Amanvah uzyskała, rzucając kośćmi umazanymi moją krwią porodową. W zamian za przepowiednię Chavis.

– Twoja matka ci go nie zdradziła – zauważyła Inevera. – Amanvah również nie. Nie jest to moja przepowiednia, więc powinnam milczeć.

Wywróciłam oczyma.

– To samo mógłbym powiedzieć o przepowiedni Chavis. Z kolei za wiedzę już zdobytą odpowiedzialny jest jej nowy posiadacz, zarówno za zatajenie, jak i za podzielenie się z innymi.

Zacytowałam Evejah'ting, święte pisma wiary Inevery, gwoli przypomnienia, że nie są mi obce zasady, którymi usiłowała manipulować.

Znów się uśmiechnęła, tym razem bardziej drapieżnie.

– Ten rzut kości Amanvah utrwaliłam na stałe. Sam możesz zobaczyć ten układ. Choć tuszę, że twoje nauki w Komnacie Cieni były... niepełne.

To potwierdzało moje najbardziej skrywane obawy co do rozległości jej wiedzy na temat moich najbardziej prywatnych spraw, jednak było to równocześnie wyzwalające. Inevera może i wiedziała, kim byłam, ale nie miała pojęcia, kim jestem.

– A cóż takiego mógłbym odkryć, czego nie odkryłyście ani ty, ani moja matka, ani siostra? – Nawet nie starałam się ukryć rosnącego zniecierpliwienia.

– Niech będzie – ustąpiła Damajah. – A więc mów.

– Dokładne słowa, jakie przekazała mi Belina, brzmiały: „Burze ustaną, gdy dziedzic Zakątka połączy swoją krew z Majah, księżniczka zaś stanie w oku".

– Hm – zamyśliła się Inevera. – Jednak symbol oznaczający potomków rodu książęcego nie określa ani ich płci, ani też ich liczby.

– Więc to mógł być też „książę". – Nie mogłam powstrzymać się przed dopowiedzeniem.

– Owszem, ale i „księżniczka", a także „książęta" bądź „księżniczki".

Właśnie dlatego nie ufałam przepowiedniom. Każdy z symboli miał tyle znaczeń, że i całe proroctwo dało się zinterpretować w niemal każdy możliwy sposób.

– Gdy przekroczyliśmy granicę wielkiego runu i stawiliśmy czoło Alagai Ka, byli ze mną książęta Chadan i Iraven – przypomniałam. – Selen jest księżniczką Zakątka, a Micha księżniczką Kaji. Nawet moi bracia włóczni zwą się Oddziałem Książąt.

– Ale to przed tobą umknął Ojciec Zła. – Inevera przyglądała mi się bacznie, niewątpliwie szukając potwierdzenia wersji, jaką przedstawiła im Rojvah.

– Możliwe. – Wzruszyłam ramionami.

– Uklęknij przy mnie, Olive vah Leesha – zażądała Damajah i sama zsunęła się, by oprzeć kolana o posadzkę, do której przytwierdzony był niewielki stolik do rzucania kośćmi. Blat zrobiono z białego marmuru o profilowanych, podwyższonych rantach.

Zerknęłam na klęczących dworzan, zastanawiając się, jak długo będą tak czekać.

Bez końca, pomyślałam. A przynajmniej tak długo, jak długo Damajah zechce, by to spotkanie trwało. Ten pokaz władzy budził we mnie niepokój, ale okazywanie obaw nie byłoby rozsądne. Zbliżyłam się do stolika. Inevera już klęczała, więc zrobienie tego samego przy jednym stoliku z nią nie było gestem uległości.

Damajah sięgnęła do sakiewki *hora* i wyjęła z niej swoje słynne kości. Wieść niosła, że wyryto je z kości samego księcia demonów i powleczono cennym elektrum, mającym zachować ich moce nawet w pełnym słońcu.

Umieściła przede mną jedną z kości.

– *Sharum* – rzekła. Położyła drugą precyzyjnie pod kątem do pierwszej. – *Dama*.

Widziałam wcześniej ten układ.

– To moja dwoista natura – powiedziałam.

Damajah spojrzała na mnie, unosząc brwi.

– Skąd ci to przyszło do głowy?

Pożałowałam, że jej przerwałam. Nie tylko dlatego, że było to niegrzeczne, ale też mogło wpłynąć na to, co Inevera chciała powiedzieć. Jednak mleko już się rozlało.

– Widziałem to już przy innej przepowiedni – przyznałam. Było ich tak wiele. – Następna kość to będzie *Domin*. – Oznaczało „dwa" i Belina uważała, że odnosi się do podwójnego życia, które wiodłam, wychowywana jako księżniczka i poddana wojskowemu szkoleniu w *sharaj* jako książę. Ale Belina niewiele o mnie wiedziała.

Inevera położyła kolejną kość.

– *Ka*.

Aż zamrugałam zaskoczona.

„Jedność".

– *Sharum. Dama. Ka*. – Może nie byłam Widzącą, ale miałam na tyle wiedzy, że potrafiłam to odczytać. – Według ciebie jestem Wybawcą?

Tym razem Inevera chrząknęła zniecierpliwiona moimi wtrąceniami.

– Wybawcą się zostaje, nie rodzi się nim. *Hora* ukazują możliwości. To, co może się stać, nie to, co jest.

Mogłam zostać Wybawcą. Sama ta myśl wydawała się niedorzeczna. Wręcz śmieszna.

– A więc to powszechny układ?

– Widywałam go już.

– Favah pouczyła mnie, żeby mówić prawdę, ale nie zdradzać niczego więcej – zaznaczyłam.

– Favah lubi tę lekcję.

Już w milczeniu obserwowałam, jak Damajah rozkłada kości. Robiła to szybko i precyzyjnie. Znała ten układ doskonale. Z pewnością i ona, i matka studiowały go, odkąd się urodziłam.

Favah często beształa mnie za oporność w nauce. Mówiła, że gdybym nie była księżniczką, za karę wysyłano by mnie do Komnaty Cieni. Jednak to, czego się nauczyłam, pozostało w mojej pamięci. Znałam symbole na ściankach *alagai hora* tak dobrze jak litery alfabetu.

Moravan.

Simikar.

Ala.

Serce mi zamarło na widok ostatniej wyłożonej kości.

Irrajesh. Śmierć.

Inevera obserwowała mnie, gdy przyglądałam się układowi. Tak bardzo przypominała mi teraz matkę, że aż przeszły mnie ciarki. Rzeczywiście były *zahven*. Każda chwila spędzona z jedną czy drugą była jakimś sprawdzianem.

Poczułam doniosłość momentu, gdy ujrzałam ostatni fragment układu, który ukształtował moje życie. Matka zachowała to dla siebie, ale w tym rzucie kości musiało być coś, co skłoniło ją do wychowywania mnie jako dziewczynkę.

Siedem kości ma na ściankach wyryte różne symbole. Razem to siedemdziesiąt sześć runów. Pozostałe sześćdziesiąt dziewięć ścianek ma wyryte na środku duże symbole otoczone kręgiem mniejszych.

Rzeczywiście nie określą płci, ale w języku krasjańskim słowa są domyślnie w rodzaju męskim, chyba że doda się do nich żeńską końcówkę *'ting*. Jedna z mniejszych płaszczyzn ośmiobocznej kości posiadała symbol *Ting*. Po chwili udało mi się ją odnaleźć, a potem sprawdziłam, w którą stronę jest zwrócona. Nie przecinała się z linią biegnącą od runy *Irrajesh*.

– Matka uważała, że jeśli nie wychowa mnie jako córkę, czeka mnie śmierć – skwitowałam.

Inevera zakląskała językiem.

– Być może Favah oceniała cię nazbyt surowo – stwierdziła i zbliżyła wypielęgnowany paznokieć do kości *Sharum*, a potem wskazała, jak jedna z linii krzyżuje się bezpośrednio z *Irrajesh*.

– Obie, Amanvah i twoja matka, zinterpretowały to tak, że wychowany do włóczni zginiesz.

– A ty?

– Cóż, wojownicy rzadko umierają w swoich łóżkach ze starości. To nie twoja śmierć mnie martwi, tylko to, co możesz osiągnąć, zanim udasz się w samotną podróż. Napawa mnie to troską. – Przesunęła palec, wskazując na kość *Ala*, świat, i jej relację z *Irrajesh* oraz drugą kością.

Może i zrobiłam na Damajah wrażenie poprzednim odczytem, ale to przerastało moje możliwości.

– Co to oznacza?

– Śmierć Ala to inne określenie *Sharak Ka*. Dosłownie „Pierwsza Wojna". *Sharak Ka* to święta wojna pomiędzy ludźmi i demonami. A więc sięgając po włócznię, wstępujesz na ścieżkę, która może zaprowadzić nas do wielkiego zwycięstwa bądź ostatecznej klęski.

Aż mnie zmroziło. Odetchnęłam głęboko i się otrząsnęłam.

– Cóż, nadal nie widzę w tym wiele sensu. Matka zrobiła wszystko, żeby trzymać mnie z dala od włóczni, ale włócznia sama mnie odnalazła.

– Może tego było trzeba, żeby cię zahartować – odparła Inevera.

– A ten wzór, *Sharum, Dama, Ka,* ile razy go widziałaś?

Inevera spojrzała mi prosto w oczy.

– Dwukrotnie – powiedziała bez wahania. – W przypadku twojego ojca i Arlena am'Bales.

Poczułam, jakbym otrzymała cios w brzuch. Spodziewałam się, że powie kilkanaście, może nawet setki razy. A nie... W moim przypadku oraz w przypadku dwóch mężczyzn, czczonych jako wybawiciele ludzkości.

– Nieczęsto spotyka się takich ludzi. Tak potężnych. A o jakiej innej przepowiedni mówiłaś?

Zapanowałam nad wyrazem twarzy i zepchnęłam myśli w ogień, licząc, że to oczyści moją aurę.

– Musisz mi zaufać, Olive. Śmierć Ala niepokoi nie tylko mnie.

– Trudno o zaufanie tutaj, na dworze, którym władasz. To chyba naturalne.

Przytaknęła skinieniem głowy.

– Nic nie zyskam, opóźniając twój powrót do Zakątka i objęcie tronu, który ci się należy. Jesteś przywódcą, którego Północ potrzebuje, jeśli ma na czas sięgnąć po włócznie. Musimy wykorzystać każdą przewagę, jeśli mamy wygrać *Sharak Ka*.

Przez całe życie wszyscy, a szczególnie matka, przestrzegali mnie, by nie ufać Damajah. Opowiadano o niej jak o czarodziejce, która dzięki urodzie potrafi każdego omotać, zauroczyć, a potem przywieść do śmierci. Która tak potrafi zmanipulować ludzi, że robią to, czego ona pragnie, a jednocześnie żyją w przekonaniu, że działają wedle własnej woli.

Tyle że podobne historyjki krążyły też o mojej matce, a przecież znałam ją i wiedziałam, jaką jest kobietą. Kobietą, która poświęciła wszystko dla swojego ludu, nic nie zostawiając dla siebie.

Czy ja mogłabym postąpić inaczej? Jeśli królowi demonów udałoby się wyhodować nową królową, byłoby to prawie równoznaczne ze śmiercią Ala. Jaką wartość miało zachowanie sekretów wobec czegoś takiego?

– Belina rzuciła kośćmi, gdy otrzymałem prawo do czerni *Sharum*.

– Przy użyciu dobrowolnie oddanej krwi?

– Tak.

– Możesz pokazać mi układ, który wyrzuciła? – Inevera aż nadto entuzjastycznie poruszyła palcami nad stolikiem.

– Nie wiem, czy potrafię odtworzyć go dokładnie – przyznałam. To był pamiętny dzień, ale przecież od tamtej pory minęło już wiele miesięcy.

– Spróbuj – powiedziała nalegająco.

Zaczęłam przestawiać kości. Obróciłam *Ka* do *Domin*, a potem zamyśliłam się, przypominając sobie położenie reszty. Pamiętałam runy powietrza, piasku, błyskawicy i umysłu, ale nie ich dokładne ustawienie, w którym istotne były również pomniejsze symbole. Przesuwałam je, obracałam przez kilka dłuższych chwil, zanim odtworzyłam zapamiętany układ.

– Chyba tak – powiedziałam, a Inevera, która obojętnie obserwowała moje wysiłki, pochyliła się nad kośćmi.

– Burza. I książę Otchłani na jej czele.

– To akurat się sprawdziło.

– Możliwe. A może to dopiero początek. Porozmawiam z Beliną i pomyślę nad tym. – Podniosła na mnie wzrok. – Jakie są twoje intencje wobec mojej krnąbrnej *Jiwah Sen*? I czemu uważasz, że przewyższają moje prawa do niej?

– Czy Belina skrzywdziła cię fizycznie albo osobiście? Torturowała? Zamknęła w skrzyni i przetargała przez pół świata? Wepchnęła do Labiryntu pełnego demonów, z twoimi wrogami w roli towarzyszy broni?

– Nie, nie uczyniła tego. Dlatego pytam o twoje zamiary wobec niej.

– Nie mam wobec niej żadnych zamiarów. Nie oczekiwałem, że Aleveran wyda ją w moje ręce. Nawet tego nie żądałem. Ani nie pragnę tego teraz. Tylko że Belina ma dług wobec mnie i musi go spłacić.

– Oczywiście. Chcesz odebrać jej życie po tym, jak ją... wypytam?

Rzuciła to pytanie od niechcenia, jakby skazanie kobiety na śmierć nie było niczym szczególnym.

– Na Stwórcę, nie!

– A więc ma ci służyć? – drążyła Inevera. – Zrobisz z niej swoją niewolnicę?

– W Zakątku nie ma niewolników. – Wcale nie chciałam odwarknąć, ale tak to zabrzmiało. Czy właśnie to oznaczała władza? Obojętność na los ludzi stojących poniżej przywódcy? A jeśli tak, to czy miałam w sobie na tyle siły, żeby tak postępować?

– A więc jak według ciebie miałaby spłacić ten dług?

Pytanie było zasadne, jednak nie dało się na nie odpowiedzieć. Nie dało się przecież wycenić mojej godności. Zdrowia, ciała... Życia, które mi odebrano.

Czy to w ogóle była jakaś strata domagająca się zadośćuczynienia? Przecież nawet gdybym mogła odzyskać poprzednie życie, to wcale nie chciałam do niego wracać. Jeśli w wyniku działań Beliny odkryłam swoje prawdziwe ja i czułam się z tym lepiej, to czy Belina była mi coś winna? Nie kierowały nią złe pobudki. Podobnie jak każda z tych starych wiedźm, postępowała według nakazów kości, w które wierzyła.

– Jeśli Belina nie może spłacić długu wobec ciebie, to może spłaci ten wobec twojego ojca?

– O? A co to za dług?

– Podczas gdy twój ojciec wraz z Arlenem Balesem przebywał w Otchłani, książę Asome zdradził Majah. W dniu, kiedy wyruszyli, rzuciłam kośćmi. Przepowiednia była jednoznaczna. „Jeśli bramy Pustynnej Włóczni zamkną się za Majah, nie otworzą się ponownie bez rozlewu krwi". Twój ojciec miał dość sił, żeby przywołać Majah do porządku, jednak nie uczynił tego ze względu na zbyt wielki koszt.

– Ale ja przelewałem tam krew – powiedziałam w nagłym olśnieniu.

– Tak – wysyczała. – Nadszedł czas, żeby zaleczyć ranę Krasji. Mam rozwiązanie, jak pokojowo przywrócić nam Pustynną Włócznię, ale potrzebna jest do tego Belina.

– Jakie to rozwiązanie?

– Zastanów się nad tym, podczas gdy ja... porozmawiam z Beliną. Jeśli dojdziemy do porozumienia, zdradzę ci mój plan, a wtedy zdecydujesz, jak postąpić.

Znów przypomniałam sobie opowieści o Damajah i pomyślałam, że gdy Inevera przedstawi mi swój plan, pewnie będę miała wrażenie, że nie mam żadnego wyboru.

– A gdybym chciała sama rzucić kośćmi? – ciągnęła. – O co książę i księżniczka Olive poprosiliby w zamian?

– O zaufanie.

Inevera zmarszczyła brwi.

– To znaczy?

– Ciągle prosisz o zaufanie, ale sama dajesz go niewiele. Oddam ci dobrowolnie siedem kropel mojej krwi, po jednej na każdą kość. – Aż jej się oczy zaświeciły. – Po tym jak ty dasz mi siedem swojej.

Inevera oparła się na poduszkach, a ja zastanawiałam się, czy ktokolwiek dotychczas miał śmiałość, by ją o to poprosić.

– Po co? Przecież nie posiadasz umiejętności, żeby rzucić kośćmi i odczytać znaczenie układu. Masz w ogóle swoje *alagai hora*?

Nie powiedziała głośno tego, o czym wiedziałyśmy obie. Krew nie była pomocna jedynie przy wróżeniu. Pozwoliłaby mi rzucić na nią inne, bardziej brutalne zaklęcia.

– To, co zrobię z twoją krwią, będzie zależało ode mnie. – Wzruszyłam ramionami. – To cena za moje zaufanie.

Inevera przyjrzała mi się przeciągle.

– Niech tak będzie. Potrzebuję trzech dni na przygotowanie pytań. Potem wymienimy się krwią na znak zaufania i... siostrzeństwa.

12

Kubki i sznurek

Zebrani klęczeli, nie ośmielając się nawet szepnąć, w oczekiwaniu na zakończenie prywatnej audiencji Damajah. Pozornie głucha cisza dla mnie wcale nie była głucha. Setki osób oddychały, stękały i wierciły się, a bicie setek serc rezonowało w powietrzu.

Setek, ale nie dwóch otoczonych runami ciszy, tworzącymi swego rodzaju bańkę wokół tronu z poduszek. Dźwięki, zamiast rozprzestrzeniać się i tam, odbijały się, rozpryskiwały na barierze niczym krople deszczu na szkle.

Czekaliśmy i czekali. Arick wciąż bębnił palcami. Zamknąłem oczy, żeby odciąć obrazy, i oddychałem przez usta, żeby przytępić zapachy. Skupiłem się bez reszty na zmyśle dotyku, na silnym uścisku chropawej, pokrytej odciskami dłoni Selen i łagodnym mniejszej, miękkiej dłoni Rojvah.

W końcu skoncentrowałem się na rytmie wybijanym przez palce Aricka. Wątpiłem, by on sam słyszał szelest opuszek dotykających ubrania, ale rytm utrzymywał nieskazitelny. Uspokajał mnie, jak metronom Rozkołysanego Hary'ego. Marzyłem o tym, żeby wyjąć fletnię i zagrać w ten takt, ale uwaga ludzi nareszcie ode mnie odpłynęła i za nic w świecie nie chciałem jej znów przyciągać.

Powoli zaczynałem dochodzić do siebie.

Zastanawiałem się, jak długo trwa już ta rozmowa Olive z Damajah. Kwadrans? Godzinę? Więcej? Straciłem poczucie czasu. Wiedziałem tylko, że Arick poruszał palcami już bardzo, bardzo długo.

W końcu dobiegł mnie świst, gdy Damajah dezaktywowała runy ciszy. Dźwięk w sali znów zaczął się rozchodzić normalnie. Zasłony uniosły się i wszyscy naraz powstali z kolan. Ja i Selen również podnieśliśmy się niezgrabnie.

Olive wyłoniła się zza osłon tronu z poduszek i zeszła po stopniach, dołączając do Amanvah, stojącej przed podwyższeniem. Kiedy zasłony znów opadły, wszyscy nagle zaczęli jednocześnie rozmawiać. Ponad setki głosów naraz.

– Koniec przedstawienia – szepnęła Amanvah do Olive. – Teraz ty i reszta pójdziecie ze mną do prywatnego skrzydła, zanim któryś z naszych braci zdecyduje się podjąć to twoje głupie wyzwanie.

Ruszyły w naszą stronę, a kiedy nas minęły, posłusznie podreptaliśmy za nimi niczym kaczątka za matką. Osobiście poszedłbym za każdym, kto wyprowadziłby mnie z tej sali.

Amanvah powiodła nas ku jednemu z wielu bocznych wyjść, temu, którego używały *dama'ting*. Drzwi były zabezpieczone runami, ale jakiś przedmiot, który Amanvah miała przy sobie, pozwolił nam swobodnie wyjść.

Od razu wkroczyliśmy na pochylnię prowadzącą do Podpałacu, miejsca nietkniętego dziennym światłem i przepełnionego nieustannym buczeniem magicznych zabezpieczeń.

Szybko zorientowałem się, gdzie zmierzamy. Do Komnaty Cieni, podziemnego skarbca Damajah, gdzie jej moc była najsilniejsza. Tam, w pomieszczeniu otoczonym barierą ciszy, spoczywała część wielkiego kamienia *hora*, którego pozostałe fragmenty, pokryte cennym metalem i grawerowane w runy rezonansu, znajdowały się w odległych miastach. Nocą każde słowo wypowiedziane do kamienia mogło wędrować setki mil, jak po sznurku pomiędzy dwoma kubkami.

Gdy ostatnio byłem w tej komnacie, generał Gared wrzeszczał na mnie i Selen z odległości Zakątka, grożąc, że po nas przyjedzie. Teraz co prawda był z nami w Krasji, ale w Zakątku pozostali inni ważni ludzie.

Kiedy do pomieszczenia dotarliśmy już wszyscy, Olive, Selen, Rojvah, Arick, Gared, Amanvah i Inevera, kamień zaszumiał mocą. Nikt nic nie mówił, lecz moje uszy wypełniały szelesty trących o siebie i ciało tkanin oraz szuranie podeszew na posadzce. Oddechy i bicie serc.

– Działa już? – przemówił kamień głosem Elony, a Selen zaklęła pod nosem.

– Witaj, Favah – odezwała się Inevera, ignorując pytanie. – Jesteście gotowi?

– Zebraliśmy się wszyscy, święta Damajah, tak jak kazałaś – odpowiedziała *Dama'ting* Favah. – Lord Arther, pierwszy minister i regent Zakątka, Ernal i Elona, rodzice księżnej, oraz Darsy, dyrektorka Uniwersytetu Zielarskiego.

– Ze mną jest Olive... – zaczęła Inevera, ale natychmiast przerwała jej babka Olive.

– Olive! Olive? Jesteś tam? Nic ci nie jest?

– Czy Alagai Ka może podsłuchać tę rozmowę? – Olive zwróciła się szeptem do Damajah.

– Wątpliwe. – Inevera pokręciła głową. – Nie bez fragmentu tego samego kamienia *hora*.

Wątpliwe. A więc nie było pewności. No cóż, na więcej liczyć nie mogliśmy.

– Jestem tu, babciu – odpowiedziała Olive łagodnie, głosem wyższym, niż mówiła ostatnio, prawie tym należącym do dawnej księżniczki Olive. – Cała i zdrowa.

– Och, dzięki Stwórcy! – wykrzyknęła z ulgą Elona.

– Ja też, mamo – wtrąciła się Selen. – Jeśli cię to interesuje.

– Czekaj, czekaj, kiedy wrócisz, to długo nie będziesz mogła usiąść na tyłku – warknęła Elona. – Olive została porwana, więc trudno ją za to winić, ale ty zniknęłaś bez słowa z własnej woli! I to dwa razy!

– Nie będzie żadnych kar – oświadczył Gared stanowczo.

– Gared Rębacz? No proszę. – Głos Elony brzmiał ostro, ostrzegawczo. – Sam się odgrażałeś, że pasami będziesz darł z niej skórę, jak wyruszałeś z Zakątka.

– Ano prawda – przyznał generał, kładąc córce rękę na ramieniu. – Ale potem spotkałem Selen, Darina i Olive na drodze i teraz wiem, że postąpiła słusznie. Nie trzeba pytać o zgodę, kiedy rusza się na pomoc przyjaciołom, którzy tej pomocy potrzebują.

Olive parsknęła pod nosem, bo sam Gared też pod tym względem nie miał czystego sumienia.

– Jestem z niej dumny – ciągnął, przesuwając spojrzeniem po Olive, Selen, Aricku i Rojvah, póki jego wzrok nie spoczął na mnie, ciężki niczym wór ziemniaków na grzbiecie. – Z każdego z nich.

– To nie... – zaczęła Elona, ale Olive jej przerwała.

– Przestań, babciu. – Tym razem głębszym, dźwięcznym i pewnym głosem. Głosem osoby nawykłej do posłuchu. – Po powrocie do Zakątka nie będzie żadnych kar, tym bardziej dla kapitan Selen. Bowiem pod nieobecność kapitan Wondy to ona przejmie komendę nad gwardią przyboczną mojego rodu.

Nawet Elonie zamknęła tym usta.

– O? To dopiero nowina. Także dla mnie... – podsumowała Selen speszona, wiercąc się pod spojrzeniami obecnych.

– Na razie jednak mamy ważniejsze rzeczy do omówienia. – Olive przejęła pałeczkę i nie zamierzała jej oddać. Słyszałem, jak jej wielkie serce pompuje krew, i czułem zapach adrenaliny. – Macie jakieś wieści o matce?

Na chwilę zapadło milczenie.

– Obawiam się, że nie, Wasza Wysokość – przerwał je minister Arther. – Nasze oddziały poszukiwawcze wróciły z pustymi rękoma... W każdym razie te, które w ogóle wróciły. Zidentyfikowaliśmy część poległych w bitwie, ale wielu nadal pozostaje zaginionych, w tym Jej Wysokość księżna, pani Bales, Wonda Rębacz i Kendall Pieśń Demonów.

Nie takich wieści pragnęliśmy, lecz nie zapachniało zaskoczeniem.

– A Naznaczone Dzieci? – Wolałbym milczeć i pozostać w cieniu, ale musiałem wiedzieć. – Ile zostało po... po tym, co się wydarzyło?

Naznaczone Dzieci były dla mnie jak rodzina. Często odwiedzaliśmy je z mamą, a wtedy wszystkie stawały na baczność, jakby była ich królową pszczół. Tylko one ze wszystkich ludzi potrafiły zrozumieć, co przeżywam.

– Hm... – chrząknął z zakłopotaniem minister i nie musiał mówić więcej, a mimo to powiedział. – Obawiam się, że wszystkie odpowiedziały na wezwanie twojej matki. Żadne nie wróciło.

Wiedziałem. Mama była ich przywódcą, a one wierzyły, że Stwórca powołał je do życia w celu zabijania demonów. Oczywiście, że wszystkie za nią poszły.

Wszystkie, tylko nie ja. Bo bałem się sprzeciwić mamie, kiedy kazała mi zostać w domu.

A teraz tylko ja zostałem.

Palce Selen wsunęły się w moją dłoń, a uścisk pozwolił mi się skupić na czymś innym niż kłujący ból serca. Selen była ze mną również w chwili, gdy dotarliśmy na pole bitwy. Niemożliwe, żeby ktoś przeżył ten ogrom zniszczenia i śmierci.

– Czy Damajah poinformowała was, że mój ojciec także ruszył na poszukiwania i również przepadł bez wieści? – zapytała Olive.

Poirytowane syknięcie Inevery w połączeniu z jękami zaskoczenia z drugiej strony wystarczyły za odpowiedź.

– Albo jesteśmy po tej samej stronie, albo nie – rzekła Olive dobitnie. – Tak czy owak, mam podstawy wierzyć, że nadal żyją.

Wszyscy obecni spojrzeli na Olive.

– Skąd wiesz?! – wykrzyknęła Elona poprzez kamień.

– Ponieważ byłam w umyśle Alagai Ka – oznajmiła Olive, wywołując kolejne okrzyki zdumienia w Zakątku. – Nie trwało to długo i niewiele widziałam, ale poznałam fragmenty jego planu.

– Mogłaś wspomnieć o tym wcześniej – wyrzuciła jej Damajah. Zupełnie jakby nie ucięły sobie przed chwilą trwających wieczność pogaduszek.

– Mogłaś spotkać się z nami w salonie i normalnie porozmawiać – odcięła się Olive. – A nie kazać mi paradować przed rodzeństwem, a potem znienacka przygnać tutaj.

Przez chwilę mierzyły się spojrzeniami, a ja dziękowałem w duchu, że nikt nie każe mi konwersować. Nie byłem dobry w usadzaniu rozmówców ani ripostami, ani piorunującym wzrokiem.

– Podania twierdzą, że mój ojciec i pani Bales zabili królową roju demonów – podjęła Olive. – Ale ta wcześniej zdążyła złożyć kilka jaj następczyń. Gdyby Arlen Bales ich nie zniszczył, zamordowałyby naszych rodziców i przejęły rój. Bez królowej rój nie może odnawiać populacji. Każdy unicestwiony po czystce demon przybliżał nas do pozbycia się ich na zawsze.

– O to się modlimy – wtrąciła Amanvah.

– Ale Alagai Ka zdołał uciec – ciągnęła Olive. – A gdzieś na pustyni, poza zasięgiem czystki, dzieła Wybawiciela, przetrwał jeden zmiennokształtny.

– Idiotka – usłyszałem szept Inevery, tak cichy, że musiała mówić do siebie. Popatrzyła na mnie, a moje policzki zapłonęły, jakby przyłapała mnie na czymś zdrożnym. Nie mogłem znieść jej spojrzenia, potrząsnąłem więc głową, zasłaniając oczy grzywką.

– Zmiennokształtny przybrał postać królowej – stwierdziła Inevera nieco zbyt głośno, być może chcąc pokryć moment słabości, który zauważyłem. – Zmiennokształtny, który czai się pod labiryntem, to królowa.

– I tak, i nie – rzekła Olive. – Zmiennokształtny złoży jajo, z którego wykluje się królowa, i zrobi to niedługo. Prawdziwa królowa po wykluciu będzie głodna, a Alagai Ka pragnie, żeby jej pierwszym pożywieniem były umysły i przesycone magią ciała pokonanych wrogów. I chce, żeby pożarła ich żywcem.

– Stwórco uchowaj – szepnęła dyrektorka Darsy.

– Tak – potwierdziłem. – My też mamy być przekąską.

– Tylko jeśli się poddamy, kuzynie – zaznaczył Arick i przysunął się do mnie.

– Kiedy to się stanie? – zapytała Inevera. – Ile mamy czasu?

– Dokładnie tego nie wiem – przyznała Olive. – Nowa królowa przyspieszyła rozwój, więc niezbyt wiele, ale król demonów jest cierpliwy i ostrożny. Nie sądzę, żeby czekał z wprowadzeniem swojego planu w życie aż do ostatniej chwili. Więc może kilka miesięcy? Może rok?

– Mgnienie dla nieśmiertelnego – stwierdziła Inevera. – I niewiele czasu dla nas.

– Może wystarczająco dużo. O ile będziemy współpracować – zaznaczyła Olive. – W Zakątku będę wraz z pierwszym śniegiem, ale do roztopów zamierzam wystawić armię.

– Natychmiast zacznę przygotowania, Wasza Wysokość – zapewnił Arther.

– A więc Leesha żyje? – dopytywała Elona.

– Nie wiem na pewno, czy ona i pozostali żyją, ale czułam zamiary demona i uważam, że większość, o ile nie wszystkich, na razie więzi.

– W gnieździe demonów – skwitowała Elona.

– Nie twierdzę, że mam dobre wieści – odpowiedziała jej Olive. – Uprzedzam, że nie chcę, żeby te informacje się stąd wydostały. Obawiam się, że ludzie mogliby je źle przyjąć.

– No, to spore niedopowiedzenie – mruknęła Elona.

– Są jeszcze inne wieści, które powinny pozostać między nami – dodała Inevera. – Włócznia Ala zamilkła.

Włócznia Ala była jednym z wielkich *csar* Kaji, miast-fortec. Była ostatnią bazą, z której trzy tysiące lat wcześniej ludzie wymaszerowali przeciw demonom. Potem stała opustoszała, dopóki nie odkrył jej mój ojciec, razem z mamą i moim ojcem-we-krwi.

– Jak to zamilkła? – zdziwiła się Olive. – To w ogóle ktoś tam mieszkał?

– Alameni.

Nazwa rzucona przez Ineverę spłynęła mi dreszczem po plecach. Matka mówiła kiedyś o tych istotach. Gdy demony zawaliły tunele, odcinając twierdzę od powierzchni, uwięzieni w niej mieszkańcy stali się źródłem pożywienia roju otchłańców. Demony hodowały ich i trzymały jak bydło.

Alameni prawdopodobnie początkowo nic nie widzieli w całkowitych ciemnościach, ale to było trzy tysiące lat temu. Od tego czasu wiele pokoleń – dwieście? może trzysta? – żyło, tylko jedząc i rozmnażając się.

Dwieście pokoleń ludzi żyjących i umierających w przesyconej magią wiecznej nocy, w pobliżu Otchłani. To zmieniło alamenów, tak samo jak jedzenie mięsa demonów przez rodziców zmieniło mnie.

– Mama mówiła, że alameni nie są w pełni ludźmi – powiedziałem. – To jak, pisali do ciebie listy czy co?

Damajah spojrzała na mnie, unosząc brew. Zapachniała rozbawieniem.

– Po tym jak twoja matka i ojciec-we-krwi przenieśli ich z powrotem do Włóczni Ala, wysłaliśmy tam ich potomków, plemię Sharach. Mieli sprawdzić, ile zostało w nich człowieczeństwa.

– Matka o tym wiedziała? – zapytała Olive.

– Ja nie wiedziałem, Wasza Wysokość – zaznaczył Arther.

– Ja również nie – włączyła się Darsy.

Olive popatrzyła na Damajah, która tylko wzruszyła ramionami.

– To krasjański *csar*, a jego mieszkańcy mają z nami wspólnych przodków. Działaliśmy w obrębie...

– Prawa – dokończyła za nią Olive z irytacją. – Obie, ty i moja matka, pilnujecie swoich sekretów. To przez to demony zaskoczyły nas latem w samych bido. – Inevera milczała, więc Olive ją ponagliła. – No i?

– Najmłodsi uwolnieni z roju alameni zdołali nauczyć się czytać i pisać. Starsi ledwo mówią. Ale przyłączyli się do *sharak*, jakby robili to od urodzenia. Zrodzeni w ciemnościach, są silni jak wojownicy naładowani demoniczną magią. Może nawet silniejsi od ciebie, Olive. Tylko że tkwi w nich inna magia. Wspinają się po murach i potrafią się poruszać bezszelestnie, niezauważalni.

Zrodzeni w ciemnościach. Te słowa zawierała przepowiednia kości rzuconych tuż po moim urodzeniu. „Będzie nosił w sobie mrok". Czy to przypadek, że Damajah użyła teraz dokładnie tych słów?

– Z tego wynika, że raczej nie dali się łatwo pokonać – zauważyła Selen.

– To prawda – przytaknęła jej Inevera. – Mury *csar* są niezniszczalne, a pilnują ich wojownicy Sharach i alameni. Runy ochronne Włóczni Ala należą do najpotężniejszych na świecie, a bramy z zewnątrz otwierają się jedynie dla twojego ojca.

– Tyle że straciliście z nimi kontakt – przypomniała Olive.

– Wzdłuż szlaku do Włóczni pobudowano mniejsze twierdze, a w każdej umieszczono kamienie rezonansowe, żeby wzmocnić sygnał wędrujący na tak ogromną odległość. W ciągu miesięcy od chwili, gdy Alagai Ka zaczął wprowadzać swój plan w życie, odkąd zaginął twój ojciec, jeden po drugim pomniejsze *csar* milkły. – Inevera zapachniała bólem i strachem. Pod zimną fasadą kryły się w niej gorące uczucia do męża. Bała się o niego.

– Dlaczego bramy Włóczni otwierają się tylko dla mojego ojca? – dopytywała Olive.

Wiedziałem to z opowieści mamy.

– Bo miał koronę.

– Tak – potwierdziła Inevera. – Korona Kajiego to jeden z prastarych artefaktów, jak wieść niesie, pochodzący z czasów, gdy zbudowano Włócznię Ala. Osadzono w niej klejnoty pochodzące z tych samych kamieni, które tkwią w sercu *csar*. A jej *hora* pochodzi z tego samego demona. Shar'Dama Ka mógł kontrolować *csar*, zupełnie tak jakby był żywą istotą.

– „Ojciec czeka w ciemnych głębinach na powrót potomstwa" – Olive przypomniała słowa proroctwa, które ukazały kości rzucone dla mnie przez Leeshę po ataku podczas przesilenia. Powtarzałem te słowa w duchu całymi miesiącami, przekonany, że dotyczą mojego ojca, Arlena Balesa. Ale może przepowiednia mówiła o moim ojcu-we-krwi, Ahmannie Jardirze. – Myślisz, że Alagai Ka potrzebuje go do otwarcia bram *csar*.

– Jeśli rój demonów ma wrócić do życia... – zaczęła Inevera.

– ...Włócznia Ala musi upaść – dokończyła Olive. – Demony nie dopuszczą, żeby mieć pod nosem tak potężną twierdzę.

– To niemożliwe – oświadczyła Amanvah stanowczo. – Shar'Dama Ka nigdy by nie...

Inevera przerwała jej syknięciem.

– Dla Everama nie ma rzeczy niemożliwych. A również dla Nie. Ahmann Jardir z pewnością nie pomoże im z własnej woli, ale może istnieje sposób, żeby pokonać jego magię bądź znaleźć kogoś, kto może uaktywnić koronę. Może właśnie to zadanie król demonów przewidział dla Iravena, krwi z krwi Wybawiciela, robiąc z niego swojego sługę.

– A więc sama korona jest bezużyteczna? Musi ją nosić potomek Kajiego? – zapytała Olive.

– Bezużyteczna? To potężny artefakt. Nawet niezałożona przez dziedzica Kajiego posiada magię zdolną powstrzymać armię *alagai*. Każdy, kto ją nasadzi na skronie, zyska część tej mocy, ale nikt nie wyzwoli jej tyle, co prawdziwy dziedzic.

Prawdziwy dziedzic. Jak Olive. Nikt nie wypowiedział tego na głos, ale wszyscy to pomyśleliśmy.

– Nie wiem, czy nawet Alagai Ka zdołałby odebrać koronę mojemu mężowi – rzekła Inevera. – Po tym, jak strącono mu ją podczas bitwy, zrobiłam zapięcie na rzemień. Jedynie sam Wybawiciel może je rozpiąć, a żaden demon nie zbliży się do niego na tyle, żeby choćby go dotknąć.

– Nie dziwię się, że chcieli ją pogrzebać w jaskini – powiedziałem. – Żeby nikt nigdy jej nie założył.

– Owszem, ale sama korona jest niezniszczalna. Nawet pogrzebana nie straciłaby mocy – zapewniła Inevera. – Wątpię, żeby Alagai Ka nie zajął się tak istotną sprawą. To oznaczałoby pozostawienie tak potężnego przyczółku, jakim jest *csar*, za swoimi plecami.

– Czy możesz zapytać kości, gdzie znajduje się korona? – zapytała Olive.

– Pytałam. – Damajah odpowiedziała bez cienia wahania czy kłamstwa. – Odpowiedź nie była pomocna. W mroku, tak brzmiała.

Czyli kości pomogły tak jak zawsze, pomyślałem, ale rozsądnie nie podzieliłem się tym z innymi. Z mojego doświadczenia wynikało, że te paskudztwa powodują tyle samo problemów, co ich rozwiązują.

– Musisz odnaleźć ojca – powiedziała Inevera do Olive. – Uwolnić go, jeśli żyje, lub zabrać koronę, jeśli spotkała go śmierć.

– Muszę odnaleźć matkę – zaprotestowała Olive. – Jeśli ojciec jest z nią, uwolnię go. Ale dlaczego miałabym wziąć koronę? Dlaczego ja? Mam kilkudziesięciu starszych braci, nie wspominając o księciu Kajim. Właściwie czy w Krasji żyje w ogóle ktoś, kto nie pochodzi z rodu Kaji?

Inevera utkwiła przenikliwe spojrzenie w Olive, a do moich nozdrzy dotarł zapach frustracji. Pragnęła, żeby to była Olive. Czułem, że to musi być Olive, choć Damajah nie kwapiła się wyjaśniać dlaczego.

Naraz Arick padł na kolana i podparłszy się dłońmi, pochylił się, dotykając czołem posadzki.

– Damajah, podobno Leesha pomagała mnie karmić, gdy matka nie mogła tego robić. Jeśli odnalezienie jej jest zadaniem księcia Olive, pragnąłbym za twoją zgodą służyć mu tarczą i włócznią.

Damajah roztoczyła wokół siebie woń oszołomienia.

– Twoja matka i pierwsze siostry włóczni były siostrzenicami Ahmanna Jardira, zrodzonymi z jego sióstr, *dal'ting*. Niektórzy uważali, że ich pospolita krew umniejsza ich znaczeniu w porównaniu z jego dziedzicami z bardziej królewskich rodów. Ale twoja matka, Sikvah, i jej siostry włóczni zasłużyły sobie w Podpałacu *dama'ting*, gdzie ćwiczyły, na jeszcze inne miano. Czy wiesz, jak ono brzmi?

Arick, nadal ze wzrokiem utkwionym w podłodze, pokręcił głową.

– Krew *Sharum* Wybawiciela – odpowiedziała Inevera, a Arick gwałtownie zaczerpnął powietrza.

Amanvah zapachniała gniewem. Nie wiedziałem, co znaczyło dla niej to określenie, ale z pewnością nie było to nic dobrego. Nigdy nie potrafiłem dobrze odczytywać aur, jednak jej skrzyła się jak ognisko. To wiedziałem, co znaczy.

– Widziałam cię u piersi Leeshy, Aricku synu Rojera – kontynuowała Inevera. – Więzi mleka potrafią być tak silne jak więzy krwi i nie odmówię ci prawa *Sharum* do udziału w tej misji. Możesz wyruszyć na północ z Olive.

Serce Amanvah waliło młotem, a jej oddech świszczał. Słyszałem, jak jej mięśnie napinają się niczym postronki. Rojvah uczyniła ruch, jakby chciała stanąć przy bracie, a wtedy Amanvah złapała ją za nadgarstek z gniewnym syknięciem.

Inevera nie odwróciła się do niej, lecz jej ucho drgnęło, stąd wiedziałem, że usłyszała. Rojvah gotowała się z wściekłości, zupełnie jak matka, kiedy jednak Damajah nie zrobiła nic, by umożliwić jej dołączenie do brata, złość zmieniła się w rezygnację. Rojvah zrozumiała, że nigdzie się stąd nie ruszy.

Trudno rzec, czy świadczyło to o tym, że Rojvah znaczy dla nich tak dużo, czy że Arick tak niewiele.

13

Książę Kaji

Po powrocie do apartamentu po minie Selen poznałam, że ma wszystkich dość. Dlatego kiedy obmyła twarz i rzuciła się na poduszki, zostawiłam ją w spokoju.

Mnie też to odpowiadało, nie miałam ochoty na towarzystwo. Czułam się jak Darin podczas jednego z tych jego ataków. W głowie kłębiły mi się zalążki różnych planów, a poganiało je wiele lęków. Wszystko wirowało, nie mogłam się na niczym skupić i aż mnie od tego mdliło.

Zdjętą zbroję powiesiłam na stojaku, który zapewnili gospodarze. Obmyłam się w swojej misce i zajrzałam do garderoby. Zaskoczył mnie ogromny wybór strojów. Służba przezornie zgromadziła w niej pełny zestaw kobiecych i męskich ubiorów, od okryć w dostojnej czerni i bieli aż po kolorowe jedwabie, które Krasjanie lubili nosić po domu.

Zbroja tazhańska jest znana ze swojej lekkości, ale nawet ona staje się ciężarem po tym, jak spędza się w niej wiele godzin na oficjalnej audiencji. Zapragnęłam wygody, odwinęłam więc pas, którym wiązałam piersi, założyłam damskie spodnie i luźną szatę z lekkiego błękitnego jedwabiu. W prywatnych pomieszczeniach nie musiałam nosić zasłony, ale i tak ją założyłam, ciesząc się chłodnym dotykiem materiału na twarzy.

Przynależący do apartamentu salon był przestronny i pełen mebli. Choć moja magia na różne sposoby separuje mnie od ludzi, ma też swoje zalety. Nigdy nie potrzebowałam pomocy, żeby przenieść sofę. Zsunęłam wszystkie stoliki, stołki i pufy pod ściany, robiąc miejsce na środku.

W *sharaj* każdy dzień witaliśmy wraz z braćmi *sharusahk*. Bez końca ćwiczyliśmy *sharukin*, układy precyzyjnych ruchów mających na celu blokowanie lub wyzwolenie śmiercionośnej siły ciosów, gdy wykonywało się je z odpowiednią prędkością, mocą i zamierzeniem.

Po przywdzianiu czerni ja i Chadan kontynuowaliśmy ćwiczenia z naszymi wojownikami. Pozwalało nam to oczyścić umysły i skoncentrować myśli. Wizualizowaliśmy śmierć i porażkę, uczyliśmy się je akceptować, przygotowując dusze na wypadek, gdyby los nagle zesłał nas na samotną ścieżkę.

Podczas podróży przez pustynię nie było czasu na *sharusahk*, a po dotarciu tutaj ciągle coś się działo. Stanęłam na środku wolnej przestrzeni i odetchnęłam głęboko, przyjmując pozycję Wielbłąda, ustawienie wstrzymywanej siły, którą w każdej chwili można rozwinąć w ruchy ofensywne.

Rozległo się pukanie do drzwi.

– Na mrok i Otchłań – warknęłam. Nie wypadało składać wizyt po zmierzchu, ale przecież mógł to być któryś z moich braci, zdecydowany mnie zabić, więc zżymanie się na przyzwoitość było w tym wypadku małostkowe. Jakaś cząstka mnie pragnęła, żeby ktoś podjął wyzwanie, choćby dlatego, że ściągnęłoby to moje myśli do teraźniejszości.

Otworzyłam drzwi. W progu stał książę Kaji. Nawet Faseek nie ośmielił się go zatrzymać. Oczy Kajiego zaokrągliły się z zaskoczenia na mój widok, a potem książę pospiesznie odwrócił wzrok.

– Wybacz, nie chciałem...

Spojrzałam po sobie skonfundowana. Szybko pojęłam, że jego reakcję wywołała moja błękitna szata. Ten strój czynił ze mnie w Krasji kobietę, która bez przyzwoitki miała właśnie przyjąć w swoim pokoju samotnego mężczyznę, Kajiego.

– Dwie godziny temu zasiadałeś na Tronie z Czaszek, a teraz rumienisz się jak panienka? – warknęłam.

Kaji ukłonił się lekko, nie podnosząc na mnie oczu.

– W sali audiencyjnej wyglądałeś inaczej.

– Normy przyzwoitości nie dotyczą rodziny – przypomniałam mu. – Twój ojciec jest moim przyrodnim bratem, prawda? A więc ty jesteś moim bratankiem. Podnieś wzrok z podłogi i wejdź.

– Przyrodnim bratankiem – uściślił Kaji. – I kuzynem ze strony matki – dodał i podniósłszy wreszcie głowę, wszedł do salonu. Zamykając drzwi, zauważył przesunięte meble i natychmiast domyślił się powodu. – Wybacz, nie chciałem zakłócać twojego *sharusahk*. Może lepiej wyjdę...

– To nic – skłamałam. – Dopiero miałem zacząć.

– Nic? – Kaji wyszedł na środek pokoju i przyjął pozycję Wielbłąda. – *Sharusahk* to zjednoczenie ciała i umysłu. Nie znam lepszego sposobu przemawiania do Everama.

Stanęłam przed nim i na powrót przyjęłam pozycję wyjściową.

– Zademonstruj.

Zaczął poruszać się bardzo powoli, prezentując *sharukin*, które znał każdy nowicjusz. Jego pozycje były doskonałe, przypominały posągi, które wyszły spod dłuta mistrza. Przypominał Chadana, siedemnastolatka o ciele, którego dojrzewanie przyspieszyły treningi i magia, młodzieńca o mądrych oczach. Emanował spokojem, a jego umiejętności robiły wrażenie.

Szybko przeszedł do trudniejszych układów, ale dotrzymywałam mu kroku, nawet gdy zaczął *sharukin*, jakich nie znałam.

– Zbliża nas do siebie nie tylko pokrewieństwo – powiedział, płynnie przyjmując kolejną pozycję. – Niewielu może pochwalić się wygnaniem demona ze swojego umysłu.

– Co?! – Wystraszyłam się, że mnie zaatakuje, ale tylko ustawił się w następnych *sharukin*.

– To było tuż po moich pierwszych urodzinach – zaczął. – Niewiele pamiętam, wydarzenia przed i po są zamazane, ale noszę w sobie wspomnienie mrocznej jaskini. Tak mrocznej, że ciemności nie dało się przebić wzrokiem. Potem usłyszałem głos, który nakazywał mi zrobić sobie krzywdę, jeśli moja matka się nie podda.

– Co zrobiłeś? – Poziom skomplikowania układów odtwarzanych przez Kajiego był już tak wysoki, że zaczęłam się pocić w swoich jedwabiach, ale wysiłek i panowanie nad mięśniami sprawiały mi przyjemność.

– Sprzeciwiłem się. Matka wykorzystała chwilę nieuwagi demona i go zabiła.

Tak, krążyły legendy o tym, że Ashia, matka Kajiego, zabiła demona. Ale opowieści pomijały szczegóły tego wydarzenia. Wyjawiając je, Kaji okazał mi wielkie zaufanie.

– Musisz mieć niezwykle silną wolę.

– Może i tak. A może po prostu mój umysł ochroniła niewinność małego dziecka. Coś takiego z pewnością nie może się równać z przełamaniem woli samego Alagai Ka.

– Może i tak – powtórzyłam jego słowa. – Ale podobnie jak ty, mam wątpliwości.

– Na początku wydawało mi się, że pomógł mi sam Everam, i wierzyłem, że zostałem stworzony do chwalebnych czynów. Ale teraz obawiam się, że ten wielki plan wypełnił się, gdy byłem zbyt mały, żeby pojąć, co się dzieje.

Roześmiałam się.

– Zasiadasz na Tronie z Czaszek. Czy może być coś bardziej chwalebnego?

Kaji rozpoczął układ angażujący mięśnie, o których istnieniu nie miałam pojęcia.

– Zasiadam na tronie, żeby wujowie nie rzucili się walczyć o niego, ale jestem jedynie marionetką przemawiającą słowami babki, która czeka na powrót Shar'Dama Ka.

– Wierzysz, że powróci? – Kolejna pozycja wymagała rozciągnięcia się do granic moich możliwości.

– Wybawiciel już raz zniknął – przypomniał Kaji, wyginając się niczym angieriański długi łuk. – Stoczył wtedy bitwę w samej Otchłani. Tak, wierzę, że powróci, i do tego czasu utrzymam dla niego Tron z Czaszek, chroniąc go przed zakusami przeciwników.

Jakby na dowód tego przyjął pozycję, którą ledwie udało mi się powtórzyć. Utrzymałam ją, ale kosztowało mnie wiele wysiłku, żeby opanować drżenie mięśni.

– A co, jeśli nie wróci?

Kaji zacisnął usta w wąską linię.

– Magia *dama'ting* chroni przed wpływem czasu niczym tarcza przed szponami. Gdy ja wyhoduję garb i długą siwą brodę, Damajah nadal będzie wyglądała jak trzydziestoletnia kobieta. Zawsze będę malowanym królem.

Jego słowa dodały mi sił, żeby utrzymać tę pozycję i kolejną.

– Ludzie, którzy chcą cię kontrolować, zawsze będą ci przypominać o władzy, której nie posiadasz, licząc, że zapomnisz o tej, która jest w twoich rękach.

– To rozsądna rada – podsumował Kaji, zaczynając kolejny układ. Tym razem nie byłam już w stanie opanować drżenia kończyn. – Czy mogę się zrewanżować?

– Oczywiście – wycedziłam przez zaciśnięte z wysiłku zęby.

Kaji nie okazywał ani śladu zmęczenia.

– Nie lekceważ swoich królewskich braci. Nienawidzą ciebie i twojej matki. Boją się, że spróbujesz wyprzedzić ich w kolejce do władzy. Upoważniłaś ich do zabicia siebie i z pewnością niejeden już planuje, jak to uczynić.

Nie zmieniał pozycji. Stał niczym posąg na palcach jednej stopy, wyciągając napięte jak struny pozostałe kończyny. Nasze spojrzenia skrzyżowały się i wiedziałam, co ujrzał w moich oczach.

Że nie dam rady dłużej dotrzymywać mu kroku.

– Gdy zasiadam na tronie, pozycja księcia koronnego jest wolna – rzekł, nie przerywając kontaktu wzrokowego. – Wedle prawa przypada księciu Hoshkaminowi, Sharum Ka, ale Hoshkamin jest *Sharum* do szpiku kości i nie potrafiłby pokojowo rządzić imperium. Dopóki się nie ożenię i nie spłodzę potomka, linia dziedziczenia jest jedną wielką niewiadomą.

Moje palce nie wytrzymały, opadłam na piętę. Nie potrafiłam już nawet ukryć drżenia nogi. Kaji przesunął stopę i lekko trącił mnie nią w korpus. To wystarczyło, żebym runęła na ziemię. Przetoczyłam się do pozycji Zwiniętej Żmii, pozwalającej wyprowadzić gwałtowny atak. Ale Kaji, nie kontynuując ofensywy, powrócił do pozy, której nie udało mi się utrzymać.

– Walka to coś więcej niż *sharusahk*, kuzynie – warknęłam, ale Kaji patrzył na mnie spokojnie, nie odwzajemniając agresji.

– Gotowość do używania przemocy jest równie ważna, co sam trening – zacytował mądrość sztuki wojennej Kaji. – Do walki przeciw *alagai* musimy odnaleźć w sobie brutalność. I uwierz mi, każdy z synów Ahmanna potrafi być brutalny, gdy tego zechce.

– Byłam w Labiryncie Pustynnej Włóczni. Brutalność nie jest mi obca.

Kaji zakończył *sharukin* i złożył mi ukłon wojownika.

– Dziadek nie raz głośno wyrażał nadzieję, że pewnego dnia się pobierzemy.

Z trudem opanowałam odrazę. Kaji był przystojny, ale...

– Jesteś moim bratankiem ze strony ojca i kuzynem w drugiej linii ze strony matki – podkreśliłam.

– Przyrodnim kuzynem – zaznaczył ponownie. – To pokrewieństwo dalsze niż to, które łączyło moich rodziców. Byli kuzynami w pierwszej linii.

– Tak, na Północy również dopuszcza się małżeństwa pomiędzy krewnymi panującego rodu. Ale jeśli kiedyś kogoś poślubię, to tylko z miłości, nie dla celów politycznych czy koligacji.

– Będziesz miała szczęście, jeśli zaznasz takiej wolności. Ja w dniu osiemnastych urodzin usłyszę od Damajah imię mojej przyszłej żony.

– Nikt nie zmusi cię do złożenia ślubu, którego nie chcesz – stwierdziłam buntowniczo.

– Ja już złożyłem swoje śluby, przysięgałem robić to, co najlepsze dla Krasji. Znajdę sposób, żeby pokochać tę, którą wybierze mi Damajah, żeby być dla niej prawdziwym mężem. Ten, kto zasiada na Tronie z Czaszek, nie może postąpić inaczej.

– To niedosiężony ideał. Jak można przysiąc miłość i wierność komuś, kogo nigdy nie widziało się nawet na oczy? Jesteśmy śmiertelnikami. Popełniamy błędy.

– Jestem śmiertelnikiem – przytaknął Kaji. – Nie jestem Wybawicielem. Będę popełniał błędy. Ale z pewnością nie te, których wiem, jak uniknąć.

– Jak w przypadku wyboru narzeczonej? Jaki jest sens tak wielkiej władzy, skoro nie można nawet podjąć takiej decyzji?

– Dziadek podlegał tym samym tradycjom. Ahmann Jardir miał siedemnaście lat, był w moim wieku, kiedy Damajah poinformowała go, że się pobiorą. A w następnych latach wybrała mu wszystkie jego *Jiwah Sen*.

– Poza moją matką – przypomniałam. – Damajah nienawidziła księżnej Leeshy i zabroniła ojcu się z nią ożenić, ale on podjął własną decyzję. Czy to był błąd?

– Niezbadana jest wola Everama – rzekł sentencjonalnie Kaji. – Gdyby Stwórca zesłał na mnie uczucie, któremu nie byłbym zdolny się oprzeć, poddałbym się jego woli. Ale dotychczas niczego takiego nie czułem, więc czemu nie miałbym zaufać Damajah, która ocaliła tysiące z nas podczas *Sharak Ka*?

– Mówisz o *Sharak Ka*, jakby już się skończyła. A według mnie dopiero się zaczyna.

– Możliwe. – Kaji poważnie skinął głową. – Jednak Everam nie wybrałby nam takiego losu, gdyby nie wierzył, że zdołamy go podźwignąć.

14

Harmonia

Prywatne spotkanie z Damajah nie zdołało uciszyć szeptów, które rozlegały się za moimi plecami, gdy wędrowałem korytarzami.

– Zrodzony w czeluściach Nie.

– Słońce go parzy.

– Krew *alagai*.

Nawet słyszane od służby brzmiało to źle, a co dopiero od członków królewskiego rodu czy armii zarządczyń kierujących pałacem. Ze wszystkich ust wylewały się plotki o synu Par'china, półdemonie, i o tym, że jego obecność kala te święte korytarze. Pocieszałem się, że mógłbym każdego z nich skłonić do przyzwoitego podskoku, gdybym podkradł się doń niepostrzeżenie i huknął: „Bu!".

Arick też nie był w lepszym nastroju. Wydawać się mogło, że błogosławieństwo Damajah powinno wyrwać jego myśli z czarnej rozpaczy, jednak po powrocie do apartamentu znów popadł w podły humor. I spodziewałem się, że będzie jeszcze gorzej, bo doskonale słyszałem awanturujące się gdzieś Ashię i Amanvah.

– To wszystko przez ciebie! – syknęła Amanvah do kuzynki.

– To przez jego dziedzictwo – broniła się Ashia. – Sama Damajah tak powiedziała.

– A co z dziedzictwem jego ojca? Takie upokorzenie dla mojego błogosławionego męża, a wszystko przez to, że postanowiłaś uczyć chłopaka walki włócznią, mimo że wyraźnie tego zabroniłam!

– Jeśli nie ja, to znalazłby sobie jakiegoś współczującego *dal'Sharum* – nie ustępowała Ashia. – Przecież nie przeszkadzało mu to w szkoleniu minstrelskim.

– Co ty opowiadasz? Przecież wiesz, że porzucił kamanj! – prawie wrzasnęła Amanvah.

Zerknąłem na Aricka, który najwyraźniej nie był świadomy kłótni. Rozgrywała się na tyle daleko, że głosy do niego nie docierały.

– Sama to zrobię – oświadczyła Amanvah.

– Nie, zniechęcisz go jeszcze bardziej. Zatnie się w uporze – odparła Ashia.

– To mój syn, nie twój! – warknęła Amanvah.

– Jest synem Sikvah. – Ashii udało się warknąć groźniej. – Nie chciałaś też uznać, że ona i ja jesteśmy Krew *Sharum* Wybawiciela. Czy mam ci przypomnieć, kuzynko, jak to się skończyło?

Mimo odległości słyszałem, jak szybko zabiło serce Amanvah. Bała się Ashii.

– Jak śmiesz mi grozić! Damajah...

– Nazwała go Krwią *Sharum* – weszła jej w słowo Ashia. – Ciebie nie posłucha, ale mnie może.

Amanvah nie odpowiedziała, podała coś i odeszła, natomiast kroki Ashii zaczęły się zbliżać.

– Chyba utnę sobie drzemkę – powiedziałem i byłem już w połowie drogi do sypialni, kiedy Arick burknął coś obojętnie.

W komnacie poduszek, jeszcze zanim Ashia zapukała, usiadłem jak trusia. Powinienem wyjść całkiem, żeby mogli porozmawiać bez świadków, bo to nie moja sprawa, co miała Arickowi do powiedzenia, tyle że Arick wyzwalał we mnie jakiś instynkt opiekuńczy. Może czułem się jakoś zobowiązany, wiedząc, że Arick nie opuściłby mnie, gdyby ktoś przyszedł do mnie z awanturą?

Nie żebym mógł mu jakoś pomóc, bo sam bałem się Ashii... Tak czy owak, ściany w apartamencie były bardzo cienkie i chcąc nie chcąc, słyszałem każde słowo z saloniku, jakbym stał tuż przy nich. Poza tym doszedłem do wniosku, że nawet jeśli nie zareaguję podczas spotkania, to może jakoś pomogę Arickowi później.

– Wejść! – odpowiedział Arick, gdy rozległo się pukanie do drzwi. Nawet nie chciało mu się wstać, żeby otworzyć.

– Synu-we-krwi...

Słyszałem, że Arick zerwał się na równe nogi.

– Wybacz, Sharum'ting Ka. – Jedwab zaszeleścił, kiedy kuzyn opadł na kolana, a potem dobiegło mnie klepnięcie dłoni o posadzkę.

– Twoja matka i ja mamy wspólną krew, Aricku asu Sikvah. I przelewałyśmy ją wspólnie. Nie tylko księżna Leesha karmiła cię piersią po tym, jak Sikvah poległa w chwale, gdy byłeś w jej łonie. Może i nosisz czerń, ale nigdy nie musisz przede mną klękać.

– To wielki zaszczyt. – Jedwab znowu zaszeleścił, gdy Arick się podniósł.

– Teraz jednak zamierzasz opuścić kraj swojej matki, żeby odwiedzić ojczyznę ojca. Zanim wyruszysz, chcę z tobą porozmawiać.

– Z pewnością będę takim samym rozczarowaniem dla mieszkańców zielonych krain, jakim jestem dla dworu krasjańskiego.

Ashia prychnęła wściekle.

– Użalanie się nad sobą nie jest godne *Sharum*, chłopcze. Nigdy nikogo nie rozczarowałeś.

– Powiedz to mojej macosze.

– Nie posiadasz ciała swojego ojca, synu Rojera – rzekła, podchodząc – ale jesteś podobny do niego z twarzy, masz jego oczy i włosy. To właśnie widzi Amanvah, patrząc na ciebie. Nie dane jej było długo być żoną, lecz kochała Rojera asu Jessum żarliwie, miłością, jakiej nie zaznało wiele żon. Pragnie, żebyś uhonorował jego pamięć, i nie rozumie, dlaczego ty tego nie chcesz.

– Ja po prostu nie chcę być Minstrelem! – W głosie Aricka zabrzmiały pogardliwe nuty. – Nie chcę ubierać się w pstrokaciznę i tańczyć ku uciesze *khaffit*. Pragnę *alagai* zabijać, a nie im przygrywać.

– Jeśli ogłuszysz *alagai*, żeby inny wojownik mógł przebić go włócznią, dzielisz z nim sukces. Muzyka twojego ojca właśnie temu służyła. Może nie dzierżył włóczni, ale to jemu przypadają zasługi za zabicie setek demonów podczas wojny. A po bitwach przynosił wszystkim radość. W zielonych krainach jest uwielbiany, a twoja matka, Sikvah, kochała go nie mniej gorąco niż jej siostra-żona. Skoro był wart takiej miłości, zasługuje również na twoją.

– A może to ja nie jestem wart tego, żeby móc go kochać?

Ashia westchnęła i podeszła do Aricka tak blisko, że rytm ich serc zdawał się zlewać.

– Na pustyni coś ci się przydarzyło – powiedziała cicho. – Coś tak bolesnego, że przeraża cię nawet ubranie tego w słowa, dręczy cię i pożera od środka. Ale komu mógłbyś zaufać, jeśli nie mnie, synu-we-krwi? Czyż nie uczyłam cię w sekrecie władania włócznią pomimo zakazu twojej macochy?

– Niektóre tajemnice wypalają tych, którzy je poznają.

Ashia zaśmiała się, lecz nie było w tym śmiechu szyderstwa.

– Jesteś jedynym, co pozostało mi po ukochanej Sikvah. Jesteśmy związani mlekiem, krwią i włócznią. Twoje brzemię jest moim brzemieniem.

Arick zakaszlał i zaczął szlochać, a mnie zrobiło się głupio, że ich podsłuchuję. Ja nie byłbym zachwycony na jego miejscu.

Usłyszałem odgłos odtykania flakonika, a potem cichutkie drapanie, gdy Ashia zbierała łzy Aricka do buteleczki.

– Opowiedz mi o tym, synu-we-krwi.

– Wtedy, w ciemnościach, Alagai Ka przejął nade mną kontrolę – zaczął Arick głosem zniekształconym przez katar i pociąganie nosem.

– Słyszałam, że zniewolił wtedy wszystkich – rzekła Ashia ostrożnie, wyczuwając, że kryje się za tym coś więcej.

– Tak, przełamał naszą ochronę i przejął kontrolę nad wszystkimi, kazał im iść jak kukiełkom i walczyć za siebie. Tyle że ze mną...

Arick urwał, a ja zorientowałem się, że wstrzymuję oddech. Zastanawiałem się, czy zdobędzie się na odwagę, żeby jej wszystko opowiedzieć. Ashia nie ponaglała go, mądrze dając mu czas i przestrzeń, żeby mógł się wziąć w garść.

– To, co Ojciec Zła zrobił mnie, było inne, bardziej podstępne – wydukał wreszcie Arick. – Nawet jeszcze teraz mam luki w pamięci, a chwilami, gdy wykonywałem jego wolę, również wierzyłem, że jestem w pełni sobą. Przyjaciół zdradziłem wtedy, gdy osłony wokół mojego umysłu zostały już przywrócone. Zrzucając syna Par'china do jaskini demona, trzymałem w ręce błogosławioną *sharik hora*. W konfrontacji, która potem nastąpiła, odnieśliśmy swego rodzaju zwycięstwo, ale chwała nie była moja.

Słowa zawisły w powietrzu, Ashia przez jakiś czas milczała. Słyszałem, że skóra trze o skórę, i wiedziałem, że dotyka Aricka, pociesza.

– Rozumiem – rzekła w końcu. – Jedno z jego książąt zrobiło coś takiego Kajiemu, kiedy ten ledwie skończył rok.

– Pod Klasztorem Nowego Świtu? – zapytał Arick zaskoczony. Historia o tym, jak Ashia pokonała demona umysłu, należała do legendarnych czynów wojennych, ale nigdy nie słyszałem jej opowieści.

– Nigdy tego nikomu nie zdradziłam, synu-we-krwi, i daj mi słowo, że ty również nikomu tego nie powiesz.

Aż się skuliłem wewnętrznie, wiedząc, że nie powinienem tego słyszeć. Tylko co mogłem poradzić?

– Przysięgam na mój honor i nadzieję Niebios – przyrzekł Arick. – Co zrobiłaś?

– A cóż mogłam zrobić? Kaji jest moim synem. Zabiłam wrogi umysł i wierzę w siłę Kajiego, tak jak wierzę w ciebie, Aricku asu Rojer. Ścieżką życia możemy wędrować tylko w jednym kierunku. Naprzód.

– A jeśli zostałem złamany? Jeśli moja rana nigdy się nie zaleczy?

– To również brzemię *Sharum*. Każdy z nas nosi w sobie blizny. Ból utrzymuje się długo po tym, jak rana się zasklepi. Możemy tylko znaleźć nowy cel, nakierować się nań i krok za krokiem iść w jego stronę.

Arick mocno pociągnął nosem i odchrząknął, żeby mówić wyraźniej.

– Tak zrobię... matko-we-krwi.

– Jestem o tym przekonana. Przyniosłam ci coś, dar, który pomoże ci kroczyć twoją ścieżką. To tarcza i włócznia twojej matki, zrobione z runicznego szkła zdobionego elektrum. Są mocniejsze i lżejsze od stalowych, nie zawiodą cię nawet ciemną nocą.

Arick aż jęknął z zachwytu. Włócznie *Sharum'ting* miały ostrza na obu końcach. Słyszałem, jak przecinają powietrze, gdy wymachiwał bronią. Potem rozległ się zgrzyt i kliknięcie, gdy rozłączył ją na dwie części, i znów świst powietrza, kiedy zamachnął się dwiema krótkimi włóczniami.

– Będę ich używał na chwałę.

– Wiem. I tego również.

Dobiegł mnie szelest przedmiotu wyciąganego z jedwabnej osłony i brzdęk strun trąconych tkaniną. Natychmiast rozpoznałem ten dźwięk.

Kamanj.

Serce Aricka przyspieszyło, a w jego tonie przebiły się nuty irytacji.

– Macocha kazała ci to zrobić?

– Amanvah jest *Damaji'ting*, ale nie może mnie zmusić do czegoś, czego sama nie chcę. Przyniosłam ci instrument, ponieważ gdy na pustyni tkaliśmy magię twojego ojca, boleśnie odczułam brak twojej muzyki w naszej pieśni. To muzyka Sikvah bardziej niż jej włócznia przyczyniła się do odwrócenia losów bitwy z demonami. Moje umiejętności to cień jej artyzmu, ale nie przetrwałabym bez tego. Prawdziwy *Sharum* wykorzystuje każdą przewagę, mój synu-we-krwi. Posiadanie innych umiejętności poza włócznią to żaden wstyd dla wojownika.

– Możliwe – przyznał Arick niechętnie. – Tyle że brak mi talentu moich rodziców, nawet siostra przewyższa mnie w tej sztuce.

– Nieprawda – fuknęła Ashia. – Zbyt często mylimy talent z umiejętnościami. Talent to coś ulotnego. Nie da się go zmierzyć, stworzyć czy zniszczyć. To dar od Everama. Umiejętności są mierzalne, można je posiąść dzięki zaangażowaniu. Niewyszkolony talent zawsze ustąpi przed wprawą, bo tylko wtedy, gdy opanujesz biegłość, masz szansę lepiej zrozumieć siebie i wyjść poza własne ograniczenia. Jesteś teraz innym człowiekiem niż wtedy, gdy odszedłeś, Aricku asu Rojer. Muzyka może pomóc ci poznać tego nowego siebie.

– Tak myślisz? – Arick nie krył nadziei.

– Zagraj, a ja zaśpiewam – zaproponowała Ashia. – Może razem odnajdziemy coś, co utraciłeś, lub coś, z czego posiadania nie zdawałeś sobie sprawy.

Arick westchnął ciężko, posłuchał jednak, bo po chwili jego kamanj ożył, wypełniając pomieszczenia muzyką.

Wiedziałem, że nigdy nie zdołam doścignąć Arickowej biegłości w grze. Uczył się od chwili, gdy jego dziecięce dłonie mogły utrzymać instrument w rękach. Wydobywał z niego muzykę z precyzją, doskonałością podobną do tej, z jaką wystukiwał palcami rytm w sali tronowej. Po chwili do melodii dołączył czysty, wysoki głos Ashii, wplatając się w nuty płynące z kamanju.

Dłonie zaczęły mnie swędzieć, całym sobą zapragnąłem wyjąć fletnię i przyłączyć się do nich, nie ośmieliłem się jednak ujawnić, że przez cały czas słuchałem ich rozmowy. Dlatego wsadziłem ręce do kieszeni, przymknąłem powieki i dałem się ponieść muzyce zrodzonej z harmonijnego połączenia gry Aricka i śpiewu Ashii.

Nie miałem pojęcia, jak długo to trwało, ale poczułem żal, gdy dźwięki w końcu ucichły. Nawet jeśli nie współtworzyłem melodii, odnalazłem w niej błogi spokój.

– Jak się czujesz? – zapytała Ashia.

– Inaczej – przyznał Arick. – Jakby był we mnie jakiś dysonans. Jakby demon coś we mnie zmienił. Czuję to, ale nie potrafię uchwycić, o co chodzi. Boję się, że pozostały we mnie jakieś polecenia Alagai Ka, ukryte, czekające, aż wyda rozkaz, żeby nałożyć strzałę na cięciwę.

– Może tak jest. Nie zawsze będzie próbował zawrócić nas ze ścieżki Everama. Jednak teraz, gdy jesteś świadomy tego rozdźwięku, możesz go zbadać, dowiedzieć się o nim więcej i wreszcie znaleźć sposób, żeby przywrócić duszę do stanu harmonii. Muzyka ci w tym pomoże, jeśli jej na to pozwolisz.

Usłyszałem ciche cmoknięcie i wyobraziłem sobie, że Ashia złożyła pocałunek na czole Aricka. Potem wyszła z salonu, zamknęła drzwi, a jej kroki oddaliły się na korytarzu.

– Zakładam, że wszystko słyszałeś – powiedział Arick.

Poczułem gorący rumieniec na policzkach, ale nawet nie pomyślałem o tym, żeby zaprzeczyć, kiedy wszedłem do salonu.

– Uhm.

Arick pokazał mi swój nowy kamanj, arcydzieło rzemiosła pokryte runami rezonansowymi, tak jak rurki mojej fletni.

– No to może pomożesz mi, kiedy będę próbował odnaleźć siebie.

Nie musiał mi powtarzać. Natychmiast sięgnąłem po piszczałki i usadowiłem się przy kuzynie. Zaczął grać „Pieśń o Nowiu". Przyłączyłem się, lecz nie potrafiliśmy znaleźć harmonii tak jak on i Ashia.

Po chwili Arick przestał grać.

– Ciągle zmieniasz melodię. Nie możesz grać tak, jak było w nutach?

– Uczyłem się sam. – Wzruszyłem ramionami. – W Potoku sam wyciąłem piszczałki i naśladowałem dźwięki za innymi. Lekcje zacząłem brać, dopiero kiedy mama uznała, że moja pasja może być powołaniem, i poprosiła Rozkołysanego Hary'ego, żeby nauczył mnie czytać nuty. Nie znosiłem tego. Uważam, że zapis nutowy to bardziej wskazówki niż ścisłe zasady. Lubię eksperymentować, kształtować muzykę w zależności od nastroju. Chyba nigdy nie grałem niczego dwa razy tak samo.

– Za taką bezczelność dostałbym lanie – stwierdził Arick. – Podobno gdy mój ojciec spisywał nuty „Pieśni o Nowiu", robił to pod dyktando samego Everama.

– Ano może tak było. – Nie bardzo wierzę w Stwórcę, jestem jednak na tyle rozsądny, żeby nie kłócić się z jego wyznawcami. – I nigdy ci się nie nudzi granie za każdym razem tego samego dokładnie tak jak w nutach?

– Nuty spisano po to, żeby je odtwarzać – nie ustępował Arick.

– Hm, a to samo dotyczy walki podczas bitwy? – zapytałem.

– To znaczy?

– Widziałem, jak ćwiczysz *sharukin*. Precyzyjnie powtarzasz kroki i ruchy. Ale kiedy walczysz naprawdę, nie wykonujesz dokładnie takich układów.

– To co innego – powiedział Arick tonem, jakby mówił do głupka. – Jest różnica między wymachaniem kończynami, kiedy stoisz sam w pustym pokoju na równej, twardej podłodze, a walką z *alagai* na piasku. Kluczem do przeżycia jest dostosowanie się do warunków na polu bitwy i do wroga.

– No tak, z muzyką jest właśnie tak samo – argumentowałem. – Rozkołysany Hary znał twojego tatę i powtarzał, że Rojer ciągle grał swoje melodie trochę inaczej. Rojvah też tak robi.

Smyczek skrzypnął w zaciśniętej dłoni Aricka i wystraszyłem się, czy nie przycisnąłem kuzyna za mocno.

– Rojvah ma talent – powiedział po chwili. – Ty pewnie też. A ja mam tylko wprawę.

Nie bardzo wiedziałem, co powiedzieć. Bo czym tak naprawdę był talent? Ashia też o tym mówiła. Nie da się go zmierzyć, nie da się w żaden sposób udowodnić jego istnienia. Arick uważał, że w jakiś sposób jest od nas gorszy, i to było głupie, ale wiedziałem, że mi nie uwierzy, jeśli mu to wytknę.

– Kiedy graliśmy w trójkę, było inaczej – przypomniałem, sięgając pamięcią do tych nocy podczas wędrówki, do mocy naszego muzycznego trio. – Ty też to czułeś.

– Możliwe. Ale tym razem Rojvah z nami nie będzie – uciął Arick.

Miał rację. A wybieraliśmy się nie tylko do Zakątka. Mieliśmy iść do Kryjówki, gdzie Alagai Ka miał swoje sekretne gniazdo. Razem, w trójkę, może zdołalibyśmy z pomocą muzyki ukryć się tak, żeby podejść niezauważeni do wroga, lecz bez Rojvah nasze szanse były marne.

15

Herbatka z wrogiem

Dni mijały dość monotonnie. Moi bracia przysyłali mi zaproszenia z różnych stron miasta, ale pamiętając słowa Kajiego, odnosiłam się do nich sceptycznie. W pałacu panował pokój, tylko kto mógł zaręczyć, że jeśli wyjdę spod skrzydeł Damajah, któryś z braci nie spróbuje mnie wyeliminować?

W głębi duszy pragnęłam zwiedzić stolicę ojca, spotkać się z rodziną i porównać życie w postępowej Krasji z doświadczeniami, jakie zdobyłam, mieszkając w Pustynnej Włóczni, mieście konserwatywnego plemienia Majah. Miałam ochotę spróbować swoich sił z bratem, który rzuciłby mi wyzwanie.

Jednak moje pragnienia musiały ustąpić przed ważnymi celami, jakie sobie postawiłam. Najważniejszy był powrót do domu, odnalezienie matki i reszty zaginionych w masakrze oraz powstrzymanie

Alagai Ka. To nie był czas na folgowanie zachciankom czy podbudowywanie własnego ego.

Dlatego wraz z Selen z przyjemnością pławiłyśmy się w luksusach komnat i cieszyłyśmy oczy pięknem ogrodów. Starałyśmy się przy tym ignorować spojrzenia ciekawskich, czy to ukradkowe, czy nieskrywane i drapieżne. Gwardziści Zakątka i Majah chodzili za nami wszędzie, gdy tylko opuszczałyśmy komnaty, na tyle daleko, by umożliwić nam swobodną rozmowę, lecz wystarczająco blisko, żeby w razie zagrożenia móc nas obronić.

Darin zaglądał do nas od czasu do czasu, ale chyba podobnie jak ja, nie czuł się w pałacu swobodnie i wolał trzymać się sam. Rojvah nie widzieliśmy od spotkania z Damajah.

Za to generał Rębacz zaskoczył mnie bardzo. Mimo nikłej znajomości języka i kultury krasjańskiej czuł się w pałacu jak ryba w wodzie. Krasjanie najwyraźniej znali jego bitewne wyczyny i chętnie rzucali mu przyjacielskie wyzwania. Walka z gospodarzami nie przystoi gościom, jednak Gared chętnie brał udział w różnych konkurencjach sprawdzających siłę. Na Północy również znano go z gotowości do uczestniczenia w tego typu rywalizacjach.

A mnie aż serce rosło, kiedy obserwowałam, jak Rębacze i *Sharum* ryczą ze śmiechu, przeciągając linę czy urządzając zawody strzeleckie.

Gdyby tylko ścieżka do pokoju była taka prosta.

– Hej, Olive! – zawołał do mnie generał, przywołując mnie do stołu, gdzie ustawiła się długa kolejka chętnych, żeby siłować się z nim na rękę.

– Masz ochotę postawić na wynik, Wasza Wysokość? – zapytał Abban, który przyjmował zakłady.

– Przeciwko generałowi Garedowi? – zaśmiałam się. – Od dziecka widzę, jak to robi na festynach przesilenia, i jeszcze nikt nigdy go nie pokonał.

– To prawda, to byłby nieuczciwy zakład – przyznał Abban. – Dlatego zakładamy się, ile razy z rzędu wygra. Nawet najpotężniejszy wojownik w końcu kiedyś musi się zmęczyć.

– O to też nie chcę się zakładać. Za to chętnie popatrzę.

Nagle ujrzałam zmierzającą w moją stronę Ashię. Faseek od razu się do mnie zbliżył, ale odesłałam go gestem i powitałam Sharum'ting Ka salutem, który uprzejmie oddała.

– Damajah zaprasza cię, Wasza Wysokość, na herbatę, która odbędzie się w skrzydle kobiecym. Będą również Belina i Linavah.

To było niecodzienne zaproszenie. Książęta Krasji nie bywają w części pałacu zarezerwowanej dla kobiet. Wyglądało na to, że Damajah poważnie potraktowała moje zapewnienie o siostrzeństwie *dama'ting.*

– Muszę się przebrać – zaznaczyłam, wskazując na zbroję.

– Oczywiście, Wasza Wysokość.

Niedługo później ponownie szłam w towarzystwie eskorty w stronę królestwa Damajah. Bez zbroi i pasa, którym zwykle wiązałam piersi, czułam się lekka i odkryta. Założyłam na tę wizytę szaty z cienkiego czarnego jedwabiu, luźne i zwiewne, które krojem bardziej przypominały strój kobiecy niż męski, zwłaszcza że miałam na ramionach niebieski płaszcz matki. Z obciętymi na krótko włosami niewiele mogłam zrobić, zarzuciłam więc na głowę kaptur przypominający chustę.

Zmieniłam również makijaż, który zaczęłam nakładać w Labiryncie. Usunęłam z żuchwy ciemny puder, dzięki któremu nie mogąc zapuścić zarostu, upodabniałam się do innych młodych wojowników z Oddziału Książąt. Sama byłam zaskoczona, jak bardzo zmieniła się przez to moja twarz. Do tego uczerniłam oczy, musnęłam policzki różem, by zmiękczyć kanciastość kości policzkowych, i przyciemniłam usta. Micha pokazała mi, jak używać krasjańskich kosmetyków, jeszcze zanim nauczyłam się czytać, i teraz, jak w innych wypadkach, nauki mojej siostry okazały się przydatne.

Ale wygląd był moim najmniejszym zmartwieniem. Miałam zasiąść pospołu z trzema najpotężniejszymi Widzącymi, które z pewnością rzucały kośćmi, by dowiedzieć się, czego mogą spodziewać się po tym spotkaniu. Ja musiałam polegać tylko na domysłach.

Gorvan, Faseek i generał Gared mogli mi towarzyszyć dalej, niż się spodziewałam, musieli jednak zostać przed komnatą herbacianą. Pomieszczenie to znajdowało się wewnątrz pałacu i nie docierało tam światło dzienne, co pozwalało wiedźmom na stały dostęp do ich magii, ja natomiast podczas spotkania z nimi miałam być uzbrojona jedynie w spryt, siłę mięśni i przytroczony do pasa hanzhar.

– Nie podoba mi się, że będziesz tam z nimi sama – stwierdził Gared.

– Jeśli Damajah planowałaby mnie zabić, to z pewnością znalazłaby na to lepszy sposób niż zatruwanie mojej herbaty, gdy generał Zakątka stoi za drzwiami – powiedziałam, starając się uspokoić zarówno jego, jak i siebie.

Inevera klęczała na środku pokoju przy niskim stoliku otoczonym poduchami. Nie miała osłoniętej ani twarzy, ani głowy. Długie, czarne, natarte olejkami włosy spływały jej na plecy, podtrzymywane złotymi spinkami, a makijaż dodawał jej twarzy eterycznego piękna. Opowieści twierdzące, że urodą nie dorównuje jej nikt poza moją matką, były może przesadzone, ale jeśli poza nimi istniało na świecie więcej kobiet o tak doskonałych rysach, jeszcze ich nie spotkałam.

Z ustawionej na blacie lśniącej srebrnej zastawy unosiła się para. Pod jedną ze ścian stały obok siebie Belina i Linavah, bez wątpienia czekając na moje przybycie. Belina okryła głowę białym szalem, ale zasłonę na twarz znów miała czarną.

– Witaj, księżniczko i książę Olive. – Damajah wyciągnęła rękę, wskazując mi honorowe miejsce, naprzeciwko niej. – Usiądź, proszę.

Uklękłam na poduszce.

– Jakim prawem przywróciłaś Belinie czarny welon, którego pozbawili ją Majah na znak jej hańby?

Belina poruszyła się niespokojnie. Po części ze względu na mój komentarz, ale z pewnością również z powodu konieczności czekania na swoje miejsce przy stole. Sadzając mnie jako pierwszą, Inevera wysłała jasny sygnał ustanawiający hierarchię w tym pomieszczeniu.

– Pytanie powinno brzmieć: jakim prawem Majah jej go odebrali – zripostowała Inevera. – Pragnienia Chavis i Aleverana w tym względzie nie są istotne, *Damaji'ting* nie zostaje się tak jak *Damaji*, dzięki urodzeniu czy w wyniku prymitywnej walki. Powołują je same kości.

– Może i tak, ale przywódca powołany przez kości nie zdoła władać bez innego wsparcia, jak pokazuje przykład Beliny.

Linavah skwitowała mój argument prychnięciem, a matka zbeształa ją wzrokiem, ale Inevera tylko się uśmiechnęła.

– Kości wezwą następczynię, jeśli zajdzie taka potrzeba – stwierdziła.

– I pewnie wezwały. Chavis – przypomniałam. – Ale ty i ojciec zmusiliście ją do abdykacji, zanim zabrałaby ją śmierć, aby Belina mogła przejąć jej czarny welon. Czy to również stało się wbrew woli kości?

Inevera przestała się uśmiechać.

– Kiedy *Damaji* Aleverak zakwestionował prawo twojego ojca do Tronu z Czaszek, Ahmann powinien zabić ojca Aleverana z honorem. Wybrał jednak miłosierdzie i zapłacił za to wysoką cenę.

– A więc w grę wchodzi również prymitywna walka? – wytknęłam.

– Wszystkie ruchy są dopuszczalne, jeśli to plan Everama. – Rozbawienie już całkiem opuściło Damajah. Wiedziałam, że naciągam granice zasad uprzejmości, uznałam jednak, że warto podkreślić pewne kwestie. – Fakt jest taki, że Chavis nie miała prawa odebrać welonu mojej *Jiwah Sen*.

– *Jiwah Sen?* – zdziwiłam się. Słowo to w języku Krasjan oznacza siostrę-żonę. – Rojvah ogłosiła na dworze Aleverana, że rozwiodłaś Belinę.

– Ogłosiła, że to uczynię – wzruszyła ramionami Inevera. – Robiła to w moim imieniu. I gdyby Belina pozostała w Pustynnej Włóczni, tak właśnie bym zrobiła, dowiedziawszy się o jej postępkach. Ale ponieważ przyprowadziłaś do mnie moją siostrę-żonę, zdołałyśmy... wyjaśnić różnice zdań. Nadchodzi *Sharak Ka* i musimy wykorzystać każdą dostępną przewagę.

Linavah podeszła do stolika i z wprawą nalała herbaty najpierw Damajah, potem mnie. Matka wpoiła mi zasady ceremoniału herbacianego, jeszcze gdy byłam dzieckiem. Po obsłużeniu nas Linavah ukłoniła się i wycofała, a my upiłyśmy napoju.

– Belino. – Inevera gestem wskazała Belinie miejsce po swojej prawicy, a ta podeszła szybko, uklękła i zdjęła chustę oraz welon. Jej włosy były również nieskazitelne, podobnie jak makijaż, a uroda ponadczasowa, jak u każdej kobiety posługującej się magią *hora*.

Linavah obsłużyła matkę z nieprzeniknioną miną. Dopiero gdy skończyła, Inevera poleciła jej usiąść po swojej lewej ręce. Kapłanka nalała herbatę do ostatniej – swojej – czarki, a potem zajęła miejsce i zdjęła zasłony. Wyglądała bardziej naturalnie niż starsze wiedźmy, na oko trzydzieści lat, ale dziwnie było porównywać jej okrągłą twarz z obliczem matki; podobieństwu nie dało się zaprzeczyć, choć wyglądały raczej na siostry.

– Mam nadzieję, że czerpiesz przyjemność z pobytu w Krasji? – zapytała Inevera. Oczywiście wiedziałam, że to jedynie uprzejma formuła, ale i tak zburzyła mój spokój.

– Z całym szacunkiem, Damajah, ale nie jestem tu dla przyjemności – przypomniałam jej. – Poza tym nie mogę swobodnie wyjść na miasto i podziwiać widoków.

– Zaiste. – Belina upiła herbaty. – Ktoś, kto rzuca braciom wyzwanie, może odczuwać potem pewne ograniczenia wolności.

– Chcesz porozmawiać o ograniczeniu wolności? – prychnęłam zniecierpliwiona. Zauważyłam, że nadal nosi obręcz na ramieniu, pokazałam jej więc miniaturową kopię, która kontrolowała pełnowymiarową wersję bransolety. – Mam ci przypomnieć, co to znaczy, tak ja ty mi to często przypominałaś?

Belina zesztywniała, a wokół oczu Linavah pojawiła się siateczka zmarszczek, która mogła świadczyć o wstrzymywanym uśmiechu.

– Nie odpuściłam ci długu krwi, jaki masz wobec mnie – kontynuowałam. – Nie wiem, co knujecie z Inevera̧, ale jeszcze się na nic nie zgodziłam, a nawet jeśli się zgodzę, mogę w zamian poprosić o to ramię.

Belina pobladła, a ja patrzyłam jej prosto w oczy, żeby miała świadomość, że nie rzucam słów na wiatr.

– Dość tego – wtrąciła się Inevera. – Liczyłam na kulturalną rozmowę, najwyraźniej jednak jest w tobie zbyt wiele *Sharum*, Olive, a w mojej *Jiwah Sen* zbyt dużo żmii. Skoro tak, dajmy sobie spokój z uprzejmościami i przejdźmy do interesów. – Nasunęła chustę na głowę i podniosła zasłonę na twarz, a my poszłyśmy za jej przykładem.

Kiedy klasnęła, drzwi do saloniku herbacianego otworzyły się i do środka zostali wpuszczeni moi przyboczni, którzy wcześniej musieli zdać całą broń. Gared, Faseek i Gorvan czuli się wyraźnie skrępowani w tej kobiecej komnacie, ale ich obecność była wymowna. Oznaczała, że za chwilę wejdą trzej inni nieuzbrojeni mężczyźni, czekający prawdopodobnie w bocznym przedpokoju herbaciarni Damajah.

I rzeczywiście, gdy tylko moja eskorta znalazła sobie miejsce, otworzyły się drugie drzwi, przez które weszła Ashia z dwiema innymi *Sharum'ting*, prowadząc trzech krasjańskich Wypatrywaczy ze skutymi rękami i nogami.

Wychudzeni, sponiewierani, nie mieli na twarzach szali ani turbanów na głowach, ale z miejsca rozpoznałam ich przywódcę.

– *Kai* Tomoka – wywarczałam, a dłonie same zacisnęły mi się w pięść. Stali przede mną wojownicy Nanji, którzy wdarli się do twierdzy matki, pobili mnie i Michę do nieprzytomności i nas porwali.

Naraz pożałowałam, że nie mam na sobie zbroi. Serce przyspieszyło, a moja ręka powędrowała ku wiszącemu u pasa hanzharowi.

Damajah syknęła ostrzegawczo.

– Nie jesteśmy tu po to.

– A więc po co jesteśmy, Inevero? – Nie otrzymałam pozwolenia, by zwracać się do Damajah po imieniu, tylko że moja cierpliwość się wyczerpała. – Męczą mnie te gierki.

Tomoka opadł na kolana, położył dłonie na posadzce tak szeroko, na ile pozwalały mu kajdany, i przycisnął czoło do ziemi. Dwóch pozostałych poszło za jego przykładem, bijąc mi pokłon.

– Książę Olive, Wasza Wysokość. Błagam o wybaczenie. Przyszliśmy do twojego domu, spodziewając się bezbronnej kobiety, a musieliśmy stoczyć walkę z zacnym wojownikiem. Ale nie pojmowaliśmy naprawdę, co robimy. Wszystko, co się wydarzyło, było niegodnym czynem.

– To wy?! – ryknął Gared, a ja szybko powstrzymałam go, unosząc pięść. Był żołnierzem przez całe życie, zareagował więc instynktownie, czułam jednak jego napięcie, gotowość do ataku.

– Skoro twój generał nie umie milczeć, gdy przemawiają osoby z wyższym statusem – prychnęła Belina – może powinien był zaczekać...

Sięgnęłam do sakiewki i ścisnęłam miniaturowy amulet, a słowa Beliny zmieniły się w wycie. Zwinęła się na podłodze, trzymając za ramię z bransoletą, która zacisnęła się tak mocno, że Belina musiała mieć wrażenie, że zaraz odetnie jej rękę. Dobrze znałam ten ból i naprawdę miałam ochotę ją skrzywdzić, ale poprzestałam na ostrzeżeniu i pokazaniu jej miejsca.

Puściłam, a Belina jeszcze przez moment leżała, ciężko dysząc, desperacko próbując odzyskać osławiony spokój *dama'ting*.

– Skoro, Belino, nie potrafisz milczeć, gdy przemawiają osoby z wyższym statusem, może ty powinnaś zaczekać na zewnątrz.

Wściekła z bezsilności Belina wbiła we mnie nienawistny wzrok, ale spojrzałam jej twardo w oczy.

– Oddychaj, siostro – rzuciła do niej Inevera, nieporuszona zajściem. – Ból to tylko wiatr. Wróć na swoje miejsce i milcz.

Chwyciłam hanzhar, odpięłam od pasa i ostentacyjnie położyłam na stoliku w zasięgu ręki.

– Masz rację, Damajah. Mam w sobie dużo z *Sharum*. Nie jestem tą bezbronną księżniczką Olive, na którą napadli ci mężczyźni, ani moją matką, która złożyła śluby Zielarki. Nie zapominaj o tym.

– Rozumiemy to, księżniczko i książę Olive – przytaknęła Inevera.

Powoli, aby nie sprowokować uzbrojonych *Sharum'ting* stojących za plecami Damajah, wzięłam sztylet i wstałam. Klęczenie w obecności tych łotrów było nieznośne, a przysięgłam sobie, że już nigdy nie zaskoczą mnie nieuzbrojonej.

Ani oni, ani nikt inny.

Stanęłam nad Tomoką jak mężczyzna nad pokonanym wrogiem, który nie stracił jeszcze zębów.

– Czemu miałbym przyjąć przeprosiny od pozbawionego honoru psa? Jakie to ma znaczenie, czy sądziłeś, że jestem kobietą, czy mężczyzną? Być może takie rozróżnienie znaczy coś dla zacofanego dzikusa, ale dla mnie jest niczym. Przyszliście do mojego domu nocą, w czasie gdy ludzkość powinna się jednoczyć przeciw wspólnemu wrogowi, i zaatakowaliście nieuzbrojoną kobietę. To ma być honor Nanji?

Tomoka uniósł lekko głowę, na tyle tylko, by znów uderzyć czołem w posadzkę.

– Masz rację, mój książę. Nie mam żadnej wymówki. Poza tym, że wykonywałem rozkazy.

Zacisnęłam dłoń na srebrnej pochwie hanzharu, czując pod palcami, jak miękki metal dopasowuje się do kształtu mojej ręki.

– Człowiek honoru nie wykonuje rozkazów, które każą mu popełnić zbrodnię w obliczu prawa Evejah.

Inevera prychnęła. Spojrzałam na nią i na Belinę, która siedziała już, masując ramię. Poczułam wstyd, że cieszy mnie widok łez w oczach tej drugiej.

– Ty! – zwróciła się Damajah do Faseeka. – Jesteś *Sharum*. Gdyby twój *kai* kazał ci nocą ukraść studnię, pytałbyś, do kogo należy i dlaczego masz to uczynić?

Faseek padł na kolana i pochylił się, dotykając czołem ziemi.

– Jeśli dostałbym rozkaz od księcia i księżniczki Olive, żeby zgasić słońce, ufałbym, że jest ku temu dobry powód, i uczyniłbym to, gdybym tylko mógł.

– No właśnie – skwitowała z przekąsem Inevera.

Pojęłam napomnienie. Tak właśnie wyglądała lojalność w Labiryncie, zaufanie braci włóczni. Gdy Faseek ujrzał, jak skręciłam kark Mistrzowi Ćwiczeń Chikdze, nie zadawał pytań. Pomógł mi ukryć jego ciało. Wuj Gared z pewnością postąpiłby tak samo. Albo Selen. Albo Darin.

A ja nie?

– Wypatrywacze żyją wedle innych zasad – podjęła Inevera. – Kaji, Pierwszy Wybawiciel, stworzył Krevakh i Nanji trzy tysiące lat temu, aby służyli jego najstarszym synom Kaji i Majah. Wypatrywacze byli wojownikami cienia, biegłymi w skradaniu się, przenikaniu w szeregi wroga i zbieraniu informacji. Celem ich powołania było wykonywanie zadań niegodnych bądź takich, które skalałyby honor najstarszych synów Kajiego. Dla Wypatrywaczy to honor nie posiadać honoru poza tym, który przynosi służba swoim panom.

Damajah podniosła się i stanęła przede mną. Widziałam falujące mięśnie pod luźnymi jedwabnymi szatami. Dłoń trzymała w pobliżu przytroczonego do pasa hanzharu.

– Sama wysłałam dwóch Wypatrywaczy Krevakh, żeby porwali twoją matkę nocą, po tym jak dowiedziałam się, że mój mąż z nią sypia.

Patrzyła mi prosto w oczy, wyzywająco. Nie kierowała nią brawura pijanego *Sharum* w haremie, tylko chłodna kalkulacja. Prowokowała i ostrzegała zarazem.

Gdy nie reagowałam, po chwili wróciła na swoje miejsce przy stoliku herbacianym. Miała przy tym minę taką jak matka, kiedy przeszłam którąś z jej nieoczywistych prób. Spojrzałam w dół, na zdeformowaną pochwę noża. Przypięłam ją z powrotem do pasa, a potem odetchnęłam, uwalniając napięcie. Spojrzałam na *kai* Tomokę, zastanawiając się, jak mogę ocalić twarz.

– Nie odpuszczam ci długu krwi, *kai*, który ty i twoi bracia zaciągnęliście wobec mnie – powiedziałam w końcu. – Ale przepraszam za obrazę twojego honoru.

Mężczyzna znów uniósł lekko głowę i uderzył czołem o posadzkę na znak, że przyjmuje moje przeprosiny. Wróciłam do reszty kobiet i z powrotem uklękłam przy stoliku.

– Linavah – zwróciła się do kapłanki Inevera – herbata księżniczki i księcia Olive ostygła.

Linavah nalała mi świeżą porcję, a Damajah odczekała, aż uniosę czarkę do ust i upiję łyk.

– Zacznijmy jeszcze raz – rzekła Inevera. – Znalazłaś się tutaj razem z Beliną i tymi mężczyznami, ponieważ ich los wiąże ich ze sobą oraz z tobą. Wraz z moją siostrą-żoną znalazłyśmy rozwiązanie naszego problemu z Majah.

Dopiero teraz odgadłam ich zamiary.

– Wyślecie im Nanji...

– Podobnie jak w wypadku szala Beliny, trudno wymazać dekretem Damajah lojalność Nanji – kontynuowała Inevera. – Majah nie zaakceptują na swojej ziemi innych wojowników, ale mogą zaakceptować Nanji. Dlatego pozwolimy im przyłączyć się do swoich panów Majah i bronić Świętego Miasta przed *alagai*.

Pod przejrzystym welonem dojrzałam cień uśmiechu Damajah.

– Lata pokoju i obfitości w Lennie Everama wzmocniły Nanji. Ich szeregi powiększyły się, w przeciwieństwie do Majah, których liczebność zmalała. Wzbogacili się i mają obecnie rozległe powiązania w zielonych krainach. Zasłużyli się podczas *Sharak Ka* i zyskali sobie szacunek pośród innych plemion, poważanie, którego brakuje Majah. Od piętnastu lat są sobie sami panami, więc Aleveran nie będzie miał innego wyjścia, niż uznać w nich partnerów i podzielić się władzą. Możliwe, że Nanji przywrócą swoich krnąbrnych kuzynów postępowemu światu.

– Albo to Majah zrobią z Nanji fanatycznych wojowników – wtrąciła Linavah.

– Cóż, jeśli taka będzie wola Everama... – Damajah nie okazała zniecierpliwienia, mimo że Linavah odezwała się bez pozwolenia. – Aby to wszystko ułatwić, będę potrzebowała mojej siostry-żony jako ambasadorki – zakończyła, wskazując skinieniem głowy Belinę.

Pomna niedawnej lekcji Belina przemówiła do mnie ze spuszczonymi oczyma.

– Nawet po wszystkim, co się wydarzyło, ród Jardira posiada popleczników pomiędzy Majah. Powiązania, które wraz z Iravenem pielęgnowaliśmy przez te wszystkie lata, czekając na powrót do Nowej Krasji. Niestety, wraz ze śmiercią Iravena te koneksje zostały przerwane i mogą się odnowić tylko dzięki nowym więzom krwi.

Aż zazgrzytałam zębami na wspomnienie o więzach krwi. Ostatnio, gdy Majah ich zapragnęli, porwali mnie i chcieli zmusić do poślubienia wnuka Aleverana.

– Kości mówią, że dla Linavah korzystne będzie poślubienie syna Aleverana, *dama* Marocha, i urodzenie mu syna, który zastąpi księcia Chadana.

– Nikt nie zastąpi Chadana – wycedziłam.

– Oczywiście. – Inevera skinęła ze współczuciem głową. – Nie chciałam cię urazić. Ale fakt jest taki, że Maroch nie ma dziedzica, a jego *Jiwah Ka* jest za stara, żeby począć. Linavah na nowo połączy krew twojego ojca i Majah.

– Bez względu na jej własne pragnienia? – zapytałam, spoglądając w stronę Linavah.

Linavah, w przeciwieństwie do swojej matki, śmiało podniosła na mnie oczy.

– Nie zrozum mnie źle, siostro, ale jeśli moje zamieszkanie wśród dzikusów mogłoby pomóc w zjednoczeniu Krasji, uczynię to bez żalu.

Znów utarto mi nosa. Wydawało mi się, że po tylu miesiącach spędzonych w Pustynnej Włóczni rozumiem Krasjan, wyglądało jednak na to, że jeszcze wiele musiałam się o nich nauczyć.

– Wybacz, siostro.

– Mówiłaś, że pragniesz, aby Majah zyskali obronę przed *alagai* – zwróciła się do mnie Inevera. – I że nie chcesz być obarczona długiem krwi Beliny.

– Nie wiem, czy mam co do tego wybór – zaznaczyłam. – Dług krwi to nie cyfry w rubrykach ksiąg, nie da się ich wykreślić garścią draki.

– Tylko przebaczenie Everama nie zna granic – rzekła Inevera. – Proszę cię jedynie, żebyś zrzekła się roszczeń wobec ich życia, aby mogli się przysłużyć większej sprawie.

Miała rację. Czy wybaczenie to zbyt wielka cena za wzmocnienie obrony Świętego Miasta i wygaszenie konfliktu, który rozpoczął się, jeszcze zanim się urodziłam? Matka powiedziałaby, że nie. Gdziekolwiek wybaczenie może być odpowiedzią, zacytowałaby, tam powinno być odpowiedzią.

Inevera wierzyła, że mnie przekonała.

– Nanji zabiorą swoje rodziny i niewolników, aby odbudować siłę Pustynnej Włóczni i...

– Nie – wpadłam jej w słowo.

– Uh, słucham? – Inevera nie przywykła, żeby jej przerywano, a ja nie chciałam kolejnej próby sił, ale pewne rzeczy były warte konfliktu. Belina patrzyła na mnie jak na szaleńca. Zaiste czyż nie tego właśnie chciałam? Bezpieczeństwa dla niewinnych i osłabienia potęgi wroga?

– Bez niewolników – uściśliłam. – Nanji nie wezmą żadnego człowieka urodzonego w zielonych krainach, a wozy, które ich tam przetransportują, powrócą, wioząc „niewolników" Majah, którzy zapragną powrócić w rodzinne strony. Na miejscu otrzymają ziemię oraz rekompensatę pozwalającą na rozpoczęcie nowego życia w Lennie Everama.

Inevera uniosła brwi, ale na jej twarzy pod welonem zawitał cień uśmiechu. Była zadowolona, że rozpoczęły się targi.

– Czemu miałabym płacić rekompensatę niewolnikom Majah? Przecież to nie ja zabrałam ich na drugi koniec pustyni?

– Przede wszystkim dlatego, że ukradłaś ich ziemie – odparłam w sposób niepolityczny, na przekór naukom matki, nie zamierzałam jednak w tej sprawie uciekać się do eufemizmów i dwuznaczności. – Poza tym siedziałaś na swoim tronie z założonymi rękami, kiedy Majah ich stąd uprowadzali. A teraz chcesz zrobić to samo, pozwolić Nanji zabrać mieszkańców Rizon, wywieźć ich z podbitych ziem i popędzić przez pustynię jak bydło. Nie zgadzam się na to.

– Piętnaście lat to dużo czasu – zauważyła Inevera. – Dla niektórych całe życie. Może nie zechcą wracać. A wielu mieszkańców zielonych krain, którzy związali się z Nanji, będzie chciało udać się z nimi do Pustynnej Włóczni.

– Mogą dostać pozwolenia. Ale Aleveran musi się zgodzić na wymianę w dobrej wierze, zanim otrzyma jakąkolwiek pomoc.

Inevera roześmiała się.

– Zaręczam ci, że przed zakończeniem negocjacji zgodzi się na dużo, dużo więcej.

– Po powrocie do Zakątka wybiorę ambasadorów, którzy tego dopilnują – zaznaczyłam.

– Nie wierzysz, że Belina dotrzyma słowa? – Inevera skinęła głową w stronę siostry-żony. Potem spojrzała mi w oczy i obie wybuchnęłyśmy śmiechem.

Zdawałam sobie sprawę, że Belina w tym momencie pewnie gotuje się z wściekłości, choć zachowała kamienną twarz. Wyszła na tym wszystkim lepiej, niż zasługiwała, ale doceniłam przycinek.

Podejrzewałam, że Inevera, podobnie jak ja, nie wybaczyła jej uczynków.

Damajah klasnęła w dłonie.

– Zostawcie nas.

Ashia i jej wojowniczki szybko wyszły, wyprowadzając więźniów, a Belina wstała, żeby ponaglić moją eskortę do wyjścia, a potem zamknęła za sobą drzwi. Linavah posprzątała ze stołu, a później również wyszła.

16

Zapasowy klucz

Gdy tylko zostałyśmy same, Inevera wyciągnęła deseczkę z przyklejonymi do niej glinianymi kośćmi. Obok niej położyła na stole płótno do wróżb. Układ na tabliczce ukazującej ustawienie rzutu Beliny różnił się nieco od tego, który pokazałam jej podczas audiencji. Widocznie skonsultowała go z Beliną i wprowadziła drobne zmiany. Ale i tak byłam zdumiona, że tak dokładnie go zapamiętałam.

Damajah wysypała autentyczne kości z aksamitnego woreczka i sięgnęła po swój hanzhar.

– Wyciągnij rękę – nakazała.

– Ty pierwsza – sprzeciwiłam się, krzyżując ramiona na piersi.

Inevera zmrużyła oczy, ale nie protestowała i wyprostowała rękę. Rękawy jej szat, zszyte na barkach i przegubach, pozwalały na swobodny dostęp na całej długości ramion.

Matka zawsze pobierała krew do wróżb z opuszki za pomocą chirurgicznego nożyka. Widziałam ten precyzyjny rytuał niezliczenie wiele razy. A ponieważ nie byłam swoją matką, uczyniłam to w tradycyjny sposób *dama'ting*, robiąc na przedramieniu płytkie cięcie ostrzem hanzharu.

Damajah nawet nie drgnęła. Utrzymywała rękę nieruchomo, podczas gdy krople krwi spływały do podstawionego flakonika. Po wszystkim chciałam ucisnąć ranę, ale nie było to konieczne. Krwawienie natychmiast ustało, a rana zagoiła się na moich oczach.

– Liczę, że rozsądek nie pozwoli ci zostawić tego w jakimś niewystarczająco bezpiecznym miejscu?

Wsunęłam flakonik do kieszeni na sercu.

– Każdy, kto zechce mi ją zabrać, będzie musiał mnie wcześniej zabić – oświadczyłam.

– Jeśli wieść, że posiadasz krew Damajah, się rozniesie, być może ktoś spróbuje – ostrzegła mnie Inevera. – Twoja kolej.

Tym razem bez słowa poddałam się jej zabiegom. Zebrała siedem kropli mojej krwi, po jednej na każdą kość. Potem wstrząsnęła nimi, odmawiając modlitwę w dialekcie, którego nie znałam. Podczas rzutu pojawił się rozbłysk, a kości zatrzymały się raptownie, tworząc wzór. Jednak nie znając pytania, nie mogłam go rozszyfrować.

– Jakie pytanie postawiłaś?

– Nie obiecywałam, że ci je zdradzę, księżniczko i książę, podobnie jak ty, że powiesz mi, do czego wykorzystasz moją krew.

Chcąc nie chcąc, musiałam przyjąć jej odpowiedź. Wyrzucałam sobie tylko w duchu, że nie określiłam moich warunków bardziej precyzyjnie.

Inevera przez długi czas milczała, przyglądając się kościom.

– Hm – chrząknęła w końcu i spojrzała na mnie. – Co wiesz o Włóczni Ala?

Zupełnie zaskoczyła mnie tym pytaniem.

– Tyle, co powiedziała mi matka Darina. Że udali się tam z moim ojcem, że miasto okazało się opuszczone, otaczały je demoniczne psy, a ojciec miał tam... większą moc.

– Większą moc! – prychnęła Inevera. – To jak powiedzieć, że słońce ma moc. We Włóczni Ala twój ojciec był najpotężniejszym człowiekiem na świecie.

– Dlaczego?

– Ponieważ ten *csar* zbudowano na planie wielkiego runu. A jego Sharik Hora wzniesiono z kości bohaterów, tak jak tę w Świętym Mieście w Pustynnej Włóczni.

Rozumiałam, jak to działało. Matka czerpała moc z wielkiego runu Zakątka, żeby dokonywać swoich największych magicznych dzieł, ale nawet Zakątek nie mógł się równać ze Świętym Miastem w Pustynnej Włóczni. Magię czerpało się i kształtowało za pomocą emocji, a nic nie dorównywało mocy emocji poległego bohatera. Jeśli Włócznię Ala zasilały obie te rzeczy...

– Ale moc była związana z koroną ojca – przypomniałam. – Z Koroną Kajiego.

– To prawda. Siedem wierzchołków, każdy skupiany przez klejnot wyrżnięty z jednego większego, który spoczywa w sercu Włóczni. Korona była kluczem do miasta, a ten, kto ją nosił w jego obrębie, władał ogromną, niemal nieskończoną magią.

– Tak. A mimo to ojciec zniknął, a korona wraz z nim.

– Nie do końca. – Inevera sięgnęła pomiędzy poduszki i wydobyła bogato zdobioną, piękną koronę o siedmiu wierzchołkach. W każdym z nich osadzono inny klejnot. Zrobiła na mnie ogromne wrażenie, choć myślałam, że kamienie będą większe. Jednak tak czy owak, było to dzieło sztuki runicznej. Rozpoznałam też metal, z którego ją zrobiono – elektrum, występująca w naturze mieszanina srebra i złota, ceniona i pożądana ze względu na przewodzenie magii bez strat mocy.

– Skąd ją masz?! – wyjąkałam. – Czy ojciec...

– Twój ojciec się nie odnalazł. – Inevera mówiła spokojnie, wiedziałam jednak, że stwierdzenie tego wywoływało w niej ból. – Ale nie jestem głupia.

– Zrobiłaś klucz zapasowy?

Damajah uśmiechnęła się pod zasłoną.

– Coś w tym stylu. Nie mogliśmy ryzykować ponownej utraty dostępu do Włóczni Ala, dlatego osobiście pojechałam do *csar* i odcięłam kawałki świętego głazu, żeby zrobić duplikat, na wypadek gdyby coś stało się z oryginałem.

To wyjaśniało niewielkie rozmiary kamieni.

– A więc możesz kontrolować *csar*?

– Nie. – Pokręciła głową. – Replika jest kluczem do mocy *csar*, nie do mocy jako takiej. Byłam zmuszona odtworzyć zaklęcia. Korona daje moc każdemu, kto ją założy, ale tylko prawdziwy dziedzic Kajiego zyska dostęp do jej pełni.

– To czemu nie dasz jej jednemu ze swoich synów? – zdziwiłam się.

– Zrobiłabym to, gdybym mogła. Myślisz, że wolę powierzyć ją tobie? Dziecku mojej znienawidzonej *zahven*, a nie jednemu z moich? Ale najważniejsza jest *Sharak Ka*. Mój najstarszy syn, Jayan, nie żyje. Asome został wygnany w hańbie. Hoshkamin jest kompetentnym *Sharum Ka*, ale nigdy nie zostanie wybitnym przywódcą i nie można powierzyć mu tak wielkiej mocy.

– A Kaji? Jest synem bohaterów. Pominęliście całe pokolenie dziedziców, żeby posadzić go na tronie.

– Ponieważ gdyby Kaji opuścił Lenno Everama, moglibyśmy utracić wszystko, co stworzyliśmy. Ostatnim razem, gdy mój mąż zniknął, Jayan rozpoczął wojnę nie do wygrania, a jego brat Asome wymordował całą radę *Damaji* i własnego teścia, żeby objąć tron. Twój ojciec ma dziesiątki synów, a wszyscy oni są zawsze o jeden zły omen od skoczenia sobie do gardeł. – Wskazała mnie oskarżycielsko palcem. – A twoje wyzwanie, rzucone przed całym dworem, nie pomogło okiełznać ich zapędów. Jeśli chcesz być prawdziwym przywódcą, musisz działać rozważniej.

Wzięłam się pod boki, jak moja matka, kiedy traciła cierpliwość.

– To ty wrzuciłaś mnie do tego gniazda os, Damajah. Czy gdybym obnażyła przed nimi gardło, sytuacja byłaby teraz lepsza?

Wypuszczone z ust powietrze wydęło jej welon. Czyżby rozbawienie?

– Żaden z pozostałych dziedziców nie jest na tyle silny, aby przeciwstawić się swoim braciom i utrzymać tron. Bez Kajiego Asome mógłby powrócić, a to oznaczałoby otwarty konflikt.

– Oddaj koronę któremuś z synów ojca. Ma przecież piętnaście żon...

– Rzucałam kośćmi pomazanymi krwią porodową za każdym razem, gdy rodził mu się syn – przerwała mi Inevera. – Żadnemu nie wypadł taki układ jak tobie.

– Bo uważasz, że jestem Shar'Dama Ka, tak?

– Bo czy tego chcesz, czy nie, masz potencjał, żeby się nim stać. A to więcej, niż *hora* pokazały w wypadku któregokolwiek z twoich braci.

– Odczyt Beliny sugerował, że może nie jestem Shar'Dama Ka – przypomniałam. – Że przypisana jest mi możliwość wyboru pomiędzy *Sharum* a *Dama*, a nie zjednoczenie ich w sobie.

– Nagle to, co mówi Belina, ma dla ciebie znaczenie? – Inevera uniosła brew. – Przed chwilą omal nie straciła za twoją sprawą ramienia, bo wypowiedziała słowa, które były ci nie w smak. Tak czy inaczej, jedna przepowiednia nie przeczy drugiej. Obie mogą być prawdziwe.

– Jesteś gotowa zaryzykować? A może kościom brakuje symbolu określającego takie wynaturzenie jak ja.

– Wynaturzenie? Starożytni mędrcy twierdzili, że Everam stworzył czterdzieści tysięcy gatunków pająka. Trzydzieści tysięcy ryb. Pięć tysięcy żab. Czemu mielibyśmy zakładać, że pragnął, żeby wszyscy ludzie byli tacy sami? Mówi się, że Everam stworzył nas na swoje podobieństwo, ale stworzył również Ala, słońce i gwiazdy, i uczynił to sam z niczego. Żaden mężczyzna ani kobieta nie są zdolni w pojedynkę stworzyć życia, ale ty owszem. Kto na całym świecie jest bliższy jego podobieństwu niż ty?

Jej tok rozumowania sprawił, że poczułam się nieswojo.

– Nie wierzę w Everama. – Wypowiedzeniem takich słów na głos w Pustynnej Włóczni ryzykowało się głowę. Nawet w Krasji były uważane za obrazoburcze i nie wiedziałam, jak zareaguje na nie Damajah.

– Zupełnie jak matka, nawet teraz – westchnęła Inevera. – Przekonanie, że Everam czerpie siłę z naszych przekonań, jest błędne. Everamowi twoja wiara nie jest do niczego potrzebna. Jedyne, czego od ciebie wymaga, to walka z *alagai*.

– To mogę robić – zgodziłam się.

– A więc widzisz, to musisz być ty. Nikt inny nie okiełzna mocy *csar* na czas, żeby zapobiec powrotowi Alagai Ka do roju razem ze swoją nową królową. Wyruszając w góry na wschodzie, narażasz nas wszystkich na zgubę. Musisz udać się do *csar* i zabezpieczyć Włócznię Ala.

Zerknęłam ponownie na stolik, zastanawiając się, co też kości powiedziały Damajah i czy mogę to z niej jakoś wydobyć.

– Powiedzmy, że to rozważę – powiedziałam, krzyżując ramiona na piersi w obronnym geście. – Co dalej?

– Droga będzie niebezpieczna – rzekła Inevera.

– Tak, słyszałam opowieści pani Bales. Grzyb, który zaraża żywych i zamienia ich w bezmyślnych obrońców swojej kolonii. Podwodne robaki wysysające magię. *Gwilji*.

Kiedyś słowo to oznaczało „psy", ogary, które *Sharum* wykorzystywali podczas polowań na *alagai*. Jednak zwierzęta karmione pozostałym po bitwach demonim ścierwem rosły w siłę, stawały się coraz bardziej agresywne, aż w końcu nie dało się ich kontrolować. Tak jak w przypadku alamenów, całe mioty *gwilji* rodziły się w mroku, nasiąkając magią płynącą z Otchłani.

– Tak. A kto wie co jeszcze czai się w tunelach, gdy *alagai* przestały stanowić szczyt łańcucha pokarmowego? Nie wszyscy alameni zamieszkali z powrotem we Włóczni Ala. Wielu sprzeciwiło się osiedleniu w mieście, woląc nomadyczny, plemienny tryb życia. Są prymitywni, dzicy w porównaniu z na powrót ucywilizowanymi kuzynami, ale są również silni i mogą sobie nie życzyć, żeby ktoś wkraczał na ich terytoria.

– Brzmi jak przechadzka po ogródku – skwitowałam.

Damajah nie podchwyciła nuty humoru.

– Wyślę z tobą jako przewodnika mojego kuzyna, Briara asu Relan am'Damaj am'Kaji. Syn Relana wielokrotnie odwiedzał Włócznię i chyba go znasz?

– Tak... spotkaliśmy się. – Oparłam się pokusie, żeby zmarszczyć nos. Briar przypominał mi nieco Darina. Zawsze wycofany, czaił się i unikał ludzi, mówił półsłówkami, w ostateczności krótkimi zdaniami. Do tego śmierdział. Jak zgniłe liście lubczyku. Matka twierdziła, że ten zapach chroni go nocą przed *alagai*, lecz nie byłam przekonana, czy to opłacalna wymiana.

– Briar to nie armia wojowników i czarownic jak orszak twojej matki – przyznała Inevera. – Nie jest też płonącą gwiazdą furii jak mój mąż. Ale jest cennym sojusznikiem. Syn Relana należy do nocy, nawet bardziej niż moje *Sharum'ting*, i lepiej czuje się w mroku pełnym demonów niż w świetle dnia. Jest również w połowie Thesańczykiem i posiada potężnych przyjaciół oraz rozległe kontakty w Zakątku, Angiers i Miln.

W to mogłam uwierzyć. Briar lubił pojawiać się w gabinecie matki bez zapowiedzi, co doprowadzało do szału strażników domu. Matka witała go ciepło, nawet słowem nie wspominając o plamach po lubczyku, które zostawiał na dywanach i meblach. Czasami, gdy poczułam jego smrodek w drodze do gabinetu, zawracałam, choć zawsze był wobec mnie uprzejmy i zawsze przywoził mi prezenty ze swoich podróży.

– Oczywiście korona i przewodnik nie wystarczą do wypełnienia tej misji – zaznaczyła Damajah. – Będziesz potrzebowała armii. Oddziały Włóczni Wybawiciela należące do twojego ojca będą...

– Mam swoją armię – przerwałam jej. – Nie wmaszeruję do Zakątka z twoimi ludźmi na karku.

– Jedynym wejściem do tuneli jest Paszcza Otchłani. Strzeże jej Słońce Anocha. Tak jak mieszkańcy Zakątka nie powitają wojowników twojego ojca z otwartymi ramionami, tak tamtejsi mieszkańcy nie będą zachwyceni pojawieniem się *Sharum* z Zakątka.

– Jeśli podejmę się tego zadania, podkreślam, jeśli, to ja, a nie ty, zadecyduję, jak i przy czyjej pomocy je wykonam.

– Nie jeśli chcesz mojej pomocy. – Inevera przysunęła koronę ku sobie.

– Przed chwilą twierdziłaś, że to ja muszę ją przyjąć – prychnęłam. – A teraz nie chcesz mi jej dać? Jak wolisz. Jak dla mnie możesz przekazać koronę księciu Nie. Ja wyruszę na poszukiwania matki.

Zrozumiawszy, że blef jej się nie udał, Inevera cofnęła ręce.

– Oczywiście jest miejsce na negocjacje.

Tak też myślałam.

– Moi bracia włóczni to wystarczająca eskorta w drodze do Zakątka. Jeśli wyruszę do Paszczy, zrobię to przy zbrojnym wsparciu moich ludzi oraz wojowników z Zakątka. Jeśli twoi dotrą do Słońca Anocha przed moim przybyciem i jeśli nic nie stanie na przeszkodzie, zabiorę taką samą liczbę twoich wojowników jak swoich. O ile przysięgną mi służyć.

– Będą za ciebie walczyć, a jeśli trzeba, oddadzą życie – przyrzekła Inevera. – Pozostaną jednak pod komendą Sharum'ting Ka. Jeśli zechcesz poświęcić ich życie na marne, Ashia się temu sprzeciwi, a wtedy posłuchają jej.

– Jestem *kai'Sharum* – przypomniałam, urażona do żywego. – Nigdy nie poświęciłabym życia swoich braci i sióstr włóczni. – Sama sugestia czegoś takiego była obraźliwa, szczególnie z ust kobiety, która prawdopodobnie nigdy w życiu nie trzymała w ręce włóczni.

Inevera skinęła głową, ale bardziej do siebie, jakbym znów zdała jakiś jej test.

– A więc się rozumiemy. Ashia uzna twoje dowództwo, ale w zamian ty będziesz słuchała jej rady i poinformujesz swoich dowódców o jej statusie. Ashia będzie ze mną w kontakcie i będzie mówiła w moim imieniu.

– Na nic się jeszcze nie zgodziłam – zaznaczyłam. Damajah zachowywała się tak, jakbyśmy lada moment miały dobić targu, lecz na potwierdzenie konieczności tego, że mam udać się do *csar*, miałam jedynie jej słowo, a wcale nie byłam pewna, czy nie jest to tylko jej podstęp, żeby odsunąć mnie od władzy. – Najpierw wrócę do domu i obejmę tron.

– Ufam, że po namyśle dostrzeżesz, że ta misja jest niezbędna. Również Favah może ci pomóc podczas tej wyprawy. Twoja dawna nauczycielka jest potężna i nadal może cię wiele nauczyć. O ile mówiłaś szczerze, nazywając się siostrą *dama'ting*.

– Nawet w Pustynnej Włóczni Majah z czcią wypowiadają jej imię – przyznałam. – Dzięki jej naukom zdołałam ocalić życie wielu rannych w bitwach i poza nimi. Tyle że Favah jest już stara i nie zniesie trudów podróży do Włóczni Ala. Może lepiej zabiorę ze sobą Jaię? Albo Shaselle? – Jaia wykładała wiedzę o Krasji na Uniwersytecie Zielarskim, a Shaselle pełniła pieczę nad Krasjanami mieszkającymi w Zakątku.

Inevera zaprzeczyła ruchem głowy.

– Jaia to jeszcze dziecko, zmiękła, mieszkając w zielonych krainach. Shaselle ćwiczyła co prawda ze mną w pałacu *dama'ting* w Pustynnej Włóczni i jest wystarczająco kompetentna, ale nie posiada na tyle wiedzy, żeby chociaż pojąć głębię starożytnej magii działającej w twierdzy Kaji, nie mówiąc o posługiwaniu się nią.

Zmarszczyłam brwi, a w głowie krążyły mi różne podejrzenia. Skoro ta misja naprawdę była tak ważna, to dlaczego Inevera chciała wysłać ze mną starą wiedźmę?

– Z pewnością w Lennie Everama znajdzie się ktoś odpowiedniejszy.

– A zaufasz komuś całkiem obcemu?

– Z całym szacunkiem, Damajah, nie wiem nawet, czy ufam tobie.

– Zastanowię się nad tym – ustąpiła.

– A co powiedziały ci kości? – spróbowałam, korzystając z okazji.

Inevera spojrzała na mnie przeciągle, bez wątpienia ważąc słowa. Może nie przysięgała, że zdradzi mi znaczenie rzutu, ale chciała ode mnie czegoś, a to wystarczyło, by skłonić ją do odpowiedzi.

– Długi ojca muszą zostać spłacone.

17

Dług ojca

Arick grał kojącą melodyjkę na kamanju, ale to nie pomogło. Selen, krążąca nerwowo wte i wewte, wydeptała bruzdę w trawniku, niczym dziadek orzący pole owsa.

– Dlaczego, na ciemność nocy, trwa to tak długo? – warknęła. – Darin? Jesteś pewien, że nadal tam siedzą?

Tkwiąc na czubku gruszy w ogrodzie otoczonym ze wszystkich stron pałacem, miałem doskonałe miejsce, żeby słyszeć wszystko, co działo się w budynku. Było tego zbyt wiele, by w normalnej sytuacji odsiać to, co mnie interesowało, ale miałem pomoc.

Runy ciszy Damajah osłaniały całe należące do niej skrzydło, tworząc nienaturalną bezdźwięczną bańkę, wyróżniającą się w pałacowym zgiełku. Dzięki temu łatwo mogłem się na niej skupić, więc od razu zauważyłbym, że Olive stamtąd wyszła.

Już miałem pokręcić głową, gdy bańka pękła wraz z podmuchem powietrza podczas otwierania drzwi do skrzydła Damajah. Przez moment dobiegały mnie odgłosy z wewnątrz, zupełnie jakbym zajrzał gdzieś przez dziurkę od klucza. Ale Olive i jej eskorta wynurzyli się ze strefy ciszy i bańka zamknęła się za nimi.

– Darin – dosłyszałem głos Olive, która naturalnie wiedziała, że będę czuwał. – Znajdź Selen i spotkajcie się ze mną w moich komnatach.

Na dole znalazłem się tak szybko jak wiewiórka, która nieopatrznie upuściła orzech. Arick i Selen ruszyli biegiem przez ogród, a ja wróciłem na drzewo, śmignąłem po konarze i wykorzystując go jak odskocznię, dałem susa na dach pałacu. Popędziłem na drugą stronę i opuściłem się prosto do okna komnat Olive.

Przycupnąłem na parapecie, nasłuchując. Ostatnio nie wiedziałem, na czym się skupić, odrobiłem jednak lekcję i teraz już szukałem nie konkretnych odgłosów, ale ich braku, wycinka przestrzeni ciszy, która zniekształca rozchodzenie się dźwięków.

Dzięki temu z łatwością zlokalizowałem strażniczki *Sharum'ting*, ukryte w ocienionych zakamarkach pałacu, szpiegujące wszystko i wszystkich. Nie dając po sobie poznać, że o nich wiem, uchyliłem okno i wśliznąłem się do pokoju.

Za ścianami większości komnat znajdowały się ukryte korytarze, oficjalnie po to, by służba mogła poruszać się po pałacu niezauważona, w praktyce służyły na równi do podawania śniadań, co do szpiegowania. Kiedy zastukałem lekko palcami w ścianę, nasłuchując tych samych co wcześniej głuchych sfer, znalazłem je w tych ukrytych przejściach.

Kiedy Selen i Arick jako pierwsi wpadli do pokoju, położyłem palec na ustach i wskazałem głową ścianę. Arick przytaknął na znak, że zrozumiał, a potem usiadł na podłodze i wziął do ręki kamanj. Pomieszczenie wypełniło się muzyką, ale zauważyłem, że zaraz dotknął runu na instrumencie. Wokół nas wyrosły bariery dźwiękowe i tym razem znalazłem się wewnątrz bańki ciszy. Odgłosy pałacowego życia ucichły, a moje uszy przepełniała tylko muzyka grana przez Aricka.

Wkrótce dołączyła do nas Olive. Nie słyszałem, co mówiła do strażników, potrafiłem za to całkiem nieźle czytać z ruchu warg. Kazała ludziom pilnować drzwi, a potem odwróciła się w naszą stronę. Ujrzawszy grającego bezdźwięcznie Aricka, szybko zorientowała się w sytuacji.

– Dziękuję, Aricku – powiedziała po wejściu do bańki. – Miałam poprosić Rojvah, żeby użyła naszyjnika... – Rozejrzała się. – A gdzie Rojvah?

– Od dawna się nie pokazuje – odpowiedziałem. – Jej mama coś wykombinowała.

– To nawet lepiej, skoro chcemy zachować naszą rozmowę w tajemnicy – stwierdziła Selen. – Bo wszystko, co mówimy w jej obecności, trafia natychmiast do Inevery.

Wszyscy popatrzyliśmy na Aricka, a on tylko wzruszył ramionami.

– Nie znacie mojej siostry tak dobrze, jak sądzicie, ale macie rację, jest *nie'dama'ting*, a one mają obowiązek przekazywać wszystko Damajah.

– A ty? – zapytała Olive, a ja już miałem rzucić się do obrony Aricka, ale ten mnie ubiegł.

– Przelewałem z tobą krew nocą, Olive. Złożyłem przysięgę, że oddaję swoją włócznię na rzecz ratowania twojej matki. Potrzebujesz czegoś więcej, żeby sprawdzić, komu jestem lojalny?

Olive przyłożyła pięść do piersi. Ten salut wojownika wyglądał dziwnie przez jej damskie szaty.

– Damajah nie chce, żebym wyruszyła na poszukiwania matki.

– Ta? – prychnęła Selen. – Niech sobie Damajah wsadzi to w...

– A gdzie cię wysyła? – zapytałem, czując, jak ogarnia mnie lęk.

– Do Włóczni Ala. – Olive potwierdziła moje obawy. – Uważa, że tam znajdę ojca.

– To bez sensu – wybuchnąłem. – Jeśli Alagai Ka chce nakarmić nimi nową królową, powinni być wszyscy w Kryjówce, co nie?

– Niekoniecznie – odparła Olive. – Damajah twierdzi, że demon potrzebuje korony ojca, żeby zniszczyć *csar* i zabezpieczyć rój, a korona działa tylko wtedy, gdy założy ją ojciec.

Rzeczywiście, w opowieściach mamy Jardir i jego korona stanowili jedno. Dzięki niej otwierały się przed nimi bramy i drzwi, mury formowały się wedle jego woli, a gdy przybyły demoniczne psy, poderwał w powietrze wszystkie włócznie znajdujące się w *csar* i cisnął nimi w nie jak huraganem liści.

– Rzuciła kośćmi? – zapytała Selen, ale wszyscy znaliśmy odpowiedź na to pytanie.

Olive przytaknęła skinieniem głowy.

– Powiedziała, że długi ojca muszą zostać spłacone.

Nie podobało mi się to, zanadto przypominało moją przepowiednię. „Ojciec czeka w ciemnych głębinach na powrót potomstwa".

– Sama Damajah mówiła, że słowo „ojciec" może oznaczać wiele rzeczy – przypomniałem jej. – Może to mój tata tam utknął albo Ojciec Demonów czyha, żeby nam się odpłacić.

– Może – zgodziła się Olive. – Ale czemu los twojego ojca miałby być powiązany z moją krwią? Ahmann Jardir jest twoim ojcem-we-krwi i moim z urodzenia. Jeśli obie przepowiednie dotyczą tego samego ojca, to najpewniej właśnie jego.

– Albo demona – nie ustępowałem.

– Dobra, albo demona – przystała Olive.

– O co chodzi z tym długiem? – wtrącił Arick.

– Obaj nasi ojcowie poszli, żeby zabić Alagai Ka, ale im się nie udało – powiedziałem. – Trochę to naciągane, że mieliby potrzebować naszej pomocy. – Aż mi się chciało śmiać na samą myśl o tym, bo była absurdalna. Ledwie wyszliśmy cało z ostatniego spotkania z królem demonów. Niby czemu następne miałoby pójść lepiej? – Może twój tata tam jest. Może jakimś cudem mój też. Jedno zaś wiemy na pewno: nasze mamy są w Kryjówce. Widziałaś to sama w głowie demona. Kości nie kości, nigdzie nie pójdę, póki ich nie ocalimy.

– Powinieneś tam iść – na pozór zgodziła się Olive. Ale „powinieneś" zamiast „powinniśmy" wcale mi się nie spodobało. I w ogóle nie mogłem uwierzyć w to, co słyszę.

– To co, zostawisz swoją własną mamę na pastwę losu?

Nie powinienem był tego mówić. Olive zapachniała złością, a krew uderzyła jej do głowy i jej skóra pociemniała.

– Nie masz prawa mnie oceniać, Darinie Bales. Podczas nieobecności matki mam obowiązek zatroszczyć się o Zakątek. Nie wiesz, jak to jest mieć prawdziwą odpowiedzialność i ludzi, których los zależy od ciebie.

Zwykle wycofywałem się, kiedy Olive tak pachniała, tym razem jednak nie potrafiłem odpuścić.

– Jasne, że nie. Bo przecież przybyliśmy do Krasji i uratowaliśmy cię przez przypadek.

Olive wzięła się pod boki.

– Nie potrzebowałam ratunku!

– Aha, pewnie. – Nie lubiłem spluwać, żeby podkreślić znaczenie swoich słów, jak robili to ludzie w Potoku, ale Krasjanie wydają odgłos, chrząkają albo posykują, wybrałem więc tę opcję. – Gdyby nie my, nadal byś tam tkwiła, śliniąc się za swoim pustynnym księciem.

Gdy tylko to powiedziałem, pojąłem, że posunąłem się za daleko. Zapach Olive stał się ostrzejszy, a jej dłonie zwinęły się w pięści. Nie raz oberwałem od Olive i nie była to rzecz, którą chciałem powtarzać. Spiąłem się, gotując do przejścia w półmaterialność.

Olive tylko odetchnęła głęboko.

– Nic nie rozumiesz, Darin – powiedziała już spokojnie.

Selen podeszła do mnie i już przestraszyłem się, że chcą się na mnie obie rzucić, tak jak kiedy byliśmy dziećmi, lecz ona zasłoniła mnie sobą i napadła na Olive.

– To może raczysz nam to wyjaśnić, Olive, bo przyznam, że ja też tego nie rozumiem. Ty akurat najlepiej powinnaś wiedzieć, że za każdym razem, kiedy ktoś rzuca demonicznymi kośćmi, masa ludzi umiera, a nie ma pewności, że świat coś na tym zyska. Powiedz mi w twarz, że chcesz odwrócić się od Leeshy przez coś, co naopowiadała ci ta krasjańska wiedźma.

Olive nie odpowiedziała, a Selen parła dalej.

– I nie chodzi tylko o twoją matkę, ale też o panią Bales, kapitan Wondę i Kendall Pieśń Demonów. Nie wspominając o innych, którzy nie wrócili z wyprawy ratunkowej. Ich też zostawisz tam na śmierć albo i gorzej?

– Oczywiście, że nie – odwarknęła Olive. – Zamierzam posłać po nich was.

Aż mnie zemdliło. Nas? Samych? To zawsze Olive była przywódcą. Wiedziałem, że ja i Selen tylko dzięki łutowi szczęścia znaleźliśmy Olive. Nawet nie potrafiłem sobie wyobrazić takiej misji bez niej.

– Jeszcze niczego nie postanowiłam – wycofała się Olive. – Może sprawy w Zakątku będą wymagały mojej obecności i nie będę mogła iść z wami. Może lepiej wam pomogę, zabierając koronę do tej chrzanionej Otchłani. Może macie rację i powinnam iść z wami. A może skończymy jak cała reszta tych, którzy wybrali się na poszukiwanie Kryjówki. Nie wiem, co robić, więc nie podjęłam jeszcze żadnej ostatecznej decyzji.

Selen chyba to uspokoiło, bo spuściła z tonu. Ja też się ucieszyłem, że to koniec awantury i mogę ochłonąć. Nadal uważałem, że to błąd, ale rzeczywiście, Olive miała prawo to wszystko przemyśleć.

– Darin wyśledził cię przez całą pustynię za pomocą swojego nosa – stwierdziła Selen. – Jeśli coś da się znaleźć, jemu się uda.

– Chcesz tego czy nie, ale możliwe, że będziesz musiała zostać w Zakątku – powiedziała Olive. – Jesteś następczynią tronu zaraz po mnie. Nie możemy go po prostu porzucić, tak jak zrobił to wuj Gared.

Selen stanęła z ramionami skrzyżowanymi na piersiach.

– Tylko spróbuj mnie zatrzymać.

Wyczuwałem wahanie Olive. Nie chciała puszczać nas samych, tak samo jak my nie chcieliśmy iść bez niej. Tym bardziej że straciliśmy już Rojvah. Nie wyobrażałem sobie, jak mogłoby nam się udać bez Olive.

18

Przyrzeczeństwo

Selen i Olive nadal się kłóciły, a ja tymczasem przekradłem się pod ścianę i czmychnąłem przez okno. Jak zwykle nikt nie zauważył, że się ulatniam.

Nie lubiłem podniesionych głosów, a zawsze z wyprzedzeniem wiedziałem, kiedy Olive i Selen zaczną się na siebie drzeć. Przewidywałem, że awantura nie zakończy się szybko.

Przez chwilę, kiedy byliśmy na pustyni, znów czułem, jakbyśmy byli drużyną.

Sami ze sobą dusiliśmy się we własnym sosie, ale kiedyś wydawało się, że żadna siła z zewnątrz nie jest w stanie nas rozdzielić.

Potem jednak mama pokłóciła się z Leeshą o to, czego chciałby ojciec, gdyby jeszcze z nami był. Mama się obraziła i przez pięć lat nie odwiedzaliśmy Zakątka. Potem myślałem, że wszystko wróciło do normy, ale znów porwanie Olive wszystko popsuło i już nie liczyłem na to, że kiedyś jeszcze będzie jak dawniej.

Uznałem, że skoro normalność nie jest już normalna, muszę znaleźć coś, co wypełni to puste miejsce. Wiedziałem, że z samym Arickiem i Selen sobie nie poradzimy. Selen była silna, odważna, ale nie miała żadnej magii, a zakładałem, że moc będzie nam potrzebna, by przemknąć się niepostrzeżenie obok Alagai Ka. Arick co prawda miał moc w swoim kamanju, tyle że nadal wolał używać włóczni niż instrumentu. Poza tym zagubił się i musiał poukładać sobie wszystko na nowo.

W zamyśleniu nawet nie zauważyłem, kiedy skręciłem w stronę skrzydła Damajah. Kiedyś próbowałem się tam wkraść i nie poszło mi najlepiej, lecz od tamtej pory poznałem już sztuczki strażniczek Inevery. *Sharum'ting* posiadają nadnaturalne umiejętności skradania się, a osiągają je w równym stopniu dzięki zwinności, jak i magii. Magię zaś swoim nocnym wzrokiem widziałem tak dobrze jak inni kolory za dnia. Podobnie jak w przypadku runicznej bariery dźwiękowej, tak samo magia stapiania się z cieniem zostawiała po sobie ślad, na przykład magiczny osad na ścianach, po których *Sharum'ting* się wspinały lub do których przywierały, by stać się niezauważonymi.

A ponieważ odkryłem już kryjówki strażniczek, łatwiej było mi przemykać obok nich. Ich klejnoty *hora* imitowały jedynie magię, którą posługiwanie się było dla mnie tak naturalne jak oddychanie. Wystarczyło, że osłabiłem materialność palca i mogłem otworzyć nim zapadkę w oknie. Po chwili znalazłem się wewnątrz bańki dźwięków stworzonej przez Damajah.

Efekt mnie oszołomił. Nie było pyknięcia, a po nim natłoku dźwięku, jak wtedy, gdy uchylało się przejście do bańki, tylko raptowne odcięcie od odgłosów spoza bariery i jednoczesne zanurzenie się w hałas wewnątrz niej. Wrażenie było tak dezorientujące, że zachciało mi się rzygać.

Znalazłem sobie kryjówkę, w której mogłem przycupnąć, na chwilę przymknąłem oczy i oddychałem, czekając, aż przywyknę do nowych dźwięków, a burza w brzuchu się uspokoi. Po kwadransie doszedłem do siebie i mogłem ruszyć dalej. Osłony gęstniały w miarę zbliżania się do prywatnego apartamentu Damajah, ale piętra mieszkalne, które stanowiły mój cel, znajdowały się jeszcze daleko.

Część pałacu należąca do Damajah obejmowała również harem. Tutaj nie było to miejsce tak restrykcyjnie oddzielone od reszty świata jak u Majah, gdzie haremy były w zasadzie więzieniem dla kobiet. Tutaj jego mieszkanki mogły dowolnie z niego wychodzić. Harem Damajah był w zasadzie azylem, gdzie kobiety mogły uciec od męskiego towarzystwa i czuć się swobodnie w swoim, i nawet najbardziej konserwatywne mogły chodzić z odsłoniętymi głowami. Mieszkały tu również niezamężne kobiety po przekroczeniu pewnego wieku, głównie młode księżniczki i *dama'ting*.

Rojvah przez wiele tygodni wędrówki śpiewała do mojego akompaniamentu, więc z łatwością wyłowiłem jej głos spośród innych. Od razu skierowałem się w jej stronę. Nie była sama, ale przecież nie zadałem sobie tyle trudu, żeby zrezygnować i odejść bez spotkania się z nią.

Słońce już zaszło i pałac rozświetlały płomyki świec, tam zaś, gdzie nie docierało ich światło, zalegały gęste cienie. Wspiąłem się po ścianie i ukryłem w plamie czerni nieopodal wejścia do komnaty Rojvah, nasłuchując.

Nie musiałem się szczególnie wysilać, bo Rojvah właśnie kłóciła się z matką, a nie robiły tego ciszej niż Olive i Selen.

– Arick jest mężczyzną – powiedziała Amanvah. – To normalne, że musi rzucić dotychczasowe życie w imię honoru. Ale ty masz święte obowiązki i nie możesz ot tak...

– A więc mam stać z boku i patrzeć, jak mój brat i kuzynostwo „porzucają swoje dotychczasowe życie", żeby walczyć w *Sharak Ka*?

– Kto stanie na czele kobiet Kaji, jeśli zginiesz? – zapytała Amanvah.

– Ktoś inny! – krzyknęła Rojvah. – Nigdy nie chciałam być *dama'ting*. Miej sobie inną córkę i zrób z niej swoją dziedziczkę, skoro to dla ciebie takie ważne.

– A ty kim będziesz, jeśli złamię przysięgę daną twojemu ojcu, że nigdy nie urodzę dziecka nikomu poza nim?

– Sama będę dbać o jego spuściznę! – W głosie Rojvah zabrzmiały błagalne nuty. – Chcę być taka jak on! Pragnę tego bardziej niż Arick! Chcę być

Minstrelką, ubierać się w jaskrawe stroje, śpiewać i tańczyć.

– Twój głos to święty dar, a nie narzędzie do zabawiania północnych książątek i tłuszczy.

– A co w tym złego? Czy właśnie nie to robił ojciec?

– Twój ojciec robił to na chwałę Everama. – Amanvah groźnie zniżyła głos.

– Ja też mogę! Będę primadonną, która za dnia chwali pieśnią Everama, a nocą rzuca czar na hordy *alagai*.

– Wykluczone. Gdyby twój błogosławiony ojciec tu był...

– Też żałuję, że go nie ma! Żałuję, że nie było go przy mnie przez całe życie, żebyśmy z Arickiem mogli mieć chociaż jednego rodzica, który się nas nie wstydzi!

– Nie wstydzę się was! – oburzyła się Amanvah. – Sama się zawstydzasz!

Obie przez dłuższą chwilę milczały, słyszałem ich przyspieszone oddechy i łomotanie serc. Takie kłótnie wymagają oddechu.

Ciszę przerwała Amanvah.

– Masz rację – zaczęła już łagodniej. – Twój ojciec miał miękkie serce i łatwo było zmięknąć przy nim. Nawet Sikvah i ja zakładałyśmy kolorowe szaty, gdy występowałyśmy razem z nim.

– Naprawdę? – Rojvah wyraźnie nie dowierzała matce, ja jednak wiedziałem, że słowa Amanvah są prawdą. Widziałem w Zakątku obrazy Bezpalcego z żonami.

– To właśnie miękkie serce go zgubiło – dokończyła Amanvah. – Nie potrafił być bezwzględny dla swoich wrogów, a oni wykorzystali tę słabość przeciwko niemu. – Amanvah zająknęła się, gdy z jej piersi wydarł się szloch, a mnie zrobiło się głupio, że podsłuchuję. – Gdyby zdobył się na większe okrucieństwo, gdybym nie dopuściła, żeby i moje serce stało się miękkie, obroniłabym go przed wrogiem, tak jak powinna to czynić żona, i dzisiaj by żył.

Rojvah zawtórowała matce i usłyszałem szelest ubrań, gdy przytuliły się, łkając. Przez jakiś czas trzymały się w objęciach, płacząc unisono, i nawet rytm ich serc się zharmonizował, aż odsunęły się od siebie i dobiegł mnie cichy odgłos kroków.

– Niedługo po jego śmierci zostałam wezwana do domu, żeby stanąć na czele kobiet Kaji – podjęła swoją opowieść Amanvah. – Wróciłam ze stwardniałym na powrót sercem, a frywolność, na jaką pozwalałam sobie przy twoim ojcu, musiałam porzucić na rzecz czarnego welonu.

– Ale nawet jeśli nie chcesz mieć dziecka, jesteś jeszcze młoda, matko. Masz ledwie trzydzieści kilka lat, a większość *dama'ting* dobiega dziewięćdziesiątki. Ja też chcę dostać szansę taką, jaką miałaś ty, żeby żyć, rozwijać się i oglądać krainy poza Lennem Everama.

– Już dość widziałaś podczas swojej samowolnej eskapady na pustynię – wypomniała jej Amanvah. – Poza tym ze mną było inaczej. Byłam zamężną kobietą i wędrowałam z mężem na polecenie Wybawiciela i Damajah.

Rojvah przez chwilę milczała, jednak jej puls przyspieszył, wiedziałem więc, że zbiera się, by coś powiedzieć.

– A gdybym została przyrzeczona synowi Arlena?

Amanvah nie odpowiedziała od razu. Na Otchłań, dopiero po chwili pojąłem, że mowa o mnie, i omal nie spadłem z sufitu. Rojvah chciałaby... wyjść za mnie?

– Wątpię, czyby tego chciał – odezwała się w końcu Amanvah. – Kości pokazują, że nie jest jeszcze gotów pojąć żony, nie ukazują, czy w ogóle kiedyś będzie na to gotów, choć Shar'Dama Ka bardzo pragnąłby znaleźć między swoimi potomkiniami żonę dla syna Arlena.

– Ale jeśliby zechciał? – nie ustępowała Rojvah. – Co, jeśli zażądałby, żebym została mu przyrzeczona? Wtedy moim obowiązkiem byłoby towarzyszenie mu w podróży, jemu i Arickowi. Czy Damajah pozwoliłaby mi wtedy iść? A ty?

Amanvah kontrolowała oddech, lecz puls jej przyspieszył.

– Damajah pozwoliłaby na to. Na brodę Everama, matka przyklasnęłaby temu, choćby po to, żeby zmniejszyć presję ze strony ojca. A jeśli ojciec wkroczył na samotną ścieżkę, byłaby to kolejna więź z mieszkańcami zielonych krain, a bardzo tego potrzebujemy. – Słyszałem, jak ujęła Rojvah za ręce. – Czy naprawdę chciałabyś wyjść za niego za mąż? Bo może to tylko taki wybieg, żeby uciec od obowiązków? Wiesz, krążą plotki, że jego rodzice jedli mięso *alagai*...

Pominęła określenie „krew *alagai*", ale i tak słyszałem je w głowie. Zrodzony z mroku będzie nosił go w sobie. Tak powiedziały kości Damajah. Czy miały rację? Byłem w jakimś sensie nieczysty?

Słowa Amanvah zabolały mnie, bo wiedziałem, że są prawdziwe. Jakim cudem ktoś taki jak Rojvah, bystra, pełna gracji kobieta, piękna jak słońce, o anielskim głosie, szlachetnej krwi, wykształcona, mogłaby się mną zainteresować?

– Nie chcę wychodzić za mąż. – Rojvah potwierdziła moje przypuszczenia. Trochę to zakłuło, choć nie zaskoczyło. – W ogóle. Ale syn Arlena jest mądry, jest odważny. Nigdy nie znałam nikogo o tak szczerym sercu. I przyjemnie się na niego patrzy. Jest skromny, ale to dobrze. Ja lubię przyciągać uwagę, mogłabym go w ten sposób chronić. A on rozpaczliwie potrzebuje kobiecej opieki.

Poczułem, że policzki mi płoną. Nie mogłem liczyć, że kiedyś będę mądry czy odważny, ale reszta...

Zawsze sądziłem, że pewnego dnia poślubię Selen Rębacz. O ile w ogóle się ożenię. Czasami słyszałem, jak dziewczęta z Potoku o mnie plotkowały, że któraś się na mnie zapatrzyła, ale to dlatego, że nigdy nikogo nie dopuszczałem do siebie, nie pozwalałem się poznać. Tak naprawdę znały mnie tylko Olive i Selen i mimo to nadal mnie lubiły. Podkochiwałem się w Selen, odkąd pamiętałem, a kiedy mieliśmy po dziesięć lat i graliśmy w tę zabawę z całowaniem... Od tamtej pory nie wyobrażałem sobie siebie z nikim innym.

Wiedziałem już jednak, że Selen mnie nie chce. Nie znałem się na kobietach, jednak nie miałem co do tego wątpliwości. Od tamtej naszej zabawy całowała się z wieloma chłopcami i z tego, co słyszałem, byli inni niż ja – wielkie byczki o kwadratowych szczękach. Spędziliśmy w drodze kilka miesięcy, byliśmy sami i nie odczułem z jej strony ani cienia zainteresowania, w każdym razie nie odkąd drażniła się ze mną, jeszcze w posiadłości ojca.

Uświadomiłem sobie, że przestałem zwracać uwagę na otoczenie, gdy drzwi do komnaty pode mną otworzyły się i Amanvah wyszła na korytarz. Musiałem się spieszyć, żeby zdążyć wśliznąć się do środka, zanim zamkną się drzwi. Udało mi się w ostatniej chwili. Rojvah stała odwrócona plecami do wejścia, wyglądając przez okno.

– Słyszałeś wszystko, prawda? – Nie odwróciła się do mnie. Zamarłem i zostałem tak, mimo że w końcu spojrzała na mnie.

– Skąd...? – zająknąłem się.

Rojvah wyjęła z aksamitnej sakiewki komplet *hora*, rzeźbionych kości demona, jarzących się magią.

– Też mam swoje kości – powiedziała. – Skończyłam je robić jeszcze w Pustynnej Włóczni, ale dotąd nie powiedziałam o nich matce. Gdyby się dowiedziała, zażądałaby testu, a wtedy żadna siła nie uchroniłaby mnie przed bielą.

– Nikomu o tym nie powiem – zapewniłem ją i zeskoczyłem lekko na podłogę. Zrobiłem kilka kroków w stronę Rojvah, ale zatrzymałem się w pewnej odległości. Kości narobiły już wystarczająco dużo bałaganu w moim życiu i wcale nie ucieszył mnie widok kolejnego zestawu.

Rojvah podeszła do mnie tak blisko, że poczułem jej oddech na skórze.

– Zrobisz to dla mnie, synu Arlena?

Nigdy wcześniej nie zauważyłem, jakie miała wielkie oczy. Łatwo byłoby w nich zatonąć i zgodzić się na wszystko. Tyle że nie prosiła mnie o zwykłą przysługę.

– Mówiłaś, że nie chcesz wychodzić za mąż za nikogo.

– Powiedziałam prawdę, bo wiedziałam, że słuchasz. I zasługujesz na to, żeby ją znać. Nie chcę cię okłamywać, nie powiem, że cię kocham, ale wiem, że byłbyś dobrym mężem. A w małżeństwie chodzi o coś więcej niż miłość.

Wiedziałem, że ma rację, jednak wyłożenie tego bez ogródek i tak zapiekło.

– Nie musisz nawet w pełni się deklarować. Wystarczy, że powiesz, że chcesz, aby ci mnie przyrzeczono. Matka i babka złapią się na to i będę mogła iść z tobą na północ. Żadne z nas nie skończyło jeszcze szesnastu lat, więc nie mogą nas zmusić do małżeństwa przed wyruszeniem w drogę. Pójdziemy do Kryjówki, a jeśli przeżyjemy i nie będziesz chciał mnie poślubić, wymyślimy jakiś powód, żebyś mógł mnie odesłać albo żebym ja mogła zerwać zaręczyny.

Wyglądało na to, że wszystko to sobie dokładnie obmyśliła. Pewnie kości jej w tym pomogły, ale musiała robić plany już od jakiegoś czasu. I oczywiście, że nie chodziło o mnie. Potrzebowała sposobu, by przeciąć sznurki, za które ciągnęła jej matka. Taka dziewczyna nie mogłaby przecież chcieć być ze mną dla samego mnie. Zaręczyny były tylko intrygą.

Ale jeśli nawet, to co? Selen mnie nie chciała, a Amanvah miała rację, nie miałem przecież nikogo na oku.

Kiedy graliśmy z Arickiem, nie mogliśmy znaleźć wspólnego rytmu. Zbyt sztywno trzymał się reguł, za bardzo pilnował, żeby grać „właściwie", a ja nie dbałem o nuty. Lecz kiedy grałem z Rojvah, ona nie tylko zręcznie za mną nadążała, ale też prowadziła mnie w nowe miejsca, do których sam nigdy bym nie trafił.

Zaskakujące, że kiedy graliśmy we troje, na pustyni, muzyka zadziałała. Arick był fundamentem, a my budowniczymi. Legendy mówiły, że gdy Bezpalcy grał ze swymi żonami, Amanvah i Sikvah, ich troje potrafiło tak zakląć demona, że ten sam podrzynał sobie gardło. Byłem przekonany, że ja, Arick i Rojvah też moglibyśmy się nauczyć tak grać.

Szanse na wyjście z tej opresji zwycięsko były niewielkie, ale jeśli mieliśmy wkraść się niepostrzeżenie do Kryjówki bez Olive, potrzebowaliśmy Rojvah.

Poza tym Rojvah już była dla mnie rodziną. Może nie krewniaczką, ale rodziną. Przebyła całą drogę do Pustynnej Włóczni, żeby pomóc nam uratować Olive. Jaki byłby ze mnie przyjaciel, gdybym jej teraz nie pomógł?

– Dobrze – powiedziałem. – Możemy to zrobić.

Uśmiech opromienił twarz Rojvah blaskiem księżyca w pełni. Zbliżyła się do mnie tak, że prawie się stykaliśmy. Nie lubiłem, kiedy ktoś podchodził do mnie tak blisko, stałem jednak jak zając schwytany we wnyki.

– Zanim wypowiesz formułę przyrzeczeństwa, musisz zażądać, żebym zdjęła zasłonę z głowy. – Była tak blisko, że czułem, jak jej pełne wargi poruszają się, wypowiadając słowa, czułem ich wilgoć. – A potem musisz mnie pocałować.

Zesztywniałem. Stałem nieruchomo niczym kołek ze złotodrzewa, zupełnie tak samo jak kiedyś w podobnej sytuacji z Selen.

– Chcesz poćwiczyć? – zaśmiała się Rojvah.

– Umm, ja... – wymamrotałem, ale wzięła to za przyzwolenie, bo pochyliła się szybko i przycisnęła usta do moich. To był mój drugi pocałunek w życiu i tak jak w przypadku pierwszego to mnie całowano, a nie na odwrót.

Rozpłynąłem się.

Dosłownie. Całe napięcie nagle ustąpiło, jakaś cząstka w głębi mnie odprężyła się i zanim się zorientowałem, co się dzieje, przeszedłem w stan półmaterialny. A razem ze mną moje usta.

Na Otchłań i demony! Nie chciałem tego! Nie chciałem przerwać pocałunku. No cóż. Rojvah stała z ustami w dzióbek. Nie trwało to nawet mrugnięcia oka. Jeszcze miałem szansę wrócić. Wystarczyło wrócić do siebie i pocałować ją.

Ale stchórzyłem, zawahałem się i nastrój prysł. Rojvah cofnęła się, lecz nie przestała się uśmiechać.

– Hm, lepiej, żebyśmy poszli do Damajah za dnia.

– Fakt – roześmiałem się wbrew sobie. – Myślę, że to dobry pomysł.

19

Święta matka

Generale, jak idą przygotowania do wymarszu? – zapytałam wuja, gdy służący zamknęli za nim drzwi do moich komnat.

– Pewnie sam demon tego nie wie – prychnął Gared. – Ale Abban twierdzi, że Inevera dotrzyma słowa i na jutro wszystko będzie gotowe.

– To świetnie, dziękuję. Założę się, że w ogrodzie czeka kolejka mężczyzn chętnych, żebyś ich zwyciężył w mocowaniu na rękę?

– A pewnie, pewnie. – Oczy Gareda błyszczały jak nigdy. Nie tylko odmłodniał i zrzucił tłuszcz na rzecz mięśni, lecz do tego nabrał pewności siebie i rozpierała go radość. Aż przyjemnie było na niego patrzeć.

Wuj Gared, ten, którego znałam z Zakątka, zawsze był smutny lub pijany. Wojownik, który nie mógł znaleźć sobie miejsca w społeczności, zmienił się w człowieka, jakiego pragnęłam akurat w chwili, kiedy go potrzebowałam.

– Wobec tego nie będę cię dłużej zatrzymywać. – Gared jako jedyny z nas wydawał się zadowolony z pobytu w Krasji, więc czemu nie pozwolić mu się tym cieszyć? Niewykluczone, że każę mu ruszyć ze mną w czeluść, i nie wątpiłam, że zrobi to bez wahania.

Generał już miał wyjść, gdy drzwi uchyliły się, ukazując służącą, która kłaniała się, jeszcze zanim weszła do komnaty ze wzrokiem wbitym w podłogę.

– Wybacz, że przeszkadzam, Wasza Wysokość, mam dla ciebie wiadomość.

Służba z zasady nie wchodziła, kiedy miałam gości, więc ten, kto wysłał wiadomość, musiał przewyższać mnie rangą. Stawiałam, że to Damajah bądź jedna z *Damaji*.

– Podnieś oczy, Oshalo vah Finela, i przekaż mi tę wiadomość.

Zauważyłam lekkie zaskoczenie dziewczyny. Krasjańscy służący nie nawykli, by panowie nazywali ich po imieniu i traktowali jak równych sobie. Ale ponieważ wydałam jej polecenie, wyprostowała się i popatrzyła na mnie.

– Święta matka Kajivah wzywa cię do swojego pałacu na audiencję.

– Wzywa! – burknął Gared. Starał się mnie chronić przed wszystkim, lecz w tym wypadku nie mógł nic zrobić. – Jesteś przywódczynią Zakątka. Kim ta cała święta matka jest, że ośmiela się ciebie wzywać?

– Moją babką – westchnęłam.

– Ach… – Z Gareda zeszło powietrze. – No to chyba zapasy muszą iść w odstawkę.

Kiedy byłam mała, cały Zakątek bał się babci Elony. Potrafiła być słodka jak miód i drapnąć niespodziewanie jak kot. Nikt nie chciał się jej sprzeciwiać. Większość ludzi wolała jej unikać. Ale była matką księżnej, a to dawało Elonie władzę oraz armię pochlebców pragnących zaskarbić sobie jej przychylność.

Nie bałyśmy się jej tylko ja i Micha. Byłam jedyną wnuczką i babka traktowała mnie jak pępek świata.

Na Michę próbowała nakrzyczeć raz czy dwa, ale moja siostra tylko mierzyła ją wtedy chłodnym spojrzeniem, niezrażona i nieustępliwa. W końcu babka dała sobie spokój.

– Wszyscy się jej boją, a ty nie, dlaczego? – zapytałam raz Michę, gdy siostra rozczesywała mi włosy.

– Masz dwie babki, Elonę oraz tę drugą, która jest naszą wspólną babką, Kajivah am'Jardir am'Kaji. Elona jest jak żmija, szybka, bystra i zabójcza. Ale nie dorasta Kajivah nawet do pięt.

Na wspomnienie tych słów ścisnęło mnie w dołku. Rojvah opisywała ją podobnie, kiedy korespondowałyśmy. Jej listy zawierały pełno opowieści, jak babka wtrąca się w życie swych kilkudziesięciu wnuczek. Starą, głęboko konserwatywną maniaczkę kontroli Rojvah nazywała koszmarem, z którego nie ma przebudzenia.

Wizja spotkania z nią wzmogła mój niepokój, ale i ciekawość. Przez dwie godziny zastanawiałam się, co na siebie włożyć. Powinnam iść do niej jako wnuczka czy wnuk? A może coś pomiędzy?

Potem przypomniałam sobie ostrzeżenia Kajiego i Inevery. Może nie rozumiałam sposobu myślenia krajan ojca tak dobrze, jak uważałam, kiedy rzucałam wyzwanie w sali tronowej?

Pomyślałam też o, jak sądziłam, niewinnej herbatce, podczas której stanęłam oko w oko z uzbrojonymi *Sharum'ting* oraz mężczyznami, którzy omal nie zakatowali mnie i siostry na śmierć.

To ostatnie wspomnienie pomogło mi zadecydować. Nie zamierzałam już nigdy znaleźć się w podobnej sytuacji odziana w jedwabie. Tu, gdzie nie potrafiłam odróżnić przyjaciela od wroga, powinnam nosić zbroję.

Podróż w palankinie niesionym na ludzkich ramionach była dziwnym doświadczeniem. Dla Krasjan było to oznaką wysokiego statusu. Osobiście wolałabym pojechać konno i w razie czego mieć możliwość obrony czy sprawnej ucieczki przed napastnikami, ale jako królewski gość pałacu świętej matki nie chciałam obrażać gospodarzy.

Opancerzony palankin nieśli moi bracia włóczni, eskortowani przez krzepkich Rębaczy w drewnianych, emaliowanych zbrojach. Nasz pochód przyciągał spojrzenia przechodniów, ludzie obserwowali nas z okien, a za nami podążał tłumek gapiów.

Czułam się podobnie jak w Labiryncie, gdzie na każdym kroku spodziewałam się zasadzki. Byłam czujna i napięta, gotowa do walki, jakby zza rogu mogły nagle wyskoczyć na nas demony. Włócznię miałam w zasięgu ręki, ale na niewiele by się zdała w ciasnej przestrzeni lektyki, ściskałam więc w dłoni rękojeść hanzharu, żeby w razie potrzeby móc natychmiast odeprzeć atak.

Tyle że żadnego ataku nie było. Do bram pałacu świętej matki dotarliśmy szybko. Zatrzymaliśmy się i poczułam, jak tragarze opuszczają palankin na ziemię. Wyjrzałam na zewnątrz. Przed bramą stali strażnicy w kaftanach o białych rękawach, z tarczami i włóczniami w rękach.

Białe rękawy były oznaką *Sharum* w służbie świątyni Sharik Hora oraz Świętego Miasta w Krasji. Ich obecność pod pałacem również miała sens. Co prawda z tego, co wiedziałam, Kajivah nie była nawet *dama'ting,* ale jako matka Shar'Dama Ka, Wybawiciela, w oczach ludu stała tak blisko Everama, jak może żyjący człowiek.

Kilkanaście kroków od nas *Sharum* w szatach o białych rękawach, liczebnością przewyższający moją eskortę, uklęknęli na jedno kolano. Ustępowali mi rangą, byli jednak gotowi ze mną walczyć w razie zagrożenia życia świętej matki.

Jeden z klęczących, w białym szalu *kai,* zrobił ruch, jakby chciał położyć na ziemi dłonie i złożyć mi czołobitny ukłon.

Poczułam się urażona. Matka nie znosiła hołdownictwa i służalczości wobec członków rodu królewskiego, a ja uważałam, że żaden wojownik, który walczył z *alagai,* bez względu na rangę, nie powinien bić czołem o ziemię na powitanie mnie.

Syknęłam strofująco jak krasjańska matka karcąca dziecko, a gwardzista instynktownie zamarł, zapewne zastanawiając się, czym mnie uraził. Pożałowałam, że nie pozwoliłam mu się po prostu ukłonić, bo możliwe, że chcąc oszczędzić jego godność, jeszcze bardziej ją znieważyłam.

– Powstań, czcigodny *kai* – powiedziałam głębokim głosem, żeby zatuszować wcześniejsze kobiece syknięcie. – Spójrz mi w oczy.

Bardzo się starałam naśladować akcent Kaji, ale nawet dla mnie zabrzmiał nienaturalnie. Uniwersyteccy wykładowcy krasjanistyki byli Kaji, jednak posługiwałam się tym językiem i nabierałam w nim płynności, dopiero mieszkając pośród Majah.

Najwyraźniej uspokojony wojownik płynnym ruchem podniósł się z kolan i spojrzał mi w oczy. Przyłożyłam pięść do piersi w tradycyjnym powitaniu *kai'Sharum*, a na jego twarzy znów odbiło się zaskoczenie, choć machinalnie odpowiedział tym samym gestem.

– Zaszczycasz mnie. – Tym razem oddał mi ukłon wojownika. – Witaj, Wasza Książęca Wysokość, książę Olive asu Ahmann am'Zakątek. Jestem Kai Neven, to zaszczyt ci służyć. Moi ludzie chętnie napoją twoich i zaprowadzą ich do cienia, żeby mogli odpocząć podczas twojego pobytu w pałacu.

– Dziękuję, Kai Neven. – Spodziewaliśmy się tego. Pałac świętej matki był przestrzenią zarezerwowaną dla kobiet i gwardziści świątynni nie wpuszczali na jego teren uzbrojonych mężczyzn. Na zewnątrz znajdowały się stajnie i schronienia.

Przed wejściem na dziedziniec moja eskorta, a także ja musieliśmy zdać tarcze i krótkie włócznie kolne – w Zakątku nazywano je włóczniami szermierczymi. Neven zerknął na hanzhar u mego pasa, ale nie kazał mi go oddać.

Dziedziniec okazał się przestronny i tętnił życiem. Kręcili się po nim służący i dworzanie, ale również *dama* oraz *dama'ting*. Kapłanki, podobnie jak ja, miały przy sobie swoje sztylety. Za kapłanami dreptali akolici niosący papier i przybory do pisania, a to oznaczało, że dwór ten ma rzeczywistą władzę, nawet jeśli innego rodzaju niż ta, którą posiadali dworzanie w pałacu Damajah.

Otoczenie pałacu przypominało mi nieco tereny twierdzy matki, gdzie w obrębie murów dominowały ogrody. W pobliżu pałacu wznosiła się odrębna budowla, wysoka wieża otoczona u podstawy przez krąg *dal'Sharum* o białych rękawach. Jeden szereg stał twarzami zwróconymi do budynku, drugi na zewnątrz, jakby jednocześnie pilnowali tego, co znajdowało się w wieży, jak i chronili ją przed atakiem. Od czasu do czasu do budynku wchodzili i wychodzili z niego kapłani i akolici w białych szatach. Strażnicy przyglądali się bacznie, co odwiedzający wnoszą i wynoszą, jednak ich nie zatrzymywali.

– Co to? – zapytałam Kai Nevena.

– Wieża Niczego, Wasza Wysokość. To więzienie księcia Asome.

Książę Asome. Mój przyrodni brat, drugi w kolejności syn Ahmanna Jardira, zwany również Księciem Niczego, nie dane mu było bowiem odziedziczyć ani tytułu, ani władzy. Asome, który piętnaście lat wcześniej podczas nieobecności ojca, uznanego za martwego, nocą wymordował radę *Damaji*, aby siłą przejąć Tron z Czaszek. Asome, który złamał przysięgę ojca złożoną Majah i spowodował rozłam. W efekcie Majah wrócili do Pustynnej Włóczni, mimo że byli bardzo potrzebni w *Sharak Ka*.

Ten sam rozłam zrujnował mi życie i zmusił, bym zbudowała siebie na nowo.

Nagle poczułam, że przyjście tutaj było błędem. Jednak było już za późno na wycofanie się, więc przyspieszyłam kroku.

– Mądrze jest zachować dystans – skomentował Neven. – Książę Asome nadal posiada bogactwa, władzę i wpływy. Czas na wygnaniu spędził, zgłębiając magię *dama'ting* i doskonaląc swoje *sharusahk*. Mówi się, że jest drugim największym żyjącym mistrzem po samym Wybawicielu.

Słowa te prawdopodobnie miały obudzić we mnie niepokój, lecz nieoczekiwanie poruszyły pewną strunę. Ja również studiowałam magię *dama'ting* w Komnacie Cieni, a przez ostatnie miesiące praktykowałam *sharusahk*. Asome spłodził jednego syna, Kajiego, więc w zasadzie nie był *push'ting*, ale określenie to miało głębsze znaczenie, niż przypisywała mu oficjalna definicja. A powszechnie wiadomo, że Asome wolał towarzystwo mężczyzn.

Moja eskorta odprowadziła mnie do ogrodów, gdzie czekali strażnicy eunuchowie. Na przegubach i kostkach nosili złote obręcze symbolizujące poddaństwo.

– Twoi ludzie muszą zaczekać tutaj – rzekł Neven. – Nawet ja nie mogę wejść do ogrodów, chyba że na umówione spotkanie z żoną i dziećmi.

Wyglądało na to, że muskularnych, uzbrojonych w pałki eunuchów ta zasada nie obowiązywała. Jeden z nich miał nawet czelność sięgnąć do mojego pasa, żeby odebrać mi hanzhar.

Znów wyrwało mi się to karcące syknięcie, które tylekroć słyszałam z ust Michy, kiedy dorastałam. Bezczelny eunuch cofnął rękę jak oparzony, a ja wyszczerzyłam do niego zęby.

– Eunuch czy nie, jesteś mężczyzną i nie wolno ci dotykać hanzharu.

Podczas chwili ciszy, która nastąpiła później, eunuchowie porozumiewali się, poruszając palcami niemal zbyt szybko, żeby oko mogło śledzić ich gesty. Mężczyźni strzegący kobiet stanu świętego często wraz z jądrami wyrzekali się również języków i rozmawiali na migi, za pomocą systemu znaków, którego Micha zdążyła nauczyć mnie tylko w stopniu podstawowym. Pomyślałam, że może poproszę kiedyś Favah, żeby podjęła lekcje, na razie jednak musiałam odgadywać znaczenie ruchów.

Przypuszczałam, że dyskutują o tym, czy wpuścić mnie z bronią, odmówić, czy gorzej, iść i zapytać o to świętą matkę. Ostatecznie przepuścili mnie w towarzystwie jednego nieszczęśnika, tego, który chciał mi odebrać hanzhar. Eunuch ruszył przodem, prawdopodobnie chcąc uprzedzić Kajivah o zakłóceniu.

Ogrody świętej matki okazały się labiryntem żywopłotów, zapewniającym prywatność i ochronę kobietom, które mogły w tym miejscu swobodnie chodzić bez zasłon i czarnych szat. Mój wewnętrzny *Sharum*, który narodził się w Labiryncie Pustynnej

Włóczni, spiął się instynktownie. Kiedyś podziwiałabym w tym miejscu piękno kwiatów i zachwycała się prywatnością, jaką zapewniały zaciszne altanki. Teraz widziałam tylko zaułki i wąskie przejścia – doskonałe miejsca na zasadzki. Mimo że próbowałam odciąć się od tych myśli i skupić na fascynacji roślinami, w tle mój umysł nie przestawał planować obrony.

Obrzeża ogrodów stanowiły terytorium neutralne, gdzie mężowie mogli spotykać się z żonami, a chłopcy z matkami i siostrami. Ze względu na wiek, jeszcze nieodpowiedni do mariażu, oraz na królewską krew mogłam wejść dalej niż mężczyźni, jednak nie zaprowadzono mnie do samego centrum, zakazanego nawet dla eunuchów.

Świętą matkę najpierw usłyszałam.

– Głupcze! – Myślałam, że Rojvah przesadzała w swoich listach, ale nie, opis głosu Kajivah jako „skrzek demona piaskowego" oddawał doskonale rzeczywistość. – Chyba podczas kastracji wyłuskali ci też mózg! Masz szczęście, że książę Olive nie zabił cię na miejscu za próbę napaści na szlachetnie urodzonego! A teraz zmiataj stąd, zanim jeszcze bardziej rozeźlisz mojego wnuka.

Eunuch posłaniec wypadł zza żywopłotu, omal mnie nie przewracając. Na mój widok wybałuszył oczy, jęknął i w końcu skłonił się tak głęboko, że dłońmi musnął trawę. Ale nie zatrzymał się przy tym ani na moment, więc gdy obuta w wytworny pantofel stopa wyłoniła się zza krzewów, zdążył zniknąć z pola widzenia.

Tu, w prywatnym ogrodzie, Kajivah opuszczała zasłonę z twarzy i odsłaniała włosy. Miała na sobie pięknie skrojone szaty w odcieniach pomarańczowego, które pokryto haftami. Złote nici tworzyły skomplikowane wzory runów. Przypuszczałam, że ta kobieta nigdy nie spotkała się oko w oko z demonem, a jednak nawet w pełnym świetle dnia nosiła na sobie więcej zabezpieczeń niż *Sharum* w Labiryncie.

Potrząsnęłam głową, bo przecież sama miałam w Zakątku wiele podobnych szat, z których większość haftowałam przekonana, że wszystkie *alagai* zostały zniszczone podczas czystki Wybawiciela. Kimże byłam, by oceniać tę kobietę? Przecież nie wiedziałam, czego doświadczyła w życiu.

Zdjęcie zasłony miało ośmielać rozmówcę, a jednak twarz babki pozostała surowa, ściągnięta, jakby przez parę dni kobieta nie odwiedzała wychodka. W ciemnych włosach srebrzyły się jasne pasma, które przypominały błyskawice przecinające nocne niebo.

Za babką, niczym klucz demonów wiatru za przewodnikiem, podążały jaskrawo poubierane damy dworu. Większość nie odsłoniła twarzy, ale te, które to zrobiły, rozpoznałam z pałacu.

Moje siostry, podobnie jak Micha dwa razy ode mnie starsze, mimo wieku w doskonałej formie, promieniały pięknem i energią. Na mój widok zostały w tyle i zaczęły szeptać między sobą.

Za grupką podążały dwie zawoalowane *dama'ting* w białych szatach. Robiły wrażenie sług, ale przypuszczałam, że są raczej szpiegami Damajah. Częścią zamachu stanu, na który porwał się Asome, była próba matkobójstwa. Mój brat zamierzał osadzić na tronie z poduszek właśnie Kajivah. Nie było jasne, czy babka była jedynie pionkiem w tej grze, czy może brała w niej udział świadomie, pragnąc zasiąść na tronie z poduszek tak samo mocno, jak jej wnuk pragnął zasiąść na Tronie z Czaszek.

– Olive! – zaskrzeczała Kajivah, przyspieszając kroku i otwierając ramiona do objęcia mnie, zupełnie jakbyśmy znały się od zawsze. Uścisnęła mnie mocno i pocałowała w oba policzki.

Matka nakazywała mi, by w takich sytuacjach zmuszać się do uśmiechu, a ja na szczęście przyswoiłam sobie jej nauki.

– Witaj, babko.

Kajivah zbyła tytuł lekceważącym machnięciem ręki.

– Możesz nazywać mnie *tikka*. – Krasjańskie słowo oznaczało zarówno dosłownie „babkę", jak i było pełnym szacunku określeniem starszej kobiety. – Niechże ci się przyjrzę – ciągnęła, robiąc krok do tyłu.

Stanęłam posłusznie, rozkładając ramiona, a kiedy *tikka* pokręciła palcem, obróciłam się, dając jej obejrzeć się z każdej strony.

– Jakiś ty przystojny – oceniła. – I silny. Chociaż chudy. Pewnie głodzili cię w tej Pustynnej Włóczni. Majah zawsze żywili się byle czym. Wojownik rodu Jardira powinien być bardziej umięśniony. – Zwróciła się do jednej ze swoich dwórek. – Każ przynieść do ogrodu posiłek. Jakieś mięso i mój ulubiony kuskus.

– Dziękuję, *tikka* – ukłoniłam się – ale naprawdę, nie rób sobie...

– Pff – sapnęła babka, gdy wyznaczona kobieta znikała za żywopłotem. – Przecież nie mogę dopuścić, żeby mój wnuk wyglądał jak wygłodzona trzydziesta żona. Już wystarczy, że twoja matka, *heasah* jedna, zhańbiła cię, wychowując jako *push'ting.*

Postąpiłam ku Kajivah, mierząc ją chłodno wzrokiem, jak Micha, gdy patrzyła na babkę Elonę.

– Jeśli będziesz się źle wyrażała o mojej matce, *tikka,* nasze spotkanie będzie krótkie. – Mówiłam spokojnie, cicho, stanowczo.

Kajivah zamrugała zaskoczona, a potem zaśmiała się i znów ucałowała mnie w policzki.

– No tak, jesteś posłusznym synem, niezależnie od tego, czy twoja matka na to zasługuje, czy nie. Ale jakże mogłoby być inaczej, skoro jesteś moim wnukiem? Mawiają, że zostałam przeklęta, bo powiłam trzy córki po urodzeniu twojego ojca, ale ja uważam, że Everam pobłogosławił mnie synem tak wspaniałym, że nie potrzebował braci.

Czy Asome był posłusznym synem, kiedy próbował zamordować Inevera? Rozsądek nakazał mi zachować to pytanie dla siebie, bo odpowiedź mogłaby mi się nie spodobać.

Kajivah ujęła mnie pod brodę i odwróciła moją twarz, przyglądając jej się bacznie.

– Obawiałam się, że będziesz podobny do zielonoziemców, ale krew mojego syna jest silna. Z łatwością znajdziemy ci odpowiednią krasjańską *Jiwah Ka*.

– Jeszcze kilka miesięcy do moich szesnastych urodzin – przypomniałam, licząc, że to wystarczy, by zejść z tego tematu. W Nowej Krasji małżeństwa zawierało się po szesnastym roku życia i matka używała tego argumentu, aby trzymać swatów na dystans.

– To prawda, już dawno powinieneś być zaręczony, a twoja przyszła żona powinna już wybierać swoje siostry-żony. Ale to nic! – Uszczypnęła mnie pieszczotliwie w policzki. – Ledwie skończyłeś piętnaście, a już jesteś bohaterem Labiryntu, w twoich żyłach płynie królewska krew, jesteś przystojny i możesz samodzielnie rządzić! Z pewnością nie będzie trudno znaleźć mu dobrą partię. – Ostatnie zdanie rzuciła w stronę towarzyszących jej kobiet, które posłusznie się roześmiały. – Damajah bez wątpienia ma już plany co do ciebie – ciągnęła Kajivah. – Pewnie wybrała jakąś żmijowatą *dama'ting*, żeby trzymać cię na smyczy.

Dwie *dama'ting* stojące za jej plecami zaczęły pilnie przyglądać się trawnikowi.

– Mowy nie ma – oświadczyłam, krzyżując ramiona na piersiach.

– Ależ oczywiście! – przytaknęła babka. – Znajdę ci odpowiednią narzeczoną, która utrzyma cię w domu, i wychowam twoje dzieci tak, jak wychowałam przychówek Ahmanna i jego sióstr. Taką, która będzie spłacała twoje długi i grzała ci łoże, a nie wtykała nos w sprawy, które nie dotyczą głupich kobiet.

Oniemiałam. A niby w czym to lepsze od żmijowatej *dama'ting*?

– To bardzo miłe z twojej strony – powiedziałam, odzyskawszy głos. – Obawiam się jednak, że nie mamy na to czasu. Jutro wyruszam do Zakątka.

– Oczywiście, oczywiście – potaknęła *tikka*. – Wobec tego może powinnam ci towarzyszyć? Chętnie zobaczę zamki Północy, poza tym zabiorę kandydatki, które weźmiesz pod uwagę...

– Twoja propozycja jest zaszczytna, *tikka*, ale musimy podróżować szybko, a nie chciałabym narażać cię na takie trudy. Orszak świętej matki nie może się składać jedynie z włóczni. Może odwiedzisz nas wiosną, gdy stopnieją śniegi?

Wtedy miałam już być daleko od Zakątka, nieważne, czy w Kryjówce, czy też we Włóczni Ala. A jeśli uda mi się wrócić z wyprawy w jednym kawałku, uciążliwa babka będzie moim najmniejszym problemem. Może nawet zetrą się z Eloną i los w ogóle oszczędzi mi kłopotu.

– Wspaniały pomysł! – wyskrzeczała Kajivah i obróciła się do jednej z zawoalowanych służących. – Zacznij robić listę przygotowań – rzuciła do niej. – I gdzie to jedzenie? Poszukaj tej leniwej kucharki i wybatoż ją, jeśli jeszcze nie skończyła. I przynieś schłodzony nektar dla księcia Olive!

Gdy kobieta odbiegła, do Kajivah zbliżyła się jedna z *dama'ting*.

– Święta matko, nie sądzę, żeby Damajah uznała pomysł podróżowania do zielonych krain za rozsądny...

– Oczywiście, że nie – odwarknęła *tikka*. – Podobnie nie uważała za rozsądne, żeby Ahmann okazał szacunek *chin* matce księcia Olive, czyniąc z niej *jiwah*. Sama dopilnuję, żeby odpowiednio wyswatać swojego wnuka.

Kapłanka już więcej nie protestowała. Pewnie jak wszyscy w otoczeniu Kajivah uważała, że lepiej nie drażnić jędzowatej staruszki.

Sama również stuliłam uszy, dochodząc do wniosku, że kapłanka ma rację i kwestię tę można rozwiązać, po prostu uprzedzając Ineverę o planach babki.

– Przespaceruj się ze mną, Olive. – *Tikka* wzięła mnie pod ramię i wsparła się na nim symbolicznie, choć mimo wieku, a musiała mieć jakieś siedemdziesiąt lat, była w doskonałej formie. Gest ten wykorzystała, żeby pokierować mną jak koniem.

– To zaszczyt dla mnie, *tikka* – powiedziałam i dałam się prowadzić pomiędzy fontannami, posągami i wypielęgnowanymi kwietnikami.

– Musimy coś zrobić z tym twoim akcentem Majah – zauważyła. – Książę o twoim statusie nie powinien mówić jak jeden z tych dzikich *ginjaz*.

Zszokowana, znów nie wiedziałam, co powiedzieć. Kajivah roześmiała się i pociągnęła mnie za ramię.

– Wiem, że to nie twoja wina, chłopcze! Z pewnością musiało być ci ciężko żyć pomiędzy tymi brudasami, a mimo to wróciłeś na ich czele. Krew twojego ojca przejawia się nie tylko w twojej urodzie. Znajdziemy bakałarza, który pomoże ci pozbyć się niegodnych resztek z twojego książęcego języka.

W ciągu kilku chwil zdołała zelżyć własne sługi, moją matkę, mój lud, Damajah i całe plemię. Zaczęłam się zastanawiać, ile jeszcze muszę z nią zostać, by nie popełnić gafy przeciw etykiecie.

– Zanim wyjedziesz, musisz koniecznie odwiedzić swojego brata – oświadczyła Kajivah, jakby czytając mi w myślach.

– Nie sądzę... – wydukałam.

– Nie pozwól, żeby plotki zatruły ci serce, zanim z nim porozmawiasz – pouczyła mnie *tikka*. – Asome to dobry człowiek i mądry. Twój ojciec zniknął, a *chin* zbuntowali się, dopóki Asome nie przejął władzy. Gdyby nie jego przywództwo, nie bylibyśmy gotowi na *Sharak Ka*.

Nie taką wersję słyszałam, biorąc jednak pod uwagę, jak niskie mniemanie Kajivah miała o własnej płci, nic dziwnego, że nie widziała najmniejszej skazy w swoim najstarszym żyjącym wnuku.

– Asome przedłożył ponad wszystko obowiązki wobec Krasji – oznajmiła dobitnie. – Dobry książę nie może pozwolić sobie na luksus innego postępowania.

Podobne słowa mogłaby równie dobrze wypowiedzieć moja matka i nie po raz pierwszy zaczęłam się zastanawiać, co jest moim najważniejszym obowiązkiem.

20

Wieża Niczego

Zanim *tikka* i moje siostry skończyły nade mną gruchać, cienie zdążyły się wydłużyć. Po opuszczeniu ogrodów przystanęłam na dziedzińcu i zapatrzyłam się na Wieżę Niczego. Górowała nad placem, wznosząc się dużo powyżej szczytów murów pałacowych, a z jej okien rozciągał się widok na Lenno Everama.

Owszem, więzienie, ale królewskie więzienie.

Tak jak w przypadku babki, mimo ostrzeżeń byłam ciekawa, jaki jest ten mój wyrodny brat. Każdy miał na jego temat własne zdanie i opowiadał własną wersję wydarzeń, według których Asome był odpowiednio mordercą, szaleńcem bądź bohaterem dźwigającym szlachetne brzemię. Niektórzy twierdzili, że zdradził Majah i spowodował rozłam plemienia, ale inni – głównie Nowokrasjanie – twierdzili, że to Majah porzucili *Sharak Ka*, ponieważ nie chcieli poddać się władzy syna Wybawiciela.

Co powodowało człowiekiem, który mordował, by zdobyć tron? Który zabił swojego wuja, teścia, a nawet nasłał skrytobójców na własną żonę oraz matkę? Mogłam się tylko domyślać, chyba że zebrałabym się na odwagę i zapytała go osobiście.

– Żadnej broni. – Dowódca strażników świątynnych ustawionych w kręgu wokół wieży zastąpił mi drogę, krzyżując ramiona na piersi. – I żadnej eskorty. Przy wejściu i wyjściu obowiązkowe przeszukanie.

– Obawiam się, że nie możemy robić żadnych wyjątków – stwierdził Neven. – Rozkazy wydał nam sam Wybawiciel. Jeśli obawiasz się wejść nieuzbrojony, nie możesz wejść w ogóle.

– Niczego się nie obawiam – oświadczyłam przekonująco, choć nie była to prawda. Odpięłam od pasa hanzhar, owinęłam go w szal i podałam Nevenowi. Potem uniosłam ręce, pokazując strażnikom puste dłonie. Jeden z nich obszukał mnie, oklepując. Napięłam się, gotowa złamać mu rękę, jeśli zbłądzi gdzieś, gdzie nie powinien. Jednak *dal'Sharum* chyba obawiał się mnie bardziej niż ja jego. W końcu byłam *kai* i księciem. Gdybym zabiła go za nieprzyzwoite obmacywanie, nie poniosłabym żadnej kary.

Spoglądając na ciemny, pokryty runami łuk nad wejściem do wieży, pomyślałam, że popełniam błąd, wchodząc tam sama i nieuzbrojona. Nie mogłam się jednak zdobyć na zawrócenie, bo skoro już przyszłam, chciałam choć spojrzeć bratu w oczy i sama przekonać się, czy ujrzę w nich błysk szaleństwa.

Potężne runy wyryte na obramowaniu wejścia miały nie tylko chronić przed *alagai*. Zastawiałam się, czy to sama Damajah zaprojektowała ten zestaw, żeby powstrzymać syna przed opuszczeniem wieży.

Nieliczne wąskie okna zasłonięto okiennicami i zaryglowano tak, że nie przepuszczały do środka nikłego blasku gasnącego dnia. Wszędzie wyryto runy. Dzięki sigilom na hełmie widziałam przepływ magii. Powiodłam spojrzeniem po pulsujących mocą żyłach biegnących wzdłuż ścian. Po nastaniu nocy płynąca nimi moc miała się w pełni uaktywnić.

Podobnie było w twierdzy matki w Zakątku, gdzie mogła w każdej chwili czerpać z ogromnego źródła mocy. Jednakże jej runy służyły również innemu celowi. Poza zwykłymi obronnymi były też takie, które grzały zimą i chłodziły latem oraz zapewniały wieczne światło w używanych pomieszczeniach.

Tutaj szeregi runów pięły się spiralnie w górę, transportując moc do wyższych pięter. Co takiego zasilały? Przypomniały mi się opowieści pani Bales o więzieniach dla *alagai*, które budowano podczas wojny.

Byłam w umyśle demona i wiedziałam, że wstyd związany z uwięzieniem podsycał jego żądzę zemsty w równym stopniu, co pragnienie ponownego rozmnożenia roju, i zastanawiałam się, czy Asome również w samotności celi planuje zemstę na tych, którzy go uwięzili.

W końcu natknęłam się na akolitę w białym bido i sandałach, okrytego pasem białego jedwabiu spływającego z jednego ramienia. Podczas pierwszego roku służby akolici musieli zachować bezwzględne milczenie, więc ukłonił się tylko i zachęcił gestem, żebym poszła za nim. Podążaliśmy krętymi schodami, a po murach coraz wyżej piął się wzór runów, którego wstęgą płynęła w górę czerpana z ziemi moc. Wraz z zapadaniem zmroku nurt jarzył się coraz mocniej.

Wieża miała siedem poziomów, a każdy podest był otwarty, aby jak najlepiej wykorzystać niewielką przestrzeń. Niższe przeznaczono na pomieszczenia dla służby i przyjezdnych kleryków. Jednak im wyżej, tym Wieża Niczego coraz mniej przypominała więzienie, a coraz bardziej pałac z bogato urządzonymi komnatami gościnnymi, biblioteką, pracownią runów i sypialnią, której nie powstydziłaby się księżniczka.

Jednak runiczne kanały przekazywały energię jeszcze wyżej.

W końcu dotarliśmy na siódmą – święta liczba – kondygnację. Każde piętro reprezentowało jeden z filarów Nieba – czymkolwiek były. Evejah, podobnie jak Kanon Opiekunów, była pełna pięknych, obrazowych opisów, które pobudzały wyobraźnię, nie podając żadnych konkretów.

Akolita ukłonił się, odwrócił i zaczął schodzić tak cicho, jak wcześniej wspinał się po niezliczonych stopniach. Kiedy zostałam sama, mój wzrok przyciągnęły runy jarzące się blaskiem magii. Szereg znaków ciągnął się z dołu, z klatki schodowej, i opasywał całe okrągłe pomieszczenie, pnąc się po ścianach niczym winorośl i spływając na posadzkę.

Od łodyg tego niby-pnącza rozgałęział się mozaikowy wzór runiczny, oplatający komnatę misternymi esami-floresami. Podążywszy wzrokiem za nurtem magii, ujrzałam w końcu brata. Klęczał pośrodku wzoru, cały skąpany w jego mocy.

Czyżby strażnicy na dole naprawdę wierzyli, że jest ich więźniem? Omal się nie zaśmiałam. Nawet jeśli Asome posiadał jedynie ułamek mocy mojej matki albo Damajah, przy takiej ilości magii mógł spalić cały pałac świętej matki albo co najmniej podziurawić jego mury. Asome był tutaj więźniem, tylko dopóki sam chciał nim być.

Jednakże jeśli ten mężczyzna miał złe zamiary, to w jego aurze nie było po nich śladu. Otaczała go łagodność, spokój, opanowanie. Pośrodku doskonałego kręgu z białego, lśniącego marmuru Asome wyglądał niczym punkt na środku tarczy strzelniczej. Klęcząc, wpatrywał się w pręciki ze srebra, zupełnie jak *dama'ting* w swoje kości wróżebne. Runy wyryte w cennym metalu lśniły mocą.

– Witaj – rzekł, nie podnosząc głowy. – Siostro i bracie.

– A więc słyszałeś.

– Nic, czego nie powiedziałyby mi wcześniej moje pręciki wróżebne. – Wzruszył ramionami.

Przeszył mnie dreszcz niepokoju. Wystarczy, że moim życiem targały przepowiednie kości *dama'ting*, a teraz jeszcze przyjdzie mi zmagać się z męskimi wróżbami?

– Myślałam, że mężczyznom nie wolno posługiwać się magią *hora* – zauważyłam.

– Ty akurat wiesz najlepiej, jak głupia to zasada – odparł Asome. – Co dobrego wynika z odmawiania mężczyznom magii *hora*, a kobietom włóczni? Czy wspiera to mądre rządy *dama*? Pomaga nocą kryć się za osłonami runicznymi, podczas gdy *Sharum* przelewają swoją krew w bitwie? A może dobrze, że *dama'ting* nie chcą uczyć wojowników uzdrawiania, a *Sharum* odmawiają wykonywania zajęć niezwiązanych z włócznią i tarczą?

Nie mogłam się z tym kłócić. Rzeczywiście krasjańskie – jak również thesańskie – społeczeństwa krępowały sztywne zasady ról płciowych, które nie służyły niczemu praktycznemu, a tylko tworzyły podziały. Ich zwolennicy twierdzili, że takie normy pozwalają odnaleźć swoje miejsce w świecie, jednak tym, którzy nie czuli się swobodnie w żadnym z tych schematów, zamiast pomagać, utrudniały życie.

– To prawda, ograniczamy się w ten sposób – przyznałam.

– No właśnie – podsumował Asome, nie odwracając wzroku od pręcików. – Herbaty?

Nie wydawało mi się, żeby mój brat miał powody, by mnie otruć, ale sam fakt, że to rozważałam, wystarczył, by odmówić.

– Nie, dziękuję. – Poklepałam się po brzuchu. – *Tikka* przez całe popołudnie usiłowała zrobić mi masę mięśniową.

Asome roześmiał się w głos, a jego wesołość wydawała się szczera.

– Tak, *tikka* uważa, że wszystkie jej wnuki są niedożywione i że winę za to ponosi służba i nasze matki.

– Twoja nie wydaje się szczególnie jej bliska – zauważyłam. – Zresztą moja chyba jeszcze mniej.

– Własnych córek też nie oszczędza, obrywa im się nie mniej niż synowym – przyznał Asome. – Jedyną kobietą, do której *tikka* żywi szacunek, jest ona sama. Ale kocha nas wszystkich... Na swój sposób.

Parsknęłam, bo znów skojarzyła mi się babka Elona. Dzień z Kajivah był nudny i cały czas musiałam gryźć się w język, ale cieszyłam się, że to robiłam.

– No więc co twoje srebrne patyczki powiedziały ci o mnie? – zapytałam.

Odwrócił głowę i spojrzał na mnie uważnie, badawczo.

– Nie będę kłamał jak *dama'ting*, które twierdzą, że proroctwa to wola Everama albo że nie wolno ich wyjawiać. Jednak uważam, że to jeszcze nie czas, żeby powierzać ci tę wiedzę.

– Czyli że co, ty decydujesz, kiedy i na co jest ten właściwy czas? – Wyprostowałam się i skrzyżowałam ramiona na piersiach.

Moja postawa nie wywarła na Asome żadnego wrażenia. Bo i niby czemu? Nie stanowiłam dla niego zagrożenia. Asome był arcymistrzem *sharusahk*, którego ponoć przewyższał jedynie nasz ojciec. Ja nie miałam nawet cząstki jego umiejętności czy doświadczenia. Gdybyśmy się wdali w bitkę tutaj, w miejscu mocy mojego brata, mógłby czerpać z magii krążącej w wieży niczym ze studni, przydając sobie siły, szybkości i odporności na urazy.

Oczywiście, gdyby nie wykorzystał swojej mocy, żeby mnie od razu spopielić.

Asome wskazał na znajdującą się przed nim mozaikę runów. Powiodłam wzrokiem po wzorach, usiłując zrozumieć ich przeznaczenie. Rozpoznałam runy wieszczby, ale nie przypominały żadnego z runów znanych mi z książek, które Favah kazała mi studiować na Uniwersytecie Zielarskim.

Na posadzce wzdłuż ścian znajdowały się spiralne szeregi runów, otaczające koła z białego marmuru, jakby przeznaczone, by w nich uklęknąć. Wiedziałam jednak, że gdybym tylko wstąpiła na jeden z nich, znalazłabym się jeszcze głębiej w mocy brata.

– Nie obawiaj się, Olive. W mojej wieży jesteś bezpieczna. Chroni cię Everam i moja ufność w Niebiosa. – Asome podniósł leżący przy nim zrolowany dywanik. Jednym energicznym ruchem strzepnął go, rozwijając, i rozłożył na posadzce, przerywając ciągłość wzorów mocy.

Podziękowałam skinieniem, zmuszając mięśnie do rozluźnienia się, a potem podeszłam i uklękłam na dywaniku, twarzą do brata. W takiej samej pozycji jak on. Niby równi, choć wcale nie byliśmy równi, nawet tutaj, w jego „więzieniu". A może szczególnie nie tutaj.

– Trzech naszych braci podejmie twoje wyzwanie – rzekł Asome tonem, jakby mówił o pogodzie.

– Pręciki ci to powiedziały?

– Powiedziały mi o jednym. Dwaj pozostali bracia przyszli tutaj prosić, żebym dał im błogosławieństwo na zabicie ciebie.

– Ale... którzy? – Aż zamrugałam, zaskoczona. – I dałeś im je? – Nie wątpiłam, że Asome nadal ma wpływy na dworze, ale że aż takie...

– Wyzwanie zostało rzucone wszem wobec w sali audiencyjnej i dotyczyło wszystkich. – Asome wzruszył ramionami. – Nie znieważyłbym ani ich honoru, ani twojego, zabraniając im je podjąć.

Nie wiedziałam, jak zareagować, zacisnęłam więc zęby i zmilczałam.

– Dwaj poprzysięgli, że podejmą twoje wyzwanie otwarcie, w obecności świadków i dadzą ci siedem oddechów na przygotowanie, wedle zasad zapisanych w Evejah.

– Zawsze to coś – skwitowałam.

– Trzeci zaatakuje podstępnie – oznajmił Asome bez ogródek.

– Trudno. – To konsekwencje rzucenia otwartego wyzwania. – A co twoje pręciki mówią o moich szansach zwycięstwa?

Asome nie miał nastroju do żartów.

– Wszyscy twoi bracia to wspaniali wojownicy. Głupotą byłoby lekceważyć ich jako przeciwników. Kto zwycięży, o tym zadecyduje Everam, ale jeśli chcesz przeżyć, pilnuj się i nie daj się złapać bez broni.

Nie na taką odpowiedź liczyłam, ale nie byłam zaskoczona.

– Obchodzi cię w ogóle, kto wygra?

– Nie żywię do ciebie animozji. Synowie Ahmanna Jardira zawsze walczyli o uwagę ojca, o swoje miejsce w kolejce do tronu, jak *nie'Sharum* w kolejce po owsiankę... Niegdyś ta walka była dla mnie wszystkim. Ale teraz...

Asome wskazał na mozaikę, zapierający dech w piersiach wzór z marmuru i cennych kamieni, który przewyższał wszystko, co dotąd widziałam, nawet w samej Sharik Hora.

– Ten krąg oraz sekrety, jakie ujawnia, stały się moim światem bardziej niż cokolwiek poza nimi.

– Czy to... komnata proroctw? – zapytałam.

Asome uniósł brew.

– Doskonale. Słyszałem, że uczyła cię wielka Widząca, Favah. A więc co jeszcze tu widzisz swoim wyszkolonym wzrokiem?

Omal nie parsknęłam śmiechem. Wyszkolonym? Ledwie zdawałam uzdrawianie, a w Komnacie Cieni częściej słyszałam od Favah połajanki niż pochwały. Nie było sesji, żeby mi nie przypomniała, że mogę sobie być księżniczką, ale w Krasji wyrzuciliby mnie z pałacu *dama'ting* w niesławie.

Znów przebiegłam wzrokiem po wzorach, nie tak różnych od runów wyszywanych przeze mnie na jedwabnych szatach w Zakątku. Tamte jednak służyły głównie ochronie, te zaś tutaj miały za zadanie ściąganie zewsząd mocy. Ich szeregi wiły się spiralnie wokół białych miejsc do klęczenia, a potem zbiegały w centrum w krąg, w którym, niczym pająk w sieci, siedział Asome.

– Myślę, że osoby, którym wróżysz, klęczą w tych kręgach na obrzeżu, dzięki czemu magia przepływa przez nich, a ty możesz ją Odczytać – spróbowałam zgadnąć.

– Owszem – potwierdził Asome. – Krwawe rytuały *dama'ting* są takie... prymitywne. Nie muszę również poprzedzać rzutu konkretnym pytaniem, dzięki czemu widzę więcej niż kapłanki.

Wskazał linie wspinające się po ścianach niczym pędy winorośli, podniósł się i gestem nakazał mi uczynić to samo. Cofnął się pod ścianę i ujął rączkę ciężkiego kołowrotu. Zauważyłam, że po mojej stronie znajduje się taki sam. Oboje zaczęliśmy kręcić, wprawiając w ruch ciężką korbę. Drewniany strop wieży zaczął składać się jak okiennice, odsłaniając rozgwieżdżone niebo.

Wokół parapetu strzelniczego wznosiło się siedem kreneli. Wzory pokrywające ściany komnaty pięły się ciągłymi liniami po ich powierzchniach aż do szczytów.

– Kręgi runiczne pozwalają na wyraźniejszy Odczyt niż kości – stwierdził Asome. – A krenele umożliwiają mi orientację rzutów względem gwiazd.

– Kto cię tego nauczył? – zdumiałam się, bo choć całe życie towarzyszyła mi magia profetyczna, coś takiego widziałam po raz pierwszy.

– Kapłani od tysięcy lat podejmują próby odnalezienia prawdy za pomocą patyczków wróżebnych i gwiazd. Jednak bez magii skoncentrowanej na rzuty przepowiednie były równie dokładne, co domysły. Wiedzę o *alagai hora* pozyskałem od dwóch *dama'ting* Damajah, które pragnęły specjalnych względów i chciały pomóc mi w zastąpieniu obecnej Damajah. Moi kapłani studiowali magię kości, ale żaden z nas nie potrafił osiągnąć mistrzowskiego poziomu w tej sztuce. Dlatego zacząłem zgłębiać święte pisma i za pomocą runów profetycznych przywróciłem część tej zapomnianej starożytnej magii.

– Do czego jej używasz, skoro jak twierdzisz, nie interesują cię sprawy, które toczą się poza wieżą?

– Do zdobywania wiedzy. Dzięki niej się rozwijam. Moi bracia w bieli i bracia z krwi przychodzą do mnie po przepowiednię i radę. Poza tym, jeśli ujrzę w nich coś szczególnego, staram się pomóc im odnaleźć spokój i spełnienie.

– A co zwraca twoją uwagę?

– Niewykorzystany potencjał.

– Ach, tego mam pod dostatkiem – stwierdziłam.

Asome się roześmiał.

– A więc odsuń dywanik, siostro i bracie, uklęknij w spirali, a rzucę dla ciebie pręciki.

– Nie wiem, czy to właściwy czas, bracie – odparłam również z uśmiechem.

– Nie ufasz mi – raczej stwierdził, niż zapytał.

– A niby czemu miałbym? Moja wizyta nie była zaplanowana, nie szukam u ciebie rady. Chciałem jedynie spojrzeć ci w oczy.

– A co spodziewałeś się tu znaleźć? Bełkoczącego szaleńca, przykutego do podłogi? Demonicznego księcia, chcącego cię pożreć? Penitencjariusza załamanego porażkami, nieustająco błagającego milczącego Stwórcę o wybaczenie?

– Pewnie tak, któregoś z nich.

– Ach, jednak Everam skomplikował każdego człowieka. Nic nigdy nie jest proste. Nikt nie jest w pełni zły, nikt nie jest bohaterem bez skazy. No może poza Alagai Ka i Wybawicielem.

Parsknęłam. Jeśli tak, z pewnością nie byłam Wybawicielem.

– Czemu miałbyś mi zaufać? – powtórzył za mną Asome. – Ponieważ Nie znów się budzi. Ponieważ nasz ojciec zaginął, a Alagai Ka przemierza ziemię podczas Nowiu.

Żadna z tych informacji nie była powszechnie znana, a jednak Asome nie udawał, że nie orientuje się w najnowszych wydarzeniach. Ciekawa byłam, czy wiedzę czerpał z rzutów, czy może raczej od swych szpiegów.

– Ostatnim razem, gdy ojciec zaginął, wymordowałeś cały dwór – przypomniałam. – Nocą, gdy wszyscy ludzie są braćmi w bitwie przeciw *alagai*. W godzinie *Sharak Ka* złamałeś przymierze z Majah, pozbawiając armię Krasji włóczni drugiego najsilniejszego plemienia. Zabiłeś przywódcę, który zasiadał na tronie, własnego wuja oraz teścia i zrobiłeś to gołymi rękami. A potem nasłałeś skrytobójców na swoją matkę i żonę.

Jeśli słowa te zakłuły Asome, nie dało się tego poznać po niewzruszonej masce spokoju, jaką kapłani uczyli się utrzymywać podczas szkolenia. Nie potrafiłam odczytywać aury tak sprawnie jak matka czy Damajah, ale ta Asome zdawała się nieporuszona, przypominała jaśniejący łagodnie blask, a nie trzaskający ogień.

– Uczyniłem to, co uważałem za najlepsze dla Krasji w tamtym czasie – odrzekł Asome głosem równym niczym tafla sadzawki. – Na własne oczy widziałem, jak Par'chin strąca ojca z urwiska, i nie przypuszczałem, że Ahmann Jardir jeszcze powróci. *Chin* wykorzystali tę okazję, zaczęli się burzyć. Mój brat Jayan lekkomyślnie najechał zielone krainy, plądrując je nieludzko, wystawiając nasze siły na coraz większe ryzyko podczas prób zdobycia chwały, która zapewni mu władzę. Nie mogłem do tego dopuścić. Miałem prawo walczyć o tron, ale wtedy matka pozbawiła mnie tego prawa, osadzając na nim wuja Ashana, i to nie dlatego, że był najsilniejszym przywódcą, ale dlatego, że mogła go kontrolować.

Znów splotłam ramiona na piersi.

– I to cię usprawiedliwia?

Asome rozłożył ręce.

– Byłem głupcem. Niecierpliwym, ogarniętym tą samą manią wielkości, co mój starszy brat. – Wskazał na patyczki wróżebne. – Długo rozważałem konsekwencje moich czynów, podział, jaki spowodował mój wybór. I wiesz, co zobaczyłem?

– No proszę, oświeć mnie – zachęciłam go, wiedząc, że i tak mi powie.

– Gdybym w noc śmierci Jayana nie zrobił nic, zgarnąłbym całą pulę. Pręciki i gwiazdy wskazują to jednoznacznie. Poddani mnie kochali, żołnierze byli mi wierni. Gdybym tylko zaczekał, wykazał się cierpliwością, to ja, a nie Kaji, zasiadałbym teraz na Tronie z Czaszek. Gdybym był krztynę mądrzejszy, dzisiaj władałbym Krasją, a nie tkwił w wieży, czytając z gwiazd. Chcąc jednak natychmiast zaspokoić swoje ambicje, uderzyłem w tych, którzy by mnie poparli. Zabijałem z zimną krwią i braciom kazałem czynić to samo, oszukując ich, że kości wróżą im zwycięstwo w starciu z *Damaji*.

Starałam się zachować kamienną twarz, jak mój brat, lecz w tym momencie poczułam drgnienie mięśni.

– Po powrocie ojca mogłem oddać mu zjednoczoną Krasję, ale przez arogancję zostawiłem mu imperium w rozbracie. Cóż mogli po tym uczynić matka i ojciec poza skazaniem mnie na życie w izolacji od władzy, od społeczeństwa? Mam szczęście, że nie ukarali mnie śmiercią. W wielu przypadkach tak właśnie czynią i nikt by ich za to nie potępił. Ja na ich miejscu tak bym zrobił.

Nie wyczuwałam kłamstwa w jego słowach, ale nie wybrzmiewała w nich też szczera prawda.

– A więc żałujesz swoich czynów dlatego, że były złe, czy dlatego, że nie uzyskałeś dzięki nim tego, czego pragnąłeś?

– Gwiazdy nie oceniają, czy coś jest dobre, czy złe. – Asome wzruszył ramionami. – One jedynie płoną.

– I właśnie tak siebie postrzegasz? Jako gwiazdę, która jest ponad złem i dobrem?

– Jestem przeciwnikiem Nie. Nawet ty nie jesteś na tyle naiwny, żeby wierzyć, że można z Nie zwyciężyć, nie plamiąc sobie rąk krwią.

Pomyślałam o tym, jak odurzyłam Wondę, chcąc ruszyć w objazd królestw. O tym, jak trzymałam w ramionach martwych Chadana i Michę. O tym, jak wbijałam sztylet w serce Iravena.

Nie doczekawszy się mojej odpowiedzi, Asome pokiwał głową.

– Ale podczas gdy ja zostałem osadzony w wieży, mój kuzyn Asukaji za te same zbrodnie doczekał się przebaczenia i po dziś dzień służy *Damaji* Kaji. Na początku mieszkał tutaj ze mną, ale w miarę upływu czasu zew pałacu brzmiał w nim coraz silniej. Trudno się dziwić. Nie można przecież oczekiwać od kogoś, by zamknął się dożywotnio w celi tylko dlatego, że jego ukochany nie może jej opuścić. Teraz ma żony. I dzieci.

– Współczuję ci. – Sama nie wiedziałam, co gorsze, śmierć ukochanego czy doświadczanie powolnego porzucenia.

Asome zaczerpnął głęboko powietrza i wypuścił je powoli nosem.

– Pozwoliłem mu odejść. Odpuściłem wszystko. Teraz jestem spokojny. Objąłem tron, ale nie wzmocniło to mojego ludu. Gdybym mógł cofnąć się w czasie i naprawić rozłam z Majah albo wskrzesić swojego teścia, uczyniłbym to. Ale zawsze jest tak, że najwyraźniej widzimy, patrząc wstecz. – Wrócił na środek komnaty. – Tak więc poświęciłem się odnalezieniu nowego sposobu patrzenia w przyszłość. I jest to coś, czego ty, bracie i siostro, bardzo teraz potrzebujesz. Bowiem dźgasz włócznią po omacku.

Zakłuła mnie ta jego protekcjonalność, ale miał rację. Mrok spowijający przyszłość nie dawał mi spokoju, odkąd demony zaatakowały nas podczas podróży przesilenia letniego. Teraz zbliżało się przesilenie zimowe, a ja nadal działałam na oślep.

– Co miałeś na myśli, mówiąc, że Nie się budzi? – zapytałam.

– Walka Everama z Nie trwa od zawsze, jest wieczna niczym noc i dzień. – Asome wskazał niebo nad naszymi głowami. – Za dnia nie widzimy gwiazd, ale one nadal tam są. Podobnie jak *alagai*. Ojciec i Par'chin zapewnili nam te piętnaście lat temu nieco wytchnienia, ale wróg zwiera szyki.

– Możesz mi powiedzieć, jak są liczne? Gdzie się znajdują? Kiedy i w jaki sposób uderzą?

Nie zdziwiłam się, gdy Asome pokręcił głową. No oczywiście. Przecież Stwórca zabronił Widzącym dawać przydatne odpowiedzi.

– Mogę ci powiedzieć, że zbliża się konwergencja. Że przyszłość, niegdyś jasną, przysłoni Pustka.

– Kiedy? – dopytywałam, świadoma, że odpowiedź i tak będzie mglista i nic nieznacząca.

– Gdy księżyc wstanie w Nowiu przed letnim przesileniem, nastąpią... narodziny.

Asome przyglądał mi się bacznie, jakie wrażenia zrobią na mnie jego słowa, a ja wiedziałam, że choć moja twarz nic nie zdradza, ujrzy prawdę w aurze. A to niebezpiecznie blisko szczerej reakcji.

– Powiedziałeś o tym Damajah?

Asome zachichotał.

– Moja matka nie odzywa się do mnie, odkąd zostałem zesłany do tej wieży.

– Ciekawe czemu...

Asome pokiwał głową na moją uszczypliwość.

– Nawet gdybym powiedział, to wątpię, by jakakolwiek *dama'ting* uwierzyła w przepowiednię mężczyzny.

Miał rację. *Dama'ting* patrzą na mężczyzn z góry, a wróżącego *dama* prędzej spaliłyby za herezję, niż uwierzyły w jego wizje.

Tyle że Inevera sama powiedziała, że muszę wykorzystać każdą możliwą przewagę, a jeśli Asome coś wie...

– Nie chodzi o narodziny – powiedziałam, słysząc w duchu, jak Inevera mnie ucisza. – Tylko o wylęg.

– No tak. – W aurze Asome zabłysnął szok. – Mogę ci pomóc, Olive. Ale musisz mi zaufać. – Zerknął na mozaikę na posadzce.

To była wielka prośba. Porównywalna do tej, gdy Inevera chciała ode mnie krwi. Aby poznać swoje szanse, zyskać przydatne informacje, miałam dać przyrodniemu bratu dostęp do całego swojego jestestwa, do najbardziej skrywanych tajemnic i uczuć, do rzeczy, których nawet ja sama o sobie nie wiedziałam. Musiałam się zgodzić i liczyć, że nie nadużyje władzy, jaką będzie miał nade mną. Że nie zwróci się przeciwko mnie. I że wyjawi mi prawdę o tym, co ujrzy w wizji.

Musiałam w pełni zaufać człowiekowi, który przyznał się do odebrania życia dziesiątkom ludzi podczas zamachu stanu i w którego aurze nie było z tego powodu ani śladu poczucia winy. Asome, który na wspomnienie, że zamordował swojego wuja gołymi rękami, wzrusza ramionami i rzuca, że wtedy wydawało się to dobrym posunięciem.

Samo wspomnienie o wylęgu było okazaniem większego zaufania, niż powinnam pokładać w tym człowieku, który zrujnował życie tylu osób. Spojrzałam w rozjarzone runy pokrywające krenele, stapiające się z rozgwieżdżonym nocnym niebem.

Jednak sam wiedział, że w siłach Nie coś się narodzi i że zwiastuje to zmianę. Myślałam, że mamy rok lub więcej, ale jeśli mój brat miał rację, czasu było mniej, niż sądziliśmy.

– A co dasz mi w zamian?

Tym razem to Asome skrzyżował ramiona na piersi.

– Musimy grać w te gierki, jak *dama'ting*? Co prawda twierdziłeś na dworze, że jesteś ich siostrą, ale ponoć masz również serce *Sharum*. *Sharum* nie kupczą przysługami z braćmi włóczni w Labiryncie.

Miał rację, ale też i czelność mówić do mnie coś takiego?

– A co ty możesz o tym wiedzieć, *dama* Asome? Czy choć zajrzałeś kiedykolwiek do Labiryntu? Moi bracia bez wahania przelewali za mnie krew, tak jak ja za nich. A ty na jakie poświęcenia zdobywasz się tutaj, w tej wygodnej wieży?

Asome zaskoczył mnie, składając mi płytki ukłon.

– Masz rację. Wybacz, proszę. Podobnie jak tobie, tak i mnie w dzieciństwie odmówiono włóczni. *Dama* nie wolno walczyć z *alagai*. Udało mi się to zmienić na krótko, ale to nic w porównaniu z całymi pokoleniami *Sharum*, którzy składają swoje życie na ołtarzu walki z *alagai*.

Były to szczere słowa, czy raczej przeprosiny obliczone na zysk? Z jego aury nic nie wyczytałam.

Asome rozłożył ręce.

– Nie mam nic, co mógłbym ci zaoferować, Olive. Bogactwo? Władza? To wszystko już masz, i to z pewnością więcej, niż ja mógłbym ci dać. Jestem tu uwięziony, więc nie mogę też stanąć u twojego boku nocą. Jedyne, co możesz ode mnie dostać, to informacje, ale nie dam ci ich, jeśli mi nie zaufasz.

– Do Otchłani z tym – wymamrotałam pod nosem, zabierając się do zwijania dywanika i odsłaniając wzory runiczne. W chwili gdy elementy mozaiki znów połączyły się w nieprzerwane linie, runy rozjarzyły się mocą, a komnata rozlśniła się wzorami pasującymi do konstelacji na niebie.

Poczułam chłodny powiew magii na skórze, a fala mocy kłuła i szczypała lekko, przenikając mnie, gdy Asome wprawiał ją w ruch. Był to tylko ułamek tego, co czułam, wrażając włócznię w ciało demona, ale wrażenie też było przyjemne.

Chwilę później poczułam, jak nurt magii porusza się, spływa do kręgu otaczającego Asome. Mój brat mówił coś śpiewnie, cicho, ale nie zadawał pytania, jak czyniły to *dama'ting*, przypominało to raczej rytmiczną modlitwę, która wzmagała się, piętrzyła, aż nagle pękła wraz z okrzykiem Asome, a przyrodni brat jednocześnie rzucił swoje wróżebne pręciki.

Komnata pojaśniała, gdy przelotnie zapłonęły runy przepowiedni, a pręciki wróżebne zabrzęczały, układając się w powietrzu, a potem opadły na posadzkę.

– Drzemie w tobie wielka siła – rzekł Asome, spoglądając na układ. – Ale jesteś podzielony. Nie zyskasz dostępu do pełni swojej mocy, dopóki nie zrozumiesz siebie i tego, gdzie jest twoje miejsce w świecie.

I znów się nie mylił, jednak nie mówił nic, czego nie wiedziałabym już wcześniej.

– Czy istnieje ktoś, kto rozumie siebie do końca i zna swoje miejsce w świecie?

Asome zignorował moją kąśliwą uwagę. Podążył wzrokiem za liniami, na które wskazywały pręciki, w górę, aż do szczytów kreneli, i wyżej, na konstelacje gwiazd.

– Serce podpowiada ci, żeby iść na wschód, ale ta droga prowadzi do zniszczenia.

Zesztywniałam. To, o czym mówił, powiedziano jedynie w największej tajemnicy w komnacie rzutów Damajah, pod osłoną runów ciszy. Nie było możliwe, żeby wiedział o Kryjówce.

– Dlaczego? – odważyłam się zapytać.

Asome ponownie sprawdził układ pręcików i ich położenie względem gwiazd.

– Jesteś nazbyt... bezpośredni, żeby dokonać tego, co należy tam zrobić.

To oznaczało, że Alagai Ka będzie wiedział, że się zbliżam. To Darin posiadał talent do przekradania się chyłkiem, niepostrzeżenie, ja zwykłam wyważać drzwi kopniakiem.

– A zadanie, które wyznaczyła mi twoja matka? – zapytałam, nie mówiąc, o co chodzi.

Asome znów przez chwilę studiował układ i gwiazdy, aż w końcu spojrzał na mnie.

– Nie wiem – rzekł. – Ale znam swoją matkę. Jest prawdziwym wrogim Nie i wierzy, że to czyni ją bezstronną. Jednak to fałszywe przekonanie i jako takie stanowi największe zagrożenie. Bądź pewien, że jeśli matka uwierzy, że to przyniesie korzyści Krasji albo zwróci jej męża, bez wahania poświęci ciebie, twoją matkę, a nawet cały Zakątek.

21

Trio

Podczas gdy ja i Arick ćwiczyliśmy, Selen strugała w drewnie. Nauczyła się tego od ojca i nawet nieźle jej szło. Wierzchołek patyka, nad którym pracowała, zdążył już przybrać kształt całkiem udanego łba nocnego wilka i z każdą trociną, która spadała spod jej nożyka, stawał się coraz bardziej szczegółowy.

Struganie wcale nie jest tak cichym zajęciem, jak ludzie zwykli uważać. Chrobot, który dochodził od strony Selen, brzmiał dla mnie jak piłowanie kłody i dużym wyzwaniem było utrzymać rytm melodii przy tak rozpraszającym dźwięku. Ale słyszałem też bicie jej serca, a przy tym zajęciu puls Selen uspokajał się i zwalniał, nie zamierzałem więc prosić, żeby przestała, bo zamartwiała się za każdym razem, kiedy Olive znikała nam z pola widzenia.

Zresztą to, że tyle wysiłku kosztowało mnie zgrywanie się z Arickiem, nie było jedynie winą Selen. Co prawda robiliśmy postępy, tylko że bardzo powolne. Arick wydobywał z instrumentu głębokie brzmienie, na którym mogłem improwizować, ale za każdym razem, kiedy odszedłem niespodziewanie od nut, wyczuwałem w zapachu przyjaciela irytację. Naprawdę starałem się dotrzymać mu kroku, lecz Arick zawsze grał tak doskonale, że nawet moja najlepsza forma nie była dla niego wystarczająco dobra.

Wszyscy troje aż podskoczyliśmy, gdy rozległo się pukanie. Selen zerwała się na równe nogi i pobiegła do drzwi, zanim stukot ustał. Wszyscy w napięciu czekaliśmy na Olive, która jeszcze nie wróciła z pałacu babki, mimo że zapadła już noc.

Pociągnąłem nosem.

– To nie Olive – zawołałem. – To Rojvah!

Selen otworzyła drzwi, a Rojvah z okrzykiem zachwytu rzuciła się dziewczynie na szyję. Selen skamieniała, a w jej zapachu czuć było zakłopotanie.

– Co za kocia muzyka! – roześmiała się Rojvah od progu. – Jakby dwa kocury dyskutowały, czy dać sobie po pyszczkach! Wiedziałam, że beze mnie nie dacie rady.

– Ech, chyba masz rację. – Arick wstał i podszedł, by uściskać siostrę.

Rojvah zapachniała szczęściem.

– Co proszę, braciszku? Mógłbyś powtórzyć, bo nie dosłyszałam...?

– Raz musi wystarczyć twojemu ego – odparł Arick. – I nie licz na szybką powtórkę.

Rojvah znów się roześmiała i spojrzała na mnie z błyskiem w oku, który nieco mnie spłoszył. Kiedy się cofnąłem, wydęła usta, ale nie przestała pachnieć radością.

– Darin nie przepada za przytulaniem – uratowała mnie Selen, również rozbawiona.

– Niech mu będzie. – W uśmiechu Rojvah przebił się tryumf. – Ten pocałunek przyrzeczeństwa dzisiaj rano przed Damajah znaczy więcej niż sto uścisków.

– Zaraz, słucham?! – Selen okręciła się do mnie gwałtownie i zanim jej zapach dotarł do moich nozdrzy, wiedziałem, że jest wściekła.

Zazwyczaj gdy tylko podchwycę tę nutę, przechodzę w półmaterialność, biorę nogi za pas i zaszywam się na parę godzin w jakiejś norze. Tym razem jednak nie miałem gdzie uciec.

Arick spojrzał na siostrę z niedowierzaniem, a potem przeniósł wzrok na mnie.

– Oboje moglibyście lepiej trafić – skwitował.

Rojvah znów się zaśmiała radośnie i to wystarczyło, żeby Selen zagotowała się ze złości.

– Czy ktoś, na Otchłań ciemną, mógłby mi wyjaśnić, co tu się dzieje?!

– No bo mama Rojvah nie chciała jej puścić... – zastrzegłem.

– Przecież wiem! – odpaliła Selen. – Byłam przy tym.

– Ale zgodziła się zmienić zdanie, jeśli będziemy sobie przyrzeczeni. Damajah dała nam błogosławieństwo i tak dalej. No i teraz, kiedy jesteśmy wybrankami, Rojvah może z nami jechać.

– I ty się na to zgodziłeś?! Czyś ty całkiem zgłupiał?

– Ostatnio, kiedy o tym rozmawiałyśmy – rozbawienie Rojvah uleciało, kiedy stanęła w mojej obronie – porównałaś związek z synem Arlena do „małżeństwa z bratem". Ale jeśli zmieniłaś zdanie, rozważę twoją kandydaturę na *Jiwah Sen*.

– Wypraszam sobie! – Selen zapachniała wściekłością. Zacisnęła dłonie w pięści i ruszyła ku Rojvah, która nie cofnęła się, a jedynie przesunęła stopę w tył, przyjmując pozycję, która przypominała postawę *sharusahk*.

– O nie, nie w mojej komnacie. – Arick wszedł pomiędzy dziewczyny.

Selen się zatrzymała.

– Ty się do tego nie mieszaj! – warknęła.

– Tak, nie mieszaj się, braciszku – poparła ją Rojvah. – Jeśli córka Gareda chce załatwić sprawę jak pies, tak ją potraktuję.

– Wystarczy! – huknąłem. Chyba w życiu nie wrzasnąłem tak głośno. Naraz wszyscy przystanęli i spojrzeli na mnie, jakbym zamienił się w demona. – Nikt tu nie będzie nikogo lał! – krzyknąłem do Selen, która chyba z zaskoczenia opuściła ręce i rozprostowała palce. – A ty przestań się z nią drażnić – ofuknąłem Rojvah. – Jeśli zygasz gniazdo os, to mogą cię pożądlić. Uważaj, bo zaraz pożałuję, że się zgodziłem, i pójdę do Damajah, żeby wszystko odwołać.

Oczekiwałem awantury, ale Rojvah natychmiast spotulniała. A potem cofnęła się i... skłoniła? To było nie w stylu Rojvah, którą znałem, i wcale mi się nie podobało.

– To prawda, wybranku. Nie chciałam wywołać tym awantury. – W jej zapachu dominowała szczerość. Po prostu żartowała. Nie spodziewała się takiej gwałtownej reakcji Selen.

– To nie na poważnie – wyjaśniłem Selen. – Zagraliśmy dla Damajah, żeby Rojvah mogła z nami iść. Jak wrócimy z Kryjówki, możemy to zaraz odwołać.

– Aha, ona chce, żebyś tak myślał. – Selen pokręciła głową. – Zobaczysz, ani się obejrzysz, będzie cię miała w swoich szponach.

Teraz Arick się obruszył i wystąpił w obronie siostry.

– Może powinnaś wyjść, Selen, zanim powiesz coś, czego wszyscy pożałujemy.

Selen zmierzyła go wzrokiem, a potem skinęła głową.

– Może tak będzie najlepiej. – Wyszła i przetupała całą drogę do swojej komnaty, którą dzieliła z Olive.

– Była zaskoczona, wybranku. – Rojvah mówiła łagodnie. Uspokajająco. – I może urażona, że nie podzieliłeś się z nią naszym planem przed pójściem do Damajah.

– Uhm, no może. – No niby tak, coś takiego Selen mogła mi mieć za złe, ale raczej nie aż tak, żeby się brać za łby. Zaduma w zapachu Rojvah sugerowała, że dziewczyna nie wyjawiła mi wszystkich swoich przypuszczeń.

Stwierdziłem, że nigdy nie zrozumiem, co im się tam w głowach roi. Przecież nie jestem świetną partią. Arick miał rację, Rojvah zasługiwała na kogoś lepszego, a jeśli Selen naprawdę była mną zainteresowana, miała wiele okazji, żeby to okazać. Tyle się przechwala tym swoim całowaniem, że z pewnością nie jest wstydliwa.

A nawet jeśli któraś z nich uważała, że nadaję się na towarzysza jej życia – choć nie miałem pomysłu, dlaczego mogłyby tak myśleć – to sam nie bardzo wiedziałem, czy ja bym tego chciał.

Krasjanie uważali mnie za księcia, dla mieszkańców Zakątka syn Wybawiciela też był kimś, ale moje życie nie przypominało tego pałacowego, wygodnego, do jakiego przywykły Selen i Rojvah. A nie chciałem reszty życia spędzić na dworze, tak jak one nie chciały łazić po drzewach w Potoku. Moim zdaniem każdego, kto wyobrażał sobie, że jestem jakąś tam wielką zdobyczą matrymonialną, czekało długie pasmo rozczarowań małżeńskich.

Jednym uchem nieustannie nasłuchiwałem odgłosów z zewnątrz, wiedziałem zatem, że Olive wraz z eskortą wraca do domu, na długo zanim dotarli do pałacowych bram. Rojvah już nie było, a Arick zasnął, więc nikt nie widział, jak dałem susa przez okno, zeskoczyłem na dziedziniec i przesadziłem mur. Wspiąłem się po fasadzie domu po drugiej stronie ulicy i śmignąłem po dachach, aż dojrzałem w dole procesję.

Przeszedłem w półmaterialność i lekki jak piórko zeskoczyłem prosto na baldachim palankinu Olive. Obok lektyki jechał Menin, rozglądając się bacznie na wszystkie strony. Odczekałem, aż odwróci głowę, i wśliznąłem się przez okno do środka, unikając zauważenia.

Usłyszałem szelest ostrza wysuwanego z pochwy, ale na szczęście byłem półmaterialny i z łatwością uniknąłem ciosu. A potem drugiego. I kolejnego.

– Na Otchłań, Olive! To ja!

– Na noc, Darin! Mogłam cię zabić – szepnęła Olive chrapliwie. – Nie mogłeś poczekać, aż wrócimy? O mało co cię nie dźgnęłam!

– Uhm, przepraszam. Ale nie. Złapałem dzisiaj demona za rogi i potrzebuję rady.

– No dobra, słucham. – Olive uspokoiła się szybko. – Ja z kolei cały dzień wysłuchiwałam nieproszonych rad, więc chętnie dla odmiany sama jej udzielę.

Opowiedziałem w skrócie, co się stało.

– Selen ma rację, Darin – skrzywiła się Olive. – Głupio postąpiłeś, że nie porozmawiałeś wcześniej przynajmniej z którąś z nas.

– Pomaganie innym nie jest głupie – broniłem się.

– Jasne, nie, nie o to chodzi. Po prostu postąpiłeś zbyt... impulsywnie. Nawet jak na ciebie.

– Najwyraźniej teraz przyszła moja kolej. Po tym, jak ty rzuciłaś wyzwanie przed całym dworem.

Olive zaśmiała się i atmosfera zelżała.

– Po prostu martwię się, że ktoś cię wykorzystuje. I owszem, widzę, jaką korzyść ma z tego Rojvah, ale nie widzę w tym nic dla ciebie.

Olive uderzyła w tony nadopiekuńczości. Kierowała nią szczera troska, tylko że...

– A niby czemu każdy musi mieć coś ze wszystkiego? Nie możemy sobie pomagać, nie wpisując sobie przysług w tabelki?

Nie wiedziałem czemu, ale chyba z tym trafiłem, bo Olive się zmitygowała.

– Nie jesteś pierwszą osobą, która dzisiaj mówi coś w tym stylu. I tak, masz rację. Ale nie sądzę, żeby Selen wkurzyła się z tego powodu. Ona zawsze miała do ciebie słabość, Dar. Wydaje mi się, że poczuła się zraniona.

– Słabość? – powtórzyłem. – Co to w ogóle znaczy? Że niby mnie lubi? A może to, że należę do tego tłumku ludzi, z którymi się obcałowuje?

– Nie mam pojęcia, Darin – przyznała Olive, wzdychając. – Mówię tylko, że gdyby jej na tobie nie zależało, to nie wpadłaby w złość.

Jak dla mnie, nie miało to w ogóle sensu.

– Wkurzanie się na kogoś to dziwny sposób okazywania sympatii...

– A jak ty byś się poczuł, gdyby Selen nagle oznajmiła, że zaręczyła się z Arickiem?

Fakt, poczułbym się tak, jakby walnęła mnie w brzuch. Nie powiedziałem tego na głos, nie musiałem.

– Nie zwalaj wszystkiego na Selen – zaznaczyła Olive. – Sam mogłeś otworzyć kłapaczkę i powiedzieć jej, że od dawna się w niej bujasz.

– Jasne. A niby kiedy? Jak goniliśmy za tobą przez Thesę i pustynię? Pomiędzy jej opowiastkami o kolejnych pocałunkach z coraz to innymi stajennymi, przy tych wszystkich twoich rechoczących braciach włóczni? I dobra, może i bujałem się w Selen, ale ona traktowała to jako żart. Drażniła się ze mną w korytarzu domu jej ojca tej samej nocy, kiedy zostałaś porwana. Udawała, że chce mnie pocałować, potem powiedziała, że to ty jesteś zazdrośnicą, a jeszcze potem odwróciła się na pięcie i poszła sobie, zadowolona z siebie.

– Hm, nie wiedziałam o tym – przyznała Olive, naraz poirytowana.

– Aha, na pewno nieźle się uśmiała, że udało jej się tak zawrócić mi w głowie. Dosłownie – burczałem. – Wiedziałem, że stroi sobie ze mnie żarty, ale nie wiedziałem, czy powinienem być podekscytowany, czy raczej zły. A potem ty zniknęłaś i...

– Ach, więc to moja wina? – najeżyła się Olive. – Mam ci przypomnieć, że kiedy wy bawiliście się w całowanki w rezydencji barona Rębacza, ja walczyłam o życie?

– Nie, to nie twoja wina – zapewniłem ją. – Ale nie mów mi, że moja. Rojvah potrzebowała pomocy, a jeśli mamy wśliznąć się niepostrzeżenie do Kryjówki bez ciebie, to my potrzebujemy jej. Masz teraz moją korzyść, zadowolona? A nawet gdyby Selen miała do mnie słabość, to myślisz, że chciałaby mieszkać ze mną w Potoku?

– Oczywiście, że nie. Ty zamieszkałbyś z nami w Zakątku.

– A jeśli tego nie chcę? Co, będziecie razem z Selen włóczyć się ze mną po wioskach, kiedy będę tak grywał na fletni?

Olive wywróciła oczami.

– Dar, oboje wiemy, że nie będziesz Minstrelem. Na Otchłań, przecież ty nie możesz wytrzymać dłuższej chwili w tłumie, bo zaraz dostajesz ataku.

Jej rzeczowy ton i zapach zraniły mnie mocniej niż same słowa. Jakby przez te wszystkie lata, kiedy dzieliłem się z nią i Selen swoimi marzeniami, przytakiwała tylko po to, żeby zrobić mi przyjemność. Selen pewnie uważała tak samo. O, patrzcie, małemu Darinkowi marzy się siedzenie przy stole razem z dorosłymi.

– Wiele razy musiałem wystawać w tłumach, kiedy wędrowałem do Pustynnej Włóczni, żeby cię uratować. – Poczułem, że do oczu napływają mi łzy, i wiedziałem, że długo ich nie powstrzymam. – Rojvah też marzy o tym, żeby być Minstrelką, i jej też nikt w tym nie wspiera.

Odwróciłem twarz, żeby nie zobaczyła, że płaczę.

– Darin! – Olive wyciągnęła ku mnie rękę, ale przeszedłem już w stan półmaterialny i zdążyłem wyśliznąć się przez okno, zanim mnie złapała. Menin aż krzyknął z zaskoczenia na mój widok, jednak rozpoznał mnie i nie zatrzymywał, kiedy wdrapywałem się na dach.

Olive wychyliła się przez okno.

– Darinie Bales, wracaj tu!

Zignorowałem jej krzyki, dałem susa na parapet okna pobliskiego budynku, zwiększyłem przyczepność skóry i śmignąłem po fasadzie jak wiewiórka po drzewie. Kiedy zawołała mnie ponownie, byłem już w połowie drogi do pałacu, a za trzecim razem przeskakiwałem mur.

Nie wróciłem do swojej komnaty. Wspiąłem się na jedną z wież. Maleńkie izdebki na szczycie stoją przeważnie puste, z wyjątkiem chwil, kiedy *dama* przychodzą, by odśpiewać wezwanie na modły.

Nareszcie byłem sam, mogłem zwinąć się w kłębek i wypłakać.

22

Magia na dwóch nogach

Darin rozpłynął się w ciemnościach, a palankin wlókł się w żółwim tempie. Oczywiście wiedziałam, że ściganie chłopaka czy szukanie, gdy nie chciał być znaleziony, jest daremne, ale chciałam jak najszybciej wrócić do komnaty i zacząć się pakować, żeby wyjechać z Krasji już, bez zwłoki. Jeśli Asome miał rację, nie mogliśmy tracić więcej czasu.

– Dość tego demoniego srania. – Otworzyłam drzwiczki, zaskakując Menina.

– Co się dzieje, książę?

Wyszczerzyłam się do niego wesoło.

– Podróżowałeś kiedyś w palankinie?

Moment później siedziałam na jego koniu i wraz z Garedem, Faseekiem, Gorvanem i Jowem Rębaczem wysforowaliśmy się galopem naprzód, zostawiając za sobą powolne pudło i resztę eskorty.

Na nasz widok na twarzach strażników pałacowych odmalowało się zaskoczenie, ale nikt nas nie zatrzymywał. Bez przeszkód dotarliśmy do wylotu korytarza, gdzie znajdowała się moja komnata. Korytarz w pierwszej chwili wydawał się wyludniony, lecz od cienia pod ścianą oderwały się trzy ciemne sylwetki, które po bliższym przyjrzeniu się okazały się dwoma *dal'Sharum* i jednym *kai*.

Korzystali z magii podobnej do tej, jakiej używała Micha, ściągając do siebie za pomocą biżuterii *hora* cienie i wygłuszając odgłosy kroków. Magii skrytobójców. Tyle że ci tutaj się nam pokazali.

Ich pojawienie się doprowadziło moją obstawę do szału. Ja sama byłam przyzwyczajona do widoku efektów używania magii, ale Gorvan i Faseek nie. Trzeba im jednak oddać, że nie wpadli w panikę, szybko chwycili za tarcze i włócznie, choć żaden z mężczyzn nie zrobił nic, co można by potraktować jako groźbę.

Kai postąpił naprzód i złożył ukłon wojownika, choć niezbyt głęboki. Było to powitanie równego z równym.

– Witaj, Olive asu Ahmann am'Zakątek, jestem twoim bratem. Vuxan asu Ahmann am'Jardir am'Krevakh.

To wyjaśniało magię cienia. Podobnie jak Nanji, Krevakh należeli do plemienia Wypatrywaczy. Szkoleni w używaniu nietypowej broni i walce wręcz, Krevakh służyli plemieniu Kaji, plemieniu mojego ojca, jako zwiadowcy i szpiedzy, wykonując brudną robotę, dzięki której Kaji mogli utrzymać dominującą pozycję i jednocześnie zachować czyste ręce.

Faseek i Gorvan nie stracili czujności po tej prezentacji. Majah i Krevakh od wieków byli nieprzejednanymi wrogami. Moi bracia włóczni z pewnością uważali, że walka jest nieunikniona, aczkolwiek nie okazywali strachu czy nerwowości. Labirynt wytrzebił z nas cały lęk.

Pokazałam dwa palce, a moi towarzysze niechętnie unieśli włócznie, kierując groty ku sufitowi. Nie było to zawieszenie broni, lecz gest zapobiegający dalszej eskalacji.

– Co mogę dla ciebie uczynić, bracie? – Oczywiście znałam odpowiedź, ale nie chciałam porzucić nadziei.

– Przybyłem, aby poinformować cię, że podejmuję twoje wyzwanie. – Głos Vuxana był wyprany z emocji, jakby mężczyzna przyjmował zaproszenie na obiad, a nie podejmował walkę na śmierć i życie.

– Nocą – prychnęłam poirytowana. – Liczyłem, że Krevakh wykażą się honorem w przeciwieństwie do Nanji, którzy napadli mnie nocą.

Vuxan przymrużył odrobinę oczy. Inevera mówiła mi, że to właśnie dążenie do wyzbycia się honoru przyświeca Krevakh i Nanji, jednak orientowałam się już trochę w polityce i wiedziałam, że między plemionami panuje rywalizacja. Może nie robił na nich wrażenia zarzut o niehonorowe mordowanie braci ciemną nocą, ale z pewnością drażniło ich porównywanie do zaprzysiężonych wrogów.

Vuxan znów lekko się skłonił.

– Czekamy już długo. Spodziewaliśmy się, że powrócisz przed zachodem słońca. – Nie potrafiłam ocenić, czy to kłamstwo, ale nie było to też zaprzeczenie. Gdybym zgodziła się teraz na walkę, Vuxan z radością by na nią przystał.

Nie byłam jednak w nastroju. Złożyłam bratu ukłon, odwzorowując wiernie ten Vuxana.

– A więc przykro mi, że będziecie musieli poczekać jeszcze trochę. Nanji chętnie atakują braci nocą, ale my postępujemy z honorem.

Vuxan znów się ukłonił. W postawie i ruchach trzech mężczyzn widać było napięcie, lecz potrafiłam odróżnić zdenerwowanie od gotowości do walki.

– A więc wrócimy o świcie.

Ze spokojem patrzyłam bratu w oczy.

– Będę gotów. Broń?

– Jeśli chcesz... – uśmiechnął się Vuxan. – Mogę zabić cię przy pomocy *sharusahk*. Nie chcę brukać posadzek pałacu Shar'Dama'Ka.

– Jesteś mądry, bracie. – Głupiec. – Nasi sekundanci mogą nas przeszukać, żeby upewnić się przed walką, że nie mamy broni ani *hora*.

W tej chwili drzwi w korytarzu otworzyły się, a w progu komnaty stanęła Selen.

– Wszystko w porządku? – zawołała. – Słyszałam głosy.

– Tak, nic się nie dzieje, Sel – odpowiedziałam, nie spuszczając wzroku z Vuxana. – Już skończyliśmy.

– Jak możesz być taka spokojna? – denerwowała się Selen. – Przecież rankiem przyjdą cię zabić.

– Zgodził się na walkę za dnia, bez *hora* – odpowiedziałam. – Nie znają moich możliwości, Selen. Vuxan jest przekonany, że zna *sharusahk* lepiej ode mnie. Zresztą pewnie ma rację. Ale Micha mawiała, że Krevakh lubią walczyć w zwarciu. A kiedy wejdziemy w bliski kontakt, czeka go niespodzianka.

Selen wzięła się pod boki.

– Nie szarżuj tak, Olive. Wonda zawsze powtarzała, że od siły ważniejsza jest dźwignia i dobry chwyt. Możesz być silna jak byk, ale oddychać musisz jak każdy.

Wiedziała, co mówi. Nie raz musiałam odklepywać na macie kapitulację, kiedy mnie przyduszała podczas naszych treningów na Uniwersytecie Zielarskim.

– Od tamtej pory dużo ćwiczyłam, mam za sobą setki godzin intensywnych treningów, a do tego miałam okazję mocować się z demonami w Labiryncie. Wiem, jak wykorzystać to, czym dysponuję. – Widząc, że nie zamierza ustąpić, uciszyłam ją gestem ręki. – Ale masz rację. Będę myślała podczas walki i nie będę niczego zakładała z góry.

– Mogłabyś też w ogóle nie walczyć. Rano wyjeżdżamy. Po prostu nie otwieraj, kiedy przyjdą, tata zjawi się z drużyną Rębaczy i zaraz będziemy w drodze.

– Nie, nie mogę tego zrobić, Sel – stwierdziłam stanowczo. – Może rzucenie wyzwania przed całym dworem nie było najrozsądniejszym pomysłem...

– No co ty nie powiesz – fuknęła Selen.

– Ale mleko się rozlało i teraz stawką jest mój honor. Zamierzam zasiąść na tronie Zakątka. Nie mogę pozwolić, żeby uważali mnie za tchórza czy gbura, który nie szanuje ich zwyczajów.

– A może powinnaś, skoro ich zwyczajem rodzeństwo walczy na śmierć i życie o tron, którego żadne z nich prawdopodobnie nie odziedziczy?

– Nie zamierzam nikogo zabijać.

– Myślisz, że Vuxan podziela twoje zamierzenia?

– Trudno powiedzieć – skłamałam, wiedząc dobrze, że bracia nie podjęliby mojego wyzwania, gdyby nie pragnęli mnie zgładzić. Jeśli nie uda im się mnie teraz powstrzymać, za miesiąc zasiądę na własnym tronie. – Zresztą wolę porozmawiać o tym, co działo się tutaj.

– A co się niby działo?

– Darin złożył mi wizytę w palankinie.

– O? Naprawdę? – Selen z miejsca przyjęła postawę defensywną, co nie wróżyło dobrze. – A czy ten kołek ciosany powiedział ci, co zrobił?

– Owszem. Jak również to, dlaczego to zrobił. Może to nie najmądrzejsza rzecz na świecie, ale miał prawo podjąć taką decyzję.

– No, na pewno! – warknęła Selen. – Myślisz, że jego matka zgodziłaby się na coś takiego, gdyby tu była?

Wizja pani Bales ciskającej na głowę biednej Rojvah pioruny gniewu godne samego Stwórcy nasunęła się sama, ale nie w tym rzecz.

– Nie jesteś jego matką, Selen. A teraz nie zachowujesz się nawet jak jego przyjaciółka. Opowiedział mi o twoich gierkach po niedzielnej kolacji u generała. W co ty z nim pogrywasz?

– W nic nie pogrywam! – Selen miała minę, jakby chciała splunąć.

– Sranie w otchłanie – prychnęłam. – Przez całe życie przyjaźniliśmy się we trójkę z Darinem i nie było żadnego problemu, dopóki go nie pocałowałaś.

– No i co z tego? Całowałam się setki razy.

– Co najmniej – roześmiałam się. – Ale tylko on zawrócił ci w głowie.

– I kto to mówi? Tobie każdy pocałunek miesza w głowie. Czemu uważasz, że Darin jest taki wyjątkowy?

– Bo Darin Bales nie jest jakimś tam stajennym, na którego przyjemnie popatrzeć – wypaliłam wprost, zmęczona jej udawaniem. – To czysta magia na dwóch nogach i obie o tym dobrze wiemy.

– Ta? A ty to niby co? A może ci się wydaje, że każdy zgina żelazną sztabę gołymi rękami?

– To co innego. Pamiętasz, jaki był Darin, kiedy byliśmy dziećmi? Pamiętasz, jak śmigał w pokoju dziecięcym, jak...

– Hah, całkiem jak jakiś skrzydlaty chochlik – dokończyła Selen i obie się roześmiałyśmy, a napięcie nieco zelżało.

– Darin coś do ciebie czuje, Selen – powiedziałam łagodnie. – Każdy głupi to widzi.

– No, i co ja niby mam z tym zrobić? Łazil za nami, odkąd nauczyliśmy się chodzić.

– A nam się to podobało. To, że nas podziwiał. Lubiłyśmy tego naszego małego chochlika. Ale potem ty go pocałowałaś i odtąd chodził już tylko za tobą. Teraz jest mężczyzną i chyba żadna z nas nie może nazwać go „swoim" Darinem.

– Aha, pewnie. Trzeba go było widzieć, jak zniknęłaś, Olive. Nie było siły, żeby go powstrzymać przed ruszeniem ci na pomoc. Dla mnie zrobiłby to samo. A my dla niego. Jeśli to nie oznaka tego, że jest nasz, to nie wiem, co mogłoby nią być.

– Należy do rodziny – zgodziłam się. – Ale Arick i Rojvah także. Myślisz, że za nimi Darin nie poszedłby w ogień? To, co czujesz, to coś innego.

Pięści Selen wróciły na biodra.

– Skoro jesteś taka mądra, to powiedz co.

– Nie potrafię. – Wzruszyłam ramionami. – Tylko ty wiesz, co to jest. Miesiącami wędrowaliście sami. Co on dla ciebie znaczy?

– Podczas tej drogi nic takiego się nie wydarzyło – westchnęła Selen. – Nie bawiliśmy się w żadne całowanki. Najpierw gnaliśmy za tobą, a potem matka Darina i twoja zniknęły. Kiepskie okoliczności na romans.

– To prawda – przyznałam. – A teraz?

– Sama nie wiem. Tylko nie mogę oprzeć się wrażeniu, że ta wiedźma Rojvah go wykorzystuje.

– A co, jeśli on nie ma nic przeciwko temu? Co, jeśli było tak, jak mówił, poprosiła go o pomoc, a on jej pomógł?

– O to właśnie chodzi! – krzyknęła Selen sfrustrowana. – Darin jest do tego stopnia ufny, że posunie się do małżeństwa, żeby komuś pomóc. A to nie w porządku z jej strony, że to wykorzystuje. Poza tym – dodała po chwili – co ja bym mu mogła dać?

On ma w sobie magię, tak jak i ty. Ja od was odstaję, nigdy nie mogłam wam dorównać.

– Co ty pleciesz?! – szczerze się obruszyłam. – We wszystkim zawsze byłaś ode mnie lepsza!

– Bo nigdy nie szłaś na całość! – wrzasnęła Selen. – Myślisz, że o tym nie wiem?

– Tylko na treningach. A co, wolałabyś, żebym ci przypadkowo oderwała ramię, bo nieprawidłowo wykonałam jakiś chwyt? – Nie powinnam była tego mówić. To tak jakbym przyznała się do okłamywania jej, nawet jeśli obie miałyśmy tego świadomość.

Selen zaszkliły się oczy. Zastanawiałam się, kiedy ostatnio widziałam jej łzy. Na pogrzebie? A może nigdy?

– To nie tak, że jestem na ciebie zła, Olive. Wiem, kim jestem, i godzę się z tym. Mówię tylko to, o czym obie i tak wiemy. Wy z Darinem odziedziczyliście magię i macie dokonać wielkich czynów, a ja, co mam po przodkach? Skandal, który kładzie się cieniem na wszystkich członkach naszej rodziny, i nogi tak długie, że nawet wysocy chłopcy muszą zadzierać głowę, kiedy ze mną rozmawiają.

– *Alagai*-srali – skwitowałam. Wiedziałam, że cierpi, lecz nie zamierzałam pozwolić jej trzymać w sercu tego fałszywego obrazu siebie, który właśnie mi odmalowała. – To ty przyciągasz do siebie ludzi, to ciebie kochają. Ty się bawisz i śmiejesz. My z Darinem zawsze byliśmy inni, to my odstawaliśmy. Ile ja się namordowałam, żeby nie niszczyć wszystkiego, czego się dotknęłam. A Darin tyle razy nie mógł znieść tych zabaw, że uciekał i z daleka słuchał twoich anegdot, żarcików, historyjek o całowankach i śmiechu, które wywoływały.

Selen chciała się cofnąć, ale chwyciłam ją za rękę i przytrzymałam.

– Nie zapominaj też, że jesteś księżniczką Zakątka. Teraz koronowaną. I to ty będziesz musiała przejąć rządy na czas, kiedy mnie nie będzie.

– No chyba śnisz! – Selen wyrwała mi się gwałtownie. – Niby czemu miałabym siadać na tronie?!

– Z tego samego powodu, co ja. Chodziłyśmy razem na każdą lekcję. Przecież nie wiem więcej od ciebie. A jesteś siostrą księżnej. Poza mną tylko ty masz większe prawa do tronu od Elony. – Kochałam babkę, jednak nikt przy zdrowych zmysłach nie chciałby, żeby ta kobieta dorwała się do władzy.

– O nie, nie. Zapomnij. – Selen splunęła dla podkreślenia wagi swoich słów. – Nie zamierzam zostać w domu i grzać tronu, kiedy Darin pójdzie z tą wiedźmą i jej przyćmionym przez demona braciszkiem, a ty wyruszysz Stwórca wie gdzie i po co.

Mimo wcześniejszych buńczucznych zapowiedzi nie mogłam przestać myśleć o Vuxanie i czekającej mnie walce. Wierciłam się niespokojnie, a gdy udało mi się wreszcie zapaść w drzemkę, budziłam się przekonana, że już czas, tylko po to, by odkryć, że panuje ciemna noc.

Wsłuchując się w bicie dzwonów, obliczałam, ile pozostało mi na odpoczynek, gdyby udało mi się zasnąć natychmiast lub choć za kwadrans, w głębi duszy wiedziałam jednak, że jeśli miałoby mi się udać, to w mojej głowie nie obracałby się ten matematyczny kołowrót.

Poddałam się, gdy niebo nabrało fioletowego odcienia przedświtu. Przez chwilę krążyłam po komnacie, a potem wyjrzałam na korytarz i zawołałam Faseeka i Gorvana.

– Czy któryś z was wie, na czym polega wasza rola? – zapytałam.

Obaj wzruszyli ramionami.

– Sekundanci przeszukują pojedynkujących się, żeby sprawdzić, czy żaden nie ma broni, a potem kłaniacie się sobie i zaczynacie walczyć – wymienił kolejność Gorvan. – I albo ty zabijesz Vuxana, albo on ciebie.

Zacisnęłam usta, ale zmilczałam.

– Dobrze. Faseeku, ty będziesz mi sekundował – oznajmiłam.

Faseek ugiął kolana, żeby uklęknąć, szybko jednak się wyprostował na widok mojej miny i tylko zasalutował.

– Mój książę, Gorvan byłby lepszym sekundantem – powiedział. – Sekundant musi walczyć, jeśli pojedynkujący się nie będzie w stanie.

Źle myślał. To prawda, że Gorvan walczył lepiej niż Faseek, bo był większy, silniejszy i miał dłuższy zasięg ramion, ale i tak nie mógł się równać z księciem Krevakh. Faseek był za to bystrzejszy i sprytniejszy.

– Nie, Faseeku, ty będziesz moim sekundantem i to ty przeszukasz Vuxana.

– A jeśli Wypatrywacze mają coś w zanadrzu? – zapytał Faseek.

– Wtedy będziemy walczyć z nimi wszyscy.

Odwróciłam się, usłyszawszy jakiś ruch za plecami. W progu sypialni stała Selen, w zbrojnych szatach i z groźną miną.

Dokładnie o świcie rozległo się pukanie do drzwi. Przemknęło mi nawet przez głowę, czy aby mój brat i jego ludzie nie czekali w korytarzu przy mojej komnacie, aż zza horyzontu wychynie rąbek słońca.

Wpuściliśmy ich.

– Lepiej ją odesłać – zwrócił się do mnie Vuxan na widok Selen. – *Domin Sharum* nie jest przeznaczony dla kobiecych oczu.

Selen prychnęła i skrzyżowała ramiona na piersiach.

– Nigdzie się nie wybieram – oświadczyła.

Vuxan znów na nią spojrzał, a potem na mnie, ale nic już nie powiedział i tylko wzruszył ramionami.

– Może stanąć pomiędzy stronami i sędzią.

Kiedy skinęłam głową na zgodę, zdjął zbroję, a potem oboje unieśliśmy ręce, pozwalając, by nasi sekundanci przeszukali przeciwnika. Uprzedziłam wcześniej Faseeka, na co ma zwracać uwagę, dzięki czemu brat został zmuszony do zdjęcia biżuterii *hora* z przegubów, palców i kostek. Vuxan zniósł to wszystko, nie zdradzając śladu niepokoju, a ja przypomniałam sobie słowa Selen.

„Musisz oddychać jak każdy".

Wszyscy mnie ostrzegali, a mimo to czujna i napięta ruszyłam stawić czoło bratu. Vuxan był w wieku większości mojego rodzeństwa – po słonecznej stronie trzydziestego piątego lata. I choć dwa razy starszy ode mnie, był w szczytowej formie, a do tego miał za sobą dwa razy tyle lat doświadczenia. Zaczęłam się zastanawiać, czy mam szansę go pokonać.

– Zaczynajcie – powiedziała Selen.

Vuxan, nie tracąc czasu, skoczył ku mnie z ręką uniesioną jak do rąbania. Odtrąciłam ją, ale zaczął atakować raz za razem, przechodząc płynnie z jednego układu w drugi, zadając szybkie ciosy wyprostowanymi dłońmi o usztywnionych palcach. Przez cały czas poruszał się niczym tancerz, próbując znaleźć pozycję umożliwiającą powalenie mnie.

Trzymałam gardę blisko, blokując i przyjmując lżejsze ciosy, lecz nie angażowałam się w działania ofensywne, nie chcąc narazić na szwank żadnej z kończyn.

– Liczyłem na coś lepszego – rzucił Vuxan. – Boisz się uderzyć?

– Książę *chin* ma tchórzliwe serce – stwierdził jeden z Krevakh, a jego towarzysz się zaśmiał.

Wiedziałam, że robią to celowo, by mnie rozdrażnić, ale i tak zabolało. Wyprowadziłam mocny cios, a Vuxan uniknął go, wyginając się jak żmija, i w odpowiedzi wsunął mi rękę pod pachę, a potem zaciskając palce na mojej szyi, jednocześnie mnie kopał, póki nie opadłam boleśnie na jedno kolano.

Wykorzystując lukę w mojej obronie, złapał mnie drugą ręką za gardło i próbował przewrócić.

Jego chwyt był bardzo silny, wzmacniał go jeszcze, napierając całym ciałem, a moje wysiłki stawienia oporu tylko dodatkowo potęgowały efekt. Czułam, że moja twarz pęcznieje, bo odciął mi przepływ krwi do głowy.

– Olive! – wykrzyknęła Selen, a ja, słysząc w jej głosie nuty rozpaczy, domyśliłam się, że przyjaciółka nie będzie zważała na honor i zasady, jeśli miałoby to oznaczać patrzenie na moją śmierć. Gestem ręki kazałam jej trzymać się z daleka.

Chwyciłam duszące mnie ręce Vuxana, który źle pojął mój gest.

– Tu nie ma miejsca na poddanie się, bracie – warknął.

Tyle że ja nie odklepywałam poddania się, ale wzmacniałam swój chwyt. Potem ze wszystkich sił naparłam i gdy tylko wyczułam odpowiedni moment, pociągnęłam, jednocześnie przekręcając.

Rozległ się chrzęst łamanych nadgarstków. Trzeba przyznać, że Vuxan nie krzyknął. Puściłam, przerzuciłam go przez ramię, powalając na podłogę. Zanim się otrząsnął, uderzając z całej siły łokciem, złamałam mu zablokowane w barku ramię. Mimo bólu z jego ust nie wydarł się wrzask, zamknął jedynie oczy, a ja mocnym sierpowym ostatecznie zakończyłam naszą walkę.

– Zwycięzca! – ogłosiła Selen.

Oszołomiony sekundant Vuxana zacisnął usta.

– Zabij go – wyrzucił z siebie.

Potrząsnęłam odmownie głową.

– Jak się nazywasz? – zapytałam.

– Jestem Obun asu Obun am'Akeera am'Krevakh, *kai* Olive. – Tym razem w głosie *Sharum* pobrzmiewało znacznie więcej szacunku.

– Nawet jeśli moi bracia chcą mnie zabić, to ja nie pragnę odbierać im życia, synu Obuna. Przekaż to Vuxanowi, kiedy się ocknie. Zanim jego kości się zrosną, będzie miał dużo czasu, żeby się nad tym zastanowić.

Obun już nie protestował. Razem z towarzyszem podnieśli swojego *kai* i oddalili się pospiesznie, na wypadek gdybym zmieniła zdanie. Wiedziałam, że w ten sposób okryłam Vuxana wstydem. Możliwe, że wolałby śmierć, a ponieważ mu jej odmówiłam, mógł stać się dla mnie jeszcze większym zagrożeniem niż wcześniej. Ale niewykluczone, że rzeczywiście przemyśli to sobie i uwierzy, że nie chcę być jego wrogiem.

Zawsze wybieraj pokojowe rozwiązanie. Nie po raz pierwszy słyszałam w głowie głos matki, a im lepiej poznawałam świat, tym bardziej to, co mówiła, wydawało mi się mądrymi lekcjami, a nie frazesami, jak zwykłam uważać kiedyś.

Gared przybył w chwili, gdy Krevakh wynosili nieprzytomnego z mojej komnaty. Przyjrzał się *Sharum*, gdy go mijali.

– Wszystko w porządku, Olive? – zapytał.

– W jak największym, wuju – odpowiedziałam lekko. – Po prostu jeden z moich braci wpadł się pożegnać.

– Niezłe to było pożegnanie, jak widzę – skwitował generał nieporuszony. – Nie żyje?

– Nie, tylko się trochę połamał – odparła Selen. – Olive była wyjątkowo łagodna.

– Zuch dziewczynka.

Nie pamiętałam, kiedy ostatnio wuj nazwał mnie „dziewczynką”, a w jego głosie pobrzmiewała taka duma, że nawet ja nie mogłam pozostać obojętna.

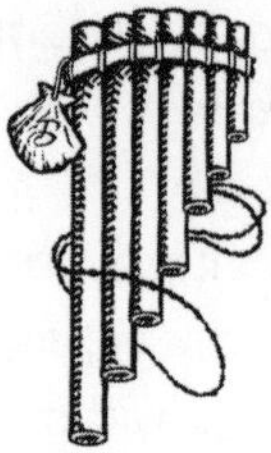

23

Trakt Posłańca

Czułem przez skórę nadchodzący świt niczym napór ciężkiego, rozgrzanego powietrza tuż przed letnią burzą. Wrażenie to było na tyle silne, by wyrwać mnie ze snu.

Ale to nic, bo słońce i tak niedługo miało sięgnąć do wieżyczki, a w dodatku lada moment mógł pojawić się w niej *dama* zwołujący wiernych na modły. Chciałem opuścić moją kryjówkę, zanim to się stanie. Wszystko szło zgodnie z planem i dzisiaj mieliśmy opuścić pałac w Krasji. Nie mogłem więc zaszyć się na dłużej jak każdego innego dnia.

Tak naprawdę nie miałem ochoty z nikim się spotykać. Selen była na mnie wściekła, Otchłań wie czemu, a Olive stanęła po jej stronie, choć nie potrafiła tego wyjaśnić. Arick i Rojvah byli świetnymi kompanami do muzykowania, jednak nie bardzo wiedziałem, co z nimi robić przez resztę czasu.

Aricka dręczyły jego własne lęki, a Rojvah nie była ze mną szczera.

Niech to noc, Rojvah i ja byliśmy sobie przyrzeczeni. Nigdy nie sądziłem, że to się stanie, a jeśli nawet, to wyobrażałem sobie, że będzie to Selen. W ostateczności Olive. Może zgadzając się, rzeczywiście nie wiedziałem, w co się pakuję?

Nie żeby Olive wiedziała. Ciekaw byłem, co Damajah powiedziała jej pod osłoną runów ciszy, co sprawiło, że Olive rozważała wyruszenie w przeciwnym kierunku niż reszta z nas i wyprawę w ciemność. Nie pojmowałem, dlaczego była gotowa złożyć los naszych mam i całej reszty zaginionych akurat w moje ręce. Co więcej, nawet nie miałem pojęcia, gdzie zacząć szukać zaginionych. To Olive widziała Kryjówkę, gdy była w głowie demona. No i co miałbym robić, kiedy już tam dotrę? Mogłem przekraść się tam niezauważony, ale przecież nie umiałem tak jak ona rozgiąć krat czy pozabijać otchłańców pilnujących uprowadzonych.

Otrząsnąwszy się już całkiem ze snu, wyczułem, że nie jestem sam w wieży.

Natychmiast przeszedłem w półmaterialność. Otworzywszy oczy, ujrzałem mężczyznę, który przycupnął na barierce. Odcień jego skóry przypominał cerę Olive – zbyt ciemny na mieszkańca zielonych krain, zbyt jasny na Krasjanina. A jego zapach był... konfundujący. Pachniał głównie lubczykiem, zielskiem rosnącym dosłownie wszędzie. Było tak powszechne, że zwykle nie zwracałem uwagi na jego aromat, który przykrywał naturalne zapachy ludzkiego ciała tak jak alomom – proszek, którego Wypatrywacze używali, by ukryć swoją obecność.

– Nie obawiaj się, Darinie am'Bales – rzekł. – Nie zamierzam zrobić ci krzywdy.

Na korzyść mężczyzny przemawiało to, że użył mojego własnego imienia, a nie tylko rodowego, ale i tak cofnąłem się w głąb pomieszczenia. Mimo półmaterialności mogłem dać mu porządnego kopniaka, a potem runąłbym ze schodów na dół z prędkością lawiny błotnej.

– Podkradanie się do śpiącego to dziwny sposób na zapewnienie o dobrych zamiarach.

– Niektórzy się podkradają, bo nie umieją inaczej. – Uśmiechnął się. – Akurat ty powinieneś to rozumieć najlepiej, bracie.

Sięgnąłem do pasa i namacałem nóż mamy. Nie było ostrzejszego na całym świecie.

– Nie jestem w tej chwili w nastroju na wyrozumiałość. I nie jestem twoim bratem.

– Czyżby? Z tego, co wiem, jesteśmy ostatnimi z naszego ludu.

Chwyciłem mocno rękojeść, z trudem powstrzymując się od obnażenia ostrza. Nie rzucałem się do walki, gdy miałem sposobność ucieczki, lecz z dziedzińca dobiegł mnie odgłos kroków kręcącego się *dama*. Szedł w stronę wieżyczki i lada moment miał zacząć wspinać się po schodach.

– Jakiego znów ludu?

Nieznajomy zdjął owijkę z jednej ręki i wyciągnął ją, pokazując mi wytatuowany na wnętrzu dłoni run nacisku.

– Runoskórych.

Poczułem łaskotanie na czaszce w miejscu, gdzie mama dawno temu wytatuowała mi run umysłu. Przeszedł mnie dreszcz i dostałem gęsiej skórki.

Wuj Gared twierdził, że wszystkie Naznaczone Dzieci zaginęły, a to oznaczało...

Pociągnąłem nosem. Tym razem zapach lubczyku przypomniał mi historię opowiadaną przez Rozkołysanego Hary'ego o małym chłopcu, co uciekł demonom, które wymordowały mu rodzinę, i przeżył, ukrywając się przez dziesięć lat na bagnach.

– Ty jesteś Briar Damaj.

Mężczyzna przytaknął.

– Będę towarzyszył wam w podróży do zielonych krain, a potem księciu Olive do głębin ciemności, jeśli tę drogę wybierze.

– A jeśli nie?

Briar wzruszył ramionami.

– To temu, kogo Damajah tam pośle.

Z trudem przełknąłem gulę w gardle. Briar opuścił Naznaczone Dzieci niedługo po swojej inicjacji, ale opowieści o nim nadal krążyły żywe. Ella Rębacz mówiła, że odszedł dlatego, że Stela raz go pocałowała, a potem popsuła wszystko, całując się z kimś innym.

No coś takiego...

Kiedyś było ponad dwieście Naznaczonych Dzieci. Część z nich, te, które się już takie urodziły, tatuowano, ale nie sprawdzano ich możliwości, inne, jak Stela z Gospody czy brat Franq, które podczas wojny jadły mięso demonów, były prawie tak silne jak mama.

Okazało się jednak, że żadne nie było na tyle silne, by uciec z pułapki Alagai Ka. Na miejscu zasadzki znalazłem zakrwawione pasmo włosów Steli. Spalone, strasznie cuchnęło, ale mnie to nie zmyliło. Z brata Franqa zostało niewiele. Zaledwie stopa, która musiała spaść gdzieś w inne resztki, kiedy demony rozrywały go i pożerały.

Ella Rębacz była w zasadzie cała. Dotrwała prawie do świtu i demony nie zdążyły jej zjeść. Ale to nie sprawiło, że było mi łatwiej na nią patrzeć.

Wspomnienia z tamtego dnia przewijały mi się przed oczami tak szybko, że nie nadążałem ich przyswajać. Unoszący się w powietrzu fetor demoniego gówna, posmak smażonego mięsa przyjaciół, ich porozdzierane, pokąsane ciała, błocko, które przyczepiało się do moich stóp, mokre od ich wnętrzności.

Odetchnąłem głęboko trzy razy, żeby móc skupić się na jedynej rzeczy, jaka mogła uwolnić mnie od tych wspomnień. Briar czekał cierpliwie, zachowując dystans i dając mi czas.

– Jak mnie znalazłeś?

– Podobnie jak ty, bracie, nie lubię pałacowych murów, za to cenię sobie otwarte galerie – odparł z uśmiechem. Odwrócił się i zatoczył ręką na roztaczający się z wieży widok. Pałac znajdował się na szczycie najwyższego okolicznego wzgórza, więc z wieżyczki mogłem widzieć całe miasto. – To nie ja znalazłem twoją kryjówkę, braciszku, tylko ty moją.

Dobiegł mnie odgłos kroków *dama* wstępującego na schody. *Dama* lubili przychodzić przed świtem, żeby móc złapać oddech przed śpiewem, który zaczynali dokładnie w chwili, gdy na horyzoncie pojawiał się rąbek słońca.

– Chodź – powiedział Briar, wyciągając ku mnie wytatuowaną dłoń. – Zbierz rzeczy, możemy porozmawiać po drodze. – Podciągnął mnie na nogi.

Zniknęliśmy z galerii, na długo nim *dama* postawił w niej stopę. Briar, podobnie jak ja, nie musiał używać schodów. Zeszliśmy po murze wieży z taką łatwością, jak inni zsunęliby się z niej po linie.

Briar wkrótce odłączył się, obiecując ponowne spotkanie niebawem, a ja wróciłem do komnaty, zanim słońce zdołałoby wypalić ze mnie wszystkie siły na następujący dzień. Wśliznąłem się przez jedno z okien i śmignąłem w cień, a ponieważ okazało się, że Arick nie jest sam, zachowałem ostrożność, by nie zdradzić swojej obecności.

– Nie zabronisz mi ruszyć z nimi w drogę – oznajmił Arick stanowczo.

– Nie przyszłam tu, żeby cię zatrzymywać. – Amanvah pachniała niepokojem i lękiem, ale tym razem przyszła sama.

Zawsze traktowała Aricka jak własnego syna, choć nim nie był, i wyraźnie dało się dostrzec różnicę w tym, jak odnosiła się do niego i Rojvah. Rojvah skupiała na sobie całą uwagę i uznanie, Arick musiał o nie zabiegać, a gdy mu się to udawało, nie zyskiwał aprobaty Amanvah.

– Przysięgłam twojej matce, Sikvah, że będę cię kochać i wychowywać jak rodzone dziecię – powiedziała cicho. – I wydawało mi się, że tak właśnie było. Twój ojciec był wielkim człowiekiem i zasługiwał na godnego następcę. Dałam ci wszystko, co mogłam, abyś zdobył moc równą jego i mógł przejąć schedę, czcząc jego pamięć i honor. – Spuściła oczy. – Może jednak gdybyś był moim rodzonym synem, wcześniej zauważyłabym ten ból, który cię toczy. Może... – Potrząsnęła głową, jakby uwalniała się od jakiejś myśli. – Teraz to już nie ma znaczenia. Żyjesz dla włóczni, a Damajah uczyniła to, czego ja nie mogłam. Wręczyła ci ją.

W zapachu Aricka wyczułem skołowanie, jakby podejrzewał, że w tych słowach skruchy czai się pułapka.

– Tak myślałem, że żyję dla włóczni, ale i za to muszę płacić. – Nie powiedział niczego konkretnego, wystarczył jednak ciężki ton, żeby zrozumieć jego uczucia.

Amanvah nie dopytywała go o szczegóły, lecz zapachniała współczuciem.

– Żadna ścieżka życia nie jest łatwa. – Skinęła głową w stronę kamanju. – Cieszę się, że bierzesz go ze sobą. Raduje mnie też, że razem z Rojvah gracie z synem Arlena. Wasi ojcowie byli najlepszymi przyjaciółmi. Wy powinniście być jak rodzina.

Na te słowa ścisnęło mnie w gardle. Ojciec Aricka zawsze był dla mnie bohaterem. Nie aż tak wielkim jak mój własny tata, ale zawsze wyobrażałem sobie, że skoro kochał Rojera Bezpalcego, może też zdołałby pokochać i mnie.

Amanvah podeszła do Aricka i wyciągnęła ku niemu nieco drżącą rękę. Bała się, ale nietrudno było zgadnąć dlaczego. Arick zesztywniał, gdy odsunęła luźno zwisającą czarną zasłonę, a ponieważ nadal miała nad nim matczyną władzę, nie stawiał oporu.

– Nie powinnam zmuszać cię do noszenia kolorowych szat, skoro zasłużyłeś sobie na czerń wojownika. Ale to nie oznacza, że powinieneś zapomnieć, kim jesteś. Twoja matka, Sikvah, pochodziła ze starego rodu wojowników i honorujesz jej pamięć, powinieneś też szanować ojca, który zatrzymał i zawrócił falę *Sharak Ka*. Okazanie mu czci nie umniejszy poświęcenia Sikvah.

Arick stał sztywno wyprostowany, jak żołnierz na paradzie, pozwalając, by udrapowała mu na ramionach kolorowy jedwabny szal. Choć kuzyn zachowywał kamienną twarz, pachniał tak, jakby lada moment miał się rozpłakać.

Amanvah ucałowała go w policzek.

– Noś z dumą swoją tarczę i włócznię, ale nie zapomnij o kamanju i barwnym płaszczu ojca. Nieważne, z czyjej krwi, jesteś moim synem i chcę, żebyś do mnie wrócił.

Na głębiny Otchłani. Mnie też zapiekły oczy.

Otarłem łzy rękawem i wspiąłem się po ścianie, żeby zabrać płaszcz i torbę, które ukryłem za luźnym panelem sufitowym. Resztę spakowali już służący.

Do Krasji przybyłem tylko z tym, co miałem na grzbiecie, ale tu uznawano mnie za księcia, a przynajmniej kogoś tak wysoko urodzonego, i dworzanie czuli się nieswojo, kiedy jeden z nich pokazywał się w poplamionej koszuli i porwanych portkach. Dostałem w pałacu całą garderobę, której pewnie nigdy nie założę, lecz zostawienie tych ubrań uraziłoby gospodarzy. Łatwiej było zabrać to wszystko do Zakątka.

Kiedy dotarłem na miejsce odjazdu karawany, wszyscy już na mnie czekali, tyle że nie zamierzałem przychodzić za wcześnie i tkwić w tym zamieszaniu i hałasie. Nasłuchiwałem głosów, aż generał powiedział do Olive:

– No, wszystko gotowe, czekamy tylko na Dar... O, już jest!

Podjechałem na Zmierzchu, ale Olive ledwie zwróciła na mnie uwagę. Pachniała czujnością zmieszaną z potem i adrenaliną, miała zarumienioną twarz i ramiona. Walczyła i obawiała się, że to jeszcze nie koniec.

– No, nareszcie zebrał się na odwagę, żeby się pokazać – burknęła cicho Selen, doskonale wiedząc, że i tak usłyszę.

To nie w porządku. Przecież to ona wymaszerowała wczoraj naindyczona, i to niby ja byłem tchórzem? Zabawne, jak łatwo sprowokować ludzi, by wyjawili, co naprawdę o mnie sądzą. Szczególnie gdy miało się taki słuch, że można było usłyszeć, jak obrzucali mnie błotem, nawet z bardzo daleka.

Zamierzałem jechać na czele, razem z nimi, przynajmniej jakiś kawałek. Uznałem, że Olive poczuje się lepiej, gdy będę wypatrywał tego, czym się tak denerwowała, wyglądało jednak na to, że nie byłem mile widziany w ich towarzystwie. I dobrze, bo ja też nie chciałem się zbliżać do Selen.

Grupa Aricka wydawała się dużo bardziej przyjazna. Jego wielobarwny szal nie oznaczał żadnej rangi *Sharum*, jak na przykład czerwony Mistrza Ćwiczeń czy biały *kai*, ale eskorta Majah chyba uważała inaczej. Ludzie lgnęli do niego, lecz nie podchodzili nazbyt blisko. Czułem ich szacunek i jego dumę. Cieszyłem się ze względu na Aricka, tyle że nie bardzo miałem ochotę jechać w środku tego wszystkiego.

Poranne słońce prażyło coraz mocniej, ale miałem przy siodle specjalny daszek, którym mogłem się osłonić. Rojvah dostała cały powóz tylko dla siebie i pewnie było w nim przyjemnie i cicho. Jednak na myśl o przebywaniu z nią sam na sam denerwowałem się bardziej, niż gdybym miał jechać pomiędzy Olive i Selen.

Na szczęście dostrzegłem Briara. Szedł pieszo przy wolno poruszającej się karawanie. Pomachał do mnie, a ja przywiązałem Zmierzcha do jednego z wozów, zsiadłem i przyłączyłem się do idącego.

Briar pasował do tego całego tłumu nie bardziej niż ja. Miał na sobie szaty *Sharum*, ale jaśniejsze, w odcieniu brązowozielonym. Oznaczało to, że jest *chi'Sharum*, wojownikiem, w którego żyłach płynie krew mieszkańców zielonych krain. Niższej kasty, jeśli wierzyło się w takie rzeczy. Słyszałem, jak ludzie z karawany plotkują o nim, nazywając go niemiłymi określeniami. Głównie określali go

Błotkiem. Tak ludzie z Północy mówili o osobach mieszanego pochodzenia. I nie było to słodkie słówko. Kiedyś jedno z Naznaczonych Dzieci wyraziło się tak o Olive, a mama je za to spoliczkowała.

Wuj Gared nazywał go „śmierdzielkiem", ale nawet żartobliwy ton nie łagodził wydźwięku.

Rzeczywiście Briar roztaczał wokół zapaszek. Żuł łodygę lubczyku, jednak nie jadł rośliny, tylko rozgryzał, żeby puściła soki. Demony nie lubiły lubczyku i najchętniej omijały go z daleka, więc ten środek zapobiegawczy był sensowny. Wiele Naznaczonych Dzieci tak robiło, a mama mówiła, że to właśnie Briar je tego nauczył.

Jak dla mnie, wszyscy trochę śmierdzieli. A lubczykowy oddech był lepszy niż te niepowtarzalne obłoczki fetorków otaczające każdego z ludzi. Zapach Briara był spójny, składał się z różnych naturalnych woni, co sprawiało, że trudniej było odczytać jego emocje. Za to łatwiej rozmawiać. Przynajmniej dla mnie. Mogłem zwracać uwagę jedynie na słowa, a mój nos nie musiał wyławiać informacji skądinąd.

– Nie masz konia? – zagaiłem.

– Żeby utknąć w tym tłoku? – parsknął Briar. – Samo dotarcie do bram miasta zajmie im szmat czasu, a później też będą się ciągnęli wolniej, niż ja idę na piechotę.

Uśmiechnąłem się do niego szeroko.

– No, to fakt.

Wskazał jedną z bocznych uliczek.

– Na nogach możemy być za miastem w kwadrans i zrobić sobie mały zwiad traktu. Póki będziemy pojawiać się na posiłkach, nikt nie będzie się czepiał.

Jego słowa trafiały mi prosto do serca.

– Nie przepadasz za ludźmi, co?

Briar wyprężył pierś i przyłożył do niej dłoń, jakby poczuł się urażony, ale że nie był wyższy ode mnie, to po czasie spędzonym z Olive i Selen jego postawa nie wydała mi się szczególnie zastraszająca.

– Ależ bardzo ich lubię. – Wskazał pochód i tłumy gapiów na ulicy. – Tyle że z daleka.

Mój głośny śmiech zaskoczył i jego, i mnie. Ruszyliśmy biegiem i wkrótce znaleźliśmy się już za miastem, daleko przed czołem karawany. Chwilami szliśmy razem, chwilami osobno, badając teren i sprawdzając wszystko, co wydało nam się godne uwagi.

Mimo to zdążyliśmy wspiąć się na drzewo, żeby odpocząć, zanim reszta nas dogoniła. Siedzieliśmy, dyndając nogami, w przyjaznej ciszy. Briar nie był gadułą, ale wcale mi to nie przeszkadzało. Milczało mi się z nim tak dobrze jak kiedyś z Selen. Podejrzewałem jednak, że gdy następnym razem zobaczymy się z Selen, milczenie pomiędzy nami nie będzie już takie przyjemne.

Przed zapadnięciem nocy stanęliśmy na popas. Żołnierze rozbili namioty na ugorze, a Olive i „wysocy rangą oficerowie" nocowali w gospodzie. Najwyraźniej mnie i Aricka zaliczono do oficerów, bo też dostaliśmy pokój, znów razem. Rzuciłem torbę na łóżko, a potem klapnąłem na nim, niechętnie myśląc o kolacji w zatłoczonej izbie karczemnej.

– Poćwiczymy dzisiaj? – zapytał Arick, kładąc futerał z kamanjem.

Gapiłem się na instrument na tyle długo, że pokiwał głową i machnął ręką.

– Mogę ćwiczyć sam, ale zważ, synu Arlena, że nie możesz unikać mojej siostry przez całą wieczność.

Odwrócił się, nie czekając na odpowiedź. I dobrze. Poszedłem za nim na salę, ale usiedliśmy na przeciwległych końcach stołu *Sharum*. Ludzie Olive chyba się mnie trochę bali, a mnie to pasowało. Oznaczało więcej przestrzeni. Rojvah nie zeszła, podsłuchałem, jak służący mówili, że zaniosą jej posiłek do pokoju. Niepodobne to do Rojvah, choć może to i lepiej?

– Czemu Darin nie siedzi z nami? – zapytał generał, zerkając na mnie przez stół.

Selen łypnęła wściekle.

– Bo kiedy nie patrzyłyśmy, ten kołek dał się zaciągnąć do Damajah i teraz są sobie z Rojvah przyrzeczeni.

– O? – Gared uniósł kubek. – To świetnie. Nie sądziłem, że ma to coś.

Olive parsknęła śmiechem, a Selen i ją spiorunowała wzrokiem.

I oni się dziwili, dlaczego nie chciałem z nimi siedzieć.

Po posiłku Selen zrobiła to, co zwykle. Zabrała swój kubek i siadła przy ogniu, a po chwili otoczył ją wianuszek słuchaczy rechoczących z jej historyjek. Nawet generał klepał się po udzie, rozlewając napitek, choć w każdej z opowiastek zawsze pojawiał się chłopak, którego Selen wywabiała skądś, żeby się z nim całować.

Szybko skończyłem jeść, odniosłem talerz i jeszcze szybciej wyszedłem. Arick próbował tego samego, lecz Selen złapała go za rękę, kiedy ją mijał.

– A tobie co się tak spieszy? – rzuciła jedwabistym, kuszącym głosem, który tak dobrze znałem i przez który wpakowałem się w kłopoty tyle razy, że przestałem liczyć. – Usiądź z nami przy ogniu, opowiedz coś.

Spodziewałem się, że Arick ulegnie jak zwykle, ale on się skłonił.

– Żadna z moich opowieści nie dorównuje tym, które snujesz ty, córko Gareda.

Selen zmarszczyła nos.

– Hm, możemy coś na to zaradzić. – Mówiąc to, zerknęła w moją stronę.

Arick zaczął się cofać, a Selen podążała za nim, dopóki nie przyparła go do ściany.

– Coś ty taki wstydliwy? Książę powinien być śmiały.

Arick uniósł rękę, jakby chciał stworzyć zaporę między nimi.

– Może książęta tacy są. Ale nie ja.

– A co, może jesteś *push'ting*? – zapytała żartobliwie, lecz uśmiech zamarł na jej ustach na widok jego miny. – Och, na noc, wybacz! Nie chciałam...

Arick zbył jej przeprosiny gestem ręki.

– Nie mogę sobie pozwolić na takie wybory, skoro muszę zapewnić przetrwanie rodowi ojca. W odpowiednim czasie macocha wybierze mi żonę, a ja dam jej dzieci, jeśli tylko będę mógł.

– Hej, mam i na to sposób. – Selen odzyskała rezon. – Póki co znam w Zakątku kilku przystojniaków, którym mogę cię przedstawić.

Starała się być przyjacielska, jednak Arick coraz mocniej pachniał zakłopotaniem.

– Właściwie to nigdy... – Potrząsnął głową. – Nieważne. Obecnie nie jestem gotowy na jakiekolwiek związki.

Selen pocieszająco położyła mu rękę na ramieniu, a jej głos złagodniał.

– Nikomu z nas nie było łatwo na pustyni. Ale to jeszcze jeden powód, żeby cieszyć się życiem, Aricku.

– Może i tak. Tyle że nie dzisiaj. – Ukłonił się i skierował ku schodom.

Selen przeniosła wzrok na mnie. Stałem przy barze i wiedziała, że choć mówiła cicho, wszystko słyszałem.

– Pewnie wiedziałeś, że nie ciągnie go ku dziewczętom, i pozwoliłeś mi zrobić z siebie idiotkę.

Również ruszyła ku schodom w chmurze zapachu złości i zażenowania. Wiedziałem, że podążenie za nią to błąd, a mimo to i tak to zrobiłem.

– Odejdź, Darin – warknęła.

Zignorowałem jej słowa. Nie wiedziałem, co się dzieje między nami, lecz nie mogłem tego znieść. Musiałem przynajmniej spróbować to naprawić.

– Nie wiedziałem – odparłem. – Nie jestem tym zaskoczony, ale nie, nie wiedziałem. I nic nie „pozwoliłem" ci zrobić. Selen Rębacz robi tylko to, czego sama chce.

– Um, no tak. I patrz, gdzie mnie to zawiodło. – Wzięła się pod boki. – No dalej, śmiej się, śmiej. Wiem, że uważasz, że sobie na to zasłużyłam.

Jej słowa zabolały, były niesprawiedliwe.

– Nigdy się z ciebie nie śmiałem, Selen. Nigdy złośliwie. Przenigdy.

Moje słowa ją poruszyły, może bardziej, niż chciałem. Odwróciła się, a ja poczułem, że zbiera jej się na płacz.

– Jakiś ty idealny. – Pachniała wstydem, upokorzeniem i złością.

– Zaczekaj – zabrzmiało to błagalnie i było mi z tym źle, jednak Selen tylko przyspieszyła kroku, kierując się do pokoju.

– Zostaw mnie, Darin.

Mogłem przemknąć obok niej i nawet by się nie zorientowała. Mogłem zastąpić jej drogę i zażądać, by ze mną porozmawiała. Nie zrobiłem tego. Zatrzasnęła za sobą drzwi, rzuciła się na łóżko i ukryła twarz w poduszce. Tłumiła łzy, słyszałem jej urywany oddech i zmieniony przez wilgoć szelest tkaniny.

Zajrzałem do swojego pokoju, ale nie zostałem w nim długo. Arick ćwiczył na kamanju i nie odezwał się, gdy otworzyłem okno i wyślizgnąłem się na dach.

Briara odnalazłem prawie natychmiast. Wiatr przyniósł woń z drzewa, a tak wysoko lubczyk nie rósł.

– Długo ci zeszło – zauważył. – Co mieliście na deser?

– Biszkopt. – Sięgnąłem do kieszeni po małe zawiniątko. – Masz, przyniosłem ci kawałek.

Przez następny tydzień pokazywałem się raz, dwa razy na dzień, tyle, żeby nikt nie uznał mnie za zaginionego. W porównaniu z tym podczas podróży przez pustynię byłem prawie duszą towarzystwa.

Pewnej nocy, gdy wędrowaliśmy przez mokradła Lakton, Briar zszedł z drogi i przywołał mnie, żebym podążył za nim. Popędziliśmy przez torfowiska pełne zgniłych kłód i ukrytych zapadlisk. Czułem zapach otchłańców. Nie było ich wiele, może kilka demonów błotnych i bagiennych, które miały szczęście i znajdowały się poza zasięgiem czystki. Łatwo dało się uniknąć spotkania z nimi.

Jednak i tak na wszelki wypadek naciągnąłem na głowę płaszcz niewidzialności. Nawet te bagienne włóczęgi mogły donosić podczas nowiu Alagai Ka.

Natrafiliśmy na osadę. Dotąd myślałem, że Potok jest małą wioską i w porównaniu z Zakątkiem czy Lennem Everama był, lecz przy tej wiosce wydawał się aglomeracją na miarę jednego z Wolnych Miast. Osada składała się z kilku domów, stawianych raczej z błota i darni niż drewna i kamienia. Podobała mi się. Miasta budowane na wyżynach dominują na terenie, na którym się rozciągają. A to skupisko chatynek wtapiało się w bagniska.

– To Bogton – rzekł Briar. – Miasteczko, w którym się urodziłem. Chodź.

Mały święty dom z trudem pomieściłby setkę wiernych, ale miał porządne osłony. Briar wdrapał się po ścianie na dzwonnicę i wśliznął do środka. Wewnątrz podkradł się do ołtarza i uniósł pokrywę tacy ofiarnej, na której leżał bochen świeżo upieczonego chleba. Zabrał go, zostawiając w zamian gałązkę lubczyku, i chichotał przy tym, jakby to był dobry żart.

– To nie biszkopt, ale Opiekun Heath minął się z powołaniem. Jest urodzonym piekarzem.

Zabraliśmy nasz łup i zajadaliśmy się chlebem w drodze na obrzeża osady. Ciemna, kręta dróżka zaprowadziła nas do miejsca, które śmierdziało jak śmietnisko. Był to w zasadzie wielki kompostownik – ludzie wyrzucali tu głównie resztki jedzenia – ale i tak cuchnął. Pośród silnych woni wyczułem coś jeszcze.

Położyłem Briarowi rękę na ramieniu i wskazałem brodą.

– Demon bagienny – powiedziałem.

Przytaknął.

– Kiedy zbliżają się za bardzo do Bogton, ludzie odganiają je strzałami, ale nocą nikt nie przychodzi na wysypisko.

Wspiąłem się za Briarem na drzewo, przygotowaliśmy łuki i czekaliśmy, aż demon wychynie z cienia. Kiedy się pokazał, wycelowałem, ale nim zwolniłem cięciwę, Briar zdążył trafić potwora strzałą pokrytą runami. Demon padł na ziemię, która zaczęła nasiąkać juchą jaśniejącą magią.

Briar zeskoczył i ruszył, by odzyskać strzałę. Położył przy tym dłoń na otchłańcu, a jego tatuaż przyciągnął niknący blask demona. Aura Briara rozjaśniła się w reakcji, mimo że ta należąca do demona bagiennego słabła z każdą chwilą.

Oczy Briara rozjarzyły się jak kocie ślepia w nocy, a ja wiedziałem, że jego pozostałe zmysły również ożyły. Mój towarzysz doświadczał świata tak jak ja. Briar stał przez chwilę nieruchomo, badając zmysłami, czy w pobliżu nie ma innych otchłańców, byliśmy jednak sami.

Zeskoczyłem na ziemię i podszedłem do Briara, który zdążył już odzyskać strzałę i czyścił ją z posoki.

– Miałeś kiedyś wrażenie, że tych wszystkich zapachów i dźwięków jest za dużo? – zapytałem.

Briar schował pocisk do kołczanu i spojrzał na mnie ze współczuciem.

– Czasami. Nauczyłem się większość blokować. To coś jak przesuwanie wzrokiem po kartach książki bez czytania treści.

– Nie bardzo mi się to udaje – przyznałem.

– Bo to polega na tym, że trzeba dostroić się do otaczającego świata. Stać się częścią nocy, a nie tylko się przez nią prześlizgiwać. Wtopić się we wszystkie te dźwięki i zapachy.

Poprowadził mnie ku wielkiej połaci lubczyku rosnącego na stercie odpadków pośrodku wysypiska. Wszedłem za nim w gąszcz zielska, a on zdjął leżący na wierzchu blat stołu, odkrywając wejście do niewielkiej jamy. W środku było ciasno, ale nic nie powiedziałem, czując, że to dla Briara szczególne miejsce.

– Przesiadywałem tu całymi nocami, nasłuchując – powiedział. – Bałem się. Podskakiwałem przy każdym dźwięku. Wszędzie wyczuwałem zagrożenie. Ale właśnie to pozwala przeżyć noc. Nie zapominaj o tym.

– Po co tu zostawałeś po zmroku? – Nie miałem prawa pytać, tyle że bardzo chciałem wiedzieć.

Briar spuścił oczy.

– To przez moją nieostrożność nasze osłony zawiodły, a cenę za to zapłaciła moja rodzina. Byliśmy jedyną rodziną w wiosce o mieszanej krwi, nie sądziłem więc, że ktoś weźmie do siebie sierotę mieszańca. Wolałem mieszkać tutaj, pomiędzy śmieciami, niż pośród tych, którzy przypominaliby mi o stracie.

Gdy już pokazał mi swoje miejsce, nagle zaczęło mu się spieszyć, żeby wracać. Wygramoliliśmy się z nory i stanęliśmy z zadartymi głowami, patrząc na gwiazdy i księżyc.

– Ukrywanie się, trzymanie z dala od problemów innych ludzi daje poczucie bezpieczeństwa, ale pustka i samotność doprowadzają z wolna do utraty zmysłów. Żyłem w ten sposób przez jakiś czas, dryfowałem, póki znów nie odnalazłem ludzi.

– Ja czasem właśnie wśród ludzi czuję, jakbym dryfował – wyznałem.

– Tworzymy własne mechanizmy utrzymujące nas przy zdrowych zmysłach, ale nie musimy być ich niewolnikami. Gdziekolwiek się znajdziesz, możesz stworzyć nowy sposób, przystosować się. – Wskazał ręką na połać lubczyku. – Gdy podczas wojny byłem zwiadowcą, stworzyłem wiele takich briarowych nor. Miejsc, gdzie mogłem się skryć, odzyskać równowagę. Wychodziłem z nich wzmocniony, silny.

– Ja nigdy nie byłem silny. Najlepiej wychodzi mi ucieczka i ukrywanie się.

– Obaj wiemy, że to nieprawda – zaprotestował Briar.

Powoli wyciągnął rękę, żeby dotknąć mojego ramienia. Nie lubiłem, by ktoś mnie dotykał, ale Briar okazał mi zaufanie, dając mi możliwość cofnięcia się, więc pozwoliłem mu położyć rękę na swoim barku. Briar uścisnął go pokrzepiająco.

– Łatwo czuć się małym, Darinie, gdy wróg jest wielki. Ale nawet najlżejsze nakłucie może naruszyć bańkę i sprawić, że zniszczy ją jej własna siła.

Wkrótce przekroczyliśmy granicę Zakątka, a zamieszanie, jakie towarzyszyło nam podczas opuszczania Krasji, było niczym w porównaniu z przyjęciem, jakie gotowano nam w mijanych wioskach. Wieść o naszym powrocie docierała szybciej niż karawana i chyba każda osada uznała to za pretekst do wyprawienia biesiady.

Nawet w miejscowościach, w których się nie zatrzymywaliśmy, Olive i Selen musiały zsiadać z koni i ściskać ręce członkom starszyzny i chyba każda Zielarka wypytywała je o zdrowie. Towarzyszyły temu łzy, obściskiwanie i dziękczynienia Stwórcy. Nie miałem ochoty w tym uczestniczyć.

Imiona Aricka i Rojvah były na ustach wszystkich z powodu ich słynnego ojca, Bezpalcego, czarodzieja skrzypiec. Sam widok futerału kamanju na plecach Aricka wystarczał, żeby ludzie rozpływali się w zachwytach, choć nie słyszeli ani jednej jego nuty.

Rojvah znosiła to znacznie lepiej. Jej powóz, królewska postawa, nie wspominając o eskorcie *Sharum*, sprawiały, że ludzie zachowywali się bardziej powściągliwie, szczególnie w tych wioskach, gdzie przywykli do przejazdów królewskich podróżników. W dodatku dowody zainteresowania dodawały Rojvah wiatru w żagle, więc niezmordowanie machała przez okno powozu, błogosławiła Mówców i zaczepiała zachwycone dzieci, żeby uczyły ją ludowych piosenek i tańców.

Nawet Briar dał się wciągnąć w ten festiwal radości. Jako przewodnik miał kontakty w większości miasteczek i musiał je podtrzymywać. I nie kończyło się na zdawkowych: „Jak się masz?". W grę wchodziły także uściski, obcałowywanie i zwykle posiłki przy zatłoczonych stołach.

Trzymałem się od tego wszystkiego tak daleko, jak się dało, choć w zasięgu zmysłów. Obserwowałem, jak liczebność naszej karawany rośnie z każdym odwiedzonym miasteczkiem. Lokalni strażnicy i członkowie zbrojnych oddziałów zgłaszali się, by eskortować nas do granic ich ziem. Na szczęście potem wracali do domów.

Nic dziwnego, że ludzie tak się zachowywali. Mieszkańcy Zakątka myśleli, że Olive i Selen zaginęły, a księżna razem z nimi. Dlatego teraz, kiedy wróciły, mieszkańcy Zakątka chcieli je chronić, otaczając warstwami kolejnych osłon.

Rozumiałem to, co nie znaczy, że mi się to podobało. Dusiłem się, przytłoczony tym wszystkim, i zastanawiałem się, co będzie, gdy znów będziemy musieli się wymknąć. Ludziom się to nie spodoba. Ale na razie wszyscy wiwatowali i dziękowali Stwórcy.

Oczywiście, mieli powody do świętowania. Po prostu ja wolałem cieszyć się... ciszej. Trzymałem się na uboczu aż do pewnego popołudnia, kiedy do Zakątka Rębaczy został nam dzień podróży. Do chwili, kiedy przywołała mnie do siebie Olive.

Siedziałem jakieś pół mili od drogi, za daleko, by wyczuć zapach, lecz irytacja w jej tonie poderwała mnie na nogi, jak smagnięcie biczem.

– Dość tego, Darin, nie możesz się wiecznie boczyć. Mieszkańcy Zakątka są wystraszeni, zrozpaczeni, potrzebują zobaczyć, że jesteś cały, zdrowy i bezpieczny.

Nikt z nas nie był bezpieczny, ale westchnąłem, bo miała rację. Obiecałem sobie, że kiedy dołączę do karawany, będę się starał być widoczny.

Zmierzch ożywił się, gdy mnie obwąchiwał. Przychodziłem do niego codziennie, ale nie spędzałem z nim tyle czasu, co na pustyni, gdzie byliśmy w zasadzie nierozłączni. Z zadowoleniem przyjął odwiązanie od wozu. Postawiłem daszek, wskoczyłem na siodło i wyjąłem fletnię, żeby oznajmić światu swoją obecność.

A ponieważ nikt nie chciał przerywać mi gry, wszyscy zachowali pełen szacunku dystans i obyło się bez uścisków. Wystarczyło nie przerywać gry, a mogłem tylko uśmiechać się i kiwać głową. Jak dla mnie, świetny układ.

Niestety, w samym Zakątku Rębaczy fletnia nie wystarczyła. Ludzie wylegli z domów tłumnie, tysiącami wypełniając ulice i aleje. Zostawiali nam wąskie przejście, którym ledwo się przeciskaliśmy. Mieszkańcy śpiewali, płakali, wiwatowali albo po prostu... wrzeszczeli.

Nie słyszałem dźwięków fletni w tym zgiełku, a przecież to na niej grałem. Za dnia nie mogłem użyć runicznej monety, by wzmocnić dźwięk instrumentu. Nie mogłem też przejść w półmaterialność i uciec. Utknąłem w samym środku hałasu, który zaczął napierać na mnie jak ściany, aż w końcu miałem wrażenie, że się duszę.

Istniało tylko jedno miejsce, gdzie mogłem umknąć, a nic nie było gorsze niż ten rwetes.

Ześliznąłem się z siodła i pognałem w stronę powozu Rojvah.

Pewnie powinienem zapukać, ale byłem tak przytłoczony, że odczuwałem fizyczny ból. Wskoczyłem na stopień, szarpnąłem za drzwiczki, po czym wtoczyłem się do środka, zatrzaskując je, zanim strażnicy mnie zauważyli.

Rojvah była sama, wyglądała przez okienko i machała do gapiów, lecz tylko krzyknęła cicho, kiedy rzuciłem się na drugą stronę, żeby opuścić roletę. Zwinąłem się w najciemniejszym kącie pudła i zasłoniłem rękami uszy i oczy. Bałem się, że strażnicy narobią wrzawy, ale nie.

Za to ktoś z tłumu zaczął wykrzykiwać moje imię, a reszta podjęła.

W środku było ciszej. Nie cicho, ale... ciszej. Grube ścianki pudła od środka wyłożono warstwami tkanin i obito aksamitem właśnie po to, by zapewnić siedzącemu w środku trochę spokoju. Do tego podłogę przestronnego pudła pokrywał puszysty dywan i wszędzie leżała masa poduszek. Wszystko to wygłuszało dźwięki z zewnątrz i pomogło mi je odfiltrować.

Rojvah pachniała rozbawieniem.

– Zastanawiałam się, kiedy cię ujrzę, wybranku.

Pewnie, że była rozbawiona. Dla niej to wszystko było żartem. Szeptem przeklętej kości, która pozwoliła jej odciąć troki maminego fartucha.

Ludzie skandowali moje imię i ten łoskot, to rytmiczne łupanie rozsadzało mi czaszkę. Z jękiem chwyciłem poduszki i wcisnąłem w nie twarz. Przez szparę w zasłonie okiennej przenikały do wnętrza hałas i blask słońca, a smród był nie do wytrzymania. Zacząłem się miotać w poduszkach, licząc, że się w nich zakopię.

– Och – wykrzyknęła Rojvah, już nie z rozbawieniem, tylko, co gorsza, z litością. W tamtej chwili pożałowałem, że w ogóle wyściubiłem nos z Potoku.

Rojvah domknęła okiennicę i zasunęła roletę. Trochę pomogło, a kiedy pociągnęła za sznur, wnętrze powozu pogrążyło się w całkowitej ciemności.

– To powóz *dama'ting*, wybranku – wyszeptała. – Zaprojektowano go tak, żeby moje siostry mogły w nim rzucać kośćmi również za dnia.

Powieki zaciskałem nadal, ale usłyszałem, jak Rojvah dotyka kamienia na swoim naszyjniku i zmienia położenie runów wokół niego. Kamień *hora* aktywował się i otoczyła nas bańka ciszy.

Nareszcie, po raz pierwszy od całych godzin, mogłem głębiej odetchnąć. Jednak i tak byłem roztrzęsiony, spięty i musiałem mocno zaciskać zęby, żeby się nie rozpłakać. Dźwięki co prawda zniknęły, lecz ich echo i tak tłukło mi się w głowie.

Chciałem się cofnąć, gdy Rojvah wyciągnęła ku mnie rękę, ale nie panowałem nad ciałem i tylko drgnąłem, gdy pociągnęła mnie do siebie, kładąc sobie moją głowę na kolanach. Wtedy zaczęła śpiewać.

Na początku powoli. Szmer przemienił się w melodię, która owinęła się wokół mnie jak ramiona matki, wypychając ze mnie echa zgiełku. Potem pieśń nabrała mocy, stając się całym moim światem.

Wszystko przenikał aromat jej perfum. Nie lubiłem pachnideł, ich wonie wisiały ciężko w powietrzu i oblepiały wszystko, a mnie przyprawiały o ból głowy. W tamtej chwili jednak zapach był czymś, na czym mogłem się skoncentrować, i wypierał smród tysięcy ciał. Poza tym był całkiem... ładny. Trochę kwiatowy, a trochę korzenny.

Rojvah gładziła chłodną dłonią mój policzek w rytm śpiewanej krasjańskiej kołysanki. Rozchyliłem nieco powieki. We wnętrzu powozu było tak ciemno, że uaktywnił się mój nocny wzrok.

W świetle magii ujrzałem Rojvah otoczoną feerią barw, piękniejszą niż zachód słońca.

Nie wyczuwałem już litości i w końcu zacząłem się rozluźniać.

Naraz rozległ się trzask szarpniętych drzwiczek i znów zacisnąłem powieki, bo oślepił mnie blask słońca. Zdążyłem jeszcze zauważyć sylwetkę Selen wbiegającej po schodkach.

– Wszystko w porządku, Darin? – zawołała Selen.

– Na czarne serce Nie, Selen! – Usłyszałem, jak rzucona przez Rojvah poduszka trafia Selen w głowę. – Było w porządku, dopóki nie otworzyłaś tych przeklętych drzwi!

– No tak, przepraszam.

– Wynoś się stąd! – Kolejna poduszka trafiła już w drzwi, a w powozie znów zapadła ciemność i cisza.

Po wyjściu Selen Rojvah nie podjęła śpiewu. Czar prysnął. Znów rozchyliłem powieki, a Rojvah podała mi wodę i kawałek miodownika, a ja wkrótce doszedłem do siebie.

– Nie złość się na córkę Gareda – wyszeptała Rojvah. – Na pewno myślała, że pędzi ci na ratunek.

– Może ja wcale nie potrzebuję ratunku?

– Każdy od czasu do czasu potrzebuje pomocy, wybranku. Wszyscy jesteśmy ze sobą powiązani i przyjmowanie pomocy to żaden wstyd.

– Cóż, kiedy dotrzemy do twierdzy, będzie tylko gorzej – wymamrotałem. – Każdy będzie chciał do nas podejść. Postaram się oszczędzić ci konieczności ratowania mnie po raz drugi tego samego dnia.

Zacząłem się podnosić, a wtedy Rojvah powstrzymała mnie, delikatnie kładąc mi dłoń na piersi. Zostałem więc tak, jak leżałem, z głową na jej kolanach, a ona zaczęła mnie lekko głaskać po włosach.

– Między przyrzeczonymi nie ma rozliczeń. Ocalę cię tysiąc razy, tak jak ty ocaliłeś mnie. Nie obawiaj się tego, co będzie się działo na dworze.

– Mówisz tak, bo nigdy nie byłaś na dworze Zakątka. Nie wiesz nawet, czy jest tam się czego obawiać, czy nie.

– Pfff – prychnęła Rojvah. – Twój żywioł to noc, wybranku, a ja na dworze czuję się jak ryba w wodzie. Trzymaj się blisko i pozwól mi mówić. Dzięki mnie tak sprawnie prześliźniemy się obok sług, interesantów i życzliwych, że poczujesz się, jakbyś był półmaterialny. Odeprę nawet najpotężniejszych i najbanalniejszych.

– Naprawdę? – Aż zamrugałem z niedowierzania.

– Czy nie składałam ci obietnicy, wybranku?

– No niby tak.

– A więc zaufaj mi. – Musnęła miękkimi palcami moje czoło, delikatnie przymykając mi powieki, a potem znów zaczęła śpiewać.

24

Powrót do domu

W ciągu trzech tygodni podróży nie pojawił się żaden z pozostałych braci, którzy według wróżby Asome mieli podjąć moje wyzwanie.

Jeśli ktoś miałby do mnie strzelać, wcześniej miał do tego masę lepszych okazji. Po co czekać, aż otoczą mnie tysiące lojalnych poddanych i prawie już dotrę do twierdzy matki – najbezpieczniejszego miejsca na świecie?

Moje napięcie rosło wraz z przekonaniem, że atak jest nieunikniony. Tylko skąd miałby nadejść?

Otaczali mnie najbliżsi przyjaciele, rodzina i bracia włóczni. Większość Rębaczy generała Gareda pochodziła z Zakątka, znała moją matkę i mnie od dziecka.

Posłańcy przemierzali drogę do twierdzy wte i wewte, podtrzymując nieprzerwaną wymianę informacji z ministrem Artherem o postępie podróży. Dzięki temu w każdym większym miasteczku czekały na nas świeże konie oraz zapasy, a także oddział „gwardii honorowej" rekrutujący się z lokalnej milicji. Lojalni poddani i weterani ochoczo ujmowali w dłonie włócznie, by bronić księżniczki Olive w drodze do stolicy.

Po wielu miesiącach wracałam do domu. Czułam, jak moc Zakątka mrowi mnie w opuszkach – nigdy wcześniej czegoś takiego nie doświadczyłam. Teraz atak na mnie byłby głupotą ze strony moich braci. Jeśli jednak przepowiednia Asome myliła się w tej kwestii, to czy mogłam jej ufać co do reszty? Czy powinnam?

Gdy pokonaliśmy zakręt, naszym oczom ukazała się twierdza. Chorągiew Zakątka powiewała na łagodnym wietrze, ale po raz pierwszy nie było obok flagi z godłem moździerza i tłuczka.

Matki nie było w domu.

Oczywiście zdawałam sobie sprawę z tego przypisu na niekończącej się liście przygotowań na mój powrót, ale co innego coś wiedzieć, a co innego doświadczyć.

Aż do tej chwili jakaś maleńka cząstka mnie wyobrażała sobie, że gdy tylko wrócę do domu, wszystko już będzie dobrze. Że na miejscu spotkam się z mamą, panią Bales i z ojcem śmiejącymi się nad ćwiartowanym na *hora* ciałem Alagai Ka.

Lecz mama zaginęła i nawet nie wiedziałam, czy jeszcze żyje. Przebywając w umyśle Alagai Ka, czułam palącą nienawiść do niej i przekonałam się osobiście, jak umysł demona karmi się cierpieniem i lękiem na równi z tym, jak ciało pożywia się ludzkim mięsem. Alagai Ka zmusił mnie, bym przeżywała bez końca najgorsze momenty w moim życiu.

Jeśli matka żyła, demon ją torturował. Nachodziły mnie myśli, że lepiej by było, gdyby nie żyła, i nienawidziłam się za to.

Na widok wciąganej nowej chorągwi poczułam gulę w gardle. Widniało na niej godło oliwki przebitej włócznią. Moi bracia włóczni zaczęli wiwatować na ten widok, ponieważ oni również nosili na piersiach ten symbol, znak Oddziału Książąt dowodzonego przez Chadana i Olive. Herbem rodu Chadana była włócznia, którą ja połączyłam z oliwką, rzekomo po to, by dać wojownikom coś, wokół czego mogli się skupić.

Jednak głównym powodem była chęć okazania Chadanowi, że go kocham, ponieważ nie potrafiłam ubrać tych uczuć w słowa nawet w swoich myślach.

On również nie potrafił odnaleźć słów, ale przypiął nowy herb na piersi, wiedziałam więc, że czuje to samo.

Patrzyłam, jak nowa chorągiew powiewa nad królewską twierdzą Zakątka, i czułam, jak do oczu napływają mi łzy. Teraz było to tylko moje godło, lecz zawsze przypominało mi o Chadanie.

Kiedy przekroczyliśmy bramy, ruszyła ku mnie straż zamkowa, złożona głównie z kobiet, które znałam całe życie. Nie miały czasu przygotować nowych mundurów, nadal więc nosiły barwy matki, z tym że każda miała na ramieniu opaskę z symbolem włóczni i oliwki.

Twierdza, zbudowana przez hrabiego Thamosa podczas wojny z Krasją, miała być fortecą zdolną przetrwać każdy atak, zarówno ludzi, jak i otchłańców. Matka ciężko pracowała, by ocieplić, ożywić to miejsce, teraz więc było pełne zieleni i jasnych barw. Bramy zamykano o zachodzie słońca, za dnia stały otworem.

Tym razem jednak wrota zawarły się z hukiem, gdy tylko znaleźliśmy się na dziedzińcu.

Przy fontannie czekał na nas tłum ludzi. Zbliżało się zimowe przesilenie, zatem było dość chłodno. Podczas wędrówki na północ stopniowo robiło się coraz zimniej, lecz mieliśmy czas się z tym oswoić, natomiast dworzanie stali w podbitych futrem płaszczach.

– Może zrobimy to w środku? – zaproponowała Selen. – A jeszcze lepiej, kiedy wypoczniemy i założymy na siebie coś, co nie cuchnie koniem?

– Pytałam o to, ale powiedziano mi, że to niemożliwe.

– A niby czemu, na Otchłań?! Czy nie ty tu teraz rządzisz?

– Nie kiedy kręci się tu twoja mama. Elona kazała nam czekać na zewnątrz, dopóki nie przyjdzie i nie powita nas jako pierwsza.

– No tak, a matka nie robi nic bez widowni. – Selen jęknęła, zsiadając z konia. – Dobra, miejmy to już za sobą, byle szybko.

Babka stała na czele grupy oficjeli i doradców, którzy pewnie czyhali niecierpliwie na sposobność, by przy okazji spotkania ze mną załatwić jakieś swoje interesy.

Też chciałam, żeby to wszystko jak najszybciej się skończyło, lecz zatrzymałam gestem wyrywającą się naprzód Selen.

– Zaczekajmy na Darina i resztę.

Swoją drogą, byłam bardzo ciekawa, co takiego Selen zobaczyła w powozie, kiedy poszła sprawdzić, co z Darinem. Wróciła nabzdyczona i czerwona. Na wspomnienie Darina łypnęła na mnie złowrogo, ale nie ustąpiłam. Zaczęła się rozglądać, a kiedy dostrzegła Perina, przystojnego stajennego, bohatera jednej z jej opowiastek, puściła do niego oko. Biedny chłopak był czerwony jak burak, kiedy podbiegał do powozu Rojvah.

Kiedy Rojvah, Darin i Arick dołączyli do nas, na znak Selen strażnicy ustawili się w szpaler prowadzący do fontanny i stanęli na baczność.

Babka odczekała, aż się zbliżyliśmy, a potem przebiegła kilka dzielących nas kroków i objęła mnie.

– Tak się o was baliśmy!

Ja też się bałam. Przez całe moje życie to nie mama, ale właśnie babka wspierała moje kobiece atrybuty – modne stroje, makijaż. Uczyła mnie, jak być obiektem uwagi i zazdrości o urodę.

Jednak mimo że podczas podróży kąpałam się i przebierałam w czyste ubrania, po tygodniach wędrówki czułam się brudna i zaniedbana. Miałam na sobie męski strój i zbroję, żadnego makijażu, a na dodatek przypomniałam sobie, że ostatnio, gdy mnie widziała, nosiłam długie warkocze, a teraz moje krótko przycięte włosy były zmierzwione i pokryte pyłem drogi.

Rzeczywiście, kiedy Elona odstąpiła i przyjrzała mi się, aż westchnęła.

– No coś takiego!

Po tym wszystkim, czego doświadczyłam przez te ostatnie miesiące, przejmowanie się krytyką było niedorzeczne, ale zawsze najbardziej w świecie bałam się, że mogę rozczarować babcię Elonę.

– Wyobrażałam sobie, że będziesz ładnym chłopcem, ale cóż, po raz pierwszy w życiu się pomyliłam – rzekła. – Okazuje się, że jesteś przeklęcie przystojnym młodzieńcem. – Z uśmiechem poklepała mnie po policzku. – Będę musiała kijem odpędzać od ciebie dziewczyny.

Roześmiałam się, ale gula powróciła na swoje miejsce w gardle. Babcia od dziecka zawsze mnie wspierała. Na szczęście, niektóre rzeczy nie muszą się zmieniać.

– Dziękuję, mamo, jestem cała i zdrowa – stwierdziła Selen, krzyżując ramiona na piersi.

– A jakżeby inaczej. – Elona wzięła córkę w objęcia. – Ale ty zniknęłaś celowo, z własnej woli, więc nie spodziewaj się biesiady powitalnej po tym, na jakie troski nas naraziłaś.

Selen nie zmieniła się tak bardzo jak ja, jednak również nie była już tą dziewczyną, która opuściła Zakątek kilka miesięcy wcześniej. Mimo to babka ledwie musnęła ją wzrokiem, zanim spojrzała za nią.

– Darin! – wykrzyknęła, rozkładając ramiona. Wykorzystałyśmy z Selen okazję i przecisnęłyśmy się dalej, a zza pleców dobiegł nas kolejny okrzyk babki, tym razem na widok Rojvah.

Potem przywitałyśmy się z dziadkiem Ernym, drobnym mężczyzną, który usiłował objąć nas obie naraz. Nie był co prawda ojcem Selen, lecz zawsze traktował nas tak samo i obie z radością go uścisnęłyśmy.

Kolejnym witającym był minister Arther, zaufany doradca matki, mężczyzna, który podczas naszej nieobecności dzierżył władzę w Zakątku. Minister stał na czele grupki składającej się z Opiekuna Jony i jego żony, Zielarki Viki. Uniwersytet reprezentowały dyrektorka Darsy i *dama'ting* Favah. Nawet Rozkołysany Hary wrócił do Zakątka, by znów objąć funkcję królewskiego herolda po Kendall Pieśni Demonów zaginionej w czasie ataku, razem z moją matką i panią Bales.

Wszyscy kłaniali się i recytowali przemowy powitalne, które bez wątpienia ćwiczyli wcześniej przed lustrami. Zachowywałam się zgodnie z naukami matki – na każdym przez chwilę skupiałam uwagę, a potem przenosiłam ją na następną osobę w kolejce.

Emelia, macocha Selen, była w tym wszystkim niczym żmija pośród kwiecia. Selen ustawiła się tak, bym ją sobą zasłoniła, lecz baronowa nie okazała jej nawet najmniejszego zainteresowania, pomaszerowała prosto do Gareda z miną, jakby zaraz miała wybuchnąć.

Tyle że Gared również nie był już tym starzejącym się, otyłym weteranem, który opuścił Zakątek. Miesiące wędrówki, zabijania demonów i absorbowania ich mocy nie tylko wyszczupliły mu talię i zbudowały muskulaturę, ale przywróciły też poczucie szacunku do samego siebie.

Sądząc po minie, Emelia już miała wszcząć swoją wyćwiczoną chłostę słowną, ale Gared zdjął hełm, a jego żona, która miała okazję przyjrzeć mu się uważniej, przystanęła niepewnie.

Ten moment wahania wystarczył Garedowi, żeby porwać żonę w ramiona, miażdżąc w uścisku. Emelia nie opierała się, kiedy zaczął ją całować, i przylgnęła do jego szerokiej piersi.

Na chwilę wszyscy daliśmy się pochłonąć szczęściu, radosnym okrzykom i uściskom. Kiedy w końcu ochłonęłam, rozejrzałam się po dziedzińcu wokół fontanny.

Nigdzie nie było Darina.

25

Przyjęcie

Ledwie otworzyły się drzwi powozu, a ja już byłem wykończony. Jeden ze stajennych rozłożył stopnie, a Rojvah wzięła mnie pod ramię i zrobiła to tak, jakbym to ja ją podtrzymywał, a nie na odwrót.

Natychmiast znalazła się w centrum uwagi. I tak najładniejsza ze wszystkich, dodatkowo przyciągała wzrok strojem rodem z Północy. Szkarłat wydekoltowanej jedwabnej sukni z długimi rękawami o szerokiej spódnicy podkreślał cynamonowy odcień jej włosów. Całości stroju dopełniała narzutka obszyta brązowym futerkiem. Rojvah nałożyła makijaż na modłę krasjańską, a usta zaakcentowała tak, jak robiły to kobiety na dworze w Zakątku.

Białe, marmurowe elementy dziedzińca odbijały światło słoneczne, dodatkowo mnie oślepiając. Strażnicy stali na baczność w milczeniu, ale słyszałem bicie ich serc. Podobnie jak ich oddechy i powściągane bąki. Po czasie spędzonym w odciętym od świata pudle powozu potrzebowałem chwili, by moje zmysły oswoiły się z nową sytuacją. Mrużyłem oczy, kręciło mi się w głowie i bez wsparcia Rojvah zataczałbym się pewnie jak pijus.

Kiedy zeszliśmy z powozowych schodów, czułem się już lepiej. Klęczącemu przy stopniach stajennemu bardzo szybko biło serce. Rumienił się i pachniał trochę strachem, ale też... zauroczeniem. W pierwszym momencie pomyślałem, że to Rojvah rzuciła na niego czar, ale kiedy chłopak uniósł głowę i ujrzałem jego twarz, rozpoznałem go.

Przez głowę przewinęły mi się wspomnienia, najgorsze, że nie były moje. Należały do Selen. Czerpałem poprzez nią moc tamtej nocy, kiedy Olive została uprowadzona, żeby odnaleźć trop porywaczy. Robiłem to wtedy po raz pierwszy i przypadkiem też ją Odczytałem.

Może to była moja wina, może myślałem wtedy o tym, jak się całowaliśmy, bo mój umysł zalała fala obrazów wszystkich sytuacji, kiedy Selen się z kimś całowała. A nie było to tylko kilku ktosiów. Wspomnienia pokazywały sceny z jej perspektywy.

Nie pamiętałem, jak ten stajenny miał na imię, pamiętałem za to tamtą chwilę tak, jakbym sam się z nim całował. Zerknąłem na Selen, która otwarcie mu się przypatrywała. Nic dziwnego, że chłopak był czerwony jak burak.

Zastanawiałem się, czy Selen planuje kolejną schadzkę. Jeśli tak, to nikt by się nie dziwił. Stajenny podniósł się i stanął w pełnej okazałości. Miał wszystko to, czego mnie brakowało. Ja wzrostem ledwie dorównywałem Rojvah, a on sporo nas przewyższał. Do tego miał szerokie bary, rękę jak Rębacz, a szczęką mógłby miażdżyć kamienie.

Jednak Rojvah nie poświęciła mu nawet spojrzenia. Chwyciła mnie mocniej i pociągnęła do przodu, szepcząc tak cicho, że tylko ja mogłem słyszeć jej słowa:

– Spokojnie, wybranku. Gdy ktoś cię powita, wypowiedz na głos jego imię i natychmiast mnie przedstaw. Resztą ja się zajmę.

– Um, dobrze. – Wydawało się to zbyt piękne, aby było prawdziwe, nie miałem jednak wyboru, musiałem zaufać Rojvah i robić to, co mi kazała.

– Darin! – Od przenikliwego wrzasku Elony zabolało mnie w zębach, ale powstrzymałem się i nie skrzywiłem. W słońcu nie mogłem przejść w stan półmaterialny, więc jedyne, co mi pozostało, to wstrzymywanie oddechu, kiedy dusiła mnie w objęciach, przyciskając do wydatnej piersi, wyeksponowanej dużym dekoltem. Matka księżnej zawsze spryskiwała perfumami przedziałek, więc kiedy mnie w końcu puściła, żebym mógł zaczerpnąć oddechu, miałem całą twarz oblepioną jej pachnidłem.

– Księżno matko Elono, pamiętasz Rojvah?

Tym razem nastawiłem się na świdrujący okrzyk, ale dźwięk i tak przeszył mnie do kości. Rojvah sprytnie ruszyła ku Elonie, żeby uściskać ją na swoich zasadach, zanim babka Olive zafunduje jej przedsmak duszenia. To zaskoczyło Elonę, ale otrząsnęła się szybko i poddała.

Rojvah odsunęła ją nagle.

– Och, ależ musi księżna poznać mojego brata! – Nadal kontrolując sytuację, Rojvah obróciła Elonę i pchnęła w stronę Aricka.

Elona znów wydała skrzekliwy okrzyk, a wtedy Rojvah złapała mnie za rękę.

– Szybko, wybranku!

Niesamowite. Gdy Elona była zajęta zostawianiem zapachu perfum na Aricku, minęliśmy Erny'ego i wydostaliśmy się na wolną przestrzeń, poza zasięg ramion księżnej.

Podczas błogosławieństwa odmawianego przez dziadka ludzie wokół łypali na nas jak na miskę ziemniaków w czasie kolacji.

Zanim się do nas zbliżyli, przemawiali do mojego nosa, mimo że ten obklejony był perfumami Elony. Macocha Seleny, Emelia, była zła. Lord Arther jadł czosnek. Opiekun Jona palił rankiem kadzidła, a jego szaty przeszły smrodem wonności. Jego żona, Vika, miała kieszenie wypchane tyloma ziołami, że mogłaby na miejscu uwarzyć z nich tuzin porcji mikstury leczniczej.

Ale były też inne, przemożniejsze zapachy: ulgi, radości, urazy, troski, a wszystkie mieszały się w wielki obłok, zbyt złożony, by je wyodrębnić.

Rojvah pociągnęła mnie, nie przestając do mnie szeptać, mimo że cały czas się śmiała, pozdrawiała witających i chłonęła ich uwagę.

– Dobrze ci idzie, wybranku. Kim jest ten Minstrel przy schodach?

Podniosłem głowę, zaskoczony, że wcześniej go nie zauważyłem.

– To Rozkołysany Hary, mój dawny nauczyciel z Potoku.

Nie był to ten Hary, którego zapamiętałem. Pachniał malowidłami, pudrami i perfumami. Broda i wąsy wydzielały zapach pomady, a włosy olejków. W Potoku Hary używał co najwyżej wosku do wąsów, chyba że miał przedstawienie, a i wtedy otaczające go aromaty były niczym w porównaniu z chmurą smrodków, która unosiła się wokół niego teraz.

Kochałem Hary'ego. Należał do tych nielicznych ludzi, w których towarzystwie czułem się swobodnie. Wiedziałem, że kiedyś był nadwornym Minstrelem, ale nie zastanawiałem się, co to oznaczało. Stojący nieopodal mężczyzna o manierach tak gładkich jak jedwab jego szat nie był człowiekiem, którego znałem. Z jakiegoś powodu to zdenerwowało mnie najbardziej.

Rojvah pisnęła cichutko i ścisnęła moje ramię.

– Pierwszy raz w życiu spotykam prawdziwego Minstrela, i w dodatku jest twoim nauczycielem i przyjacielem mojego ojca! – ekscytowała się. – Musimy z nim porozmawiać! Hm, ale najpierw trzeba się przywitać z Favah.

– Ze starą nauczycielką Olive? – zdziwiłem się.

Rojvah parsknęła, lecz nie wyjaśniła.

– A kto to ta kobieta obok niej? – zapytała, a ja powiodłem wzrokiem za jej spojrzeniem.

– To Darsy, dyrektorka Uniwersytetu Zielarskiego.

– A więc jest mniej ważna niż Favah. – Rojvah skinęła i ruszyła ku nim jak strzała.

Pojęcia nie miałem, czy mieszkańcy Zakątka widzą to w ten sposób, ale niech mnie noc, jeśli znałem się na tych sprawach. Z ulgą oddałem stery w ręce Rojvah.

– Szacowna Favah. – Rojvah rozłożyła ręce i ukłoniła się pięknie.

– Witaj w Zakątku, Wasza Wysokość. – Favah użyła co prawda tytułu Rojvah, jednak odkłoniła się jedynie skinieniem. – Czy twoja matka wie, że porzuciłaś biel?

Od razu się zorientowałem, że próbuje zastraszyć Rojvah, ale nie posiadałem się ze zdumienia, że to działa. Po raz pierwszy Rojvah nie miała odpowiedzi na końcu języka. Zapachniała zlęknieniem, a mnie się to bardzo nie spodobało.

– Amanvah tu nie ma. – Mama od dziecka każdej zimy zabierała mnie do Krasji, zatem mówiłem płynnie w ich języku. Obniżyłem tembr głosu, tak jak robili to aroganccy krasjańscy książęta. – Moja wybranka przyjechała odwiedzić dom swojego ojca i pragnęła okazać mu szacunek, ubierając się na modłę jego ludzi.

Darsy ze świstem wciągnęła powietrze, a Rojvah spojrzała na mnie oczami wielkimi jak spodki, a ja wiedziałem, że teraz biorę udział w pojedynku woli, jednak nie odwróciłem spojrzenia. Może jej białe szaty budziły lęk u Krasjan, ale na mnie nie działały.

Stara *dama'ting* po chwili chyba zdała sobie z tego sprawę, bo zerwała kontakt wzrokowy, kiwając głową.

– Masz rację, synu Arlena. Do ojca Rojvah przemawiał sam Everam, więc okazywanie mu czci nie przynosi jej hańby.

Słowa te były oszczędne i wypowiedziane suchym tonem. Zrozumiałem, że to jeszcze nie koniec walki, ale na razie wygrałem bitwę i to mi wystarczyło. Tak jak Rojvah wcześniej sterowała mną, tak po tym ja ująłem ją pod ramię i ruszyłem naprzód.

– Wybaczcie nam, proszę, muszę przywitać się z moim mistrzem.

– Nie wierzę! – zaszeptała Rojvah oszołomiona. – Nie wierzę w to, co widziałam. Nikt nie zwraca się w ten sposób do Favah!

– E tam, nie jest znowu taka straszna – skłamałem. Moja odwaga się wyczerpała i zrobiło mi się niedobrze. – Poza tym nie miała prawa mówić do ciebie w taki sposób.

Rojvah delikatnie uścisnęła mi rękę i na moment zapomniałem o mdłościach.

– W zasadzie to miała. I na pewno powie matce.

– Oj, to wywal te białe szmaty, zanim to zrobi – poradziłem. – Ojej, wpadły do rzeczki! To okropne. Założyłabym zapasowe, ale jedne stratował koń, a drugie poszarpał pies.

Śmiech Rojvah był jak muzyka. Zapragnąłem, żeby nie ustawał, żeby zagłuszył inne dźwięki.

Ale Hary właśnie nas zobaczył i ruszył w naszą stronę. Ludzie rozstępowali się przed nim jak przed królem.

Z wielką gracją przyklęknął na jedno kolano.

– Księżniczko Rojvah vah Rojer am'Gospoda am'Kaji, to dla mnie zaszczyt móc cię poznać. Jestem Hary asu Regnal, znany jako Rozkołysany, herold Księstwa Zakątka.

Hary mówił z oficjalnym akcentem dworskim, zupełnie nie tak, jak w Potoku. Wiedziałem oczywiście, że Minstrele umieją mówić z różnymi akcentami i korzystają z tej sztuczki, by oswoić swoich rozmówców, lecz poczułem się tym bardziej nieswojo, jakbym zupełnie nie znał tego mężczyzny. I może rzeczywiście nigdy nie znałem go naprawdę.

Czułem za to wielką, szczerą ekscytację Rojvah. Zawsze chciała się zbliżyć do ojca, a nikt z żyjących nie znał Bezpalcego tak dobrze jak Rozkołysany Hary.

Rojvah skłoniła się głęboko i długo pozostała w ukłonie. Pierwszy raz widziałem, żeby traktowała kogoś z aż takim szacunkiem.

– Nie, to dla mnie zaszczyt, mistrzu Rozkołysany. Matka bardzo cię ceni. Mawia, że jesteś człowiekiem, którego zasług nie sposób zliczyć.

Podczas ich rozmowy znów zaczął osaczać mnie rejwach. Emelia narzekała, że tyle przeszli przez ucieczkę Selen. Elona czyniła Erny'emu nieprzyjemne wymówki, a potem zaśmiała się szczekliwie, jakby to był żart. Dźwięk był tak ostry, że aż podskoczyłem.

Zduszone głosy, łzy, westchnienia i okrzyki. Niektóre kobiety, przekonane, że okryte płaszczem suknie zduszą dźwięk, puszczały gazy, jakby były w ustronnym miejscu.

– Wszystko w porządku, Darinie. – Hary położył mi dłoń na ramieniu. Wiedział, jak działają na mnie tłumy. W każdym razie ten prawdziwy Hary wiedział.

– Ja... Trochę tu gwarno – wykrztusiłem, próbując się wyprostować.

– W drodze tutaj grywałem w osadach. – Hary zniżył głos i mówił już teraz z normalnym, potokowym akcentem. – Ludzie się martwili, nie wiedzieli, co się dzieje z Leeshą, Renną, z wami wszystkimi. Wiem, że nie lubisz hucznych zebrań, ale ludzie muszą zobaczyć, że żyjesz, że jesteś cały i zdrowy.

– Olive mówiła to samo – zgodziłem się ponuro.

– Tak, tak – potwierdziła Rojvah radośnie. Puściła mnie i podeszła do Hary'ego, biorąc go pod ramię. Błysnęła uśmiechem i już go miała. – Idź, wybranku – wyszemrała tylko do mnie. – Idź i odpocznij, a ja cię usprawiedliwię, przyjmę za ciebie życzenia pomyślności i zapewnię, że wszyscy wróciliście w dobrym zdrowiu.

Zamrugałem, ale dałem nogę, korzystając z tego, że Hary nie może oderwać oczu od Rojvah. Wypatrzyłem sługę roznoszącego napoje na tacy, poczęstowałem się, a potem, używając chłopaka jak osłony, wymknąłem się z tłumu. Napój wylałem, a szklankę wręczyłem pierwszej napotkanej gwardzistce.

– Gdzie jest wychodek? – zapytałem.

Zaskoczona strażniczka odruchowo wzięła ode mnie szklankę. Gdy wskazała na schody, śmignąłem na nie w mgnieniu oka.

– Gdzie Darin? – Głos Olive usłyszałem już przy drzwiach.

– Mój wybranek prosi o wybaczenie – odpowiedziała Rojvah. – Musiał się oddalić w sprawie niecierpiącej zwłoki.

– Wybranek? – powtórzyła Elona.

– Stary głupiec ze mnie, nie powinienem spuszczać chłopaka z oczu – wymamrotał Hary.

– Cały Darin – odezwała się Selen. – Pojawi się, jak będzie gotowy. I pewnie jak zwykle wystraszy nas tym na śmierć.

– W Potoku chcieli mu zawiesić na szyi dzwoneczek, jak jagnięciu – powiedział Hary, wywołując falę śmiechu.

Całkiem niezły żart. Mimo to przyspieszyłem, żeby znaleźć się poza zasięgiem ich głosów, zanim ktoś powie o mnie coś mniej śmiesznego.

26

Dawny pokój

Chłód był moim sprzymierzeńcem, bo babka szybko doszła do wniosku, że pokazała się już na wystarczająco długo, żeby zaznaczyć swoją osobę.

– Wasza Wysokość – zwrócił się do mnie Arther na stopniach do twierdzy. – Gdy już się odświeżysz po podróży, chciałbym omówić kilka pilnych spraw...

Sama prośba nie była dla mnie zaskoczeniem, ale ton ministra już owszem. Przywykłam, że Arther mówił w imieniu matki. Mając za sobą jej autorytet, robił to pewnie, zdecydowanie. Tym razem w jego głosie pobrzmiewała ostrożność, jakby stąpał chwiejnie, w obawie, że zastąpię go tak łatwo, jak uczyniłam Selen dowódczynią straży zamkowej.

Niesłusznie się lękał, bo jeśli znów miałam wyruszyć w drogę, bez względu na to, czy poprowadzi mnie ona na wschód, czy na zachód, rozpaczliwie potrzebowałam ładu i stabilizacji, jakie minister zapewniał Zakątkowi.

– Spotkamy się rano, ministrze – zapewniłam go. – Najpierw potrzebuję gorącej kąpieli i nieco snu we własnym łóżku.

– Ach, jeśli o to chodzi... – zaczął Arther i odwróciłam się, by na niego spojrzeć. – Pozwoliłem sobie przygotować komnaty waszej matki.

Z trudem przełknął ślinę na widok mojej miny. Matka przecież żyła. Wierzyłam w to w głębi duszy i przeprowadzka do jej komnat wydała mi się naruszeniem, przyznaniem, że może nigdy nie wróci. Nie chciałam dawać takiego sygnału innym ani utwierdzać się we własnych obawach.

Kiedy jednak weszłam do swoich dawnych komnat, aż się wzdrygnęłam.

Po miesiącach spędzonych w drodze i w Pustynnej Włóczni wszystko tam wyglądało tak... krzykliwie. Jaskrawe barwy, gładkie, lśniące powierzchnie, ta nieskazitelność, te jedwabie, delikatne koronki i futra. Dywan tak miękki, że moje stopy się w nim zapadały, jakbym grzęzła w podłodze.

Komnaty w pałacu ojca były równie wystawnie urządzone, lecz tam przebywałam jako gość, a w tych pokojach dorastałam. Były moim azylem, moim miejscem mocy. A teraz miałam wrażenie, jakby należały do kogoś innego.

Na porozstawianych wszędzie manekinach wisiały suknie i bardziej praktyczne stroje, które sama zaprojektowałam i uszyłam. Piękna kobieca szata, która niegdyś była moją dumą i radością, teraz wydała się obca. Kukły wypełniały komnatę jak duchy kogoś, kim niegdyś byłam, gotowe mnie nawiedzać.

Za to Rojvah aż jęknęła z zachwytu na ten widok i zapominając o pełnej godności fasadzie, podbiegła, żeby przyjrzeć się bliżej jednej z bardziej falbaniastych sukni.

– Sama to uszyłaś? Są takie piękne!

– Możesz je sobie wziąć – zaproponowałam, podjąwszy decyzję. – I zamieszkać w moich komnatach na czas pobytu tutaj. Będę spała w sypialni matki. – Przypuszczałam, że i tam będą duchy, liczyłam jednak, że pchną mnie naprzód, zamiast kotwiczyć w przeszłości. – Przyślę tu tylko kogoś, kto zabierze parę osobistych drobiazgów, te ubrania, które chcę zatrzymać.

– Ale, Olive... To zbyt wiele... – zaczęła Rojvah.

– Bzdura – przerwałam jej pośpiesznie w obawie, że się rozmyślę. – Wątpię, żeby jeszcze na mnie pasowały.

To akurat było prawdą, nawet jeśli nie całą. Rzeczywiście, przez te pół roku przybyło mi mięśni, ale nie dlatego w najbliższej przyszłości miałam nie nosić tych sukni. Kiedy do twierdzy wśliznęli się Wypatrywacze, musiałam walczyć z nimi w szerokiej sukni na krynolinie. Nie zamierzałam dać braciom takiej przewagi nad sobą.

Arther kiwnął głową i przywołał pokojówkę, która rozkładała ręczniki przy wannie. Wydał jej szeptem polecenia i odesłał.

Rojvah rozpromieniła się, a potem całkiem nietypowo dla siebie pisnęła z radości i zaczęła biegać po pokoju od jednego manekina do drugiego. Selen przewróciła oczami i musiała szybko zmienić wyraz twarzy, bo Rojvah odwróciła się ku nam.

– Chciałabym przymierzyć wszystkie!

– To trochę zajmie – mruknęła Selen. – A jeszcze nie widziałaś garderoby. Olive ma więcej ubrań niż drzewo liści.

Rojvah aż klasnęła z zachwytu.

– Muszę się dowiedzieć wszystkiego o modzie zielonych krain! Czy to prawda, że w lecie nosicie suknie bez rękawów?

Nie czekając na odpowiedź, otworzyła jedną z moich szaf i wydała kolejny okrzyk radości. Zanim podeszłyśmy do niej, zdążyła zdjąć swoją suknię i założyć jedną z moich. Śmiejąc się, obracała się, wirując spódnicą przed lustrami, które ustawiłam tak, by dało się widzieć strój ze wszystkich stron.

– Na Niebiosa – westchnęła Selen. – Myślisz, że mówiła poważnie o przymierzeniu wszystkiego?

Na to wyglądało. Rojvah biegała od wieszaka do wieszaka, zdejmowała suknie i składała je na stertę do przymierzenia, a kolorowy stos rósł z każdą chwilą. Na początek wybrała pomarańczową szatę, tak krzykliwą, że nawet ja bym jej nie założyła. Dostałam ją od jakiegoś notabla, Selen ochrzciła ją mianem „mandarynkowej" i od tego czasu suknia wisiała zapomniana w garderobie.

Rojvah było w niej do twarzy. Zresztą ona we wszystkim wyglądała dobrze. Przegarnęła swoje cynamonowe włosy na jedno ramię.

– Pasuje mi? Pasuje?

– Jak uszyta dla ciebie – odpowiedziałam szczerze i ruszyłam do wyjścia. Kiedyś z radością towarzyszyłabym kuzynce w przymierzaniu wszystkich moich sukien, ale tamta Olive umarła w Labiryncie.

– Ja... wracam do rezydencji taty i swojego pokoju – oznajmiła Selen, doganiając mnie w drzwiach, podczas gdy Rojvah nadal podziwiała się w lustrach.

Rozejrzałam się po komnatach matki, ale i one wydały mi się obce. Ludzie mówili, że urodziłam się w sypialni matki, ale nie spędzałam tu dużo czasu, odkąd odstawiła mnie od piersi.

Zresztą matka także nie. Dużo pracowała, często do późna w nocy. Kiedy nie zajmowała się sprawami dworskimi, przebywała w ogrodzie albo w swoim gabinecie, a na odpoczynek udawała się, tylko gdy zmusiła ją do tego Tarisa, jej osobista pokojówka i jednocześnie ochmistrzyni zamku. Sypialnia była urządzona luksusowo, acz minimalistycznie. Utylitarnie. Najbardziej osobistym wyposażeniem było biurko, na którym leżały sterty starannie uporządkowanych ksiąg, dokumentów oraz przybory piśmiennicze.

Księżna pracowała na okrągło i zastanawiałam się, czy i mnie czeka ten los. Arther już wspominał o pilnych sprawach, a przecież nawet nie zdążyłam zmyć z siebie zapachu konia i oleju do siodła. Matka objaśniała mi prawo podatkowe, gdy tylko poznałam liczby, nauczyła mnie też przewodniczyć grupie niesfornych doradców, ale naprawdę wolałabym walczyć z demonami w Labiryncie, niż siedzieć bez końca na zebraniach z komitetami społecznymi i stowarzyszeniami kupieckimi. Na samą myśl o tym byłam zmęczona.

Co prawda moja tazhańska zbroja była lekka, wagą ustępowała tylko drewnianym pancerzom Rębaczy, a była od nich bardziej elastyczna, jednak stal to stal, a nosiłam ją na sobie przez cały dzień. Zdjęłam łuskowaną koszulkę i z westchnieniem ulgi odłożyłam ją na stół. Z równie wielką ulgą zabrałam się do ściągania przepoconego, poplamionego kaftana, przesiąkniętego zapachem metalu i oleju.

Nagle dostrzegłam cień ruchu w głębi pokoju. Od razu pomyślałam, że to któryś z trzech braci, przed którymi ostrzegała mnie przepowiednia Asome. Nie zostałam jeszcze koronowana, a wizja mówiła, że jeden z nich zaatakuje podstępnie.

Rzuciłam się w tamtą stronę ze sztyletem w ręku i skoczyłam w otwór drzwi pomieszczenia, w którym coś się poruszyło. Tarisa krzyknęła, gdy wylądowałam przy niej z uniesioną bronią.

Na moment obie zamarłyśmy wstrząśnięte, a potem twarz Tarisy ściągnęła się w znanym mi dobrze surowym grymasie.

– Olive, co w ciebie, na Otchłań, wstąpiło?!

Jej ton sprawił, że drgnęłam nerwowo. Poczułam się znów jak zbesztana dziesięciolatka. Tarisa nie była moją nianią – była kimś dużo straszniejszym. Jedyną kobietą – no, może poza Damajah i matką – której bała się moja prawdziwa niania, Micha.

Ostrze schowałam szybciej, niż go dobyłam.

– Wybacz! To było... Ja tylko... – Nie bardzo wiedziałam, jak wyjaśnić wymachiwanie nożem na pięć razy starszą od siebie kobietę za to, że zmieniła pościel na wielkim łożu z baldachimem.

Surowość na twarzy Tarisy nie utrzymała się długo. Wargi kobiety zadrżały, a oczy przepełniły łzy.

– Olive, kochanie... To naprawdę ty? Wróciłaś do domu?

– Tak, Tariso. – Rozłożyłam ręce. – To ja. Wróciłam do domu.

Nagle trzymałam Tarisę w objęciach – a może to ona mnie? Tarisa, żelazny trzon domostwa matki, nieugięta, zawsze wyprostowana, która nigdy nie straciła nad sobą panowania, szlochała w moich ramionach.

– Cii – uspokajałam ją, przytulając mocniej i głaszcząc po plecach.

– Wybacz, Wasza Wysokość. – Cofnęła się i wyjęła z rękawa chusteczkę, by osuszyć łzy. – Przysięgałam sobie, że nie popsuję twojego powrotu płaczem, ale tak długo was nie było, i ciebie, i matki... – Zachlipała w chusteczkę.

– Cii. – Tym razem syknęłam głośniej. Tak uciszała mnie Micha, kiedy byłam dzieckiem, a teraz ja to robiłam.

Tarisa przeżyła najmniej siedemdziesiąt pięć zim, a matce służyła, jeszcze zanim się urodziłam. Kiedy walczyłam o przetrwanie w Pustynnej Włóczni, dom wydawał się taki odległy. Nie myślałam wcale o Tarisie, a ona musiała być przecież zdruzgotana utratą nas obu.

Ja też powinnam być zdruzgotana. W minionych miesiącach łatwo przychodziło mi unikać zbyt częstego myślenia o matce. Teraz, w domu, wszystko mi ją przypominało.

Jednak matka żyła, choć powiedzenie tego Tarisie było zbyt ryzykowne. Matkę należało ratować, a nie opłakiwać. Nie ma sensu ronić łez, skoro można działać.

Znowu pomyślałam o namowach Inevery, o tym, że powinnam udać się na zachód, w przeciwną stronę do tej, gdzie znajdowała się Kryjówka Alagai Ka, unikając niepowodzenia, które przepowiedział Asome. A jednak porzucenie planu wyprawy ratunkowej wydawało mi się zdradą matki, naszej więzi, a także rwącej się relacji, która łączyła mnie z Selen i Darinem. W ich oczach również byłoby to zdradą.

Tylko czy mogłam ruszyć na wschód z czystym sumieniem, wiedząc, że mój udział w wyprawie może zniweczyć przedsięwzięcie? Albo że zarzucając misję udania się w głąb ziemi, mogę skazać na zagładę całą Thesę i Krasję?

Tarisa wzięła się w garść i rozprostowała plecy.

– Zmieniłam pościel, Wasza Wysokość, kąpiel jest już gotowa.

– Przed chwilą byłam Olive, a teraz Waszą Wysokością?

– Teraz jesteś księżną.

– Nikt mnie jeszcze nie koronował. Poza tym, Tariso, dla ciebie zawsze będę Olive.

– Jak sobie życzysz. Czas na kąpiel, Olive.

Roześmiałam się.

– No, teraz brzmisz jak prawdziwa Tarisa.

– Pomogę ci się rozebrać. – Stara pokojówka sięgnęła do sprzączki mojego paska, ale cofnęła się szybko.

– Sama się mogę rozebrać. Nie jestem już dzieckiem. I nie jestem wielką damą. Nie potrzebuję osobistej pokojówki.

– Ktoś musi o ciebie dbać – nie ustępowała Tarisa. – Micha przecież... – Znów posmutniała, lecz otrząsnęła się, zanim żal ją przytłoczył. – Może wolisz pokojowca?

– Nie. Po prostu wolę się umyć sama.

Tarisa skrzyżowała ramiona na piersi, zarzucając wszelkie pozory szacunku.

– Myłam cię tysiąc razy, Olive. Podobnie jak twoją matkę. A jeszcze wcześniej księcia Thamosa. To prawda, że wyrosłaś podczas nieobecności, zapewniam cię jednak, że wszystko, co mogłam zobaczyć, już widziałam.

Zmarszczyłam brwi, choć wydawało się, że nie pozbędę się jej, chyba że siłą. Tarisa tak samo traktowała matkę, kiedy ta pogrążała się w pracy, zapominając o sobie.

Łatwiej było się poddać. Przy balii stał stolik z owocami, serem, chlebem, schłodzoną wodą i winem. Weszłam do białej od piany, niebiańsko gorącej wody i aż westchnęłam, czując, jak spływa ze mnie pył drogi. Tarisa dziarsko zabrała się do szorowania, zdzierając ze mnie warstwę skóry wraz z potem i brudem. Czułam się cudownie.

– W Pustynnej Włóczni nie mają wanien – mruknęłam.

– Jak to? To jak się myją? – Tarisa z zaskakującą, jak na taką staruszkę, siłą nacierała mnie szczotką, aż w końcu ciepła woda i energiczne zabiegi sprawiły, że moje mięśnie nareszcie się rozluźniły.

– Nie mają tam tyle wody, żeby zużywać ją na kąpiele, dlatego wchodzą do takich małych pomieszczeń z paleniskiem, leją wodę na żar, a potem zeskrobują pot – wyjaśniłam.

Tarisa aż się otrząsnęła.

– A więc... siedzi się tam we wspólnym smrodzie?

– To lepsze, niż można sobie wyobrazić. – Zaśmiałam się. – Ciepło odpręża, a jak się człowiek długo poci, to smród znika. W większości. – Wyciągnęłam nogi i przypatrzyłam się pomarszczonym palcom u stóp. – Ale najbardziej ze wszystkiego brakowało mi tam kąpieli.

Tarisa umyła mi włosy i przystrzygła je kilkoma sprawnymi cięciami, a przez cały czas mówiła, opowiadając, co się działo w twierdzy, i dzieląc się plotkami zbieranymi przez jej wszechobecny personel. Jak mogłam być tak głupia i myśleć, że jej nie potrzebuję? Bo czyż istniało lepsze źródło wiedzy o dworze w Zakątku i o tym, jak rządziła matka?

– Arther chce się ze mną spotkać z samego rana – powiedziałam.

To zdanie klucz wystarczyło, żeby otworzyć skarbiec z nowinami.

– Lord Arther cieszy się z twojego powrotu tak samo jak ja – zaczęła Tarisa. – Regencję udało mu się utrzymać tylko dlatego, że Elona nie znosi urzędowania i polityki. Obraża się, gdy nie traktuje się jej jak księżnej, ale nie jest zainteresowana naradami.

– Jak Arther się spisywał?

– To dobry człowiek. I kompetentny, nawet jeśli nieco sztywny. Zrobił wszystko, co w jego mocy, żeby kontynuować politykę twojej matki, tak jak uważał, że by sobie tego życzyła, ale nie posiada jej bystrości.

Ja też nie dorównywałam matce mądrością. Wiedziałyśmy o tym i ja, i Tarisa, choć żadna tego nie wyartykułowała.

– Czyli? – zachęciłam staruszkę do konkretniejszej odpowiedzi.

– Czyli że unikał podejmowania ważnych decyzji. Szczególnie takich, które mogłyby wywołać poruszenie baronów i poddać im pomysł kwestionowania jego władzy. Potrafił postępować z nimi ostro, kiedy wykonywał wolę Leeshy, ale podczas jej nieobecności zrobił się strachliwy.

– A więc liczy, że porozbijam kilka baronowskich łbów? – domyśliłam się.

– Może wystarczy przypomnieć baronom, że za Artherem stoi ród Leeshy? Powinnaś również napisać do księżnej Araine.

Uniosłam brew, zdziwiona. Araine rządziła księstwem Angiers, leżącym na północ od Zakątka. Przyjaźniły się z matką, ale księżnę spotkałam raz, przelotnie.

– Zawdzięcza twojej matce więcej, niż myślisz. Poza tym wraz z księżniczką Melny trzymały cię, gdy byłaś jeszcze w powijakach, z większą miłością, niż kobieta może udać. Jeśli poprosisz, pomogą ci.

– Z czym? – Rzeczywiście było coś, o co chciałam prosić księżnę Angiers, ale z nikim jeszcze o tym nie rozmawiałam.

Tarisa wzruszyła ramionami.

– Teraz gdy twojej matki nie ma, Araine to najmądrzejsza i najbardziej doświadczona władczyni. Moim obowiązkiem jest odgadywanie twoich potrzeb tu, w domu, ale nie mogę udzielać ci rad, a to jest coś, czego potrzebujesz w kwestiach władzy.

Nie potrzebowałam niczego, co wiązało się z władzą i dworem, jednak Araine miała coś, czego nie posiadała nawet matka.

– To dobra rada, dziękuję. Wezmę ją sobie do serca.

– Jakie masz dla mnie polecenia odnośnie do służby? – Tarisa zostawiła mnie w balii, żeby sięgnąć po ręczniki i płaszcz kąpielowy matki. Za każdym razem, gdy zbyt długo niczego nie przeżuwałam, wymownie zerkała na półmisek z jedzeniem. Bałam się, że jeśli przestanę sięgać po przekąski, zacznie mnie karmić jak dziecko.

– Rojvah potrzebuje pokojówki, która zna się na modzie. Oddałam jej wszystkie moje suknie, będzie chciała je dopasować.

– Dopilnuję tego.

– Arickowi przyda się pokojowiec, który potrafi zadbać o zbroję i może zaprowadzić go na dziedziniec ćwiczebny. I chciałabym, żeby oboje mogli spotkać się z Rozkołysanym Harym.

– Oczywiście.

Im dłużej mówiłam, tym więcej sobie przypominałam.

– Selen musi mieć mundur dowódcy straży. Zrobię kilka szkiców dla szwaczek. Trzeba posłać kogoś do domu generała, żeby zdjął z niej miarę.

– A co z tobą? – Tarisa przytrzymała rozłożony ręcznik, a ja wyszłam z balii. – Oddałaś swoje stroje, a chyba nie chcesz chodzić po Zakątku ubrana na krasjańską modłę?

– Ze zbroi nie zrezygnuję – zastrzegłam. Dawała mi poczucie, że Chadan nadal jest blisko mnie. Poza tym żaden pancerz zrobiony przez mistrzów z Zakątka nie zapewniłby mi takiej ochrony. – Ale masz rację, ja również potrzebuję munduru.

– Mun...duru? – zająknęła się Tarisa. – Twoja matka nigdy nie...

– Nie jestem nią – ucięłam. – Wróciłam, ale Zakątkowi nadal grozi niebezpieczeństwo. Zamierzam sprawować bardziej bezpośredni nadzór nad obroną niż księżna Leesha.

– Twoja matka prowadziła oddziały na pole bitwy więcej razy, niż sobie wyobrażasz – powiedziała Tarisa, lecz przytaknęła. – Może coś w stylu mundurów, jakie nosi gwardia królewska Angiers?

Pokręciłam przecząco głową, owinęłam się w ciepły płaszcz kąpielowy matki i podeszłam do biurka.

– Rano będę miała gotowe projekty, a tymczasem dam ci listę rzeczy, których potrzebuję ze swojego starego pokoju.

Tarisa wzięła zapisaną kartkę i niedługo później służące zaczęły znosić moje ulubione buty, bryczesy, strój do jazdy konnej i inne części garderoby, które zamierzałam wykorzystać. Znalazłam matczyny przybornik do szycia i pochłonięta pracą, ledwie zauważyłam, kiedy Tarisa wyszła.

Szyłam do późna w nocy. Dawniej, kiedy w mojej głowie rodził się jakiś projekt, który chciałam natychmiast wykonać, często nie kładłam się wcale, ale dziś miałam za sobą ciężki dzień. Gdy nad ranem strój dzienny, a także nocna bielizna, w której mogłam swobodnie walczyć, były wreszcie gotowe, podeszłam do łóżka matki, by zmierzyć się z demonami.

Miałam wrażenie, że jej duch zacznie mnie nawiedzać, gdy tylko wpełznę do pierzastych trzewi gigantycznego potwora, które hrabia Thamos zbudował jako łoże małżeńskie. Ciekawa byłam, czy matka naprawdę je lubiła, czy może zostawiła je jako pamiątkę po mężczyźnie, którego straciła, podobnie jak ja zachowałam zbroję Chadana.

Tak czy siak, po miesiącach spania w *sharaj*, na ziemi, pod derką, zapadłam się w miękki materac niczym w dziurę pełną pyłu. Miałam uczucie, że się duszę, a wrażenie potęgowały ciężkie zasłony i baldachim wsparty na czterech słupach łóżka. Wydawało mi się, że wrogowie czają się na mnie ze wszystkich stron.

Rozsunęłam zasłony, lecz niewiele to pomogło. Gdyby ktoś zaatakował mnie w tym łóżku, walcząc na tak miękkim podłożu, nie miałabym szans.

Myślałam, że to duch matki wygna mnie z łóżka, ale zrobił to podszept instynktu przeżycia. Wzięłam koc, poduszkę, zwlekłam się z materaca i rozejrzałam po komnacie w poszukiwaniu dogodnego do obrony miejsca, w którym mogłabym spać plecami do ściany z widokiem na wszystkie drzwi i okna.

Jednak nawet koc ograniczał mi ruchy, więc mimo chłodnej nocy odrzuciłam go na bok. Po chwili do koca dołączyła poduszka, a ja skończyłam zwinięta w kłębek na podłodze. Zasypiając, tęskniłam za ciepłem ciał moich braci włóczni.

27

Wieża

W pałacu Jardira kryłem się na wieżyczce *dama*. W twierdzy ciotki Leeshy lubiłem gniazdo strzeleckie na zachodniej wieży strażniczej. Uciekałem tam od dziecka za każdym razem, gdy zgiełk zamkowy za bardzo dał mi się we znaki.

Jeśli twierdza nie znajdowała się pod oblężeniem, nikt tam nie zaglądał. Przestrzeni było w niej ledwie na jedną osobę, prowadziły tam zaś wąziutkie, kręte schodki. Ponieważ budowla znajdowała się z dala od bram, zwykle pilnował jej na dole tylko jeden znudzony strażnik. Było to najbardziej zacienione miejsce na dziedzińcu i dawało najlepszy widok na okolicę.

Po ucieczce z powitania zajrzałem do pokoju, w którym zwykle mieszkałem podczas pobytu w twierdzy, ale kręciło się tam dużo pokojówek, wzbijających tumany kurzu i przebierających pościel.

Widziałem piernatów na dwie osoby, domyśliłem się więc, że znów dokwaterują mi Aricka.

Zerknąłem tylko na ten ruchliwy ul i zanim ktokolwiek mnie zauważył, wyskoczyłem przez najbliższe okno i przedostałem się na wieżę. Spędziłem tam całą noc, nie licząc krótkiego wypadu, żeby ograbić spiżarkę i załatwić inne niezbędne potrzeby. Rankiem ruch zaczął się od nowa, zatem nie zamierzałem opuszczać mojej kryjówki.

W każdym razie taki był plan, dopóki nie zobaczyłem na dziedzińcu Rozkołysanego Hary'ego. Kiedy zniknął mi z oczu, usłyszałem, jak wchodzi do wieży. Pewnie Selen albo Olive zdradziły mu, gdzie się zaszywam. Ale Hary był już wiekowy, a schody ciągnęły się w nieskończoność, liczyłem więc, że może zrezygnuje z wejścia na samą górę.

Zazwyczaj nie muszę się ukrywać przez cały dzień, ale wszyscy robili tyle zamieszania, a jak zwykle ja jako jedyny nie potrafiłem tego znieść. Olive i Selen były tu u siebie, a Rojvah poczuła się wniebowzięta, że znajduje się w centrum zainteresowania. Nawet Arick, choć w samotności ponury, potrafił założyć w razie potrzeby maskę i paplać o jakichś bzdurach.

Przy odrobinie skupienia nadal słyszałem prawie wszystko, co działo się w zamku, mogłem zatem pilnować przyjaciół z daleka. Różni ludzie zapraszali Rojvah i Aricka niby na „herbatkę", ale jak sam miałem się okazję przekonać, i to w najbardziej bolesny sposób, w Zakątku oznaczało to tkwienie w pomieszczeniu z jakimiś cuchnącymi obcymi ludźmi, w oparach ich własnych zapachów, wymieszanych z fetorem perfum oraz różnych „wonności" parujących z naczyń z gorącą wodą. Śmierdziele zwykle mówili wszyscy naraz, a ja słyszałem każdego, jakby krzyczał mi w ucho.

Już wolałbym się mierzyć z demonem polnym.

Rojvah dotrzymała swojej części umowy. Trochę jej zazdrościłem łatwości, z jaką gładko kłamała, wymawiając mnie i przekazując uprzejmości ze swobodą, jakiej ja nigdy nie miałem. Wymigiwała się od pytań o moją kryjówkę, szybko kierując rozmowy na swoją osobę. Ludzie wyłazili ze skóry, żeby plotkować o naszym przyrzeczeństwie, i wyglądało na to, że każdy w zamku chciał jej pomóc planować ślub.

Myślałem, czyby się nie ukryć wśród oddziału Majah, ale byli tak podekscytowani pierwszą wizytą w domu ukochanego dowódcy, że gadanina dochodząca z ich kwater zdawała się nigdy nie milknąć. Miałem wrażenie, że większość planowała zobaczyć „bazar" na Cmentarzysku Otchłańców.

Hary rozmawiał ze strażnikiem, wciskając mu, że musi wyjść na gniazdo, bo pisze piosenkę i chce zobaczyć widok z wieży, zanim go opisze. Strażnik był zbyt przejęty i skupiony na oddawaniu honorów królewskiemu heroldowi, by się sprzeciwiać.

Hary ciężko westchnął, kładąc rękę na poręczy spiralnych schodów.

– Zaraz usłyszysz moje kolana, chłopcze. Jestem na to za stary, więc lepiej, żebyś tam siedział, kiedy już się tam wczołgam.

Nie przesadzał. Lata akrobacji mocno nadszarpnęły stawy Hary'ego. Słyszałem, jak przy każdym kroku jego kości trą o siebie, i czułem się jak dupek, że narażam swojego starego mistrza na taki wysiłek.

Problemem były nie tylko stawy. Hary miał chore serce. Słyszałem, jak bije nierytmicznie, gdy mocniej wytężał siły. Kiedyś, jeszcze w Potoku, zapytałem o to mamę. Sama już wiedziała. Mówiła, że rozmawiała o tym z ciocią Leeshą, zanim Hary opuścił Zakątek, by zostać moim nauczycielem. Księżna twierdziła, że w jego sercu jest dziurka, ale zbyt mała, by ryzykować operację, a magia też by nie pomogła.

Hary miał tę wadę od urodzenia, a magia pozwalała ciału jedynie wrócić do pełni zdrowia. Ciało Hary'ego uważało, że taki stan jest normalny, więc bez operacji by się nie obeszło, a to nie było warte ryzyka.

Mama ostrzegała, by nie nadwyrężać sił nauczyciela. Mówiła, że Hary przebył długą drogę i zrezygnował z wielu rzeczy, by mnie uczyć, i za to zasługuje na szacunek. Miała rację, a ta wspinaczka nie była dla niego dobra. Po prostu nie spodziewałem się, że przyjdzie za mną na wieżę.

Hary dotarł na szczyt, ciężko dysząc. Słyszałem, jak maleńka dziurka w sercu rozszerza się nieco przy mocniejszych uderzeniach, wydając tryskający dźwięk, gdy z jednej strony serca na drugą wyciekało trochę krwi. Tam zbierał się jej nadmiar, zaburzając rytm.

Hary spojrzał w dół. Wybrukowany dziedziniec znajdował się jakieś sto stóp pod nami. Serce starego Minstrela przyspieszyło jeszcze bardziej, a ja wyczułem też zapach lęku.

Kiedy Hary się zachwiał, chwyciłem go za nadgarstek, żeby przytrzymać, i przesunąłem się na parapet, robiąc miejsce. Popatrzył zatroskany.

– Wszystko w porządku, mistrzu – zapewniłem go. – Nie spadnę. I nie ucieknę. Usiądź na podłodze i odpocznij.

Tak zrobił. Wyjął manierkę i napił się, oddychając z trudem. Czekałem cierpliwie, aż rytm jego serca wyrówna się i uspokoi. Nie miał już na twarzy pudrów i szminek, zniknął też mocny zapach. Nadal był ubrany wymyślniej niż w Potoku, ale pachniał i wyglądał jak mój dawny mistrz.

– Przykro mi z powodu twojej mamy, Darinie. – Znów mówił normalnie, bez tego dziwacznego dworskiego akcentu. – Wiem, że nie jestem twoim dziadkiem, ale żyłem w waszym domu wiele lat i jesteście mi bliscy jak rodzina. Ja też nie mogę się otrząsnąć, odkąd zaginęła.

Miał rację i poczułem się jeszcze gorzej. Zachowywałem się, jakby mój ból był czymś wyjątkowym, a przecież inni też cierpieli.

Mogłem mu powiedzieć, że mama żyje, ale nie wiedziałem tego na pewno, więc nie kłamałem, zachowując milczenie. Powiedzieć coś Minstrelowi to jak powiedzieć całemu miastu. Hary nie był pod tym względem wyjątkiem.

Mój nauczyciel wiedział, że nie lubiłem uścisków, a mimo to położył mi dłoń na stopie. Czułem łagodny, ciepły ciężar.

– Wiem, że byłaby z ciebie bardzo dumna, że wyruszyłeś tak daleko, żeby ratować Olive.

Przełknąłem gulę w gardle.

– Miałem pomoc.

– Może i tak, ale wiem też, że nigdy się nie doceniasz.

Nie było go tam, ale nie chciałem się kłócić, choć prawdą było, że Olive uratowała się sama. My ją tylko... trochę zachęciliśmy.

– Nie tylko ja jestem w żałobie – ciągnął. – Ludzie zakładają czerń i stawiają jej pomniki. Ławki w świętych domach są pełne, a ludzie w szynkach to piją na jej cześć, to zapijają lęk, jak sobie bez niej poradzą.

Pokręciłem głową.

– Wiem, że zaraz mi powiesz, żebym stąd wyszedł, bo dzięki temu oni poczują się lepiej, ale ja się do tego nie nadaję, mistrzu. – Na samo wspomnienie tłumu podczas naszego przejazdu przez miasto zrobiło mi się niedobrze.

– Nie wiem, czy ktoś może cię w tym wyręczyć. Twoja matka też nie cierpiała robić takich rzeczy, ale nawet ona pokazywała się od czasu do czasu publicznie. Kiedy ludzie przez dłuższy czas jej nie widzieli, zaczynali usprawiedliwiać różne swoje czyny, twierdząc, że robią to w jej imieniu. – Pochylił się i zobaczył, że jego słowa mnie nie przekonały. – Wiem, że nie jesteś towarzyski, Darin, ale możesz takiego udawać. Zagrać tę rolę, jak każdą inną. Przecież chcesz być Minstrelem, musisz się więc nauczyć odgrywać role.

Wróciło do mnie wspomnienie słów Olive. „Oboje wiemy, że nie będziesz Minstrelem. Na Otchłań, przecież ty nie możesz wytrzymać dłuższej chwili w tłumie, bo zaraz dostajesz ataku".

Nie myliła się, ale czy to znaczy, że miała rację?

– Sam już nie wiem, czego chcę – wyznałem. – Wędrówki z miasteczka do miasteczka, odwiedzanie tych miejsc, które opisywał tata, to proste marzenia na łatwe czasy. Fletnia nadal jest dla mnie najważniejsza, ale reszta... Szukając mamy, nie będę miał wiele czasu na ćwiczenie żonglerki i pantomimy.

Hary westchnął, a ja wyczułem jego powątpiewanie. Uważał, że poszukiwania to strata czasu.

– Nie każdy Minstrel robi to wszystko, Darinie. Niektórzy wybierają sobie specjalizację, tak jak ty swoje piszczałki. Ale wszyscy muszą umieć postępować z publicznością. Przecież występowaliśmy na festynach w Potoku. Jak to możliwe, że dawałeś radę występować, a nie jesteś w stanie wziąć udziału w herbatce?

– To ty zabawiałeś publiczność – przypomniałem. – Ja tylko powtarzałem to, co kazałeś mi mówić, i podawałem ci kapelusz. Poza tym występowaliśmy pod gołym niebem, więc wiatr rozwiewał większość ludzkiego smrodu.

Hary zaśmiał się, tyle że ja wcale nie żartowałem.

– Podczas twojego przedstawienia widownia trzymała się na odległość. I gdy robisz to na scenie i na placu, ludzie nie przekraczają granicy strefy, gdzie masz pokaz, jak demony nie przekraczają kręgu runicznego. Na dodatek wyczyniasz z ludźmi, co zechcesz. Śmieją się zgodnie z twoją wolą, wiwatują czy płaczą, wszystko wedle twoich pragnień. To tak samo jak z zauroczeniem demona. Wrzeszcząca tłuszcza, której nie mogę kontrolować, jest dla mnie niczym nóż wbity w mózg, ale gdy robi to, co zechcę, jest jak ciepła kąpiel.

– Rozumiem. Właśnie tego Rojer uczył się z takim zapamiętaniem. Tylko urodzony Minstrel widzi te sznurki i potrafi je pociągać w odpowiedni sposób.

– Ja widzę takie sznurki w przypadku otchłańców – powiedziałem. – Ale ludzie nadal są dla mnie zagadką.

– Czasami udawanie czegoś jest jak robienie tego naprawdę. Zanim zostałem wysłany podczas wojny do Zakątka, najpierw robiłem przedstawienia na ulicy i tak wypracowałem sobie przyjęcie do Gildii, a potem zostałem nauczycielem muzyki. Stwórca wie, że nie jestem uczonym heroldem. Ale udawałem takiego przez tyle lat i nigdy nikt się nie zorientował.

Uśmiechnąłem się do niego.

– Dobrze wiedzieć, że nie tylko ja czuję się tak, jakbym nie wiedział, co robię.

– O, na pewno nie jesteś jedyny, przeciwnie – roześmiał się Hary. – Musi być jakiś sposób, żebyś dał radę udawać. Żeby ludzie mogli cię zobaczyć. Może jest ktoś, kogo i tak musisz odwiedzić, albo uroczystość, w której możesz uczestniczyć, nawet w towarzystwie strażników, a oni będą pilnowali, żeby ludzie się zanadto nie zbliżali.

Poddał mi pewien pomysł. Sposób, żeby pomóc przyjaciołom, a jednocześnie dać się zobaczyć publicznie.

Upewniwszy się, że Hary zszedł bezpiecznie z wieży, poszedłem do dawnej sypialni Olive. Akurat Arick i Rojvah wrócili z jakiegoś obiadu, który mocno się przedłużył. Zbliżało się przesilenie, więc słońce chyliło się już ku zachodowi.

– Wybranku! – Rojvah nie sprawiała wrażenia zirytowanej faktem, że czaję się w jej pokoju. Przeciwnie, pachniała zadowoleniem.

– Po tym, jak uciekłeś, myślałem, że jesteś już w połowie drogi do Potoku – stwierdził Arick.

– Chciałbym – powiedziałem.

– Wiedziałam, że wrócisz. – Rojvah zwinęła się jak kot na jednej z sof Olive i w krótkich słowach streściła kilka interesujących rzeczy, które wyłowiła z bezsensownej paplaniny.

Przekazała mi pozdrowienia od panów i pań, których nigdy nie widziałem i o których nigdy nie słyszałem, po czym zadała mi parę pytań, żeby zdobyć punkty zahaczenia do rozwijania dalszych niekończących się konwersacji z każdym, ktokolwiek zapyta ją o mnie.

– Nie złość się. – Rojvah posłała mi rozbrajający uśmiech. – Ale obiecałam, że w przyszłym tygodniu podczas obchodów przesilenia damy we troje występ na słynnej scenie muzycznej.

– Dobrze. – Znałem tę scenę. Zapewniała sporą odległość od widzów.

– A więc musimy zacząć ćwiczyć – rzekł Arick, sięgając po kamanj.

– Jasne, jasne – przytaknąłem. – Ale nie dzisiaj. Dzisiaj chodźmy zobaczyć naszych ojców.

28

Baronowa

Tarisa gwałtownym odsunięciem zasłon zaskoczyła nas obie – mnie nagłym światłem i hałasem, siebie moją reakcją, bo zerwałam się na równe nogi, natychmiast przybierając postawę *sharusahk*.

Znów zrobiło mi się głupio. Takie raptowne rozsuwanie kotar było jej ulubioną pasywno-agresywną metodą budzenia lenia, który zamierzał spać dłużej niż do świtu. Nie miało znaczenia, czy był to dzień urodzin delikwenta, czy dzień festynu przesilenia. Robiła mi tak tysiące razy – matce pewnie też. Może dlatego nie obudziłam się, kiedy weszła do komnaty.

– Olive! Czyś ty spała na podłodze? – Tarisa załamała ręce.

– Materac był za miękki – usprawiedliwiałam się, wiedząc, jak to musiało wyglądać. Mieszkańcy Zakątka od tak dawna czuli się bezpiecznie, że zapomnieli, jak to jest, gdy podskakuje się na każdy szmer.

Tarisa prychnęła i pociągnęła za sznur przy łóżku.

– Po to masz to, Wasza Wysokość. – Następne słowa skierowała do służebnego, który natychmiast pojawił się w progu. – Przenieście łóżko księżnej Leeshy do schowka. Jakie chcesz łóżko? – zapytała mnie, kiedy mężczyzna zniknął tak samo szybko, jak się pojawił. – A może na południu nauczyłaś się sypiać na stercie poduszek?

– Nie, na Stwórcę! – zaprzeczyłam ze zgrozą. – Przesuwają się przy każdym ruchu i wpada się w szczeliny między nimi.

– To na czym chcesz spać? Bo na pewno nie pozwolę, żebyś we własnej komnacie spała na podłodze.

Nazywała komnaty moimi i w tym samym zdaniu się w nich rządziła. Mogłam się kłócić, ale po prawdzie to była najnormalniejsza część mojego powrotu do domu.

– Niskie. Wąskie. Płaski, twardy materac. Jedna poduszka. I żadnych zasłon! Ma być postawione w kącie, tak żebym głowę i jeden bok miała przy ścianie.

Widziałam, że moja odpowiedź nie spodobała się Tarisie, a mimo to ochmistrzyni ukłoniła się lekko.

– Zajmę się tym.

– I jeszcze jedno – powiedziałam z niemałym poczuciem winy. Ale było warto, bo w trakcie drugiej w ciągu tak krótkiego czasu kąpieli Tarisa przedstawiła mi plan zajęć na nadchodzący dzień.

Matka miała tyle samo kosmetyków co ja, lecz wolała skromny makijaż. Wzięłam z niej przykład i przypudrowałam tylko twarz, żeby zamaskować ślady niewyspania i dodać cerze subtelnego blasku.

Ubrałam się w strój do jazdy konnej, który przerabiałam przez całą noc. Pierwotnie zaprojektowałam go tak, żeby nie krępował ruchów, a jednocześnie pozostał bardzo kobiecy – wtedy było to dla mnie najważniejsze. Składał się z bryczesów z miękkiego, poddającego się zamszu i bawełnianego żakietu z baskinką, którego klapy rozchodziły się z przodu, podkreślając biodra. Kiedy zsiadałam z konia, długi wełniany płaszcz jeździecki, haftowany wzdłuż szwów w runy, falował wokół mnie jak suknia.

Odprułam herb matki i zastąpiłam go swoim. Nie zdawałam sobie sprawy, ile mięśni mi przybyło przez te kilka miesięcy, dopóki nie musiałam poszerzyć płaszcza w ramionach. Spodnie również przylegały bardziej niż kiedyś, ale wiedziałam, że materiał rozciągnie się nieco podczas noszenia.

Przypięłam do pasa woreczek z ziołami, hanzhar i przez chwilę przeglądałam się w lustrze. Dziwnie się czułam znów we własnych ubraniach. Osoba, którą widziałam w odbiciu, nie była już dawną księżniczką Olive, ale też nie księciem Olive z Krasji. Byłam jednym i drugim, a zarazem żadnym z nich. Kimś całkiem nowym. Słysząc pukanie do drzwi, podniosłam głowę, ale Selen nie czekała na odpowiedź.

– To był błąd – oznajmiła od progu, zamykając drzwi.

– Co „to”?

– Spanie w domu, żeby uniknąć pokazu mody Rojvah. Zaliczyłam własny teatr. Baronowa i tata urządzili sobie sesję wrzasków, które słyszał cały dom.

– Przykro mi. – Selen nienawidziła macochy, i raczej nie bez powodu. Baronowa zachowywała się okropnie i wobec niej, i wobec Gareda.

– To jeszcze nie wszystko. – Selen skrzywiła się, jakby zrobiło jej się niedobrze. – Jak już się pogodzili, zaczęli się parzyć jak króliki, i to też słyszał cały dom.

Tarisa fuknęła pod nosem i chyłkiem opuściła pokój. Selen, która jej wcześniej nie zauważyła, parsknęła, a gdy tylko za ochmistrzynią zamknęły się drzwi, obie wybuchnęłyśmy śmiechem.

Śniadanie z Selen trwało zdecydowanie zbyt krótko. Lord Arther pojawił się wcześniej, żeby zaprowadzić mnie na naradę.

– Baronowa Rębacz czeka na ciebie w gabinecie – powiedział, a Selen łypnęła na niego znad trzeciej dokładki.

– Myślałam, że będziemy rozmawiać sami – zdziwiłam się.

– Chciałbym zacząć od raportów finansowych, żeby nakreślić tło dla pewnych kwestii. A baronowa Rębacz...

Czułam, jak Selen wypala mi wzrokiem dziury w plecach. Matka tolerowała zachowanie baronowej wobec pasierbicy i męża, jednak ja zamierzałam z tym skończyć.

– Niech ktoś inny przedstawi te raporty – zażądałam.

Arther chrząknął, speszony chyba ostrością mojego tonu.

– Wybacz, Wasza Wysokość, ale nikt inny nie orientuje się tak w sprawach finansów. Gospodarką Zakątka zajmowała się twoja matka wraz z baronową. Mogę ci doradzić i zweryfikować zapisy, ale nie nakreślę całego obrazu tak jak ona. Oczywiście jeśli wolisz raport pisemny, każę jej go przygotować, tylko...

– Najlepiej, jak usłyszę to osobiście z ust tej demonicy – wyręczyłam go.

Arther uśmiechnął się cierpiętniczo i skinął, a Selen skwitowała to warknięciem.

– Olive! – Baronowa otworzyła ramiona, tak jak Elona poprzedniego dnia na dziedzińcu, i złożyła usta w ciup.

Zrobiłam zręczny unik wymijający, nie dotykając jej.

– Daj spokój z tymi bzdetami, Emelio. I zwracaj się do mnie per Wasza Wysokość.

Baronowa aż zamrugała, oszołomiona.

– Czyżbym cię czymś uraziła, Wasza Wysokość?

– Owszem, czuję się urażona, że musiałam przez całe życie patrzeć, jak znęcasz się nad Selen. – Skrzyżowałam ramiona na piersi.

Emelia przekrzywiła głowę na bok, a kącik jej ust drgnął w uśmieszku.

– Bezpośrednia. Tak jak matka. To lubię. Artherze, bądź łaskaw i daj nam chwilę sam na sam.

– Jak najbardziej. – Arther nie krył ulgi, zwracając się do mnie: – Oczywiście za pozwoleniem Waszej Wysokości.

Zrobiłam przyzwalający gest, a on czym prędzej czmychnął z gabinetu. Baronowa tymczasem podeszła do barku i nie zważając na wczesną porę, nalała sobie kieliszek wina. Potem usadowiła się na jednej z pluszowych sofek, na których moja matka rozmawiała z bardziej zaprzyjaźnionymi gośćmi, i wskazała mi drugą.

– Leesha była jeszcze bardziej dosadna, gdy kazała Amanvah rzucić pomazanymi moją krwią kośćmi, zanim zgodziła się, żebym wyszła za Gareda.

Moja własna krew ścięła mi się w żyłach. Łatwo było sądzić, że tylko moim życiem sterują *alagai hora*, ale najwyraźniej *dama'ting* – i matka – wytyczały za ich pomocą kurs życia innych osób jeszcze na długo, zanim się urodziłam.

– I co powiedziały? – Zajęłam miejsce na drugiej kanapie. Takie pytanie było szczytem nieuprzejmości, ale baronowa nie wspomniałaby o tym, gdyby nie liczyła na podjęcie tematu.

– Że będę wierna Garedowi i lojalna wobec Zakątka, oraz że Gared nie poślubi innej.

– Nie brzmi to tak źle – stwierdziłam.

Emelia opróżniła kieliszek i napełniła go na nowo.

– Powiedziały również, że dam mu silnych synów, ale że to jego córka przejmie po nim schedę.

Wtedy zrozumiałam.

Romans Gareda i babki miał miejsce, zanim poznał Emelię.

– Elona nosiła już pod sercem Selen, kiedy Amanvah rzuciła dla ciebie kości – powiedziałam.

Emelia wskazała na mnie palcem, pokazując, że dobrze trafiłam, a potem łyknęła wina.

– Tyle że ja oczywiście wtedy o tym nie wiedziałam. Mężczyzn nikt nie prosi, żeby przed ślubem oddawali krew do wróżby.

Doskonale wiedziałam, że to prawda. Jako mężczyzna bez pardonu przywłaszczałam sobie prawa i wolności, których odmawiano mi jako kobiecie.

– Ale nie porzuciłam nadziei, nawet gdy się o tym dowiedziałam – podjęła Emelia i przechyliła kieliszek. – Liczyłam, że przepowiednia się myli, że to dziecię z nieprawego łoża będzie chłopcem albo że ja urodzę córkę.

To ostatnie poruszyło mnie najbardziej. Wyglądało na to, że losy i mój, i Selen były powiązane z płcią. A czemu nasze życie miałoby być uwarunkowane czymś tak... płynnym? Czemu tak wiele miałoby zależeć od tego, co mamy między nogami?

– Od chwili urodzenia Selen była zapatrzona w ojca, tak jak on w nią – ciągnęła Emelia. – Była całym jego światem. Ja i moi synowie moglibyśmy być równie dobrze gośćmi we własnym domu...

– To nieprawda – zaprotestowałam. – Gared wszystkie swoje dzieci uczył walczyć, zrąbywać drzewa i budować z drewna. Uczył każde jedno, że należy sadzić nowe drzewa i szanować las. Zabierał wszystkie na polowania, długie wyprawy, łowił z nimi ryby...

– Ją brał na polowania i ją uczył łowić ryby – przerwała mi Emelia. – Chłopcom niechętnie pozwalał się przyłączyć raz na rok, i to po wielkiej awanturze.

Oczy baronowej płonęły ogniem i wątpiłam, by ten żar wywoływało kłamstwo. Emocje wzięły nad nią górę, bo zbyt długo je tłumiła, zbyt długo ukrywała prawdę.

– Wszyscy o tym wiedzieli – dodała. – Cały dwór o tym plotkował. Elona tego dopilnowała. Odczuwałam upokorzenie za każdym razem, kiedy Selen pojawiała się w pobliżu albo gdy ktoś o niej wspominał.

Cóż, nie mogłam zaprotestować, bo było to bardzo podobne do babki. Elona sama nie przepadała za Selen jakoś szczególnie, ale Emelii nienawidziła całym sercem i nie odpuściłaby żadnej okazji, by jej wytknąć, że jej synowie są z góry przegrani.

– To nie wina Selen – przypomniałam. Sama nigdy nie miałam ojca i zazdrościłam Selen jej więzi z Garedem.

– Może i nie – zgodziła się Emelia – ale przez to wszystko trudno mi było ją pokochać. Tylko twoja matka to rozumiała i tylko ona widziała, na jakie próby wystawiał nas Gared, jednocześnie przypisując sobie zasługi za naszą wspólną pracę.

– Słucham? – zdziwiłam się.

– Myślałaś, że to Gared Rębacz zarządzał naszą baronią, Zakątkiem Rębaczy? – Roześmiała się. – To ja zajmowałam się rachunkami, podejmowałam każdą decyzję, pisałam każde prawo i każdy dekret. Za to on je podpisywał. Baron Rębacz, wielki bohater wojenny! Nieważne, że omal nie doprowadził do bankructwa całego księstwa, zanim wzięłam się za jego księgi. To ja razem z Leeshą postawiłyśmy na nogi gospodarkę Zakątka, ale zapytaj byle przechodnia o to, jak mu się żyje, a wyśpiewa ci hymn pochwalny dla Gareda i jego topora w podzięce za ten dostatek.

Nalałam sobie szklankę wody, żeby zebrać myśli. Pamiętałam, że matka i Emelia były prawie nierozłączne i razem pracowały w gabinecie do późnej nocy. Baronowa zawsze była dla mnie miła. Niby dlaczego miałaby nie czuć urazy z powodu tego, że za cały swój wysiłek i pracę nie ma ani zasług, ani wdzięczności?

Rozumiałam ją, ale i tak nie potrafiłam wybaczyć tego piekła, jakie zgotowała Selen, która żyła w potrzasku między matką i macochą, a każda z nich wyładowywała swoją nienawiść do drugiej za jej pośrednictwem.

Mimo to kochałam babkę. Zastanawiałam się, czy mogłabym znaleźć miejsce w sercu również dla baronowej. I czy w ogóle powinnam?

– Selen mówiła, że cały dom słyszał, jak zawierałaś wczoraj pokój z Garedem – zauważyłam.

– O, zawieranie pokoju było ostatnią rzeczą, jaką robiliśmy! – zaśmiała się Emelia, w ogóle nie skrępowana. – Pozwoliłam mu się dotknąć pierwszy raz od lat. Ale przecież nie jestem z kamienia.

– Matka mówiła, że pokój nie służy baronowi – przypomniałam sobie. – Ale Zakątek nie może się nim dłużej cieszyć, więc potrzebuję topora Gareda i twoich rachunków.

– To prawda, Gared jest najszczęśliwszy, kiedy może z czymś walczyć – przyznała Emelia.

– Może w tej sytuacji spróbujesz pokoju i z Selen po raz pierwszy od lat. Teraz, zanim będzie za późno. – Sformułowałam to jako sugestię, lecz wypowiedziałam jako rozkaz, co nie uszło uwadze Emelii.

– Tak jest, Wasza Wysokość. – Mówiąc to, miała minę, jakby zjadła cytrynę, skinęła jednak i uniosła spódnicę w namiastce ukłonu.

Nie było to zawiązanie przyjaźni, raczej zawieszenie broni. Zawołałam Arthera i Emelia odłożyła w końcu pusty kieliszek, po czym zaczęła prezentować wykresy i z pełną trzeźwością recytować liczby. Z łatwością zrozumiałam, za co matka ją tak ceniła.

I zrozumiałam też, skąd obawy ministra. Gospodarka Zakątka, kwitnąca w rękach matki, zaczęła wyraźnie słabnąć.

– Jak to możliwe? – zapytałam.

– Księżna drukowała obligacje i po wojnie wpompowała miliony klatów w odbudowę i rozbudowę Zakątka. – Arther mówił, jakby czytał z książki do historii. – Ale była Zielarką pełnym sercem i nie chciała dopuścić, żeby w jej włościach ktoś chodził głodny, bezdomny czy chory. Cały czas żonglowała pomiędzy zaciąganiem kolejnych długów i zaspokajaniem potrzeb poddanych.

– Większość wydatków stanowiły pożyczki udzielane poszczególnym baroniom, spłacane w ciągu kolejnych lat dobrobytu – dodała Emelia. – A kości Leeshy pozwalały na inwestycje o dużej stopie zwrotu.

– Ale matki nie ma... – powiedziałam.

– Zniknęła – przytaknęła Emelia. – I to wraz z dwiema swoimi dziedziczkami. Niepewna sytuacja zachwiała rynkami i spowodowała, że ludzie zaczęli wyciągać oszczędności z mniejszych banków. Nici pieczołowicie przez nią tkanej ekonomii grożą pęknięciem.

– Główny bank ustabilizował na razie wartość klata, wspierając go gotówką z królewskiego skarbca, ale to nie może trwać wiecznie. Rynek potrzebuje stabilizacji, którą jedynie ty możesz zapewnić.

– Ja?! Ale co miałabym zrobić? – Uczyłam się ekonomii na Uniwersytecie Zielarskim, jednak przecież nie umiałam wyczarować pieniędzy z niczego.

– Wieść o twoim powrocie wystarczyła, żeby nastąpiło odwrócenie tendencji spadkowych na rynku – zapewniła mnie Emelia. – Bank Nowej Krasji jest silny i już ma w zanadrzu przygotowane pożyczki dla mieszkańców Zakątka, którzy czują, że znajdują się pod presją. Jeśli tego nie przypilnujemy, wkrótce stanie się właścicielem wielkich połaci Zakątka, tak jak stało się z Lakton.

– O ile nie przypuszczą bezpośredniego ataku – dorzucił ponuro minister.

Przewróciłam oczyma.

– Krasja nas nie zaatakuje.

Lord Arther spojrzał na mnie z wyrozumiałością starszego wobec małego dziecka, co doprowadzało mnie do szału. Zachowałam jednak na tyle trzeźwości, że zdałam sobie sprawę z głupoty tego, co powiedziałam.

Krasjanie dotrzymywali Paktu Wolnych Miast tylko dlatego, że tak rozkazał ojciec, a on robił to z miłości do matki, do mnie i ze względu na panią Bales, a także z dobroci serca.

W głowie zabrzmiały mi słowa Asome: „Bądź pewien, że jeśli matka uwierzy, że to przyniesie korzyści Krasji albo zwróci jej męża, bez wahania poświęci ciebie, twoją matkę, a nawet cały Zakątek".

Skoro nie było już nikogo, kto mógłby się postawić Ineverze, to skąd pewność, że nie posyła mnie celowo, skazując na zagładę, by potem z łatwością podbić Zakątek? Skąd pewność, że Belina przez cały ten czas nie pracowała dla niej?

– Zakątek jest nadal silny – rzekł Arther, widząc, że nie zamierzam się kłócić. – Ale utrzymanie jedności wśród baronów, kupców i reszty mieszkańców było niełatwym zadaniem. Twoją matkę... kochano. Powiedziałbym nawet, że czczono. Leesha wydawała rozkazy baronom, Zielarzom, żołnierzom, Patronom Runów i prostym ludziom, a oni wszyscy słuchali jej z równym oddaniem.

Dopiero teraz – zbyt późno – zrozumiałam, dlaczego matka kazała mi tak ciężko pracować. Dlaczego zmuszała mnie do kroczenia ścieżką dyplomacji i wiedzy i podwajała wymagania za każdym razem, gdy zrobiłam coś nieidealnie. Potrafiła przełamać impas w każdej sprawie, ponieważ rozumiała pracę poszczególnych stron lepiej niż one same.

Zawsze sądziłam, że matka wtłacza mnie w rolę, do której nie pasowałam, ale może nie chodziło o moją płeć, tylko o potrzeby Zakątka. Księżna Leesha stawiała dobro poddanych ponad własne i takiego samego wyboru dokonała w moim imieniu.

Nie miała do tego prawa, ale miała rację. Myślałam, że matka chroniła mnie przed niebezpieczeństwem, lecz patrząc wstecz, widziałam, że formowała mnie na przywódcę, jakiego potrzebował Zakątek, i teraz nie chciałabym innego losu. Nie chciałabym być nudną księżniczką ani tępym wojownikiem.

Chciała, żebym tak jak ona została Zielarką. Nie mogłam jej dorównać, ale zszywałam rany przyjaciół i braci włóczni i zamykałam im oczy, gdy nie można było ich uratować. Znałam wartość sztuki Zielarek.

Kazała kapitan Wondzie trenować mnie w walce, żebym również rozumiała wojnę. Dawniej nie ćwiczyłam *sharusahk* z zapałem. Dopiero gdy walka przeniosła się z bezpiecznego, czystego placu ćwiczeń uniwersytetu na pole bitwy, odkryłam, że mam do tego talent.

Nienawidziłam nieskończonego czasu spędzanego w Komnacie Cieni z Favah na studiowaniu magii. A jednak te właśnie lekcje i czas, gdy Belina więziła mnie za pomocą bransolety, pozwoliły mi zrozumieć moc i groźbę *hora* i nabrać dla nich szacunku.

Zastanawiałam się, kim jestem teraz. Uzdrowicielką? Wojowniczką? Wiedźmą? Czy potrafiłam być tym, kogo potrzebował Zakątek? Wszystkim, czego potrzebował Zakątek? A co z ostrzeżeniami Inevery? Co, jeśli zostanę w Zakątku, żeby ustabilizować gospodarkę, dam wrogowi czas na przygotowania do najazdu?

– Czego potrzebujecie? Co przywróci Zakątek na dobry kurs?

– Przesilenie zimowe za tydzień – rzekł Arther. – Chcielibyśmy zamienić festyn w koronację.

Arther nie mógł się doczekać, by wypełnić mój kalendarz spotkaniami. W zamku gromadził się już tłum dworzan, paziów i suplikantów, którzy liczyli na audiencję.

Spodziewałam się, że tak będzie. Opłaciło się towarzyszenie matce jak cień, bo rozpoznawałam znajomych graczy. Pamiętałam, co mi o kim szeptała, komu ufać i względem czego, kto będzie chciał mnie wykorzystać i kto będzie się bał prosić o to, czego potrzebuje.

Nie tak chciałam spędzić pierwszy dzień po powrocie do domu, wiedziałam jednak, że Arther i Emelia mają rację. Nie liczyło się to, co mogłam powiedzieć, bo sama moja obecność stanowiła sygnał, że system, na którym się opierali, nadal będzie działał.

Uśmiechałam się, pocieszałam, dodawałam otuchy i tym, którzy szczerze rozpaczali po stracie matki, i tym, którzy tylko udawali, licząc, że uda im się wykorzystać nowe pole bitwy politycznej. Wymigiwałam się od pytań o mój pobyt w Krasji, a oni wiedzieli, że rozsądniej jest nie naciskać.

Spotkałam się z tyloma doradcami i przywódcami, że rozmowa, na której zależało mi najbardziej, wyszła całkiem naturalnie.

Lord Gamon, kolejny bohater wojny z demonami, miał szarżę pułkownika i dowodził oddziałem lansjerów, ukochanej kawalerii matki. Wyróżnianie ich było jej kolejnym sposobem na upamiętnienie straconej miłości. Lansjerzy mieli najwyższy wskaźnik skuteczności zabijania wroga, ale też ponosili w walce największe straty. Matka poluzowała sznurek zwykle mocno zawiązanej sakiewki, żeby przywrócić im chwałę.

Widać to było po pułkowniku, którego zawsze ceniłam za śmiałe wyczucie mody. Jego schludnemu mundurowi obwieszonemu tęczą medali o włos było od ekstrawagancji.

Gamon miał koło pięćdziesiątki, ale podczas walk przyjął lwią część magii sprzężenia, więc nawet po latach, mimo że jego lanca od dawna nie zasmakowała juchy alagai, wyglądał na dobiegającego czterdziestki. Srebrne pasma we włosach tylko dodawały mu uroku.

Podczas gdy czasy pokoju zmiękczyły generała Gareda, który nie miał cierpliwości do ceremonii wojskowych i osiadł na półemeryturze, Gamon rozkwitł i wspiął się po stopniach wojskowych aż do rangi pułkownika. Utrzymywał dobrą formę, był atletycznie zbudowany i codziennie z siodła nadzorował swoich żołnierzy.

Emelia podkreśliła, że choć po tym, jak Gared wrócił do sił, armia Zakątka będzie traktowała go jako swego dowódcę, to nie miał on głowy do logistyki. Mógł zapewnić mi wierność żołnierzy, ale nie potrafił udzielić informacji, których potrzebowałam. Te mogli mi przekazać Arther i właśnie Gamon.

– Wasza Wysokość! – Gamon strzelił obcasami i uniósł głowę pod doskonałym kątem, uderzając biało urękawiczoną pięścią w pierś. – Przybyłem osobiście ręczyć za siłę twoich oddziałów. Zakątek jest dobrze chroniony, a żołnierze pozostają w gotowości, aby wziąć odwet na tych pustynnych szczurach.

Nie dziwiłam się zjadliwości w jego tonie. Nie wszystkie wojenne rany się zabliźniły. Gamon traktował jak brata hrabiego Thamosa, którego zamordował mój przyrodni brat Jayan podczas bitwy o Dokowisko.

– Nie będziemy się mścić na Krasji, pułkowniku. – Zniżyłam głos, żeby nie omylił stwierdzenia z rozkazem. – Mamy większych wrogów.

– Otchłańce. – Wrogość w głosie Gamona pogłębiła się, co zanotowałam z radością. – Generał Gared mówił, że wciąż grasują po piaskach. Miałem nadzieję, że już nigdy ich nie ujrzymy.

– To nie tylko demony piaskowe. I są rozumne. Tym razem nie wystarczy jeden atak frontalny. Ile mamy oddziałów w Zakątku i jak są wyposażone? Co z zapasami? Ile mógłbyś wystawić jutro? Ile za miesiąc? A do równonocy wiosennej?

Arther sięgnął po swoje księgi i wraz z Gamonem zaczęli wymieniać liczby, kompanie, dywizje.

Aktywne siły i rezerwy dla wszystkich baronii, a nawet liczbę mułów w stajniach. Do tego otrzymałam informacje, który z baronów spełnia wymagania, a który zaniedbał się militarnie.

– A ilu moglibyśmy zrekrutować, wyszkolić i wyposażyć przez zimę, gdyby podczas festynu przesilenia ogłosić werbunek? – zapytałam.

Przez moment obaj gapili się na mnie, Gamon szybko się otrząsnął i stuknął obcasami.

– Czy to właśnie planujesz, Wasza Wysokość?

– Jeszcze nie wiem – przyznałam szczerze.

– Czuję się w obowiązku zauważyć, Wasza Wysokość – Arther poruszył palcami, żeby je rozluźnić – że to nadszarpnęłoby i tak napięty...

– Rozumiem twoje obawy, ministrze – przerwałam mu. – Ale teraz mamy jeszcze wybór, czy zaatakować otchłańce, czy czekać, aż nadciągną na nas taką hurmą, o jakiej nie słyszano od mojego urodzenia. Proszę was o przygotowanie zestawień, które pozwolą na podjęcie świadomej decyzji, obaj jednak pamiętajcie, że to pod żadnym pozorem nie może wyjść poza tę komnatę.

Arther ukłonił się niżej, a Gamon znów stanął na baczność.

– Oczywiście, Wasza Wysokość.

Po tym ponownie wróciłam do ściskania dłoni, poklepywania po plecach, rozstrzygania sporów i unikania pytań o to, gdzie byłam. Wszyscy, z którymi się spotykałam, pamiętali mnie jako rozpieszczoną księżniczkę, a potem ujrzeli, jak wjeżdżam do Zakątka w krasjańskiej zbroi, na czele oddziału zaprawionych w bojach wojowników *Sharum* pod moim dowództwem.

Karczmy i szynki z pewnością huczały od plotek nawet bardziej niesamowitych od prawdy, a ja nie chciałam tego psuć. Potrzebowałam każdej odrobiny chwały, jaką Minstrele zaprawiają swoje ballady, aby uzyskać to, o co być może przyjdzie mi poprosić mój lud.

Gdy nareszcie mogłam opuścić gabinet, słońce zdążyło już zajść. Zastanawiałam się, gdzie znajdę siłę, by robić to nazajutrz, i jak matka była w stanie robić to dzień za dniem, miesiąc za miesiącem, rok za rokiem.

Po drodze do tronu zrezygnowała ze wszystkiego. Kochała trzech mężczyzn i każdego z nich straciła. Pogrzebała swojego mentora, najlepszych przyjaciół i marzenia o przyszłości. Nie dała się zastraszyć i w bitwie z demonami w pierwszych szeregach wspierała wojowników swoją magią, mimo że już nosiła mnie pod sercem.

Sharaj sprawił, że uważałam matkę za słabą, a to, że wychowała mnie jako dziewczynkę, również i mnie uczyniło słabą.

Teraz zaczynałam myśleć, że matka była z nas najsilniejsza.

Pod gabinetem czekał Faseek, cierpliwie znosząc wrogie spojrzenia mieszkańców Zakątka, niezadowolonych, że wojownik w zbroi Majah, w pełnym rynsztunku, znalazł się tak blisko ich najwyższej władzy.

Selen przydzieliła mi także Beccę, jedną z gwardzistek przybocznych matki, którą znałam przez całe życie. Zaznaczyłam, że Faseek jest moim zaufanym bratem włóczni, a mimo to Becca i tak łypała na niego podejrzliwie, traktując go bardziej jako zagrożenie niż sojusznika.

Gdy weszliśmy do komnaty matki, poczułam nietypowy chłód. Odszukałam wzrokiem źródło przeciągu. Zasłony przy balkonie wychodzącym na wewnętrzne ogrody falowały wyraźnie.

– Wybacz, Wasza Wysokość – powiedziała Tarisa z kąta, w którym spędziłam poprzednią noc. Nowe łóżko, które już tam stało, choć nadal większe niż na jedną osobę, było o wiele skromniejsze i bardziej funkcjonalne niż ten matczyny potwór z baldachimem, czy nawet moje w dawnym pokoju. Pod pilnym okiem ochmistrzyni dwie służące układały na nim pościel. – Wyniesienie łoża twojej matki zajęło nam więcej czasu, niż się spodziewałam. Nie mieściło się w drzwiach, więc musieliśmy spuścić je na dół przez balkon. Pomyślałam, że po wszystkim przewietrzymy i rozpalimy ogień na kominku...

– Tak jest dobrze – zapewniłam ją i wciągnęłam chłodne powietrze do płuc. Orzeźwiało przyjemnie po tylu godzinach spędzonych w dusznym gabinecie. Faseek podążył za mną, kiedy podeszłam do balkonu. Potoczyłam wzrokiem po ogrodach, które matka tak kochała. Były piękne nawet zimą.

Nagle coś świsnęło mi przed twarzą, rozległo się głuche łupnięcie i Faseek zachwiał się, omal nie upadając. Podtrzymałam go i ujrzałam sterczącą z jego barku strzałę. W rozdarciu koszuli widać było wgniecenie w zbroi na wysokości serca. Strzała musiała ześliznąć się i wbić w najbliższe łączenie płyt. Niewiele brakowało, by Faseek zginął.

Odwróciłam się, żeby sprawdzić, skąd padł strzał. Nie miałam takiego wzroku jak Darin, ale ta sama moc, która dawała mi siłę, wyostrzała też zmysły. Światło księżyca i blask z oświetlonych okien wystarczyły, żebym dostrzegła łucznika. Siedział na dachu po przeciwnej stronie wewnętrznego dziedzińca. W czarnych szatach *Sharum* prawie całkiem wtapiał się w mrok.

Wypuścił kolejną strzałę.

Nie wiedziałam, czy była przeznaczona dla mnie, czy dla Faseeka, ale mój brat włóczni nie chciał ryzykować. Skoczył, zasłaniając mnie swoim ciałem, i przyjął na siebie drugi pocisk. Tym razem pojawił się rozbłysk runów, a dźwięk uderzenia inny – grot przebił pancerz i utknął w piersi. Musiał przebić płuco, bo kiedy kładłam Faseeka na posadzkę, chłopak zaczął kaszleć krwią, która obryzgała mi twarz.

Obie strzały weszły głęboko i wiedziałam, że głupotą byłoby wyciągać je bez odpowiednich narzędzi i w tak niebezpiecznym miejscu. Patrząc na przesiąknięte krwią szaty Faseeka, zrozumiałam, dlaczego skrytobójca wziął na cel jego, a nie mnie. W Krasji zawsze nosiłam zbroję tazhańską i czarny strój *Sharum*. Strzelec mógł nie rozpoznać mnie w nowym stroju i wziął Faseeka za mnie.

Prawdopodobnie nadal myślał, że to mnie trafił.

Tarisa i pokojówki zaczęły krzyczeć. Becca runęła w stronę balkonu, ale ubiegłam ją. Chwyciłam włócznię Faseeka.

– Bić na alarm! Sprowadzić Zielarkę! – krzyknęłam już w biegu.

Trudno powiedzieć, czy napastnik zdał sobie sprawę ze swojej pomyłki, czy po prostu zareagował na nowe zagrożenie, dość, że gdy wbiegłam na balkon, uniósł łuk do kolejnego strzału. Uprzedziłam go, choć nie miałam czasu wycelować, cisnęłam włócznię w jego stronę. Straciłam co prawda broń, ale i tak nie miałam rzemieni, żeby ją sobie przytroczyć, a musiałam mieć wolne ręce.

Trafiłam na tyle blisko, że łucznik, robiąc unik, chybił.

Wskoczyłam na marmurową barierkę i z rozbiegu dałam susa na mur. Chwyciłam się parapetu, zawisając dwadzieścia stóp nad balkonem.

Kolejny pocisk odbił się od kamiennej ściany w miejscu, gdzie znajdowałam się przed momentem, zanim podciągnęłam się i wskoczyłam na mur. Pognałam, kryjąc się za krenelażem. W przeciwieństwie do Faseeka nie miałam na sobie pancerza, który mógłby zatrzymać pocisk. Mój żakiet jeździecki wyglądał pięknie, lecz strzała wypuszczona z potężnego krasjańskiego łuku przebiłaby go jak papier.

Znów popełniłam błąd. Myślałam, że tu, w zamku, mogę czuć się bezpiecznie, ale może czas najwyższy pogodzić się z tym, że już nigdy i nigdzie nie będę bezpieczna. Moje szaty dworskie będą musiały posiadać kieszonki na płytki pancerza na podobieństwo tych krasjańskich, a hanzhar przy boku nie wystarczy.

Znów dostrzegłam strzelca. Przywarł do pionowej ściany skąpanej w cieniu. Miał przy sobie *hora*, a słońce już zaszło. Nie mogłam liczyć na tę przewagę, dzięki której pokonałam krevakhskiego brata. Nie wahałam się jednak, wciąż czułam krew Faseeka na twarzy. Nie wiedziałam, czy mój brat włóczni przeżyje, jednak nie zamierzałam pozwolić uciec napastnikowi.

Trzymając się nisko, biegłam po dachach, żeby go zajść od tyłu. Poruszałam się tak jak w Labiryncie, gdy chciałam zmylić demony wiatru – zmieniając tempo i przeplatając kroki.

Zabójca nie strzelał na oślep, jeszcze dwa groty stuknęły o kamień cal od mojej piersi.

Gdy dotarłam na jego stronę dachu i w końcu mnie zobaczył, nie uciekał. Może myślał, że jestem głupcem? Może i byłam, lecz teraz wiedziałam, co o nim sądzić. Wycelował mi prosto w głowę, byłam jednak szybsza, odbiłam strzałę sztyletem.

Dopiero wtedy się spłoszył i zaczął przede mną uciekać. Miał męską sylwetkę, ale poruszał się zwinnie jak tancerka. Z pewnością wcześniej przećwiczył drogę ucieczki.

Ja jednak wychowałam się w tej twierdzy, razem z Selen i Darinem biegaliśmy całymi dniami po tych dachach. Znałam każdy cal parapetów na murach, ogrodów na dachach, każdy komin i każdą dachówkę pokrytą runami.

Zniknął za kalenicą, lecz wiedziałam, co znajduje się po drugiej stronie budynku, i znałam skrót. Zeskoczyłam na balkon jednej z komnat gościnnych, wyważyłam drzwi i pognałam przez na szczęście puste pomieszczenie do przeciwległych skrzydeł drzwi. Otworzyłam je, w chwili gdy skrytobójca wylądował na tarasie.

Jakimś cudem zdołał się obrócić i jeszcze raz strzelić, zanim go dopadłam. Poczułam, jak grot wbija mi się w tułów, tyle że furia uniewrażliwiła mnie na ból. Rzuciłam się na napastnika, przypierając go do balustrady.

Uderzył mocno, choć nie na tyle, by połamać sobie kości, na co liczyłam. Był silny, z całą pewnością miał na sobie biżuterię *hora*. Upuścił łuk i chwycił mnie za gors, unosząc z posadzki, jakby chciał wykorzystać siłę impetu i wyrzucić mnie przez balustradę na znajdujący się czterdzieści stóp poniżej brukowany dziedziniec.

Również musiałam pozbyć się hanzharu, żeby złapać się i uwiesić na słupku, psując wrogowi szyki. Ból w boku ożył, wyszarpnęłam więc strzałę i wbiłam ją napastnikowi w udo, w miejscu nieosłoniętym przez zbroję.

Stęknął i kopnął mnie. Oboje runęliśmy na podłogę i błyskawicznie zerwaliśmy się na nogi.

– Kim jesteś? – wywarczałam. – Skrytobójcą czy może jednym z moich braci, zbyt tchórzliwym, żeby przedstawić się i walczyć otwarcie?

Liczyłam, że po utracie łuku mężczyzna będzie potrzebował chwili, żeby znów zaatakować, ale on tylko sięgnął do pasa, a potem szybkimi ruchami dłoni posłał w moją stronę ostre trójkąty z runicznego szkła, takie, jakimi posługiwała się moja siostra Micha.

Uchyliłam się, osłaniając twarz i tors rękami, ale i tak poczułam, jak szkło wbija mi się w ramię i w nim pozostaje. Ignorując ból, rzuciłam się na zabójcę, zanim zdołał cisnąć we mnie więcej ostrzy.

Sądziłam, że zaskoczę go gwałtownym atakiem, jednak napastnik stał stabilnie, gotów odpierać moje ciosy. Był niezwykle sprawny, ale rzucając we mnie szklanymi pociskami, dał mi broń w postaci ramion nabitych ostrzami. Natrafiwszy pięścią na jeden z trójkątów, odskoczył z sykiem. Jego dłoń spływała krwią.

Wykorzystując przerwę w ataku, przyjrzałam się bliżej przeciwnikowi. Rozpoznałam krój szat, był z plemienia Mehnding. Ich wojownicy specjalizowali się w walce z dystansu i wykorzystywali broń miotającą i pociski ogniste.

I znów sięgnął w zakamarki szat, skąd wyciągnął strzałkę i sznurek. Elegancka broń składała się z ostrza do rzucania, zaopatrzonego na końcu w oczko, do którego przywiązywano długą, leciuteńką jedwabną linkę.

Udało mi się uniknąć pierwszego ataku, lecz strzałka drasnęła mnie w ramię, gdy ściągał ją, by ponownie wziąć zamach. W twierdzy panowało poruszenie. Rozlegały się okrzyki wzywające do broni, a strażnicy biegali po dziedzińcu z latarniami. Widziałam jednak, że żaden nie zdąży dobiec na górę, by mi pomóc.

Byłam w ciągłym ruchu, jednak wirujące ostrze uniemożliwiało mi podejście do napastnika. W końcu chwyciłam ciężką donicę i cisnęłam ją w jego stronę. Niestety, pocisk leciał na tyle wolno, że Mehnding z łatwością uniknął uderzenia i zdołał zamierzyć się na mnie strzałką, zanim się otrząsnęłam.

Sądziłam, że chybi, ale wtedy poczułam, że linka owija mi się wokół nogi. Chciał ją szarpnąć, żeby mnie przewrócić, zdążyłam go ubiec, przyskakując ku niemu, nim sznurek się napiął.

Tego się nie spodziewał, mogłam więc zadać pierwszy porządny cios. Grzmotnęłam skrytobójcę pięścią w tors z taką siłą, że normalnemu człowiekowi połamałabym żebra. Natrafiłam jednak na twardą płytkę, i to nie glinianą, jaką nosili szeregowi *Sharum* i jaka rozpadłaby się pod uderzeniem. Jego pancerz, podobnie jak trójkąty do miotania, był zrobiony ze szkła runicznego. W efekcie ręka zabolała mnie tak samo mocno jak jego mój cios.

Runiczne szkło było niezwykle kosztowne, a to wiele mówiło o moim przeciwniku, nawet jeśli on sam stęknął tylko, zataczając się w tył.

– Podobno wojownicy Mehnding to tchórze – warknęłam. – Majah zwą was szarymi szatami, bo nie macie odwagi czarnych *Sharum*. Nie wierzyłem w to aż do dzisiaj... książę Rammie.

To był strzał w ciemno, ale poparty wiedzą. Znałam imiona mojego przyrodniego rodzeństwa, przynajmniej tych pierwszych. Ramm asu Ahmann am'Jardir am'Mehnding był pierworodnym synem mojego ojca z plemienia Mehnding.

Przeciwnik milczał, ale zmrużył oczy, a to wystarczyło mi za potwierdzenie. Mehnding byli niezwykle liczni i potężni, po części dlatego, że ich wojownicy nie narażali się na walkę bezpośrednią, dzięki czemu unikali szponów *alagai*.

To jednak mogło być również ich słabością. Mehnding nie ćwiczyli się w kontaktowym *sharusahk*.

Brat znów zamachnął się strzałką, jednak tym razem byłam na to przygotowana. Gdy linka owinęła się wokół moich celowo uniesionych ramion, zaczął się nią okręcać, by utrzymać naprężenie, a ja zachwiałam się, dając przyciągnąć się bliżej. W ostatniej chwili szarpnęłam ręką z nabitym trójkątem szkła i przecięłam jedwab, uwalniając się. Zdążyłam złapać strzałkę, zanim mnie zraniła, i dałam susa, pokonując pozostały dystans. Napastnik, nie spodziewając się, że linka straci napięcie, zatoczył się w tył, osłaniając miejsce pod pachą, które trudno było okryć zbroją. Z całej siły wbiłam mu pod ramię jego własną strzałkę.

Ostrze było za krótkie, żeby przebić się aż do płuc, lecz ból i zaskoczenie na moment przełamały jego obronę. Podcięłam mu nogi, wywracając się z nim na podłogę i okładając po głowie. Kiedy rąbnęłam go w gardło, odruchowo złapał się za szyję, a ja zdarłam mu hełm. Od razu rozpoznałam twarz brata – stał w tłumie przy Tronie z Czaszek, kiedy rzucałam wyzwanie.

„Trzeci zaatakuje podstępnie" – brzmiała przepowiednia Asome.

Większość ludzi taki cios w gardło okaleczyłby, jeśli nie zabił, i rzeczywiście w oczach Ramma błysnął lęk. Jednak uzbrojony w biżuterię *hora* nie przestawał walczyć, próbując mnie zrzucić. Naraz sięgnął za siebie i wyjął zza pleców niewielką metalową rurkę z drewnianą rączką. Przez mgnienie oka patrzyłam na przedmiot skonfundowana i aż mnie zatchnęło, gdy go rozpoznałam.

Szarpnęłam się, pociągając Ramma na siebie, i choć straciłam w ten sposób przewagę, uniknęłam trafienia. Pocisk z hukiem uderzył w posadzkę przy mojej głowie, odłupując kawałek marmuru. Byłam na wpół ogłuszona i oślepiona żrącym dymem, ale przez łzy dojrzałam, jak Ramm unosi rękę z rurką. Błyskawicznie chwyciłam go za przegub i odciągnęłam mu ramię, jednocześnie grzmotnęłam go czołem w nos.

Zadzwoniło mi w uszach, miałam wrażenie, że pęknie mi czaszka, ale skupiłam się na bólu, żeby otrzeźwieć, i przetoczyłam się znów na brata, zanim ten zdołał ochłonąć.

Siedząc na nim okrakiem, unieruchomiłam mu rękę z bronią, przygniatając ją kolanem, a potem ogłuszyłam, waląc pięścią w nieosłoniętą głowę. Na wszelki wypadek poprawiłam. A potem uderzyłam ponownie i jeszcze, żeby przypadkiem nie doszedł do siebie.

Waliłam go raz po raz, a gdy w końcu strażnicy ściągnęli mnie z niego, miałam zakrwawione pięści, a twarzy Ramma nie dałoby się rozpoznać. Kiedy patrzyłam na bezwładnego brata, przeszło mi przez myśl, że może go zabiłam. Wielu z gwardzistów znało mnie od dziecka, pamiętali, jak bawiłam się na tym balkonie – teraz patrzyli na mnie, jakbym zmieniała się w otchłańca.

Odetchnęłam głęboko, starając się powściągnąć wściekłość i pozbyć się uporczywego dzwonienia w czaszce, jednak z każdym kolejnym oddechem ból z ran wsączał się coraz wyraźniej w moją świadomość. Bluzka i żakiet czerwieniły się od krwi w miejscu, gdzie trafiła mnie strzała, w ramionach nadal tkwiły szklane rzutki, a draśnięcie na barku piekło. Odezwały się też urazy, których doznałam podczas desperackiego biegu po dachach.

Jednak najbardziej niepokojące było uczucie ulgi. Przepowiednia Asome się sprawdziła. Został tylko jeden brat, który podjął moje wyzwanie, i ten miał przyjść do mnie otwarcie i dać mi czas nastawić się na walkę, zanim spróbuje mnie zabić.

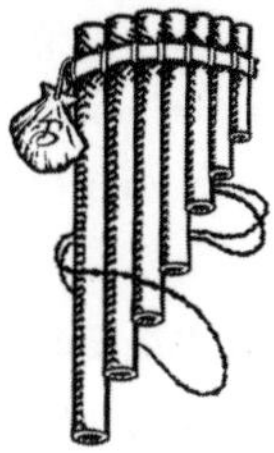

29

Święty Dom

Wysłaliśmy przodem posłańca, który wrócił z wieścią, że wszystko będzie gotowe na nasz przyjazd. Gdy Perin podszedł, by opuścić schodki powozu Rojvah, poczułem na jego kołnierzyku zapach Selen i pożałowałem, że nie ma runu na podobieństwo runu ciszy, który tłumiłby zapachy.

Gmach katedry Zakątka stanowił część rozległych zabudowań opactwa rozciągających się na kilka przecznic. Kompleks otaczał mur, na którym misternie pięknym liternictwem wyrzeźbiono runy ochronne. Słońce powoli zachodziło, ale oglądałem to wszystko nocnym wzrokiem, wiedziałem więc, że jeśli wielki run zawiedzie, katedra będzie najbezpieczniejszym miejscem w Zakątku.

Choć do wieczornego nabożeństwa pozostało jeszcze trochę czasu, po drodze minęliśmy szeregi ludzi zmierzających do świątyni. My jednak wjechaliśmy przez boczną bramę, zamkniętą dla wiernych, i zatrzymaliśmy się na wewnętrznym dziedzińcu, gdzie czekali na nas inkwizytor Hayes oraz *dama* Halvan.

Hayes był drugim w hierarchii Opiekunem w Zakątku i miał w swojej pieczy setki tysięcy wiernych. Ubrany był w wytworne brązowe szaty, ozdobione laską Opiekunów Stwórcy. *Dama* Halvan, spowity od stóp po turban w nieskazitelną biel, służył znacznie mniejszemu stadku wyznawców Evejah. Ponieważ jednak Leesha postanowiła, że oba wyznania będą dzieliły świątynie pod rządami Pasterza Jony, kapłani byli równi rangą, nawet jeśli nie władzą.

Nie obywało się oczywiście bez tarć między nimi. Czułem, że siwobrodzi nestorzy się nie znoszą, ale duma powstrzymywała ich od okazywania sobie niechęci.

– Panie Bales. – Hayes ukłonił się, gdy wysiadałem z powozu.

Nienawidziłem, gdy ktoś się do mnie zwracał w ten sposób. Pan Bales to mój tata, a im mniej mnie ludzie z nim porównywali, tym lepiej. Mniejsza szansa na rozczarowanie.

– Nie potrafię wyrazić naszego ukontentowania na wieść, że weźmiesz udział w nabożeństwie wieczornym – ciągnął inkwizytor. – Twoja matka... rzadko pojawiała się w świątyni.

– Hm, to niedopowiedzenie – skwitowałem. Mama nie ufała świętym mężom. „Nawet jeśli Stwórca istnieje – mawiała – ma lepsze rzeczy do roboty, niż przejmować się naszymi problemami. Nie licz, że ktoś zrobi coś za ciebie, i nie ufaj temu, kto mówi ci, czego pragnie Stwórca".

Hayes odchrząknął.

– No owszem, nie zgadzaliśmy się w pewnych kwestiach.

– Nieporozumienie? – zainteresował się wysiadający z powozu Arick. Zatrzymał się w połowie schodków i wyciągnął rękę, żeby pomóc siostrze.

Gdy Rojvah usłyszała, gdzie się wybieramy, dostała ataku paniki, zupełnie jak ja w tłumie. Nie była już nowicjuszką uczącą się na kapłankę. W każdym razie nie w głębi serca, ponieważ jej imię nadal widniało w księgach. Przejmowała się, co założyć na wizytę w świątyni, i martwiła, jak może szanować Stwórcę, odmawiając mu jednocześnie posługi.

Ostatecznie ubrała się w jedną z zielonych szat Olive, którą dopasowano do jej szczuplejszej figury, i udrapowała na głowie i szyi pasujący zielony szal, zakrywając ramiona i nieskromny dekolt sukni. Jej zasłona na twarz składała się z co najmniej stu monet grawerowanych w runy i łączyła się z siatką złotych łańcuszków na głowie. Runy zapewniały jej widzenie magii.

Czułem, że klerycy niecierpliwią się, chcą powitać nowo przybyłych, ale Hayes najpierw uprzejmie odpowiedział na pytanie.

– Jako inkwizytorowi przypadło mi w udziale zadanie wykorzenienia fałszywych Wybawicieli. Zostałem wysłany do Zakątka, żeby zdemaskować twojego ojca, Arlena Balesa, który ostatecznie okazał się wyczekiwanym od lat bohaterem. Jednak na samym początku mojej misji... Obawiam się, że moje rygorystyczne przesłuchania mogły okazać się dla twojej matki... obraźliwe. Niemniej miałem zaszczyt, na ich prośbę, odprawić ich ceremonię ślubną i stać u ich boku, gdy noc próbowała wziąć Zakątek we władanie.

– A tak, tak było – potwierdziłem, ale się nie rozluźniłem. Wiedziałem, że Hayes czegoś ode mnie chce. Wyczuwałem to w jego zapachu. I nietrudno było odgadnąć, o co mu chodzi. Mama nigdy nie lubiła całego tego zamieszania z Wybawicielem i mówiła, że tata miał do tego jeszcze mniej serca. Ale samo moje pojawienie się w świątyni wzmacniało pozycję Opiekunów.

– Książę Aricku, księżniczko Rojvah. – Halvan nie dotknął dłońmi ziemi, lecz jego ukłon był długi i głęboki. Czułem rywalizację między klerykami. – Wasza obecność jest zaszczytem dla nas wszystkich. Jestem *dama* Halvan. Miałem zaszczyt szkolić się w Sharik Hora z Shar'Dama Ka.

Rojvah wypuściła powietrze z płuc, odkłaniając mu się skinieniem głowy.

– „Szkolić się" to eufemizm stosowany przez *dama*, by ocalić twarz. Tak naprawdę dziadek łoił im skórę w kręgach *sharusahk*.

Zachichotałem, a obaj klerycy spojrzeli na mnie, mrużąc oczy.

Pośrodku terenu świątyni znajdował się stary Święty Dom. Mała budowla, w której mogło się pomieścić najwyżej kilka setek wiernych. Pozostawiono ją jako zabytek i wyróżniała się w otoczeniu nowoczesnych budynków opactwa.

Przed starym budynkiem stał posąg taty, wielki na dziesięć stóp. Sprawiał wrażenie, jakby unosił się nad ziemią. Po obu stronach wejścia znajdowały się pomniki księżnej Leeshy dzierżącej różdżkę *hora* oraz Rojera Bezpalcego, ojca bliźniąt, ze skrzypcami w ręku.

Podobnie jak mama nie byłem wierzący, ale na widok posągów ścisnęło mnie w gardle. To właśnie w tej kaplicy zgromadzili się przerażeni starcy, dzieci i niedołężni mieszkańcy dawnego Zakątka Rębaczy, kiedy tata przybył, by uczyć ich walczyć z otchłańcami.

Dawniej przychodziłem tu nocą, kiedy klerycy poszli już spać, żeby popatrzyć na tatę. Mama nie raz mnie na tym przyłapała. Nie złościła się, po prostu siadała ze mną. „Nie wyglądał tak, jak na tym posągu" – mówiła. „Nie był taki wielki i nie miał tak kwadratowej żuchwy. Nie różnił się wiele od ciebie. Ale sprawiał wrażenie wielkiego, bo tak się zachowywał".

Miałem więc pojęcie, jak mogą czuć się Arick i Rojvah, kiedy podeszli bliżej, by przyjrzeć się podobiźnie swojego ojca. Mama twierdziła, że i w jego przypadku rzeźbiarz przesadził. „Rojer nie był taki potężny, a tu w dodatku wygląda na młodszego od ciebie. Tylko Leeshy nie musieli powiększać piersi".

Wierzyłem jej na słowo. Ciocia Leesha ubierała się znacznie skromniej niż kobieta przedstawiona na posągu.

Na czas naszej wizyty zamknięto kaplicę dla wiernych, ale kiedy nasza trójka weszła do środka, klerycy gapili się i szeptali tak jak inni.

Wnętrze stało się swego rodzaju muzeum. Tata zwykł chodzić w znoszonej brązowej szacie Opiekuna, dzięki której ukrywał runy wytatuowane na skórze. Teraz jego strój wystawiono w gablocie za grubą szybą, a eksponat oświetlono światłami lektrycznymi. Oszołomiony, zauważyłem klęczniki przed gablotą.

Na wystawie była też broń. „Błogosławione" topory, włócznie i tarcze, na których tata własną ręką naniósł runy. Przedmioty zostały ofiarowane w darze świątyni bądź nabyte przez Opiekunów. Doskonale znałem charakter pisma taty, mogłem więc poświadczyć o autentyczności tych przedmiotów, nawet jeśli bez nocnego widzenia nie potrafiłem prześledzić skomplikowanych znaków.

W świątynce znajdowały się też kości bohaterów, jednak tu nie robiono z nich przedmiotów czy dekoracji, trzymano po prostu szkielety w całości. Te szczątki poległych bohaterów wystawiano w niszach, szkielety stały we wnękach niczym milczący strażnicy. Każdy miał imię wypisane na złotej tabliczce, upamiętniającej poległych w Bitwie o Zakątek Rębaczy.

Choć słońce jeszcze nie zaszło, w kaplicy było na tyle ciemno, by zaczął działać mój nocny wzrok oraz runy widzenia na ozdobach Rojvah i turbanie Aricka.

Szkielety bohaterów, podobnie jak kości w Sharik Hora, emanowały złotym blaskiem magii, przypominającej rozjarzoną energię wydobywającą się z Otchłani czy obecną w aurach żywych istot, a zarazem innej. Ludzie ci polegli, broniąc swoich bliskich, i ten ostateczny akt ukształtował magię w coś... czystszego. Będącego przekleństwem dla otchłańców.

Wiedziałem, czego się spodziewać po dotarciu na koniec nawy, lecz bliźniaki czekała niespodzianka. Po prawej stronie od ołtarza na honorowym miejscu stała inna oświetlona gablota ze szkła runicznego. Nie mieściła jednak żadnej szaty ani motyki runicznej. W samym środku terenów świątynnych stał oczyszczony szkielet ojca Aricka i Rojvah, Rojera Bezpalcego.

Bezpalcy był moim bohaterem, więc czasem zakradałem się tu w nocy, żeby na niego popatrzeć. Bliźnięta na jego widok aż westchnęły. Wszyscy widzieliśmy złoty poblask kości. Był wręcz przytłaczający. Gdyby usunąć wszystkie relikwie z tej kaplicy, dzięki samemu tylko Bezpalcemu żaden otchłaniec nie mógłby tu wejść.

Arickowi serce łomotało w piersi, czułem, jak syn Bezpalcego cierpi, gdy runął na kolana na nagą posadzkę, ignorując klęcznik.

– Wybacz mi, ojcze! Nie rozumiałem! – zaszlochał.

Rojvah uklękła obok i objęła go ramieniem, drugą zaś ręką zbierała łzy brata do flakonika, jednocześnie szepcąc słowa pocieszenia.

Nie znosiłem płakać. To zupełnie tak, jakby ciało zdradzało cię w momencie, gdy najbardziej go potrzebujesz. Do tego płacz pojawia się bez ładu i składu, więc nie można ani go przewidzieć, ani do niego przywyknąć. Łkania Aricka kłuły mnie w uszy, a ja myślałem tylko o tym, żeby się oddalić i złagodzić dyskomfort.

Ale jakim byłbym przyjacielem, odsuwając się od niego?

– W tę pierwszą noc nie było jeszcze Podmiasta, do którego mogliby uciec mieszkańcy Zakątka – powiedziałem. – Sadza z pożarów zamazała wszystkie runy w mieście. Ludzie byli bezbronni, a nie wszyscy mogli walczyć. Choroba złożyła połowę mieszkańców, a reszta miała złamania, oparzenia i rany zadane przez demony. Ukryli się tutaj, w tej małej kaplicy, ostatnim azylu, a paru tych, którzy jeszcze mogli ustać na nogach, broniło jej przed otchłańcami, które przyszły tu żerować. Każdy z walczących był wielkim bohaterem, ale to Bezpalcy powstrzymał demony przed wdarciem się do kaplicy.

Arickiem nadal wstrząsał płacz, wiedziałem jednak, że chłonie każde moje słowo.

– Zapytaj, kogo chcesz – dodałem.

– Młody pan Bales mówi prawdę – odezwał się stojący za nami Opiekun Jona. Wyczułem go, kiedy się zbliżał. – Znajdowałem się w kaplicy, gdy napadły nas demony. To był mój Święty Dom. A mieszkańcy Zakątka byli moimi wiernymi. Wierzyłem w miłość Stwórcy, ale nawet ja myślałem, że tej nocy zginę. Gdyby nie wasz ojciec, również w razie zwycięstwa Rębaczy ponieślibyśmy klęskę. Nigdy nie widziałem, by Rojer z Gospody wziął do ręki włócznię. Potrafił z odległości trzydziestu kroków nawlec igłę swoimi nożami do rzucania, ale nigdy nie widziałem, by zabił za ich pomocą jakiegoś demona. A jednak tej nocy ocalił tyle ludzi, co mało kto z wyjątkiem samego Wybawiciela.

Bezpalcy nie posiadał daru nocnego widzenia, lecz i bez niego pojmował wpływ muzyki na magię. W zasadzie sam to odkrył. Mama mówiła, że potrafił poprowadzić szeregi niczego niepodejrzewających demonów prosto na włócznie i topory czekających w zasadzce wojowników, że był w stanie oszukać demona wiatru, aby ten, myśląc, że ziemia znajduje się niżej niż w rzeczywistości, rozbił się, i umiał grać tak szybko i głośno, że pod wpływem wibracji pękał kamienny pancerz demona.

Nie chodziło o sam dźwięk, ale o emocje, jakie wplatał w muzykę, o to, jak działała ona na słuchaczy, i o to, jak kształtował nią magię. Nie tylko Arick i Rojvah żałowali, że nie poznali nigdy Rojera. Wyobrażałem sobie, że jedynie on ze wszystkich ludzi mógłby mnie zrozumieć.

– Wkrótce rozpoczną się nabożeństwa – zaznaczył Jona. – Bylibyśmy zaszczyceni, gdybyście wzięli w nich udział. I może udzielili błogosławieństwa...?

Mówił chyba do wszystkich, ale patrzył na mnie. Wstrzymałem oddech, licząc, że wkroczy Rojvah i mnie wymówi, tak jak podczas powitania w twierdzy, jednak nie drgnęła.

– To twoja decyzja, wybranku – wyszemrała pod welonem.

Nabrałem powietrza i uniosłem ręce.

– Chcieliśmy tylko złożyć wyrazy szacunku, ale dziękujemy. Nie mam nic wspólnego z rozdawaniem błogosławieństw.

– Zaiste – poparła mnie Rojvah. – Muszę jeszcze założyć welon i myślę, że brat wolałby się pomodlić w samotności.

Nareszcie wzięła sprawy w swoje ręce. Arick nadal klęczał przed szkieletem swojego taty, a ja czułem, że mu ulżyło.

Jona kiwnął tylko głową. Jego aura i zapach świadczyły o spokoju, natomiast Hayesa i Halvana otoczył obłok irytacji.

– Jesteś synem Wybawiciela – nie ustępował inkwizytor. – Kto miałby mieć większe prawo do udzielania błogosławieństw niż ty?

– Nigdy go nie poznałem – zauważyłem. – Skąd mam wiedzieć, czego by chciał?

– Myślisz, że nie chciałby pobłogosławić mieszkańców Zakątka i wychwalać Everama? – zapytał *dama* Halvan oburzony. – Hańbisz jego pamięć.

Zjeżyłem się. To dlatego mama nie lubiła świętych mężów. Byli słodcy, dopóki się z nimi zgadzałeś.

– Szczerze? – zacząłem. – Uważam, że to ty hańbisz jego pamięć. Wycierasz sobie gębę moim tatą, ale tak naprawdę chcesz, żebym jego czyny przypisał woli Stwórcy.

– Jak śmiesz...? – Halvan zacisnął pięści.

Arick zerwał się z kolan i bez słowa wszedł pomiędzy mnie a *dama*.

– Nie masz nawet jednego dowodu na istnienie Stwórcy, więc tym bardziej nie możesz wiedzieć, czego pragnie, a mówisz o nim tak, jakby co rok wysyłał ci podarki na Dzień Posłańca – powiedziałem.

Hayes łupnął w wiszący mu u pasa oprawiony w skórę egzemplarz Kanonu.

– Wysłał nam swoją księgę!

Prychnąłem. Wiedziałem, że to niegrzeczne, uznałem jednak, że mama raczej nie miałaby mi tego za złe.

– Księgę napisaną przez ludzi takich jak ty, którzy twierdzili, że przemawiają w imieniu Stwórcy, którego istnienia nie są nawet pewni.

Obaj święci mężowie się oburzyli. W końcu mieli coś, w czym się zgadzali.

– Mówisz jak ojciec – stwierdził Opiekun Jona z niewzruszonym spokojem. Nadal nieudawanym.

– I mama – dorzuciłem.

– Ale czy to właśnie nie jest istotą wiary? – zadał mi pytanie. – Tak silne przekonanie, tak żarliwe, że nie wymaga dowodów? W takiej wierze tkwi moc. – Wskazał na jaśniejące kości bohaterów. – W co wierzysz ty, Darinie Bales?

Pytanie to wybrzmiało we mnie mocniej, niż się spodziewałem, bo nie miałem na nie odpowiedzi.

– Jak mam odróżnić to, w co wierzę, od tego, co chciałbym, żeby było prawdą?

– Czasami to jedno i to samo. – Jona wzruszył ramionami. – Żeby to sprawdzić, trzeba po prostu uwierzyć i skoczyć.

Nikłe to pocieszenie.

– I rozbić sobie głowę o bruk – prychnąłem.

– Czasem tak – przytaknął Jona. – A czasem skaczesz i fruniesz. Gdy fala dotarła do Zakątka i demony spaliły runy, nie przestaliśmy walczyć, choć niewiele zostało w nas wiary. A potem księżna Leesha powróciła z dwoma nieznajomymi, którzy byli gotowi poświęcić własne życie, żeby ocalić chorych i rannych. Zwrócili się wtedy do ludzi i poprosili, aby ci, uzbrojeni w wiarę, stanęli u ich boku, żeby dać odpór nocy. W całym moim życiu nie miałem tak silnego wrażenia jak wtedy, że dokonuje się cud. Wiara w to, że było to częścią planu Stwórcy, nie odziera ich z chwały.

Zabrzmiały dzwony i napięcie zelżało.

– Chodźcie, chodźcie – zachęcał nas Jona. – Słońce zachodzi i zaraz zacznie się nabożeństwo.

Pojawił się akolita i Pasterz kazał mu zaprowadzić nas do ławek.

Idąc w stronę bocznego wejścia do katedry, nadstawiałem pilnie uszu.

– Bezczelny smarkacz – warknął Halvan. – Po synu człowieka, którego nawet Shar'Dama Ka zwał Wybawicielem, spodziewałem się więcej.

Nie ty jeden, pomyślałem.

– Powinien być zaszczycony, że otrzymał taką propozycję – wtórował mu Hayes. – Jak śmiał odmówić?

– Darin Bales odmówił wypowiadania w Domu Stworzyciela słów, w które nie wierzy. – Jona nie podniósł głosu, lecz obaj mężczyźni drgnęli, jakby chlasnął ich biczem. – Może to wy powinniście się zastanowić, dlaczego uważacie to za bezczelność.

Uśmiechnąłem się lekko. Mama mówiła, że Jona jest głupcem, jak każdy Opiekun, ale głupcem o dobrym sercu.

Usadzono nas w pierwszym rzędzie, oddzielonym co prawda sznurem od pozostałych ławek, w których zasiadali wierni, za to na widoku. Zastanawiałem się, czy uczestniczenie w tym teatrzyku nie jest tak samo złe, jak gdybym stanął na środku i zaczął udzielać błogosławieństwa.

W drewnie ławek wyrzeźbiono runy, a ich wzór, tak skomplikowany, że bez nocnego widzenia nie zdołałbym dostrzec wszystkich linii, jaśniał mocą. Znaki, czerpiąc magię z kości bohaterów i z wielkiego runu Zakątka, oplatały świątynię nieprzeniknioną siecią ochronną.

Rozglądałem się po wielkiej nawie, przytłoczony wizerunkami mojego taty. Opiekunowie nie stawiali na ołtarzu bożków, ale wszystkie witraże, fryzy, wnęki bocznych kaplic i posągi przedstawiały Arlena Balesa dokonującego cudów.

Czasem, późno w noc, gdy klerycy już zasnęli, mama i tutaj przychodziła mnie szukać. I znajdywała. Sam nie wiedziałem, po co tu przesiadywałem. Może liczyłem, że w tym miejscu mogę zacieśnić więź z ojcem, którego nigdy nie poznałem?

„Rzeźbiarze też go nie poznali” – mówiła mama.

Przesunąłem wzrokiem po wielkim witrażu przedstawiającym Arlena Balesa unoszącego się na niebie. Wokół niego jaśniała aura mocy, a on ciskał w dół ogniem i błyskawicami, niszcząc tysiące demonów.

Mama inaczej opowiadała mi tę historię. „Unosił się nad ziemią i ciskał w otchłańce błyskawicami, ale czerpał moc z wielkiego runu, nie z Niebios. A potem, przeklęty głupiec, zapomniał o oddychaniu i omal nie umarł, pobierając jej zbyt wiele".

Znów zadźwięczały dzwony, zabrzmiał chór i pojawili się akolici ze śmierdzącymi kadzidłami, towarzyszący Jonowi, kroczącemu ku ołtarzowi.

– Zanim zaczniemy – przemówił Pasterz – chciałbym poświęcić dzisiejsze nabożeństwo Rojerowi z Gospody, na cześć pierwszej wizyty jego dzieci w jego sanktuarium.

Wierni wznieśli okrzyki radości, a potem Arick niemrawo pomachał zebranym i już wszyscy mówili tylko o nasze trójce. Jedynie w zapachu Rojvah pojawiło się zadowolenie, że znalazła się w centrum uwagi.

Nabożeństwo przypominało mi trochę pogrzeb w Sharik Hora. Wydawało mi się, że trwa i trwa bez końca. Ławki były pełne – ludzie przyszli podziękować za bezpieczny powrót Olive do domu. Dziwne, ale mimo takiego tłumu odcięcie się od bodźców przyszło mi z taką łatwością, z jaką przychodziło mi granie nad wodospadem. Wystarczyło skupić się na stojącym na ambonie Pasterzu. Konstrukcja świątyni i runy wzmacniały jego głos, tłumiąc dźwięki wydawane przez wiernych w ławkach.

Tyle że nabożeństwo Pasterza było tak samo nudne jak inne ceremonie. Może i Jona był sympatyczniejszy niż pozostali duchowni, nie podobało mi się jednak, że i on wierzy w to, że ojca zesłały nam Niebiosa. Chciałbym wierzyć, że wszystko to było takie proste jak w jego kazaniu, ale opowieści o moim ojcu unoszącym się pod niebem zadawały temu kłam. Z odpowiedniej perspektywy wszystko może wyglądać jak cud. Lub przekleństwo.

Echo jego pytania nadal pobrzmiewało w mojej głowie.

„W co wierzysz ty, Darinie Bales?"

W co wierzyłem?

Wierzyłem, że mama żyje i że zdołam ją ocalić. To miał być mój skok w przepaść z zamkniętymi oczyma.

Wreszcie ceremonia dobiegła końca i otworzono wrota katedry, wpuszczając do środka odgłosy z zewnątrz.

Wtedy usłyszałem alarm dobiegający z twierdzy Olive.

30

Favah

Przed wejściem do lecznicy zebrał się tłum w części złożony z moich braci poruszonych wieścią o zranieniu Faseeka i w większej z gwardii zamkowej. Jednym i drugim wystarczył rzut oka na moją twarz, żeby się natychmiast rozstąpili, robiąc mi przejście.

Selen czekała na mnie w środku, razem z lordem Artherem i Tarisą. Ochmistrzyni położyła mi dłoń na ramieniu i przyjrzała mi się bacznie od stóp do głów. Musiałam stanowić niezły widok, cała zakrwawiona, z opatrzonymi naprędce ranami.

– Wszystko w porządku? – zapytała.

– Nie! – Nawet nie przystanęłam, a Selen od razu ruszyła mi w sukurs i odsunęła stojących, żebym mogła przejść do sali, w której pracowali uzdrowiciele. – Nic nie jest w porządku!

W twierdzy zawsze przebywała Zielarka, choć matka zwykle sama leczyła trudniejsze przypadki.

Ale matki nie było w pobliżu, a dyżurująca Zielarka wykręcała palce, spoglądając na strzałę sterczącą z torsu Faseeka. Rozcięła ubrania i zdjęła zbroję, ale pocisk nadal tkwił w ciele. Oddech Faseeka był krótki, urywany.

– Dlaczego nie przygotowałaś go do zabiegu? – zwróciłam się do Zielarki.

Skuliła się pod ciężarem mojego spojrzenia.

– Nic nie da się zrobić, Wasza Wysokość. Grot ma zadziory, a strzała jest pokryta runami. Nie da się jej złamać i nie można jej wyjąć ani przepchnąć, nie powodując rozległych uszkodzeń. A nawet gdyby się udało, to jego płuco się zapadło.

Miałam ochotę na nią nawrzeszczeć, ale się zmitygowałam. Stała przede mną młoda, wystraszona Zielarka, przywykła do leczenia gorączki i złamań, a nie ran otrzymanych w walce. Ten przypadek ją przerastał.

Odwróciłam się do Selen.

– Poślij umyślnego na uniwersytet, niech Favah jak najszybciej stawi się w lecznicy.

Arther chrząknął znacząco.

– Favah... nie jest młoda, Wasza Wysokość. Z pewnością udała się już na spoczynek.

Miał rację. Jeśli Favah nie miała stu lat, to było jej do tego blisko. Matka uważała, że jest jeszcze starsza, a żyje tak długo dzięki temu, że używa *hora*.

– Obudź ją – poleciłam Selen. – Powiedz, że jeśli mój brat umrze, odeślę głowę księcia Ramma jego matce.

– To mogłoby zapoczątkować wojnę! – przeraził się Arther, ale Selen zdążyła już wybiec z lecznicy, a z zewnątrz dobiegły nas jej krzyki.

– Tyle zamieszania o jednego szczura pustynnego – wymamrotała jedna z gwardzistek.

Pewnie nie spodziewała się, że usłyszę jej słowa, bo kiedy na nią spojrzałam, omal nie wyskoczyła ze zbroi.

– Przyjął strzałę przeznaczoną dla Olive, Mando – powiedziała Becca.

Na widok, że ruszam w jej stronę, Manda skurczyła się nagle i próbowała wcisnąć się w ścianę. Stanęłam z nią twarzą w twarz. Wyróżniała się pośród kobiet wzrostem i masywnością budowy, jednak i tak ją przewyższałam.

– Byłaś wcześniej przyboczną mojej matki, Mando – zaczęłam. – Jak myślisz, jak by zareagowała, gdybyś powiedziała, że krasjański pacjent jest mniej wart od tego z Zakątka?

Manda z trudem przełknęła ślinę i taka odpowiedź mi wystarczyła. W drodze do wyjścia rzuciłam do Tarisy:

– Znajdź Mandzie jakieś nocniki do opróżnienia. Będzie miała czas zastanowić się, czy nadal chce dla nas pracować.

– Oczywiście, Wasza Wysokość – potwierdziła ochmistrzyni, kierując na Mandę twarde spojrzenie. Wiedziałam, że dzięki niej nauczka dla gwardzistki będzie jeszcze przykrzejsza.

– Bracia! – krzyknęłam. – Zabieramy go stąd!

Moi wojownicy Majah natychmiast wmaszerowali do lecznicy i sprawnie przenieśli Faseeka na nosze.

– Idziemy! – zawołałam i stanęłam na czele pochodu, żebyśmy mogli poruszać się bez przeszkód.

Kiedy wyszliśmy z sali zabiegowej, strażniczki zamkowe ustawiły się wokół nas, tworząc coś na kształt gwardii honorowej.

Dama'ting Favah czekała na nas w lecznicy wraz z dużo młodszą *dama'ting* Jaią. Moja szacowna nauczycielka jak zwykle miała nieprzeniknioną twarz, przez co trudno mi było ocenić, czy jest poirytowana zakłóceniem jej nocnego odpoczynku. Obok czystego, przygotowanego stołu *dama'ting* stała również dyrektorka Darsy, która pewnie przyszła, słysząc zamieszanie.

Favah aż syknęła, badając runy na promieniu strzały sterczącej z piersi Faseeka, a jej oddech uniósł lekko woalkę.

– Te runy są przeznaczone do tworzenia strzał zdolnych przebić zbroję krasjańską, a nie *alagai*. To z pewnością dzieło tych przebiegłych Mehnding. – Kiedy mrużyła oczy, przyglądając się symbolom, jej zmarszczki zmieniły się w głębokie szczeliny. – Pędzel – rzuciła, wyciągając dłoń.

Jaia podała jej przygotowany przedmiot. Włosie narzędzia do malowania runów już było unurzane w tuszu. Favah pewną ręką nakreśliła szybko znaki wokół drzewca, ale znaczki były tak małe, że nie mogłam ich rozpoznać. Z chrząknięciem oddała pędzel, który Jaia od razu przejęła. Potem ujęła promień i szarpnęła ze stęknięciem. Strzała złamała się z błyskiem magii.

– Odsuń się – rozkazała mi staruszka.

– Ale przecież mogę pomóc... – zaczęłam.

– Brudna i zakrwawiona? – przerwała mi Favah, a w jej tonie nie było ani krzty szacunku, z jakim od powrotu traktowano mnie w domu. – Niech Darsy cię opatrzy, zanim rozwinie się zakażenie i będę musiała leczyć dwoje.

Oczywiście miała rację. Przywykłam do zszywania ran moich braci na ziemi w Labiryncie, ale znajdowaliśmy się w czystym pomieszczeniu Uniwersytetu Zielarskiego, najlepszego szpitala na świecie. I tak nie pomogłabym Favah lepiej niż Jaia.

Niechętnie pozwoliłam Darsy odciągnąć się od stołu, gdzie Favah wróciła już do pracy.

– Nie powinnaś chodzić z czymś takim – zbeształa mnie dyrektorka, oglądając ślady po szklanych trójkątach, które opatrzyłam byle jak po wyjęciu pocisków.

Kiedy jednak odwinęła bandaże, żeby oczyścić zranienia, była zaskoczona, bo sam ucisk zatamował krwawienie, rany się zamknęły, a większość sińców już zbladła. Wszystko wyglądało, jakby goiło się co najmniej dzień, a nie ledwie dwie chwile.

– Olive, jakim cudem...

– Magia matki nie tylko związała mnie w jej łonie z siostrą czy bratem, dała mi coś więcej – wyjaśniłam.

Darsy skinęła głową i rozejrzała się, sprawdzając, czy nikt nie podsłuchał tego skrawka informacji. Matki nie było, ale my nadal musieliśmy zachować jej tajemnice.

Cięcie w boku nadal krwawiło, więc Darsy musiała położyć mnie na stole, żeby zszyć skórę. Proponowała, że mnie uśpi, ale nie chciałam. Przyjęłam ból, patrząc na braci stojących pod ścianą.

Favah namalowała runy wokół otworów wlotowego i wylotowego Faseeka, a on zaczął oddychać długimi, słabymi sapnięciami. Nie miał siły opierać się, gdy Jaia przycisnęła go do stołu, a Favah z zaskakującą siłą pociągnęła za grot pocisku.

Faseek zaczął się rzucać, gdy zaopatrzona w zadziory strzała przesuwała się przez jego ciało, ale Jaia mocno go powstrzymywała, więc nie popsuł pracy. Skrzywiłam się na widok krwi i tkanek pokrywających fragment grotu, który Favah wrzuciła do miski.

Faseek znów spoczął bezwładnie na stole, a Jaia przyłożyła gazę do obu ran. Favah wyjęła *hora* – rzadkie i cenne w Zakątku, gdzie od ponad dekady nie widziano demona. Zbliżyła demonią kość do namalowanych wcześniej na skórze pacjenta runów, które rozjarzyły się, czerpiąc moc z *hora*.

Runy zdawały się wirować, płonęły coraz jaśniejszym blaskiem, światło najpierw zasłoniło poszarpaną tkankę, a potem stało się tak oślepiające, że w końcu musiałam odwrócić wzrok, gdy zaklęcie osiągnęło punkt kulminacyjny i runy znów zgasły. Moc kości demona wyczerpała się, a w dłoni Favah został tylko pył.

– Dlaczego nie oddycha! – wychrypiałam spod chirurgicznej osłony na twarz.

– Gdy płuco się zapadło, oddech został uwięziony w jego piersi. – Favah nawet nie podniosła na mnie wzroku. Wraz z Jaią przewróciły Faseeka na plecy. – Musimy zrobić mu ujście. Igła – to ostatnie stara *dama'ting* rzuciła do swojej pomocnicy, a gdy już trzymała w ręku długą, pustą igłę, bez wahania wbiła ją między żebra mojego brata.

Uwięzione powietrze wydostało się z sykiem, a Faseek odetchnął głęboko po raz pierwszy, odkąd został ugodzony strzałą. Po chwili oddychał już normalnie, a Favah zajęła się strzałą sterczącą mu z barku.

– Chwała w twoim oddechu, *Sharum* – uspokajała go Favah. – Jeśli chcesz jeszcze kiedykolwiek trzymać włócznię, przyjmij ból i nie ruszaj się.

Faseek znieruchomiał posłusznie, choć w jego oczach widziałam strach. W *sharaj* mieli go za słabeusza i gdyby nie ja, wydaliliby go stamtąd. Jednak w walce nocą okazało się, że Faseek ma serce bohatera.

W Zakątku czci się rannych weteranów, jednak w Krasji wojownik, który nie może walczyć, okrywa hańbą siebie i rodzinę. Krasjanie oczekują, że *Sharum* oddadzą życie rozdarci szponami *alagai*, a nie w łóżku, w domu, będąc ciężarem dla rodziny. *Sharum* woleli sami odebrać sobie życie, niż cierpieć taki los.

Jednak nawet w Pustynnej Włóczni *dama'ting* wyszeptywały z szacunkiem imię Favah. Staruszka chciała go nastraszyć, żeby się nie szarpał, ale gdy zaczął oddychać, przestałam bać się o jego życie. Póki miał rękę na miejscu, czego Favah nie mogłaby uleczyć medycyną, uzdrowiłaby magią.

Favah mówiła podczas pracy, wyjaśniając, co robi i dlaczego. Nie czyniła tego ze względu na Jaię, tylko na mnie.

Nadal mnie uczyła, nawet teraz.

Darsy skończyła, kiedy Favah zabrała się do zszywania rany Faseeka.

– Zanim rany się zagoją, miną dwa Nowie, a potem czekają go miesiące ćwiczeń, jeśli nadal ma... – zaczęła *dama'ting* i urwała, kiedy lekko pokręciłam głową.

Zrozumiała, co ten gest znaczy. Potrzebowałam Faseeka sprawnego i gotowego do walki jak najszybciej się da. Westchnęła, ale nie kłóciła się ze mną, tylko zaczęła malować równe rządki runów wzdłuż szwów na barku. Po udanej operacji leczenie magią wymagało już mniej mocy, więc Jaia podała jej tym razem dużo mniejszą kość.

Runy ponownie się rozjarzyły, a spuchnięta, nierówna szrama w jednej chwili zmieniła się w cienką bliznę. Potem nawet i ona zniknęła, gdy kość zmieniła się w pył, a Favah szybkimi ruchami hanzharu rozcięła i wyjęła szwy.

– A co z księciem Rammem? – zapytała.

– Przeżyje.

Stara nauczycielka uniosła brwi.

– Wymaga leczenia?

– Nie zasługuje na nie.

– To twój brat – przypomniała. – Krew Wybawiciela.

– Który zaatakował mnie podstępnie nocą, zamiast stanąć i rzucić mi wyzwanie w twarz – odwarknęłam.

– Tak, i miałaś prawo go zabić. Ale tego nie uczyniłaś. Teraz jest twoim więźniem. Wiesz, co zrobiłaby twoja matka, mając rannego więźnia, bez względu na to, jaką zbrodnię popełnił?

Ściągnęłam brwi, bo znałam odpowiedź i wcale mi się ona nie podobała.

– Wyślę do niego Zielarkę, ale bez *hora*. Niech zdrowieje w naturalnym tempie.

– Oczywiście. – Favah lekko skinęła głową. – Jest późno, Wasza Wysokość. Przyjdź do mnie rano, porozmawiamy dłużej.

Zaproszenie brzmiało uprzejmie, lecz było zawoalowanym wezwaniem do stawienia się, tak jak było to w przypadku *tikka*. Mimo to ukłoniłam się niżej i dłużej niż sędziwa *dama'ting*. Nie tak wyobrażałam sobie nasze pierwsze spotkanie po moim powrocie.

Nazajutrz nasze relacje miały ulec zmianie, ale tej nocy byłam jeszcze jej uczennicą, a ona moją nauczycielką.

– Oczywiście. Wybacz, że zakłóciłam ci nocny odpoczynek, czcigodna Favah.

Gdy wreszcie wracałam do swoich komnat, wszędzie roiło się od gwardzistek zamkowych. Były w korytarzach, na balkonie, a bracia włóczni i strażniczki, które znałam od dziecka, nawet w mojej sypialni. Gdy wyszłam z lecznicy uniwersyteckiej, czekali na mnie Arick i Selen w pełnych zbrojach, i nawet Darin mignął w pobliżu, żeby pokazać, że jest i pilnuje spraw.

Dawniej tylu zbrojnych wokół nie dałoby mi spać, w *sharaj* jednak przywykłam do obecności braci włóczni i widok znajomych twarzy ostatecznie pozwolił mi się rozluźnić i zamknąć oczy.

Otworzyłam je dopiero rankiem, gdy słońce wsączało się do sypialni przez szczelinę w kotarach. Przeciągnęłam się, wczorajsze rany tylko lekko ciągnęły, a ból był nikły. Spokojnie przespana noc goiła moje urazy tak szybko jak tydzień zwykłego leczenia w przypadku innych ludzi.

Były jednak koszty takiego uzdrawiania. Nawet za pomocą magii nie dało się wyczarować tkanek z niczego, zjadłam więc śniadanie za dwoje i jeszcze pochłaniałam przekąski, gdy Selen przyniosła mi kilka drewnianych napierśników ze zbrojowni.

Tarisa miała rację, przekonując mnie, że czarna stal uformowana na kształt demonich łusek nie zostanie dobrze odebrana na dworze. Na każdego głupca takiego jak Manda, który głośno wygłasza uprzedzenia, przypadało kilku innych, którzy podzielali je w duchu. Krasjanie nie zachowywali się przyjaźnie po podbiciu Thesy.

Ból w boku dowodził, że nie mogę zrezygnować z ochrony, jaką dawał pancerz, nawet w najbardziej prywatnych pomieszczeniach. Drewniane zbroje z Zakątka, cienkie i lekkie, pokrywano runami i szklaną emalią. Zasilana wielkim runem miasta, była tak mocna jak samo szkło runiczne. Znalazłam napierśnik dopasowany niczym kamizelka, niewidoczny pod bluzką i tuniką. Założyłam na plecy tarczę i zarzuciłam płaszcz runiczny, który uszyła dla mnie matka.

Nie chciałam jechać w pancernym powozie, więc na uniwersytet ruszyłam na koniu. Moja gwardia przyboczna utrzymywała ludzi na dystans, pamiętając jednak słowa Arthera, przybrałam sztuczny uśmiech i machałam do tłumów, które spontanicznie zbierały się na poboczach.

Rozkład budynku Uniwersytetu Zielarskiego znałam na pamięć, lecz przed wejściem do sali Favah poczułam się dziwnie. Nie byłam już tą nerwową dziewuszką, przemykającą korytarzami, przejmującą się wynikami testów i godzinami w Komnacie Cieni.

Favah klęczała w tym samym miejscu, co zawsze, gdy przychodziłam na lekcje. Kiedy drzwi do sali zamknęły się za mną, zadziałały jednocześnie runy ciszy. Po raz pierwszy od ponad pół roku znalazłam się sam na sam ze swoją dawną nauczycielką.

Odłożyłam włócznię i tarczę przy wejściu i zebrałam fałdy płaszcza, siadając naprzeciw Favah. Potem, pierwszy raz w życiu, położyłam dłonie na posadzce i przyłożyłam do niej czoło w krasjańskim geście pokory.

– Nauczycielko – wydusiłam – chcę szczerze przeprosić cię za wszystkie chwile, kiedy głupota młodości popychała mnie do bezczelnego zachowania wobec ciebie. Bardzo żałuję, że nie okazywałam ci szacunku, jak na to zasługiwałaś. Nie wiedziałam, z jak ogromną czcią wypowiada się twoje imię na dworze mojego ojca, a także pół świata stąd, w Pustynnej Włóczni.

Wyprostowałam plecy i spojrzałam jej w oczy, jednak Favah zaskoczyła mnie, powtarzając mój gest z zaskakującą gibkością, jak na osobę w jej wieku.

– Olive asu Ahmann vah Leesha am'Jardir am'Zakątek, to wspaniale nareszcie widzieć prawdziwą ciebie.

– Prawdziwą mnie? – zapytałam, gdy się podniosła.

– Twoja matka i Damajah wymogły na mnie przysięgę, że będę uczyła cię jak *nie'dama'ting*. Nie składam przysiąg na wiatr, tym bardziej jeśli moje wróżby temu przeczą. Kości powiedziały mi, że twoim przeznaczeniem nie jest biały welon, ale również że powinnam przekazać ci moją wiedzę, żeby posiadał ją przywódca, którym się staniesz.

I znów kości zadecydowały o moim życiu, jednak tym razem nie mogłam mieć im tego za złe. Przeciwnie.

– Dzięki twoim naukom ocaliłam wielu braci od śmierci lub kalectwa, czasami nawet w trakcie walk.

– Czymś innym jest operacja uśpionego pacjenta na czystej sali, a czymś innym zatamowanie krwi miotającego się wojownika pośród bitewnej kurzawy. Uhonorowałaś wiedzę, jaką ci przekazałam. Nie ma między nami złej krwi. Ja również za młodu miałam niewyparzony język.

Trudno mi było w to uwierzyć, lecz nie oponowałam.

– Jednak i dzisiaj potrzebuję twojej mądrości, jeśli zechcesz się nią ze mną podzielić, aczkolwiek nie tej, z której korzystałam w przeszłości, gdy jako uczennica i nauczycielka klęczałyśmy w tej sali. – Podniosłam się z kolan i wyciągnęłam do Favah dłoń. – Proszę, żebyś stanęła naprzeciwko mnie, i proszę o prawdę, nie pokłony. O radę, nie instrukcję. Proszę, żebyś była moim sprzymierzeńcem, nie poddaną.

Favah przyjęła moją rękę, choć nie oparła się na niej, wstając.

– Nie jesteś taka jak on – stwierdziła.

– On? Kto?

– Twój ojciec. Ahmann gardził pochlebcami. Był uczony, ale nie był uczonym. Miał czyste serce, lecz nie był świętym mężem. Był pokorny, ale nie głupi. Najpierw nauczył się języka włóczni, lecz posługiwał się ostrzem z chirurgiczną precyzją, szanując zarówno zdanie Widzącego, jak i rachunki kupca, rządził i sercem, i rozumem. – Uścisnęła mi dłoń. – Nie będziesz takim przywódcą jak on. Ani takim jak twoja matka. Będziesz przywódcą takim jak ty sama. To nie oznacza jednak, że nie przewyższysz ich obojga.

To wielkie wyzwanie, ale jeśli miałam podążać krętą ścieżką, którą miałam przed sobą, musiałam dorównać moim rodzicom.

– Jaką masz dla mnie radę, która pomogłaby mi temu sprostać?

– Na początek musisz zachować życie. – Favah wskazała wiszący u mego pasa hanzhar. – Czas, żebyś nauczyła się nim posługiwać.

Musnęłam palcami nową pochwę, która zastąpiła wcześniejszą, strzaskaną.

– Wiem, że...

Urwałam, bo ręka Favah śmignęła ku mnie, chwyciła rękojeść i mgnienie później poczułam na gardle dotyk swojego własnego ostrza.

– *Nie'dama'ting* muszą nauczyć się używać hanzharu do leczenia, zanim nauczą się nim zabijać.

Hrabia Thamos zbudował tunele pod twierdzą, lecz matka nie używała ich od czasu wojny. Ściany korytarzy wykonano z grubo ciosanego kamienia, było w nich brudno i śmierdziało stęchlizną. Z belek wspornikowych zwisały firany pajęczyn i zewsząd rozlegało się popiskiwanie szczurów. Matka byłaby przerażona. Szczury roznosiły choroby.

Jedyne, co nie popadło w ruinę, to runy, które matka kazała wyryć w kamieniu, tworząc pole wchłaniające magię. Po nocy spędzonej w tym miejscu każda *hora*, jaką mógł mieć przy sobie Ramm, musiała się wyczerpać.

Ramm został rozebrany do bido i dokładnie przeszukany. Strażnicy znaleźli przy nim jeszcze więcej ostrzy do miotania oraz potężną biżuterię z *hora*, ale to nie ona stanowiła najciekawsze znalezisko.

Mimo że Zielarka opatrzyła jego rany, mój zakaz używania magii leczniczej sprawił, że ciało brata musiało uzdrowić się siłami natury. Mimo to gdy zeszłam do jego celi, nawet w ciężkich łańcuchach na przegubach i kostkach ćwiczył, podciągając się na kratach.

Mimo przewagi, jaką nad nim miałam, kiedy na mnie spojrzał, poczułam dreszcz niepokoju.

– Wybacz ten brud, bracie – powiedziałam. – Nikt nie używał tych komnat od wielu lat.

Ramm tylko stęknął, zeskakując na ziemię, i pokuśtykał do pryczy, spod której szurnął wystraszony szczur. Ramm poruszył przegubem, a łańcuch sieknął gryzonia, łamiąc mu kręgosłup.

– Twoje więzienia *chin* są dla mięczaków. Skoro brak ci sił, aby mnie zabić, wkrótce stąd ucieknę.

– Nie byłbym tego taki pewny – powiedziałam. – Możliwe, że więzienie matki jest słabe, ale jej runy nie.

Wskazałam na buchającą ogniem broń, której użył, gdy zaczął przegrywać naszą walkę.

– Skąd to masz?

Ramm tylko się roześmiał.

– Mehnding nie są głupcami. Kiedy armia Jayana została zniszczona przez ogniowych chemików z zielonych krain, wysłaliśmy szpiegów, żeby przeszukali ruiny Angiers. Wrócili z górską włócznią, która miota śmiercionośne pociski. Choć przyznam, że wiele czasu zajęło nam odkrycie jej tajemnicy.

Pewnie mówił prawdę, bo przecież matka również posiadała schematy broni starego świata. Zakazała ich używania w Zakątku, choć po wojnie stały się popularnym wyposażeniem sił zbrojnych Angiers i Miln. Zdobycie tej technologii przez Krasjan było tylko kwestią czasu.

„Musisz wykorzystać każdą dostępną przewagę" – powiedziała Inevera. Dobra rada, nawet jeśli nie do końca ufałam temu, kto mi jej udzielił.

Schowałam broń i spojrzałam na brata. Mimo swojej brawury Ramm nie miał wielu kart przetargowych, które pozwoliłyby mu wrócić do domu.

Nietrudno było odgadnąć, dlaczego mnie zaatakował. Po powrocie Majah na pustynię Mehnding stali się drugim co do siły plemieniem w Krasji. Jako ich koronowany książę, Ramm całe życie spędził tuż przy Tronie z Czaszek.

– Ani tobie, ani Vuxanowi nie udało się mnie zabić – powiedziałam. – Kim jest trzeci książę, który przyjął moje wyzwanie?

Ramm wzruszył ramionami.

– Masz lepsze informacje od moich, skoro wiesz o jeszcze jednym.

– Srali *alagai* – prychnęłam.

Ramm odsłonił w uśmiechu braki w uzębieniu, które nadawały mu niepokojący wygląd.

– Nawet gdybym wiedział, niby czemu miałbym ci pomagać?

Skrzyżowałam ręce na piersi.

– Może po to, żeby dwór nie ukarał cię śmiercią za zamach na dziedzica tronu Zakątka?

Znów się zaśmiał.

– Twój dwór to ty, bracie. Skoro nie miałeś odwagi zabić mnie, gdy przyszedłem po ciebie nocą, wątpię, żebyś znalazł ją w sobie teraz albo zasłaniał się „dworem", żeby ukryć swoje tchórzostwo.

Jego słowa mnie ubodły, bo częściowo miał rację. Matka odstąpiła od wykonywania kary śmierci w Zakątku. Oczywiście nikt by mi złego słowa nie powiedział, gdybym zastosowała ją wyjątkowo w tym przypadku, wątpiłam jednak, bym zdobyła się na zabicie kolejnego brata. Wyraz oczu Iravena nadal prześladował mnie w snach.

Uśmiechnęłam się do Ramma.

– Nie muszę cię zabijać, żeby cię zniszczyć – powiedziałam. – Mogę po prostu pozwolić ci gnić w celi, podczas gdy każdy Minstrel w Thesie będzie opiewał twoją hańbę. Książę Ramm, tchórz, który uciekł się do podstępnej napaści nocą, bo nie miał odwagi otwarcie podjąć wyzwania swojego młodszego brata, a i tak przegrał walkę. Nasz krevakhski brat przegrał przynajmniej z honorem. Czy *Sharum* z twojego plemienia szanowaliby cię jako dowódcę, gdybyś nie krył się za plecami ojca?

Ramm zacisnął usta. Tym razem nie śmiał się i nie miał w zanadrzu błyskawicznej riposty.

– Po co któryś z naszych braci miałby mi się zwierzać ze swoich planów wobec ciebie? – zapytał. – Jeśli ojciec już nie wróci, książę Kaji nie posiedzi długo na tronie.

Ścierpła mi skóra.

– Co chcesz przez to powiedzieć?

– Tylko to, że krwawa łaźnia dopiero się zaczęła – odparł Ramm powoli, jakby wyjaśniał coś dziecku.

Arther czekał na mnie u wyjścia z podziemi. Reszta mojego dnia znów była pasmem spotkań, raportów i politykowania. Minister starał się mi ulżyć, podpowiadając, kogo należy zastraszyć, a komu pochlebić, w odpowiednich momentach szepcząc mi do ucha imiona i istotne paragrafy, proklamacje i umowy.

Musiałam się jeszcze dużo nauczyć. Ufałam Artherowi, lecz nieustanne poleganie na jego słowach mnie drażniło. Matka wiedziała to wszystko sama i to dawało jej władzę. „Nawet najuczciwszy baron może się pomylić” – mawiała.

Ostatnie spotkanie okazało się niespodzianką, bo pojawiła się na nim niezapowiedzianie babka. Żaden z baronów nie mógł zastraszyć dzielnego Arthera, ale na widok Elony minister wymówił się i szybko ulotnił.

– Olive! – Babcia zaczęła mnie obściskiwać i obcałowywać, a moje ubranie tak przesiąkło jej perfumami, że czułam ich zapach wokół siebie, nawet gdy Elona usadowiła się w najwygodniejszym fotelu w komnacie, tym zarezerwowanym dla matki.

– Widzę, że wzięłaś sobie do serca moją radę – zagaiła babka.

– Tak? W czym? – zapytałam, nadal tkwiąc myślami w kontrakcie górniczym z Nowym Rizon.

– Przestałaś ukrywać, kim jesteś – dopowiedziała. – Książę i księżniczka Olive! Podoba mi się to!

Rzeczywiście Elona namawiała mnie do tego parę miesięcy wcześniej, ale zrobiłam to nie dla niej.

– Nie miałam za bardzo wyboru, kiedy wrzucono mnie do *sharaj* z krasjańskimi wojownikami. Nie wiem, czy miałabym na tyle odwagi, żeby zrobić to sama z siebie, ale cieszę się, że tak się stało.

– O, jeszcze za mało się stało – stwierdziła babka. – Dobrze zaczęłaś, ale ludzie nadal nie wiedzą, co sądzić o tej sprawie księcia i księżniczki. Przywykli do widoku ciebie w sukniach i klejnotach, nie w zbroi i z bronią.

– A jakie to ma znaczenie?

– Ma, jeśli mam się doczekać praprawnuków! Jak zamierzasz wziąć ślub, skoro nikt nie wie, czy jesteś kobietą, czy mężczyzną?

– Jestem jednym i drugim – odrzekłam. – I nie spieszy mi się do ślubu.

– To, do czego ci się spieszy i nie spieszy, nie jest istotne – pouczyła mnie Elona. – Masz obowiązek zapewnić Zakątkowi następców.

Zawsze chciałam mieć dzieci. Z księciem Chadanem zdecydowałabym się na nie w mgnieniu oka. Ale teraz...

– Nie wiem nawet, jak by to miało wyglądać. Matka twierdziła, że donoszę zdrowe dziecko do terminu rozwiązania i że jestem też w stanie je spłodzić.

– Pewnie zdążyłaś już poznać swoje preferencje? – Elona puściła mi oko.

Skrzywiłam się i wzruszyłam ramionami.

– Całowałam się tylko z dwiema osobami, chłopakiem i dziewczyną, i podobali mi się oboje.

– To nie wybieraj! – zaśmiała się babka. – To dopiero byłoby coś! Bo niby czemu tylko twój ojciec miałby mieć tyle ślubnych?

Wizja ta nie pociągała mnie tak jak Elonę. Pragnęłam związać się z kimś z miłości, nie z obowiązku. A babka mówiła, że powinnam mieć harem jak krasjański książę.

– Tak czy owak, lepiej powiedzieć coś swatom i ludowi. I to nie tylko w kwestii księcio-księżniczkowej.

– To znaczy?

– To znaczy, że ludzie chcą wiedzieć, nie tylko co dzieje się pod twoją spódnicą, ale też co wydarzyło się na pustyni – wyjaśniła babka. – A kiedy ludzie mają pytania, ale nie dostają odpowiedzi...

Przypomniałam sobie plotki na mój temat, które rozniosły się w Lennie Everama.

– ...sami je zmyślają – dokończyłam.

– Właśnie – przytaknęła Elona. – Potrzebujesz oficjalnej wersji, którą się rozpowszechni.

– Tak? – Skrzyżowałam ramiona na piersi. – A niby jak mielibyśmy to zrobić?

– Włączymy w to Rozkołysanego Hary'ego – zasugerowała babka. – Niech napisze balladę o bliźniętach w łonie księżnej i o tym, jak się połączyły. O tym, dlaczego ich piękna, strojna księżniczka zakładała męskie szaty podczas objazdu księstw. I o tym, dlaczego Majah cię porwali i jak to się stało, że zostałaś ich władcą.

– Nie jestem ich władcą – zaprotestowałam.

– Szczegóły. – Elona machnęła ręką. – Minstrele zawsze przejaskrawiają. Musimy dać ludziom czas na przetrawienie tego, kim jesteś i co to oznacza, na zastanowienie się, dlaczego mają księżnę i księcia w jednej osobie, a nie księżnę lub księcia.

Rozważyłam jej słowa. Miała rację. Nie mogłam wrócić do bycia tylko kobietą ani tylko mężczyzną, a nie chciałam tego wyjaśniać każdemu z osobna przy byle okazji. A kilka pieśni, parę wieści wyszeptanych odpowiednim ludziom załatwiłoby sprawę. Hary mógł rozprzestrzenić informacje dużo szybciej niż ja sama.

Mimo to aż mi się wnętrzności skręcały na samą myśl o tym, bo Hary mógł jedynie pomóc ludziom zrozumieć, kim jestem, nie było jednak pewności, że mnie zaakceptują.

Wypuściłam ze świstem powietrze.

– Dobrze, zrób tak.

Pod komnatami, które teraz należały do Rojvah, znajdowała się ukryta sala treningowa. Niegdyś była azylem mojej siostry, miejscem, gdzie obijała mnie brutalnie i bez litości, gdy tego najbardziej potrzebowałam.

Tym razem naprzeciwko mnie stała *dama'ting* Jaia z hanzharem w ręku.

Jaia, którą zawsze znałam jako nauczycielkę krasjanistyki na Uniwersytecie Zielarskim. Jaia, która przybliżała dziewczętom rodzaje potraw oraz tańców i uczyła języka naszych południowych sąsiadów, a także wyjaśniała niuanse traktatu pokojowego między nami. Jaia, która poślubiła mężczyznę z Zakątka i urodziła mu sześcioro dzieci. Jaia, której oczy nad białym welonem zawsze były uśmiechnięte.

Jaia, która z łatwością mogłaby mnie zabić już kilka razy w ciągu niedługiej chwili spędzonej w kręgu ćwiczeń, gdyby nie oszczędzała mi ostrza.

Favah cmokała i syczała poirytowana, obserwując nas spod ściany.

– Faworyzujesz prawą rękę – zbeształa mnie, zanim zdołałam zaczerpnąć tchu po ostatnim ciosie.

– Bo jest silniejsza – zdołałam wykrztusić.

– Jeśli tak, to tylko twoja wina – odwarknęła Favah. – Wzmacniamy tę stronę, którą się częściej posługujemy. Ty powinnaś wiedzieć o tym najlepiej, księżniczko. I książę.

Dobyła własnego hanzharu i zakręciła nim jak Minstrel. Ostrze zdawało się tańczyć i samo przeskakiwać z jednej kościstej dłoni w drugą, poruszając się z szybkością, jakiej nie rejestrowało oko.

– Hanzhar jest najniebezpieczniejszy, gdy przeciwnik nie wie, gdzie się znajduje. – Ostrze zniknęło spomiędzy palców Favah, a staruszka po chwili odwróciła rękę i pokazała, że ukryła je pod przedramieniem. W mgnieniu oka znalazło się w drugiej dłoni.

Favah znów zaczęła kręcić sztyletem, tym razem wolniej. Wyciągnęłam szyję, żeby lepiej widzieć. To prawdziwa lekcja tego dnia.

Obserwowałam *sharukin* w pełnym skupieniu, wiedząc, że więcej mi tego nie zaprezentuje. Zapamiętywałam każdy ruch, każdy przerzut, gdy zakrzywiony sztylet *dama'ting* przeskakiwał z ręki do ręki. Nie było przy tym żadnych cięć, pchnięć, ruchów defensywnych.

Dziecięce *sharukin*.

Mimo to powtarzanie gestów, nawet bardzo powoli, wymagało ode mnie najwyższej koncentracji. Dwukrotnie upuściłam przy tym ostrze, a raz, próbując je złapać, rozcięłam sobie dłoń. Przerwałam wtedy ćwiczenia, opatrzyłam ranę i upewniłam się, że nigdzie nie została ani kropla mojej krwi.

Favah doceniła moje starania.

– Nigdy nie pozwalaj sobie na głupotę pozostawienia komuś swojej krwi – rzekła, z aprobatą kiwając głową.

Do końca lekcji już tylko manewrowałam nożem. Gdy zadzwonił wodny zegar Michy, ramię miałam odrętwiałe z wysiłku, lecz ostrze poruszało się coraz szybciej.

– Ćwicz – nakazała mi Favah, chowając hanzhar do ozdobionej klejnotami pochwy. – Ćwicz zawsze, kiedy będziesz sama. Tysiąc razy dziennie.

– Tys... – zająknęłam się, ale szybko się zmitygowałam i grzecznie potaknęłam. – Oczywiście, czcigodna Favah.

– Jesteś świetna, Wasza Wysokość, ale to nie oznacza, że nie możesz się jeszcze wiele nauczyć. Oczekuję, że jutro będziesz dwa razy szybsza niż dzisiaj.

Ramię bolało mnie do końca dnia, przypominając o sobie za każdym razem, kiedy składałam podpisy na dokumentach. Czas mijał mi głównie na czytaniu raportów i próbach złożenia z istotnych informacji wyciągniętych z tysięcy dokumentów prawdziwego obrazu stanu finansów. Musiałam mieć wszystkie dane, aby po cichu, nie wywołując niepokoju, wzmocnić nasze siły zbrojne.

Festyn przesilenia dawał mi doskonały pretekst. Wystarczyło wyrazić przed doradcami chęć zorganizowania parady wojskowej, co dawało mi pretekst do zintensyfikowania musztr, zwerbowania rekrutów, a co za tym idzie przekierowania funduszy na wyposażenie i zaopatrzenie wojska. Jedynie Arther, Gared i Gamon znali prawdę i cichcem pomagali mi wprowadzać konieczne zmiany.

Podczas każdej przerwy w spotkaniach wyjmowałam hanzhar i przerzucałam go z ręki do ręki.

Palce i dłoń pokrywało mi coraz więcej skaleczeń, ale nie przejmowałam się nimi.

Sztylet śmigał w moich rękach coraz szybciej.

Lewą ręką przekładałam hanzhar pomiędzy palcami, a prawą grzebałam w biurku matki.

Zawartość górnych szuflad znałam. Pamiętałam, jak przeszukiwałam je jeszcze jako dziecko. Czysty papier, przybory piśmiennicze, bibuła i zestaw do pieczętowania. Przyrządy do pisania runów. W niższych szufladach matka trzymała teczki z dokumentami, zdecydowanie mniej wtedy dla mnie ciekawe.

Teraz pociągnęłam za uchwyt jednej z szuflad, ta jednak stawiła opór. Arther dał mi klucze do biurka i choć jeden z nich pasował do ozdobnej dziurki, nie chciał się przekręcić.

– Co tam jest?

Arther podniósł głowę, a ja wykorzystałam okazję, by błyskawicznym gestem schować hanzhar, zanim go zobaczy.

– Nie wiem, Wasza Wysokość. Może osobiste dokumenty? Klucza brakowało w pęku zapasowych, jakie dała mi Jej Wysokość księżna, i przez te kilka miesięcy od czasu jej zniknięcia nie mogłem otworzyć tej szuflady. Biorąc pod uwagę, jak mocno zabezpieczyła biurko runami, może zamek też jest magiczny?

Przypomniała mi się bransoleta Beliny i przyjrzałam się szufladzie badawczo. Na widok czerwonego kamienia w oprawie o kształcie runów natychmiast zrozumiałam, na co patrzę. Jeden z symboli w reliefie miał linie zakończone ostrymi, wystającymi zadziorami.

Zamek krwi.

Takie zamki stanowiły potężne zabezpieczenie, choć nie do końca. Ich magia wiązała się z krwią osoby, której krew jako ostatniej znalazła się na kolcach, i w teorii nie powinny otwierać się dla nikogo innego, jednak do ich odblokowania wystarczyła również krew bliskiego krewnego.

Ponownie włożyłam klucz do dziurki i przycisnęłam jednocześnie kciuk do kolców. Naraz kamień zaczął blednąć, przechodząc z czerwonego w różowy aż do mlecznobiałego. Klucz przekręcił się ze słyszalnym kliknięciem, a szuflada odskoczyła.

– Chyba ze sto razy próbowałem otworzyć ją tym kluczem – zdumiał się Arther. – Jakim cudem...

– Matce widocznie zależało, żeby udostępnić zawartość tylko mnic – powicdziałam, patrząc znacząco na ministra, który zaciekawiony pochylał się już nad blatem.

Z małym opóźnieniem Arther zmitygował się i wyprostował.

– Tak, oczywiście, Wasza Wysokość. Jeśli pozwolisz, pójdę...

Gdy tylko drzwi zamknęły się za ministrem, wysunęłam szufladę. Wnętrze zabezpieczono dodatkowo runami żaru, więc jeśli ktoś próbowałby otworzyć szufladę na siłę, zawartość uległaby spopieleniu.

W środku znajdowały się ręcznie pisane książki, osobiste dzienniki, których kartki wypełniało wyrobione, równe pismo matki. Te późniejsze stawały się coraz bardziej jednolite, ale najwcześniejsze miały kwiaty wprasowane w papier metodą, której w swojej pracowni papierniczej uczył mnie dziadek Erny. Powąchałam stary papier – mimo upływu dekad wciąż pachniał perfumami.

Otworzyłam dziennik na chybił trafił i ujrzałam zapiski matki na temat Gareda Rębacza. Słyszałam historie, że kiedyś mieli się ku sobie, ale co innego o tym słyszeć, a co innego czytać pełną ekscytacji relację matki. Kobieta, która to pisała, nie przypominała tej, jaką znałam. Opisywała generała, jakby słońce wschodziło i zachodziło tylko dla niego, i jak nie może się doczekać, kiedy wreszcie się pobiorą, i...

Zatrzasnęłam dziennik. Jeśli matka żyła, nie powinnam zagłębiać się w jej intymne sprawy, a nawet jeśli nie, nie byłam chyba gotowa zgłębiać jej sekretów. Powiodłam wzrokiem po datach na grzbietach i wybrałam dziennik z roku moich narodzin. Przewertowałam go pobieżnie. Moje imię rzucało mi się w oczy aż nazbyt często.

Zamknęłam i ten. Na to również nie czułam się gotowa.

Sięgnęłam po najnowszy, z wypisaną na okładce tylko datą początkową, gdzie mogłam znaleźć coś na temat matczynych planów przeszukania miasta w górach. Jednak w szufladzie znajdował się jeszcze jeden notatnik. Grzbiet skórzanej oprawy był podniszczony i nie widniał na nim żaden opis.

Zabrałam oba i jako pierwszy otworzyłam ten nieopisany. Przesunęłam wzrokiem po liście nazwisk i tytułach przypadków różnych Zielarek. Niektóre były opatrzone adnotacjami matki, jeśli miała okazję osobiście zbadać pacjenta, a do innych dołączyła korespondencję w sprawie badań.

Szybko odkryłam, co łączy je wszystkie – kowal z Nowego Rizon, urodzony jako dziewczynka, żyjący jako mężczyzna; matka trójki dzieci, mieszkająca w Lakdale, posiadająca szczątkowego penisa; dyrektorka szkoły i dwie kobiety pracujące w burdelu nieopodal Rancza Ogierów, wszystkie urodzone jako chłopcy.

Matka szukała osób takich jak ja.

Było ich więcej, na tyle niewiele, że dało się spisać w jednym notesie, ale i tak więcej, niż sobie wyobrażałam. Byli to ludzie z różnych środowisk, żołnierze, Zielarki, gwardziści i zwykli handlarze. Wszystkie te osoby zajmowały pewną przestrzeń pomiędzy kobietami i mężczyznami. Kiedyś myślałam, że tylko ja kwestionuję swoją płeć. Teraz widziałam, że wcale nie byłam sama.

Matka wspominała mi o tych badaniach bardzo oględnie. Powiedziała tylko, że nie zna takiego przypadku jak mój, ale to całkiem co innego, niż odczytywać z marginesów równe rządki pisma matki i jej odpowiedzi na listy Zielarek. Pomagała, na ile mogła, i nie wahała się wykorzystywać swoich wpływów, by pomagać pacjentom w trudnej sytuacji czy chronić ich prywatność.

To była dla niej sprawa osobista. Ważna. Misja Zielarki, matki, w której zacierały się granice pomiędzy chęcią zdobywania wiedzy i miłością.

Wyglądało na to, że matka wciąż prowadziła swoje badania, lecz uderzyło mnie jej ostatnie zapisane zdanie.

„Czy to możliwe, że Olive jest jedyna w swoim rodzaju?"

Odłożyłam notes do szuflady, zachowując jedynie dziennik, w którym mogłam znaleźć informacje na temat lokalizacji ukrytego miasta Alagai Ka. Liczyłam, że zimą będę miała czas na zgłębianie wiedzy zawartej w notesie.

Już miałam zamknąć zamek krwi, gdy coś przyszło mi do głowy. Sięgnęłam do kieszeni po buteleczkę z krwią Inevery. Podobnie jak w przypadku dzienników matki, tych kilka kropli dawało mi wgląd w prywatność Damajah, której nie śmiałam i nie chciałam naruszać.

Noszenie buteleczki przy sobie ciążyło mi od samego początku, lecz dopiero walka z Rammem uświadomiła mi, jak jest to niebezpieczne.

Włożyłam fiolkę do szuflady i przycisnęłam kciuk do zamka, czując, że choć część brzemienia, które dotychczas nosiłam, pozostaje w zamkniętej, zabezpieczonej runami komodzie.

KONIEC KSIĘGI PIERWSZEJ

Słownik pojęć z języka krasjańskiego

ajin'pal/ajin'pan – brat-we-krwi/siostra-we-krwi. Termin stosowany do określenia więzi między młodym wojownikiem a jego mentorem, która powstaje podczas ich pierwszej *alagai'sharak*. *Ajin'pal* lub *ajin'pan* są później uważani za krewnych.

ajin'pel – zbratany-z-wieloma. Tym mianem opisuje się wojownika o sławie tak wielkiej, że stworzył przez lata więź z wieloma *ajin'pal*. *Ajin'pel* cieszą się wielkim znaczeniem wśród *Sharum*.

Ala – 1) idealny świat stworzony przez Everama, a wypaczony przez Nie; 2) ziemia, gleba, glina itd.

alagai – otchłańce (demony). Dosłowne tłumaczenie to „plaga dręcząca Ala".

alagai hora – kości demona wykorzystywane do tworzenia magicznych przedmiotów, jak choćby runiczne kości, wykorzystywane przez *dama'ting* do przepowiadania przyszłości. *Alagai hora* stają w płomieniach, gdy padają na nie promienie słońca.

Alagai Ka – demon umysłu i Książę Małżonek Alagai'ting Ka, Matki Demonów. Znany również jako Ojciec Demonów, Ojciec Kłamstw i Król Demonów. Alagai Ka i jego synowie cieszą się reputacją najpotężniejszych władców demonów i służą jako generałowie oraz kapitanowie sił Nie.

alagai'sharak – święta wojna przeciwko demonom.

Alagai'ting Ka – Matka Demonów z krasjańskiego mitu, znana również jako Matka Zła bądź Królowa Demonów.

alomom – proszek wykorzystywany przez Wypatrywaczy, by maskować zapach ich potu.

asu – syn, często używane jako przedrostek lub element imienia chłopca.

baba – dziadek (nieformalne wyrażenie uczuciowe).

bido – przepaska biodrowa noszona przez mężczyzn i kobiety pod szatami. O młodym człowieku, który jeszcze nie zasłużył sobie na prawo noszenia szat wyznaczających jego pozycję w społeczeństwie, mówi się „ciągle w bido".

chin – obcokrajowiec lub niewierny, używane w odniesieniu do każdego człowieka, który nie jest przynajmniej półkrwi Krasjaninem. Pojęcie jest obraźliwe i często stanowi synonim słowa „tchórz".

chi'Sharum – młodzi mężczyźni z zielonych krain, którzy przechodzą *Hannu Pash* i zostają wyniesieni do rangi wojowników wraz ze wszystkimi prawami i przywilejami. W krasjańskiej hierarchii ich kasta znajduje się pod kastą *dal'Sharum* pełnej krwi.

couzi – nielegalny alkohol przyprawiany cynamonem. Ze względu na swą moc podawany jest w małych kubeczkach, które opróżnia się jednym haustem.

dal – przedrostek oznaczający „czcigodny".

dal'Sharum – krasjańska kasta wojowników, w której skład wchodzi większość mężczyzn. *Dal'Sharum* są podzieleni na mniejsze oddziały, podlegające rozkazom swych *kai'Sharum*. *Dal'Sharum* noszą czarne szaty wzmocnione pancerzami oraz hełm z czarnym turbanem i woalkę. Wszyscy szkoleni są w sztuce walki wręcz (*sharusahk*), a także w walce włócznią i tworzeniu muru tarcz.

dama – kasta kapłanów stojąca w hierarchii nad wojownikami, a pełniąca rolę przywódców duchowych i świeckich. Jej członkowie noszą białe szaty i nie mają broni, jeśli nie liczyć biczów zwanych ogonami *alagai*. Są mistrzami *sharusahk*, krasjańskiej sztuki walki wręcz. Podczas nauki opanowują sekrety nieznane *Sharum*.

Damajah – tytuł noszony przez Ineverę, Pierwszą Żonę Ahmanna Jardira, Shar'Dama Ka. Damajah jest duchową i świecką przywódczynią każdej kobiety w Nowej Krasji.

Damaji – mężczyźni będący świeckimi i duchowymi przywódcami dwunastu plemion Krasji.

Damaji'ting – kobiety piastujące funkcję świeckich i duchowych przywódczyń kobiet w danym plemieniu.

dama'ting – kasta kapłanek, która pełni również rolę uzdrowicielek i położnych. Strzegą sekretów magii *hora*, dzięki której mogą przewidywać przyszłość. Są otaczane nabożnym lękiem, a wyrządzenie krzywdy *dama'ting* bądź przeszkodzenie jej w pracy karane jest śmiercią.

draki – krasjańska waluta.

Evejah – święta księga Everama, spisana przez Kajiego, pierwszego Wybawiciela, przed trzema tysiącami lat. Evejah jest podzielona na części zwane diunami. Każdy *dama* podczas swego szkolenia jest zobowiązany do przepisania jednego egzemplarza Evejah własną krwią.

Everam – Stwórca.

ginjaz – zdrajca.

Hannu Pash – dosłownie „ścieżka życia". Termin określa zarówno ceremonię, jak i okres szkolenia oraz religijnej indoktrynacji, która ma na celu ukształtowanie młodego krasjańskiego wojownika.

hava – przyprawa, która poprawia smak i konserwuje potrawy. Podstawa krasjańskiej sztuki gotowania.

heasah – prostytutka.

inevera – krasjańskie słowo oznaczające „wola Everama" lub „jak sobie życzy Everam".

Inevera – popularne imię żeńskie w plemieniu Kaji.

jiwah/jiwan – żona/mąż.

Jiwah Ka – Pierwsza Żona. *Jiwah Ka* jest najważniejszą i najbardziej poważaną żoną każdego Krasjanina. Ma prawo weta w sprawie małżeństw i może wydawać rozkazy innym żonom.

Jiwah Sen – mniej ważne żony, podległe woli *Jiwah Ka*.

jiwah'Sharum – dosłownie „żony wojowników". Termin oznacza kobiety, które płodne życie spędzają w haremach *Sharum*, co uważane jest za wielki zaszczyt.

Wszyscy wojownicy mają dostęp do *jiwah'Sharum* swego plemienia, by móc je regularnie zapładniać i wzmacniać plemię kolejnymi wojownikami.

kai'Sharum – dowódcy wojsk krasjańskich. Wojownicy ci przechodzą specjalne szkolenie w Sharik Hora i stoją na czele poszczególnych formacji w *alagai'sharak*. *Kai'Sharum* noszą czarne szaty *dal'Sharum*, ale w nocy zasłaniają twarze białymi woalkami.

Kaji – imię pierwszego Wybawiciela i patriarchy plemienia Kaji, zwanego również Shar'Dama Ka. Ponad trzy tysiące lat temu Kaji zjednoczył znany świat do walki z demonami i wygrał tysiąclecia pokoju.

kamanj – strunowy instrument przypominający skrzypce, zakończony kolcem, który opiera się na ziemi lub nodze grajka.

khaffit – najniższa męska kasta w społeczeństwie krasjańskim. *Khaffit*, którzy zostali wyrzuceni z *sharaj*, są zmuszani do ubierania się w brązowe szaty, tak jak dzieci, i golą policzki na znak, że nie są prawdziwymi mężczyznami.

Lenno Everama – wcześniej Wolne Miasto Fort Rizon, otoczone rozległymi polami uprawnymi, podbite w 333 Roku Plagi przez Krasjan. Zostało stolicą Nowej Krasji na Północy.

łuski *alagai* – typ zbroi znanej wśród Majah, której tajniki produkcji strzeżone są przez potężną rodzinę Tazhan.

magia *hora* – jakakolwiek forma magii, w której korzysta się z części ciała demonów (kości, juchy etc.), nadającej moc czarom.

Mistrzowie Ćwiczeń – elita wojowników, którzy szkolą *nie'Sharum*. Noszą standardowe szaty *dal'Sharum*, ale w nocy zakładają czerwone woalki.

Nie – 1) imię Antystwórczyni, będącej przeciwieństwem Everama, bogini nocy i demonów; 2) nic, pustka, nie; 3) przedrostek przydawany adeptom rozmaitych sztuk.

nie'dama – *nie'Sharum* wybrani do szkolenia *dama*.

nie'dama'ting – *dama'ting* w trakcie nauki, zwane również Narzeczonymi, gdyż są przyobiecane Everamowi. Każdy mężczyzna, który odważy się dotknąć jednej z nich, zostanie ukarany śmiercią albo utratą kończyny winnej przewinienia.

Nie Ka – dosłownie: „ów nikt, który jest pierwszym". Tytuł przysługujący chłopcu dowodzącemu grupą *nie'Sharum* i służącemu jako sierżant na rozkazy Mistrza Ćwiczeń.

nie'Sharum – chłopcy szkolący się na wojowników.

nocna woalka – zasłona na twarz noszona przez *Sharum* podczas *alagai'sharak*. Ma na celu ukryć ich tożsamość i podkreślić, że po zapadnięciu zmroku wszyscy mężczyźni są sobie równi.

Nów – obrządek wyznawców Everama, który rozpoczyna się jeden dzień przed nowiem i kończy dzień po nim. Uczestnictwo w rytuałach w Sharik Hora jest wówczas obowiązkowe, a rodziny spędzają czas razem, nawet wyciągając swych synów z *sharaj*. Demony są w tym okresie silniejsze, a mówi się, że sam Alagai Ka chodzi po powierzchni ziemi.

Oddział Książąt – oddział *Sharum* dowodzony przez Olive i Chadana, składający się z *nie'Sharum* z różnych kast, ze względu na kryzys przedwcześnie pchniętych do boju. Choć starsi wojownicy nie szczędzą im szyderstw i wyzywają młodych wojowników od „Oddziału Księżniczek", ci niemalże każdej nocy zabijają największą liczbę demonów i podejmują się najbardziej niebezpiecznych misji.

ogon *alagai* – bicz składający się z trzech rzemieni, w które wpleciono ostrza, wgryzające się w ciało ofiary podczas smagania. *Dama* sięgają po nie, by wymierzyć karę.

ojciec-we-krwi – ojciec chrzestny lub ojciec przybrany. Pojęcie używane przez *ajin'pal*, by określić zmarłego ojca.

Otchłań Nie – wedle Evejah to podziemny świat składający się z siedmiu stref, gdzie *alagai* kryją się przed promieniami słońca. Każda strefa jest zasiedlona przez inny gatunek demona.

plemiona – dwanaście plemion Krasji: Anjha, Bajin, Halvas, Jama, Kaji, Khanjin, Krevakh, Majah, Mehnding, Nanji, Sharach, Shunjin.

Podmiasto – ogromny labirynt runicznych jaskiń pod Pustynną Włócznią, które w nocy stanowią bezpieczne schronienie dla kobiet, dzieci i *khaffit* na czas toczonej przez mężczyzn bitwy.

push'ting – określenie odnoszące się do homoseksualistów, osób transpłciowych lub innych, które w jakiś sposób wykraczają poza stereotypy płciowe. Związki między przedstawicielami tej samej płci są częste w Krasji, ale pojęcie *push'ting* używane jest jako pogardliwe wobec tych, którzy nie chcą zawrzeć choćby symbolicznego związku ze względu na dzieci.

Pustynna Włócznia – miasto znane na Północy jako Fort Krasja, ogromna forteca wybudowana wokół oazy oraz prastarego Świętego Miasta Sharik Hora.

Ramiona Everama – strażnicy Świętego Miasta w Pustynnej Włóczni. Ich czarne szaty mają białe rękawy, co oznacza, że wojownicy służą *dama* swymi rękoma.

Róg Sharak – ceremonialny róg, którego melodia wyznacza początek i koniec *alagai'sharak*.

runy – symbole na ubraniach i przedmiotach, układające się we wzory, mające prawdziwą moc.

samotna ścieżka – krasjańskie określenie śmierci. Wszyscy wojownicy muszą podążyć owianym mgłami szlakiem prowadzącym ku Niebu. Po drodze czekają na nich rozmaite pokusy, które mają na celu sprawdzić siłę ich woli i nie dopuścić do tego, by przed osądem Everama stawili się ludzie niegodni tego zaszczytu. Dusze, które zboczą ze ścieżki, giną na zawsze.

sharaj – koszary dla młodych chłopców przechodzących przez *Hannu Pash*, przypominające nieco internat szkoły wojskowej. W *sharaj* obowiązuje podział ze względu na pochodzenie. „Czysta krew" oznacza chłopców z rodzin wojowników Majah. „Brudna krew" to synowie *dal'Sharum* i kobiet *chin*. „Tchórzliwa krew" oznacza synów *khaffit*, a „zielona krew" synów *chin*.

Sharak Ka – Pierwsza Wojna. Ostateczna bitwa *alagai'sharak*, w której Wybawiciel poprowadzi armie Everama ku zwycięstwu lub klęsce.

Sharak Suun – Wojna w Blasku Dnia, w której ludzkość musi zostać ujarzmiona i zjednoczona, by móc pomaszerować w armii Everama na *Sharak Ka*.

Sharik Hora – wielka świątynia w Krasji, zbudowana z kości poległych wojowników. To, że po śmierci kości zostaną pokryte lakierem i wykorzystane do budowy świątyni, stanowi największy zaszczyt dla wojownika.

sharukin – postawy wojownika. Serie ruchów trenowane w ramach *sharusahk*.

Sharum – wojownik. *Sharum* noszą czarne szaty, w które wszyto płytki pancerza z wypalanej gliny.

shar'dama – *dama,* którzy uczestniczą w *alagai'sharak,* co stanowi pogwałcenie prawa.

Shar'Dama Ka – pierwszy wśród wojowników-kapłanów. Krasjańskie pojęcie oznaczające Wybawiciela, który przybędzie, by uwolnić ludzkość od *alagai.*

Sharum Ka – pierwszy wojownik. Tytuł przysługujący świeckiemu przywódcy wojsk walczących w *alagai'sharak*. Sharum Ka zostaje wybrany przez tego, kto zasiada na Tronie z Czaszek, a wszyscy *Sharum* są zobowiązani do absolutnego posłuszeństwa wobec niego od zmierzchu do świtu. Sharum Ka ma własny pałac niedaleko placów treningowych i zasiada na Tronie Włóczni. Przywdziewa czarne szaty *dal'Sharum,* ale jego turban i nocna woalka są białe.

Sharum'ting – wojowniczki, służące głównie jako eskorta *dama'ting.*

sharusahk – krasjańska sztuka walki wręcz. Istnieje wiele szkół *sharusahk* w zależności od kasty i plemienia, ale każda opiera się na brutalnych, skutecznych ruchach, mających na celu wykorzystanie siły wojownika przeciwko niemu, by ogłuszyć, okaleczyć bądź zabić.

skorpion – ogromna kusza wykorzystująca sprężyny zamiast cięciwy. Wyrzuca grube włócznie z ciężkimi ostrzami, które nawet bez runów są w stanie zabić demona piaskowego lub wichrowego.

tarcza – liczący dwóch do pięciu wojowników oddział, z których składa się każda formacja *Sharum*.

tikka – babcia (wyrażenie poufałe).

'ting – przyrostek oznaczający kobietę.

Tron Włóczni – tron Sharum Ka, wykonany z połamanych włóczni wcześniejszych Sharum Ka.

Tron z Czaszek – tron, na którym wedle tradycji zasiada władca Krasji. Po rozłamie i wycofaniu się Majah istnieją dwa Trony z Czaszek. Oryginał, który stoi w Nowej Krasji, został wykonany z czaszek nieżyjących Sharum Ka i powleczony elektrum, a mocy użycza mu czaszka demona umysłu, dzięki któremu bariera roztaczana przez tron chroni centrum stolicy Lenna Everama. Tron w Starej Krasji został niedawno wykonany z czaszek poległych wojowników, a stoi w świętej świątyni Sharik Hora.

vah – córka, słowo często używane jako przyrostek bądź przedrostek przy dziewczęcym imieniu.

Włócznie Pustyni – elitarny oddział Sharum Ka Iravena.

Wypatrywacze – *dal'Sharum* pochodzący głównie z plemion Krevakh i Nanji, szkoleni do walki przy użyciu specjalnych broni oraz taktyki. Służą jako zwiadowcy, szpiedzy i zamachowcy. Walczą między innymi za pomocą okutych żelazem drabin długości sześciu stóp, które można ze sobą łączyć. Są tak wyszkoleni, że potrafią wbiec na górę drabiny, która nie została o nic oparta, i balansować na jej szczycie.

zielone krainy – krasjański termin określający Thesę (ziemie leżące na północ od krasjańskiej pustyni). Spora ich część stała się Nową Krasją.

zielonoziemca – mieszkaniec zielonych krain, określenie mniej obraźliwe niż *chin*.

żądło – pociski do skorpionów. Masywne włócznie z żelaznymi grotami, które zdolne są przebić pancerze demonów.

Grymuar runów i demonów

Demon bagienny – jest wodną odmianą demona drzewnego, spotyka się go na terenach podmokłych. Czuje się równie dobrze w wodzie, jak i wśród drzew. Jego skóra pokryta jest zielonymi i brązowymi plamami, dzięki czemu otchłaniec może się stopić z otoczeniem. Często kryje się między drzewami, w błocie bądź płytkiej wodzie, skąd wyskakuje na swoją zdobycz. Atakując, pluje gęstym, lepkim szlamem, a to wywołuje pospieszne gnicie każdej substancji organicznej, z którą wejdzie w kontakt.

Demon błyskawic – jest niemal nie do odróżnienia od swojego kuzyna demona wichrowego, ale potrafi splunąć ładunkiem elektrycznym, mogącym sparaliżować ofiarę. Atakuje z lotu nurkowego i podrywa porażoną ofiarę, by pożreć ją w całości.

Demon brzeżny – zwany również żabim demonem albo ropuchą. Otchłaniec z tego gatunku w istocie przypomina pospolitą żabę, ale jest na tyle duży, by móc połknąć człowieka w całości. Czyha na swoją zdobycz w płytkiej wodzie i wyskakuje, gdy ofiara znajdzie się w zasięgu. Strzela długim, mocnym językiem, którym łapie ofiary i wciąga je do szeroko rozwartej paszczy. Wówczas demon brzeżny wraca do wody i topi szamoczące się ofiary.

Demon drzewny – żyje w lasach, a wielkością i wzrostem ustępuje jedynie demonowi skalnemu. Gdy stoi na tylnych nogach, sięga od pięciu do dziesięciu stóp wzrostu. Ma krótkie, masywne łapy i długie, muskularne ramiona, idealnie nadające się do wspinania po gałęziach czy przeskakiwania z konaru na konar. Także krótkie i zakrzywione szpony ułatwiają wspinanie się po pniu. Skóra przypomina korę teksturą i barwą. Drzewny demon ma wielkie, czarne oczy. Nie można wyrządzić mu krzywdy zwykłym ogniem, ale staje w płomieniach, gdy zostanie oblany płynnym ogniem demonicznym bądź opluty przez demona ognistego. Z tego też powodu darzą się wielką nienawiścią i zabijają przy każdej okazji. Często poluje w grupach.

Demon gliny – spotyka się go na połaciach twardej, zbitej gliny, które ciągną się na obrzeżach krasjańskiej pustyni. Rozmiarami dorównuje średniej wielkości psu. Jest krępy i muskularny, a jego ciało kryje gruby pancerz z nachodzących na siebie płyt. Dzięki krótkiemu, mocnemu ogonowi potrafi wspinać się po każdej skale, a nawet zwisać z nich głową w dół. Pomarańczowo-brązowy pancerz pozwala mu idealnie zamaskować się wśród ścian lepianek bądź w korycie wyschniętej rzeki. Tępo zakończona głowa przebije się przez niemal każdą przeszkodę, rozbije kamień i wyszczerbi stal.

Demon jaskiniowy – zwany również tunelowym bądź pajęczym, dysponuje ośmioma segmentowanymi kończynami i potrafi przemieszczać się z wielką prędkością. Ponadto wytwarza lepką substancję, która jest obojętna magicznie – nie można jej dostrzec wzrokiem wzmocnionym magią i nie da się przed nią obronić za pomocą runów ochronnych. Demon jaskiniowy przygotowuje pułapki i czyha na niebaczne ofiary. Rzadko wychodzi na powierzchnię, chyba że zostaje wezwany przez demona umysłu. Znacznie częściej można się na niego natknąć w głębokich jaskiniach i tunelach demonicznego roju.

Demon kamienny – mniejszy kuzyn skalnego demona, który powstaje ze skalnych zboczy. Demona kamiennego chroni pancerz będący zbieraniną rozmaitych kamieni. Na ogół jest niezgrabny i powolny, ale należy do najsilniejszych i najbardziej niezniszczalnych otchłańców. Z uwagi na to, że jego materializacja nie wymaga wyspecjalizowanych warunków, jest liczniejszy od skalnych demonów.

Demon ognisty – oczy, nozdrza i pysk demona ognistego jaśnieją pomarańczowym, spowitym dymem światłem. Jest najmniejszy spośród otchłańców, na ogół większy od królika, ale mniejszy od dużych kotów. Podobnie jak wszystkie demony, ma długie, haczykowate szpony i rzędy ostrych niczym brzytwy kłów. Jego pancerz składa się z drobnych, nachodzących na siebie łusek, twardych i zaopatrzonych w ostre krawędzie. Demon ten potrafi pluć ognistą wydzieliną, która eksploduje w kontakcie z powietrzem i podpala niemal każdy materiał, łącznie z metalem i skałą.

Demon piaskowy – choć spokrewniony z demonem skalnym, piaskowy jest mniejszy i zwinniejszy, ale nadal należy do najsilniejszych i najlepiej opancerzonych otchłańców. Jego ciało kryje drobna, ostra łuska, brudnożółta i trudna do odróżnienia od żwiru. Przemieszcza się na czterech łapach, ale podczas walki potrafi stanąć na dwóch. Jego krótki pysk kryje rzędy ostrych kłów, a wąskie nozdrza znajdują się tuż pod wielkimi, pozbawionymi powiek ślepiami. Spomiędzy łusek na głowie wyrastają grube, zagięte ku tyłowi rogi. Jego brwi nieustannie drgają, usuwając niesiony wiatrem piasek.

Demon polny – smukły, trzymający się nisko ziemi polny demon ma długie, mocne kończyny i szpony, które może chować. Na otwartym terenie potrafi rozwinąć oszałamiającą prędkość i wykonywać dalekie skoki. Twarda łuska na kończynach i zadzie jest w stanie zatrzymać niemal każdą broń, ale jego słabszy punkt stanowi podbrzusze, choć trudno wymierzyć tam cios.

Demon skalny – reprezentuje największy gatunek wśród otchłańców i dorasta od sześciu do dwudziestu stóp wysokości. Jest ogromnym, muskularnym gigantem, którego ciała broni gruby pancerz najeżony kościanymi kolcami, a jego najgroźniejszą bronią jest kolczasty ogon, którym potrafi kruszyć skały. Chodzi w pozycji wyprostowanej, choć się garbi. Jego długie, sękate ramiona zwieńczone są pazurami długości noży rzeźnickich. Nie istnieje niemagiczna broń, która byłaby w stanie wyrządzić jakąkolwiek krzywdę skalnemu demonowi.

Demon śnieżny – podobny z budowy do ognistego, demon śnieżny zamieszkuje mroźną północ oraz wysokie szczyty. Jego łuska jest idealnie biała, ale migocze najrozmaitszymi kolorami, gdy padnie na nią światło. Śnieżny demon jest niemal niewidoczny w śniegu, a pluje płynem, który błyskawicznie zamraża wszystko, na co padnie. Trafiona nim stal staje się krucha do tego stopnia, że pęka przy mocniejszym uderzeniu.

Demon umysłu – znany również jako książę otchłańców. Demon umysłu jest przywódcą całego rodzaju. Jest wyłącznie rodzaju męskiego. Nie dysponuje imponującą siłą fizyczną ani też innymi cechami, które czynią z demonów pomniejszych gatunków straszliwych przeciwników w walce, włada za to wielkimi mocami magicznymi oraz umysłowymi. Potrafi czytać myśli i opanowywać umysły swych ofiar, komunikować się telepatycznie i wpajać podwładnym zalecenia, za którymi będą podążać aż do śmierci. Jest również w stanie kreślić runy w powietrzu i nadawać im moc z własnych zasobów. Otchłańce pomniejszych gatunków bez sprzeciwu wypełniają każde telepatycznie przekazane polecenie i bez wahania poświęcają własne życie w obronie księcia. Wrażliwy nawet na blask księżyca, demon umysłu pojawia się na powierzchni jedynie w najciemniejszych godzinach trzech dni Nowiu.

Demon wichrowy – w pozycji stojącej demon wichrowy mierzy około sześciu stóp, ale z jego głowy wyrasta ostry, płaski czub pełniący rolę statecznika, dzięki czemu otchłaniec sięga w sumie ośmiu, dziewięciu stóp. Jego zaopatrzony w ostre krawędzie dziób kryje szerokie rzędy kłów. Skóra jest twarda, ale elastyczna, może zatrzymać większość grotów strzał czy ciosów włócznią. Tworzy też błonę skrzydeł, które mogą być trzykrotnie dłuższe od samego potwora. Choć na ziemi jest niezdarny i powolny, w powietrzu wichrowy demon jest straszliwym przeciwnikiem. W miejscach, gdzie zbiegają się cienkie kości skrzydeł, wyrastają zabójcze, haczykowate szpony. Preferowaną metodą ataku jest ciche nurkowanie – opadający otchłaniec rozrzuca z trzaskiem skrzydła tuż przed ofiarą i odrzyna jej głowę, po czym łapie ciało ofiary i odlatuje.

Demon wodny – rzadko kiedy uda się dostrzec wodnego demona, ale wiadomo, że różnią się od siebie kształtem i rozmiarami. Niektóre są niewiele większe od ludzi, zwinne i pokryte łuską, a ich połączone błoną pławną palce u kończyn górnych i dolnych zwieńczone są pazurami. Inne z kolei są na tyle duże, że potrafią opleść grubymi, pazurzastymi mackami trójmasztowy okręt i wciągnąć go pod wodę. Spotyka się także okazy jeszcze większe, zwane lewiatanami, które potrafią wyskoczyć ponad powierzchnię wody i opaść, by wywołać ogromną falę. Oddychają tylko pod wodą, przez co mogą się wynurzyć jedynie na krótką chwilę.

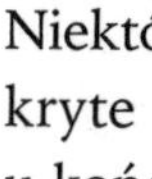

Demon zmiennokształtny – elita wśród otchłańców i osobista eskorta książąt. Nie jest aż tak wrażliwy na światło jak jego panowie i bardziej inteligentny od innych gatunków, dzięki czemu służy jako oficer hordy otchłańców i jest w stanie zarówno wzywać, jak i narzucać swoją wolę pomniejszym rodzajom. Jego naturalna forma nie jest znana, potrafi upodobnić się do wszystkiego, co napotyka, od przedmiotów nieożywionych po inne istoty, strój czy ekwipunek. Jego ulubiona taktyka to poznanie imienia potencjalnej ofiary i przybranie ciała jej przyjaciela. Demon udaje wówczas, że znalazł się w sytuacji zagrożenia, i wzywa ofiarę, skłaniając ją, by opuściła barierę runiczną.

Runy obronne

Pobierają magię, by stworzyć barierę nieprzenikalną dla demonów. Każdy z nich działa najlepiej na wybrany gatunek demona, a najczęściej łączy się je wraz z innymi w kręgi ochronne. Zaktywowany krąg odrzuca ciało każdego otchłańca, który usiłuje go sforsować.

Schronienie – run schronienia jest podstawowym runem, którego uczone są dzieci. Nie jest on tak potężny jak symbole chroniące przed poszczególnymi rodzajami otchłańców, ale wytwarza strefę, która zniechęca większość demonów i odbiera im chęć do działania, chyba że te dostrzegły już ofiarę. Bardzo duże i potężne runy tworzą barierę. Run jest wykorzystywany w thesańskiej grze kościanej „Schronienie" oraz w jej krasjańskim odpowiedniku, znanym pod nazwą „Sharak".

Runy wojenne

Runy wojenne wykorzystują magię, by niszczyć demony. Niektóre pobierają moc od trafionego otchłańca, a inne zasilają ich kości, zwane *hora*.

Cięcie – runy cięcia, wyryte na ostrzu, wysysają moc z trafionego demona, osłabiając jego pancerz, wzmacniając broń i ostrząc ją na niemalże molekularnym poziomie, dzięki czemu wojownik jest w stanie przerąbywać nawet pancerz i ciało demona.

Gorąco – runy gorąca zwiększają energię termalną i zamieniają magię bezpośrednio w gorąco. Przedmioty, na które zostają naniesione, ulegają dezintegracji po aktywacji runu, chyba że są odporne na wysokie temperatury.

Lektryka – te runy przekształcają magię bezpośrednio w elektryczność, która może zostać przekierowana w przedmiot bądź istotę. Można je również łączyć w obwody.

Magnetyzm – runy magnetyczne ładują docelową strefę i na podobieństwo potężnego magnesu przyciągają przedmioty wykonane z żelaza. Czasami wykorzystuje się je do zwiększenia celności ognia z armat.

Nacisk – runy nacisku wywierają miażdżący napór, który z każdą upływającą chwilą kontaktu z ciałem demona staje się coraz silniejszy i gorętszy.

Ogniste/lodowe splunięcie – te runy są wykorzystywane do ochrony przed ognistymi demonami i zamieniają ich wyziewy w chłodny wiatr. Ich odwrotna wersja zamienia lodowe splunięcie w ciepły podmuch.

Przebicie – runy przebicia czerpią moc z uderzenia w ciało demona. Osłabiają jego pancerz i skupiają magię na ostrzu broni, by uzyskać maksymalną moc przebicia.

Szkło – te runy po naładowaniu magią zamieniają szkło w strukturę twardszą od diamentu i mocniejszą od stali, nie zmieniając przy tym wagi ani kształtu. Runiczne szkło jest powszechnie wykorzystywane do tworzenia niemal niezniszczalnych okien, fiolek, broni i pancerzy.

UDERZENIE – te runy zamieniają magię w moc uderzeniową. Mogą być wykorzystywane osobno lub po to, by wzmocnić uderzenie broni obuchowej. Trafiwszy demona, zasysają magię niczym runy cięcia, co osłabia pancerz wroga i jednocześnie zwiększa moc uderzenia. Im mocniejsze uderzenie, tym większa zgromadzona energia.

WILGOĆ – symbole tego typu ściągają wilgoć z powietrza lub pobliskich zbiorników wody. Służą do zapewniania uprawom odpowiedniej ilości wody bez konieczności zajmowania się nimi. Za ich pomocą można też napełnić niewielki zbiornik bądź zgasić ognistego demona. Odwrócone runy wilgoci o odpowiedniej sile mogą doprowadzić do odwodnienia ofiary.

ZIMNO – runy zimna redukują energię termalną i gwałtownie obniżają temperaturę celu, która spada poniżej zera. Potężne runy zimna są w stanie strzaskać stal lub nawet pancerz skalnego demona.

Runy percepcji

Runy percepcji wywołują magiczne efekty, które wpływają na działanie zmysłów demonów, a czasem też ludzi.

Dezorientacja – runy dezorientacji wytwarzają strefę, w której istoty stają się oszołomione i tracą orientację w terenie. Dotknięte nią demony często zapominają, czego szukały, i błąkają się bez celu, chyba że są już na tropie ofiary.

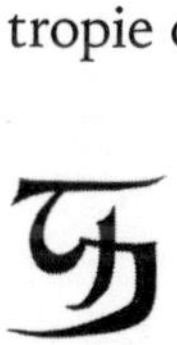

Niewidzialność – runy niewidzialności sprawiają, że człowiek staje się niewidzialny dla demona, pod warunkiem że zachowuje bezruch. Wraz z runami dezorientacji wykorzystywane są do szycia płaszczy niewidzialności, które zapewniają bezpieczeństwo w mroku nocy.

PROROCTWO – wyryte przez *dama'ting* na *alagai hora* runy proroctwa odczytują prądy magii i tworzą wizje przyszłości. Ich moc wyrywa kości z naturalnej trajektorii, by utworzyć odpowiedź na pytania, zawarte w modlitwie do Everama. Procesy wytwarzania kości i odczytywania wyników rzutów to ściśle chronione sekrety krasjańskich kapłanek, a karą za ich zdradzenie jest śmierć.

REZONANS – runy rezonansu oddziaływają na przepływ fal dźwiękowych i rozpędzają je, by utworzyć strefy ciszy, bądź potęgują je celem wzmocnienia dźwięku. Kość demona przełamana na pół i wyposażona w runy rezonansu umożliwia komunikację na dystans.

RUNICZNE WIDZENIE – narysowane wokół oczu i napełnione mocą runy magicznego widzenia pozwalają istotom żyjącym na powierzchni postrzegać magiczne spektrum. Użytkownik runów widzi w całkowitych ciemnościach równie dobrze jak w blasku dnia. Może też śledzić prądy magii, oceniać moc kombinacji runów i widzieć aurę każdej żyjącej istoty. Doświadczony użytkownik jest w stanie analizować aurę na tyle, by wiedzieć, co dana osoba czuje i myśli, a czasem zerknąć w jej przeszłość, a nawet w przyszłość.

ŚWIATŁO – runy światła przekształcają magię w czyste, białe światło. W zależności od mocy źródła można uzyskać od łagodnej emanacji aż po oślepiający blask.

Zlewanie – runy zlewania maskują obszar oddziaływania. W przeciwieństwie do runów niewidzialności, które działają tylko na demony, runy zlewania wpływają również na zmysły ludzkie. Wywołany przez nie efekt psuje nagły bądź szybki ruch.

Spis rzeczy

fabryka słów®
WYDAWNICTWO

WYDAWCA
Fabryka Słów sp. z o.o.
ul. Poznańska 91
05-850 Ożarów Mazowiecki
www.fabrykaslow.com.pl
e-mail: biuro@fabrykaslow.com.pl
www.facebook.com/fabryka

DYREKTORKA WYDAWNICZA
Izabela Milanowska

MARKETING
Luiza Kwiatkowska
Magdalena Marciniak
Urszula Słonecka

SPRZEDAŻ INTERNETOWA
swiatksiazki.pl

ZAMÓWIENIA HURTOWE
DRESSLER
Dressler Dublin sp. z o.o.
ul. Poznańska 91
05-850 Ożarów Mazowiecki
tel. (+ 48 22) 733 50 31/32
www.dressler.com.pl
e-mail: dystrybucja@dressler.com.pl

DRUK I OPRAWA
OPOLGRAF S.A.
www.opolgraf.com.pl

Tytuł oryginału: The Hidden Queen

PROJEKT I ADIUSTACJA AUTORSKA WYDANIA
Eryk Górski, Robert Łakuta

TŁUMACZENIE Dominika Schimscheiner

REDAKTORKA PROWADZĄCA Joanna Orłowska

REDAKCJA Karolina Kacprzak

KOREKTA Magdalena Byrska

GRAFIKA NA OKŁADCE OPRAWY BROSZUROWEJ Sergei Shikin

GRAFIKA NA OKŁADCE OPRAWY TWARDEJ Dominik Broniek

GRAFIKI NA POCZĄTKACH ROZDZIAŁÓW ORAZ RUNY
by Lauren K. Cannon, © Peter V. Brett

ILUSTRACJE Dominik Broniek

MAPY Nicolette Caven

DRZEWO GENEALOGICZNE NA STRONIE 5 Paweł Zaręba

PROJEKT I OPRAWCOWANIE OKŁADKI Szymon Wójciak

PROJEKT TYPOGRAFICZNY, OPRACOWANIE GRAFICZNE, SKŁAD
Dariusz Nowakowski | drewnianyrower.com

Wydanie I

ISBN 978-83-67949-18-7 – oprawa broszurowa
ISBN 978-83-67949-19-4 – oprawa twarda

/ fabrykaslow
/ fabryka